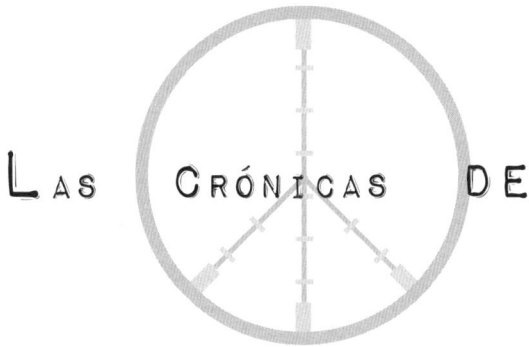

LAS CRÓNICAS DE ARMIKELO

©   Mª Ángeles López de Celis

©   Editorial Odeón, 2014

Tlf.: (+34) 952 714 395

Fax: (+34) 952 714 342

Canteros 3-7 -29300- Archidona (Málaga). SPAIN

info@editorialodeon.com

www.editorialodeon.com

Editorial Odeón es un sello de © Ediciones Aljibe, S. L.

www.edicionesaljibe.com

I.S.B.N.: 978-84-9700-794-8

Depósito legal: MA 365-2014

Diseño y maquetación: Nuria Barea (Equipo de Ediciones Aljibe. S.L.)

Diseño de cubierta: Equipo de Ediciones Aljibe, S.L.

Imagen de cubierta: © bibiphoto

Fotografía de la autora: © Luis Álvarez

Del audiolibro

Voces: Mª Ángeles López de Celis (autora)

            Javier Belmar (La nave del misterio)

Ingeniero de sonido: Caco Refojo

Grabado en: Estudios PKO Estudios. Boadilla del Monte (Madrid)

Imprime: Imagraf. Málaga.

Mª Ángeles López de Celis

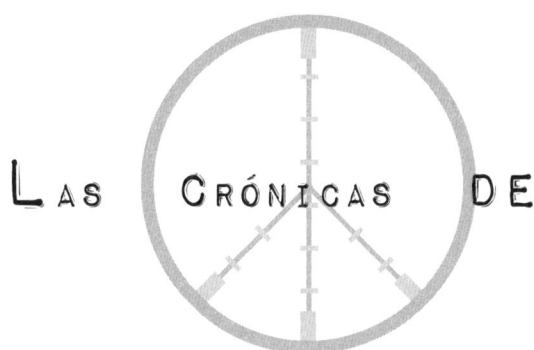

Las Crónicas de Armikelo

**EDITORIAL
ODEON**

A la memoria de los que ya no están
para que, desde donde estén,
nos ayuden a seguir viviendo sin ellos.

ÍNDICE

PRÓLOGO

La vida política es una dimensión noble del ser humano, en la medida en que se considera que el ideal que persigue es la articulación de la convivencia en sociedad conforme a la justicia.

Cuando un ciudadano asume una responsabilidad tan singular como la de presidir el gobierno de su país, de un país estigmatizado por la lacra del terrorismo, a nadie puede extrañar que, desde el primer día, anteponga a cualquier otro objetivo acabar con la violencia y evitar el profundo dolor que causa la muerte. Ninguna tiene sentido, sólo la vida lo tiene, por eso nuestra machacona memoria ha de tener siempre presentes a quienes, de una manera tan insoportablemente injusta, la perdieron.

Esta historia de ficción, pero ubicada en tiempo y espacio reales, nació con varios propósitos. En primer lugar y sobre todos los demás, rendir el más sincero homenaje a las víctimas del terrorismo; a los que por su causa han perdido la vida; a quienes, en nombre de irracionales reivindicaciones, han sufrido mutilación física y/o graves secuelas psicológicas; al sufrimiento de sus familias y amigos; a la desolación y la impotencia de una ciudadanía que durante años ha padecido su azote sin retroceder ni un paso, saliendo a la calle y manifestando su repulsa y su solidaridad con los protagonistas del dolor cada vez que era convocada.

Todos nos hemos preguntado alguna vez, mientras contemplábamos las imágenes del terror, cuál es el mecanismo que opera en un ser humano hasta convertirlo en una especie de monstruo sin raciocinio, cuyas normas de conducta sólo se rigen por la maldad y la perversión. Búsqueda inútil: no hay explicación admisible para el resto de los mortales.

En segundo lugar, estas páginas pretenden convertirse en justo reconocimiento a cuantos, de una u otra manera, han buscado la paz y han trabajado, hasta la extenuación, para alcanzarla. Son muchos los hombres y mujeres de este país que han dignificado y ennoblecido el quehacer político, desechando toda ambición e interés personal en aras de sus ideales, conscientes cada día del peligro que corrían sus propias vidas. De justicia es reconocer sus méritos en un mundo en el que la política es sinónimo, en demasiadas ocasiones, de corrupción y búsqueda, en exclusiva, del beneficio personal.

Ni qué decir de la labor callada, constante, incansable de unas Fuerzas y Cuerpos de la Seguridad del Estado que han cumplido su misión de proteger a la sociedad, actuando como parapeto defensivo y aguantando estoicamente en primera persona el azote del terrorismo y la crueldad de innumerables acciones violentas y de sus consecuencias.

Por último, también es objetivo de este libro romper una lanza en favor de periodistas y profesionales de la información que intentan, aunque lo consiguen a duras penas, mantener su independencia en favor de un eficiente servicio público. La prensa y en general los medios de comunicación son absolutamente imprescindibles en una sociedad libre y democrática, pero también debería articularse un sistema que permitiera exigir responsabilidades a periodistas o grupos de comunicación cuando la información que transmiten no es rigurosa, contrastada o premeditadamente sesgada, con el fin de influir y manipular la opinión pública. Pero los lectores y destinatarios de la información también deberíamos hacer autocrítica: ¿no es verdad que sólo leemos o escuchamos los medios que sabemos nos dirán aquello que queremos oír? Nada más cierto.

Lo que es una verdad incuestionable es que los caminos de políticos y periodistas corren en paralelo, sus actividades se interrelacionan de tal manera que es casi imposible concebir a unos sin los otros. Pero esta interrelación debe entenderse no como el resultado de un interés partidista o económico compartido, sino como quehaceres complementarios de un auténtico servicio a la comunidad.

Esta historia sitúa la acción en un tiempo y unas circunstancias próximas a la ruptura del Proceso de Paz que propició el Gobierno socialista de José Luis Rodríguez Zapatero, tras la tregua de 2006, rota por el atentado de la T-4 del madrileño aeropuerto de Barajas, mientras el *Lehendakari* del Gobierno vasco, Juan José Ibarretxe, basaba su gestión en el objetivo irrenunciable de la celebración de un referéndum en el territorio autonómico que midiera el nivel de aceptación por parte del electorado de una eventual autodeterminación de *Euskal Herría*. La iniciativa, como ahora sabemos, fue rechazada sin fisuras por el Tribunal Constitucional y, con posterioridad, ilegalizados los partidos de una izquierda abertzale cada vez más perjudicada por la estrategia de ETA y su *modus operandi*. Finalmente se rompía la teoría del permanente empate técnico, la inercia por la que ETA atentaba y el Estado contraatacaba, y así hasta el infinito. La sociedad española aguantó el durísimo tirón y el Estado logró consumar la victoria, esquilmando operativamente a la organización a la vez que conseguía importantes avances en otros frentes.

Una vez descrito el escenario, debo advertir que los personajes de la narración son ficticios y, aunque cualquier parecido con la realidad sea mera coincidencia, no cabe duda de que muchos lectores encontrarán paralelismos con los protagonistas verdaderos, que han dejado una huella profunda en la memoria colectiva de dos generaciones de españoles, realmente imposible de obviar, incluso para la autora de este respetuoso y sentido relato.

Cuando esta novela contaba ya con su punto final, surgió como una premonición esperanzadora el anuncio de ETA del cese definitivo de su "lucha armada", propiciada por el blanqueo de la actividad de una izquierda abertzale que buscó la salida en multitud de ocasiones, encontrándose una y otra vez con la ilegalización. Finalmente, su evolución lógica le ha hecho distanciarse de la táctica de ETA para no verse arrastrada por su fracaso, forzando a la banda a "declarar el cese definitivo de su actividad armada". Sin duda este comunicado, que se producía pocos meses después de su legalización, ha estado propiciado por Bildu formación que, en su primera convocatoria electoral, obtuvo una representación tan abultada como sorprendente; lo que, sin duda, le valdrá un lugar en la historia como el agente político que permitió la pacificación de Euskadi.

Que nadie piense, ni por un momento, que esta circunstancia supone la solución final del conflicto ni la sutura cicatrizante y reparadora de las heridas provocadas por un problema vasco que sigue sin desenlace. Muy al contrario, ahora comienza un largo camino en el que serán imprescindibles, de forma inmediata, el inicio de dilatadas y controvertidas conversaciones entre el gobierno y representantes de la banda terrorista, con el fin de dirimir las cuestiones relacionadas con un proceso político sobre el que se han de asentar la convivencia y la reconciliación futuras.

Sólo resta añadir que el mejor homenaje que se puede rendir a los muertos es que no haya más; que un día podamos contar a las generaciones venideras este hecho como parte de la Historia y que esta lección sirva como aviso a navegantes que pudieran tener tentaciones parecidas. Nada se consigue con el uso de la fuerza, sólo el diálogo y la tolerancia llevan aparejado el éxito, cuando los fines que se persiguen son justos y las reivindicaciones que se demandan están respaldadas por una mayoría de ciudadanos que acepta las reglas del juego democrático y las normas básicas de una convivencia libre y pacífica.

Es tiempo de esperanza, de vivir hoy la legítima satisfacción por la victoria de la razón y del Estado de Derecho en la seguridad de que, por fin, la nuestra será una democracia sin terrorismo, aunque con la memoria siempre viva.

Mª Ángeles López de Celis

PRIMERA PARTE

EL ORIGEN

El nacionalismo es una enfermedad infantil.
Es el sarampión de la humanidad.
Albert Einstein (físico alemán)

Desde que Sancho III el Mayor fundara el Estado vasco, territorio integrado por Álava, Vizcaya, Guipúzcoa (País Vasco) y Navarra –en España– y las provincias de Labourd, Baja Navarra y el País de Soule –en Francia–, *Vasconia* no ha desarrollado una unidad política o institucional constante, pero siempre ha tenido un aglutinador social decisivo: la lengua. El euskera fue el primer idioma que se escuchó en Iberia, aunque posteriormente cedió terreno ante celtas y romanos. Sin duda la peculiaridad lingüística, como elemento de cohesión, tiene una importancia capital en el devenir histórico de los vascos, siendo el euskera el idioma de los humildes frente a los poderosos. El proceso de centralización de los Borbones a ambos lados de los Pirineos, durante el siglo XVIII, agravó la erosión del euskera, llegando en 1930 a un sesenta por ciento de hablantes entre los guipuzcoanos, apenas la mitad de los vizcaínos, el diez por ciento de los alaveses y menos del veinte de los navarros.

Algunos historiadores consideran a los vascos descendientes directos de Noé, que les dotó no sólo de un idioma, sino de otros elementos de identidad, entre ellos la sangre incontaminada de los primeros pobladores (el equivalente del actual factor RH negativo). De ahí la hidalguía universal que alcanzaron los vascos en la Edad Moderna. A finales del siglo XIX y a partir de estas y otras premisas de corte xenófobo, Sabino Arana, impulsor del Partido Nacionalista Vasco, decidió sembrar en España la semilla del separatismo, que prosperó con la obstinada rebeldía de la mala hierba. Todo comenzó mientras estudiaba Derecho en Barcelona. El nacionalismo catalán empezaba a resurgir y Arana se planteó iniciar en el País Vasco un movimiento similar aunque, sin duda, más profundo y violento.

Un repaso de la historia nos lleva a la conclusión de que el País Vasco nunca fue un territorio independiente ni jamás su pueblo se vio obligado a formar parte de la nación española. Comenzó su andadura en común con el resto de los pueblos de España incluso antes de la dominación romana. A partir de la caída del Imperio, las poblaciones de *Hispania* se unieron decidida y voluntariamente formando un conjunto de pueblos con intereses comunes que, desde entonces, siempre han vivido unidos política y culturalmente, luchando juntos también contra las distintas invasiones extranjeras que la península ha soportado a lo largo de la historia.

Después de que Franco ganara la Guerra Civil, que nada tuvo que ver con los nacionalismos, la peculiaridad vasca, al igual que el comunismo y el socialismo, gozó de cierta simpatía entre las democracias occidentales, alimentando así un apoyo implícito para continuar su particular lucha.

Más tarde, tras la Segunda Guerra Mundial, los aliados dejaron de intervenir activamente en la vida política interna española, con lo que el PNV, por sí solo, se mostró incapaz de convencer de los beneficios de sus postulados a la mayoría de los vascos que se sentían bien formando parte de España. Como consecuencia, en 1952 hizo su entrada en escena una organización juvenil llamada EGI (*Eusko Gaztedi Indarra*) que, con renovados ánimos, trataba de apuntalar al decadente nacionalismo vasco. Un año después otro grupo similar nacía en Vizcaya, *EKIN* (acción), uniéndose a otro radicado en Guipúzcoa de las mismas características. El nuevo grupo se perfilaba como una organización de cierta entidad y con características, por definición, más cercanas a la violencia que al diálogo.

Conflictos motivados precisamente por discrepancias en relación con la metodología, dado que un sector no era partidario de traspasar la línea pacífica, causaron la escisión y fundación posterior, el 31 de julio de 1959, de Euskadi Ta Askatasuna (ETA). La nueva organización se mostró desde el principio como la abanderada de un nacionalismo duro, radical e intransigente cuya meta estrella, la independencia de Euskadi, no tenía en cuenta el modo de pensar de la mayoría de sus ciudadanos.

Tras un breve lapso de tiempo dedicada a la edición de folletos y otras técnicas de propaganda y difusión de su pensamiento totalitario, que no parecían surtir los efectos deseados, la organización llevó a cabo las primeras acciones ilegales y su primer asesinato. El 28 de junio de 1960, ETA colocó una bomba en la sala de consignas de la estación de Amara (San Sebastián) que produjo la muerte de Begoña Urroz Ibarrola, una inocente criatura de año y medio. Esta acción supondría el prólogo de una historia de muerte y destrucción que se ha llevado por delante a cerca de novecientas personas, de las cuales más de quinientas son civiles.

Ciertamente, en aquellos años España vivía bajo un régimen fascista pero, aún así, el resto de las organizaciones nacionalistas comenzaron a distanciarse de ETA, cuyos métodos perjudicaban aún más al debilitado nacionalismo vasco.

En mayo de 1962 se celebró la I Asamblea en el monasterio benedictino de Belloc (Francia), en la que se establecieron las reivindicaciones irrenunciables de la banda y sus principios de actuación. Su autodefinición quedó así plasmada: *"Movimiento revolucionario vasco de liberación nacional creado en la resistencia patriótica, socialista, de carácter aconfesional y económicamente independiente".*

Menos de un año después se celebraba la II Asamblea en Bayona (Francia), donde se constataron muchos puntos en común con el comunismo internacional y, precisamente de las dictaduras comunistas, ETA comenzó a recibir un importante apoyo logístico determinante para continuar avanzando en su proyecto totalitario.

Fue durante la III Asamblea cuando los etarras decidieron romper relaciones con el PNV definitivamente, como consecuencia de sus planteamientos burgueses, además de definir el terrorismo como el mejor modo de llegar al fin político perseguido.

La IV Asamblea tuvo lugar en agosto de 1965, en un lugar próximo al santuario de Nuestra Señora de Aránzazu (Guipúzcoa), diversificando las actividades y tareas dentro de la organización y metiéndose de lleno en la más pura violencia. Tras la constatación de que, para su supervivencia, ETA necesitaba financiación, se cometió el primer atraco a mano armada en Vergara (Guipúzcoa).

La V Asamblea se celebró en dos fases. La primera en diciembre de 1966 en la casa parroquial de Gaztelu (Guipúzcoa); y la segunda en marzo de 1967 en la casa de ejercicios espirituales de la Compañía de Jesús, en la también guipuzcoana Guetaria. En esta convocatoria se definió con claridad la "lucha armada" como macabro título de una sinfonía compuesta por cientos de hombres y mujeres asesinados por la espalda o a consecuencia de las innumerables bombas que iban a explosionar a lo largo y ancho de la geografía española.

La muerte de la niña de San Sebastián siempre fue considerada por ETA como daño colateral puesto que, evidentemente, la pequeña no era un objetivo terrorista y su fallecimiento fue accidental. Por lo tanto, para la banda su primera acción armada propiamente dicha tuvo lugar el 7 de junio de 1968, cuando los etarras Etxebarrieta y Sarasqueta circulaban por carreteras guipuzcoanas en un automóvil con matrículas falsas. Se dirigían al monasterio de Lezcano para recoger un cargamento de explosivos y, cuando se encontraban cerca de Villabona, una pareja de la Guardia Civil de Tráfico les dio el alto. Sin mediar palabra, Etxebarrieta sacó su pistola y disparó varias veces al agente José Pardines, de veinticinco años, que resultó muerto en el acto. Durante su huída, fueron interceptados de nuevo por la Guardia Civil en Tolosa. También en esta ocasión los terroristas hicieron uso de sus armas y en el intercambio de disparos Etxebarrieta resultó muerto, mientras que Sarasqueta conseguía huir siendo detenido con posterioridad en la iglesia de Regil, cerca de Azpeitia.

Como respuesta ETA anunció su venganza proponiendo el asesinato de quince guardias civiles por cada una de sus bajas. Consecuencia de esta decisión fue la ejecución del jefe de la brigada de la policía secreta de San Sebastián, Melitón Manzanas González, abatido a tiros cuando subía la escalera de su domicilio en Irún. Manzanas estaba considerado como uno de los mayores represores de la oposición a la dictadura franquista. Tras el asesinato, se realizaron numerosas detenciones y los dieciséis etarras apresados fueron juzgados por un tribunal militar en el famoso "Proceso de Burgos", al término del cual se firmaron seis penas de muerte y setecientos cincuenta y dos años de cárcel. La banda armada supo aprovechar políticamente el proceso, retando al Régimen con el secuestro, el 1 de diciembre de 1970, del cónsul honorario de Alemania en San Sebastián Eugen Beihl Shalfter, condicionando su suerte a la de los dieciséis procesados y atrayendo aún más la atención internacional. Un cúmulo de acontecimientos hizo que el proceso inicialmente concebido para asestar un duro golpe a ETA, acabara convirtiéndose en una estocada para el Régimen, que conmutó las penas de muerte por cadena perpetua. ETA consiguió una extraordinaria publicidad internacional, confundiendo sus objetivos con la lucha obrera y consiguiendo la implicación de una parte importante de la Iglesia Católica a favor de la amnistía. La banda liberó al cónsul alemán el día de Nochebuena y se convocaron en España numerosas manifestaciones en favor de los terroristas y contra la pena de muerte.

En el transcurso de la VI Asamblea, en Hasparren (Francia), en agosto de 1973, una parte de la banda terrorista comienza a planear el atentado contra el presidente del Gobierno, Luis Carrero Blanco, asesinado en Madrid el 20 de diciembre del mismo año, cuando regresaba en automóvil de su misa diaria. Un túnel repleto de explosivos, excavado desde un semisótano que el comando adquirió en la calle Claudio Coello, a través de una operación inmobiliaria impecable, hizo volar literalmente el vehículo a su paso. En esta acción fallecieron otras dos personas, por lo que ETA acumulaba ya once muescas en las culatas de sus pistolas.

El 13 de septiembre de 1974 ETA cometió su primer atentado indiscriminado y sumamente sangriento, al hacer estallar una potente bomba en un concurrido bar de la calle del Correo de Madrid, asesinando a doce personas que nada significaban en esa supuesta lucha política en favor de sus reivindicaciones independentistas. Fruto de este atentado fue un intenso desacuerdo entre dos nuevas tendencias en el seno de la organización, que se escindió en ETA-Político Militar y ETA-Militar.

El 20 de noviembre de 1975 moría el Jefe del Estado Francisco Franco y con él su dictadura, iniciándose en España una nueva etapa de Monarquía Parlamentaria y democracia plena. ETA-PM aceptó la amnistía concedida por el gobierno de Adolfo Suárez a todos los presos, incluidos los condenados por delitos de sangre, abandonando la violencia e integrándose en un partido político de nueva creación, Euskadiko Ezquerra.

En su VII Asamblea, una buena parte de la militancia terrorista se aglutinó en torno a ETA-M, conociéndose en lo sucesivo como ETA a secas. La nueva organización se caracterizaba desde su refundación por un funcionamiento a partir de células o comandos dedicados a las acciones violentas, en defensa de la llamada Alternativa KAS, documento elaborado en Pamplona en 1976 que recoge el programa básico de reivindicación del pueblo vasco, cuyo punto principal es el reconocimiento del derecho de autodeterminación y la lucha armada como el único método eficaz para conseguirlo.

Como dato más que relevante y significativo destaca el recuento de cuarenta y cinco personas asesinadas a lo largo de los dieciséis años de actividad durante la dictadura franquista, muy lejos de las demoledoras cifras cosechadas por la banda en su negro balance durante la etapa democrática.

De la lógica política cabía esperar que la Transición Española se convirtiera en el punto de inflexión en el que el terrorismo replanteara su lucha armada en favor de unas reivindicaciones que, en cierta medida, habían perdido su contenido; sin olvidar que, a partir de ese momento, cualquier aspiración podía ser defendida legítimamente de acuerdo con las reglas del juego democrático. Nada más lejos de la realidad.

Superada la etapa en la que ETA atracaba bancos con el fin de abastecerse del dinero que necesitaba para adquirir armas, municiones y explosivos y pagar a militantes y mercenarios, la maquinaria de ETA, que requería importantes cantidades de dinero para sus actividades, comienza en paralelo con la actividad violenta una escalada de secuestros de empresarios y extorsiones a personalidades de solvencia económica, a través del "impuesto revolucionario". En la década de los noventa, con ETA en pleno auge, la banda necesitaba para su supervivencia alrededor de quince millones de pesetas diarios y más de cinco mil cuatrocientos al año, según un informe confidencial de la *Ertzaintza* conocido en 1996.

Estos métodos de extorsión incluían el envío de cartas amenazadoras a empresarios vascos, en las que se exigía el pago de una determinada cantidad a cambio de que su patrimonio y su integridad física no corrieran peligro. El miedo y la indefensión de los amenazados aumentaron con el paso de los años en la misma proporción que la sofisticación de las reclamaciones epistolares. En los últimos tiempos, las cartas se marcaban con un código especial que permitía identificar al destinatario del mensaje, en caso de que éste cayera en manos de la policía. En 1986, una operación de la gendarmería francesa contra la cooperativa Sokoa, en Hendaya, reveló que entre 1980 y 1986 ETA había recaudado mil doscientos millones de pesetas exclusivamente a través del impuesto revolucionario.

En mayo de 2002 otra exitosa operación policial concluía con la confirmación de que las *herriko tabernas* funcionaban como centros de recaudación donde acudían los empresarios vascos y navarros para pagar el impuesto.

Tras la victoria electoral socialista en 1982, la actividad al alza de la banda y la tolerancia del gobierno francés, que permitía a los integrantes de ETA moverse libremente por su territorio, surgen los GAL (Grupos Antiterroristas de Liberación), que inician la "guerra sucia" contra ETA y a los que se les atribuye el asesinato de veintisiete personas entre 1983 y 1989. Por el secuestro de Segundo Marey, un vendedor de mobiliario de oficina, retenido durante diez días al confundírsele con un importante dirigente de ETA, el Tribunal Supremo condenó en 1998 a penas de cárcel a José Barrionuevo (entonces Ministro del Interior), Rafael Vera (Secretario de Estado para la Seguridad), otros tantos dirigentes del PSOE y mandos policiales del País Vasco, así como a los subcomisarios José Amedo y Michel Domínguez. Posteriormente, en 2000, el ex general de la Guardia Civil Enrique Rodríguez Galindo era condenado por el mismo tribunal a setenta y cinco años de cárcel por el secuestro, tortura y asesinato de dos miembros de ETA: José Antonio Lasa y José Ignacio Zabala, cuyos cadáveres se encontraron dos años después y no se pudo proceder a su identificación hasta pasados otros diez, debido a que sus cuerpos se enterraron en cal viva, revelándose muy complicado el proceso de reconocimiento.

Durante los años de "guerra sucia" se vivió una tensión sin precedentes en el País Vasco y Navarra y, para algunos sectores, ETA se convirtió en víctima y sus atentados en una respuesta, de dudosa legalidad, a las acciones del Gobierno.

En noviembre de 2010 el ex presidente del Gobierno Felipe González reconocía en una entrevista concedida al diario El País que, en aquellos días, "reunida toda la dirección de la banda en el sur de Francia y con ninguna posibilidad de llevar a cabo la detención, por tratarse de un territorio fuera de España, cabía la posibilidad de volarlos a todos juntos dentro de la casa en la que se refugiaban. La decisión era sí o no. Simplificando, dije: no. Y ahora añado esto: todavía no sé si hice lo correcto".

Por todo lo expuesto, es fácil concluir que ETA nunca respondió a parámetros de lucha por la libertad y la autonomía del pueblo vasco, poniendo de manifiesto, a lo largo de su historia, la incapacidad del nacionalismo radical para reconocer y aceptar la pluralidad política y social implícita en un país libre y democrático.

1

La libertad, Sancho, es uno de los más preciosos dones
que a los hombres dieron los cielos;
con ella no pueden igualarse los tesoros que encierra la tierra y el mar encubre;
por la libertad, así como por la honra, se puede y debe aventurar la vida.
Miguel de Cervantes (soldado, novelista, poeta y dramaturgo español)
El Ingenioso Hidalgo Don Quijote de la Mancha

Hoy es uno de esos días en los que no llueve, sino que las nubes descargan su contenido con tanta furia que parece que el cielo fuera a desplomarse sobre la tierra en cualquier momento. Es difícil conducir en estas condiciones y algunos coches que me preceden, dada la cada vez más escasa visibilidad, comienzan a indicar con luces intermitentes su decisión de abandonar temporalmente la autopista y esperar a que pase el aguacero. Perdida la seguridad de su estela y convencido de que es lo más sensato, me uno a ellos y tomo la salida que nos conduce a una de las áreas de descanso, donde tomaré un café y aprovecharé para llamar a Enrique a la redacción.

Cuando Carmen y yo nos separamos, ella aceptó una oferta de trabajo para dirigir un prestigioso restaurante de la Costa Brava y se llevó con ella a Marta, nuestra hija, entonces una adolescente de catorce años. Ahora, con casi veinte, ha iniciado su etapa universitaria y yo aprovecho para desplazarme a Barcelona un fin de semana al mes para verla y seguir de cerca sus estudios. Afortunadamente ya es historia el régimen de visitas fijado por sentencia, que tan duro es para los padres separados.

Marco el número de Enrique, que en seguida descuelga.

—¿Qué pasa, mariconazo? ¿Dónde se supone que estás a estas horas y con este tiempo infernal? ¿Cuánto te queda para llegar a Madrid? Sabes, empiezo a creer que es verdad lo del cambio climático –dispara Enrique como una ametralladora.

—¡No seas capullo! –contesto–. El calentamiento global ya no se lo cuestiona nadie, pero yo recuerdo como habituales estas lluvias torrenciales de finales de abril desde que vivo en España. Con este diluvio he decidido parar hasta que escampe un poco. Espero estar ahí a la hora de almorzar. ¿Qué tenemos en esta espléndida mañana de lunes?

—Pues ya sabes –dice Enrique con tono rutinario–. Aeropuertos cerrados por el mal tiempo, flota pesquera amarrada y algún patrón imprudente al que luego hay que remolcar. Por supuesto, accidentes de tráfico a mansalva y cientos de salidas de bomberos. Ya sabes, las alegrías de siempre.

—Ya imagino. ¿Nada más?

—Si. Jorge, ese gordito de gafas que hace turno de noche en los teletipos, me ha dejado una nota con un recado para ti –carraspea y continúa–. Dice que anoche, a eso de las once, telefoneó al periódico una mujer con acento sudamericano preguntando por ti. Dijo que llamaba desde la residencia San Felipe Neri, de Vitoria, y que lo hacía en nombre de Carlos Hernández Portillo. Añadió que era urgente y dejó un teléfono de contacto. ¡Oye! ¿Portillo no es ese que fue diputado bastantes años y estuvo a punto de ser candidato a presidente del Gobierno?

—Exacto –digo sin titubear–. Después se le declaró una enfermedad devastadora, creo que esclerosis lateral amiotrófica o algo similar, y hace cinco o seis años que está retirado de la circulación.

Instintivamente mi memoria se pone en funcionamiento y recuerdo con claridad las dos entrevistas que mantuvimos, así como su indignación a consecuencia de los artículos que publiqué sobre él durante mi etapa como columnista de La Verdad de Murcia. Cuando el jefe de redacción me encargó la primera, él era candidato al parlamento autonómico y yo joven e inexperto, pero también íntegro y honesto. Acababa de llegar de Buenos Aires, donde había estudiado Periodismo y Ciencias Políticas, porque mis padres, hijos de emigrantes, no habían pisado jamás España. Yo representaba la generación que tenía que remediar esa carencia que supone que un emigrante, cuya marcha siempre es temporal, no regrese nunca a su país de origen. En definitiva, era el encargado de cerrar el círculo, puesto que mi única hermana, Teresa, casada con un carnicero argentino, se dedicaba en exclusiva a atender el negocio familiar y a cuidar de mis numerosos sobrinos.

Portillo, un líder carismático de impresionante físico, provocaba un rechazo casi instintivo a los pocos minutos de contacto visual. Arrogante y prepotente, su exagerada seguridad en sí mismo hacía de él un fantasmón caciquil y hortera. Sus métodos se basaban en el sometimiento de cuantos le rodeaban por medio del chantaje y la amenaza y, según rumores, no se libraban de sus maquinaciones ni los miembros de su propia familia, incluidos los más cercanos.

—Jaime, ¿sigues ahí? –oigo decir a Enrique como si su voz lejana me llegara desde una cueva–. ¿Te has enterado de lo que te he dicho?

—Sí, sí... Perdóname. Estaba distraído. ¡Qué llamada tan extraña! Hace mucho que ese hombre y su recuerdo habían desaparecido de mi vida. Se me ocurre que podemos cenar en casa esta noche y te cuento la historia. En la nevera siempre hay pizza y cerveza... Ahora, que si tienes otros planes más sugestivos, lo entenderé.

—Es increíble –contesta Enrique melodramático– pero ya me has dejado en ascuas. Tienes el puto don de crear un clima de misterio cada vez que dices que vas a contarme algo. Y, encima, tengo que esperar horas hasta la noche. No tengo otro plan pero, aunque lo tuviera, has conseguido ponerme ansioso y no pensaré ya en otra cosa en todo el día.

—No exageres, que tampoco es para tanto. Además, es una forma de liberarse de la rutina... Te confieso que a mí también me intriga. Bueno, vamos cortando o no llegaré nunca.

Parece que la calma finalmente llega tras la tempestad, así que pago el café y el bocadillo y me incorporo al tráfico. Si no hay más contratiempos, espero llegar a Madrid de un tirón.

2

No hay camino para la paz, la paz es el camino.
Mahatma Gandhi (abogado, pensador y político indio)

No quiero llorar. No he llorado nunca, ni siquiera cuando murieron mis padres y mi hermano Raúl en un accidente de tráfico. Yo entonces sólo tenía doce años y mi familia, a punto de terminar el verano, viajaba a La Manga, donde yo pasaba con mis tíos y primos la mayor parte de las vacaciones. Mientras, mis hermanos mayores, Roberto y Juan, se ocupaban de los animales y la huerta llevando a cabo junto a los empleados las tareas del campo y los encargos de mi padre.

Ahora, desde que esta maldita enfermedad me ha elegido como rehén, la congoja y las lágrimas afloran sin control, con exasperante frecuencia. Siempre he pensado que llorar es de gente débil y sin recursos. Mi madre decía que cuando era un bebé tampoco lloraba como hacen los recién nacidos, simplemente gritaba y pataleaba cuando quería comer, estaba enfermo o no conseguía lo que me proponía, pero no derramaba ni una lágrima.

Afortunadamente, en esta amarga hora cuento con Gladis. Es enfermera en este centro y desde hace tiempo se ha convertido en mi soporte físico y moral. Ella es una de tantas mujeres valientes que dejó Colombia buscando una oportunidad para cambiar una vida tercermundista y sin futuro. Insiste en no juzgar a nadie porque a todos los que estamos aquí nos ha conocido en unas condiciones de precariedad que distorsionan nuestra verdadera personalidad, maquillando lo que fuimos cuando estábamos en plenas facultades. Ella dice que prefiere ignorar nuestro pasado y lo que hayamos sido o hecho antes de nuestra enfermedad. De otro modo, acabaría por determinar su percepción de nosotros y, como consecuencia, su manera de atendernos o escucharnos. Tiene razón, es mejor así. Es mejor que Gladis ignore mis pretéritos prejuicios contra los extranjeros, contra la gente que aterriza de una u otra manera en nuestro país y utiliza nuestros transportes públicos, envía a sus hijos a nuestros colegios y se permite hacer uso de una Seguridad Social que tanto esfuerzo económico cuesta mantener a trabajadores y empresarios. Injusto y miope planteamiento. Finalmente he comprendido que emigrar es una de las decisiones más difíciles que una persona se ve obligada a tomar en la vida. Sobrevivir en soledad, separado de los seres queridos, sufrir marginación y desarraigo, educar a los hijos desde un locutorio y mantener viva la llama de la esperanza en un mundo mejor y en una humanidad que condena y humilla.

Llevo aquí poco menos de dos años, veintidós meses de reclusión en un lugar del que nunca salgo y en un cuerpo que ya no sirve para nada, cuyo deterioro es cada día más ostensible.

Todo comenzó cuando visitaba una fábrica de conservas en Cartagena, poco antes del inicio de una campaña electoral a la que yo pretendía concurrir como candidato de mi partido a la presidencia de la Comunidad Autónoma de Murcia. Al llegar a la factoría, un numeroso grupo de personas se congregaba en la entrada. Representando a la perfección el papel propagandístico que la situación requería, me dirigí hacia un niño que su padre sujetaba de la mano formando parte del improvisado comité de recepción. Me arrodillé para coger al pequeño en brazos y sentí que mis piernas no respondían a los intentos de ponerme de nuevo en pie, carentes de fortaleza para sostener mi cuerpo erguido. Pensé que mis rodillas se habrían anquilosado por un momento y, entonces, ante la presencia de la prensa gráfica que inmortalizaría el momento, reaccioné rápidamente, bromeando sobre el corpulento mozalbete. Conseguí salir airoso y, en pocos segundos, me incorporé de nuevo y proseguí con mis actividades durante días sin reparar en el incidente, que volvió a repetirse con más intensidad aproximadamente un mes más tarde. En aquella ocasión la parálisis se dilató en el tiempo y no hubo excusa para eludir una visita a mi médico y primo Manuel, que se ocupaba de toda la familia con la discreción que yo le exigía dado que Murcia, como cualquier capital pequeña, es un hervidero de rumores y chismorreos que hay que tener bajo control en todo momento si uno no quiere acabar formando parte del grupo de personajillos que llenan las páginas de la prensa local del corazón.

Tras un rosario de pruebas y otras tantas más para confirmar los resultados de las anteriores, Manuel descartó una serie de diagnósticos y consideró otros, acompañándome a Madrid para realizar un examen exhaustivo que corroboró sus peores sospechas. Yo sólo tenía cuarenta y ocho años, hasta entonces una salud incombustible, un carácter arrollador y un futuro profesional sin límites, que para muchos podía desembocar incluso en la presidencia del Gobierno de la nación.

Todo se truncó en un abrir y cerrar de ojos. Mi proyecto de vida se convirtió en un *thriller* terrorífico y patético. De repente, mi existencia se asemejaba a uno de esos filmes en los que todo es feo y terrible, donde la tensión de las escenas aumenta debido a una oscuridad casi perpetua y el miedo, a flor de piel, hace que los espectadores chillen descontroladamente, adelantándose al acontecer del propio guión. Cuando uno se considera un hombre extraordinario, lo más difícil es asumir que se es tan vulnerable como los demás y que las cosas suceden sin responder a una casuística que selecciona a unos u otros en función de sus condiciones físicas, su código genético o un cociente intelectual privilegiado. Has sido el elegido, sin más, aunque el destino y tú tuvierais otros planes.

Pero aún más complejo fue explicárselo a Isabel que, sin sospechar la trascendencia de los síntomas, imaginaba que todo se debía al estrés y a la fatiga de las largas jornadas de campaña y precampaña en las que las agendas de los políticos se parecen a una ordenada sucesión de etapas pertenecientes a una carrera ciclista. Contrarrelojes, puertos de montaña, adversidades y obstáculos sin fin, en muchos casos, realmente difíciles de cumplimentar. Manuel me ayudó a exponerle a mi mujer a lo que nos enfrentábamos en el futuro inmediato, porque no había muchas esperanzas de que existiera otro más lejano. Ella se aferraba a la necesidad de un error, negándose a admitir la tragedia familiar que se avecinaba, el final de un mundo de glamourosas relaciones, de la fascinante vida social que practicábamos con asiduidad e incluso del necesario reajuste a que se debería someter su trabajo al frente de la farmacia que durante años regentaron sus padres, ahora jubilados. Toda una forma de vida ganada con tiempo y constancia ahora se veía amenazada por mi terrible enfermedad y por la dependencia que se derivaría de ella. ¿Y el amor? Más tarde comprendería las auténticas razones de la desesperación de Isabel ante la noticia.

Y mis queridas hijas. Ambas en esa etapa previa a la juventud en la que se combinan los sentimientos de admiración por la figura de un padre socialmente triunfador y la rebeldía que implica un conflicto generacional que empieza a despuntar, al que ahora habría que poner límites para evitar los enfrentamientos. Porque el primer mandamiento para cuantos me rodeaban debía ser, sin discusión, hacerme la vida lo más apacible y grata posible, dadas las circunstancias.

Después de un *vía crucis* de hospitales, protocolos, tratamientos experimentales y un sinfín de pastillas, comprimidos, inyectables y bebedizos, reformas en el domicilio, aparatos que llenan los espacios comunes y propios convirtiéndolos de repente en algo parecido a un establecimiento ortopédico; desfile de enfermeras, fisioterapeutas, psicólogos y hasta miembros de una asociación religiosa que proporciona consuelo y resignación cristiana a desahuciados y enfermos terminales; hoy me encuentro en este centro donde quizá, como en ningún otro lugar, he encontrado la paz de espíritu necesaria para afrontar lo irremediable y llevar a cabo una logística concienzudamente planeada, antes de que el tiempo se acabe.

Forma parte de esa estrategia mi llamada al periodista Jaime Barbadillo, elegido entre los miembros de la profesión por razones personales, aparcando cualquier otra consideración.

3

*Todos los seres humanos nacen libres e iguales en dignidad y derechos
y, dotados como están de razón y conciencia,
deben comportarse fraternalmente los unos con los otros.*
Declaración Universal de los Derechos Humanos, Art. 1 (París, 1948)

Enrique me recuerda mucho a mí mismo cuando empezaba. El típico aire "progre", pelo y barba descuidados, botas de montañero y atuendos de mercadillo, con los que nunca falta el complemento de un chaleco de loneta verde caqui cubierto de bolsillos, que aporta un *look* de corresponsal de guerra en una capital meramente urbana como Madrid, donde nunca pasa nada y mucho menos peligroso.

Me cayó bien desde el primer día que llegó al periódico y, como es costumbre tutelar a los novatos por parte de los veteranos, me ofrecí como padrino de su bautizo profesional sin pensármelo dos veces.

Pasan unos minutos de las nueve de la noche cuando llegamos a casa, un pequeño pero acogedor adosado en una zona residencial al noroeste de Madrid. Enrique me ayuda con el equipaje, que se compone de un maletín con mis cosas personales y varias cajas y bolsas que contienen todo tipo de vestimentas, utensilios y objetos que Marta me ha encargado transportar con motivo de su visita la próxima semana, previa al puente del Primero de Mayo.

Mientras vaciamos el coche, se me ocurre pensar en la razón por la que Marta ha puesto tanto empeño en venir a Madrid los próximos días. Ella asegura que tiene muchas ganas de ver a Ramsés y, aunque me consta que lo quiere mucho, nunca la he visto con tanto entusiasmo por disfrutar de la compañía del perro.

—Pero, ¿es que esta niña se va a mudar definitivamente contigo? –dice Enrique perplejo ante la cantidad de equipaje que ahora descansa en la acera.

—¡Qué más quisiera yo...! Anda, vamos a dejarlo todo en su dormitorio, hasta que ella venga y lo organice a su aire. Mira, me ha empaquetado hasta el retrato que le hizo Andrés, el reportero gráfico, una vez que estuvo conmigo en la redacción. La verdad es que ella sabe que me encanta esta fotografía... ¡Está tan guapa! Cada día se parece más a su madre... Los mismos ojos verdes chispeantes, las pecas en la nariz y en los pómulos y ese pelo rubio anaranjado... En fin, la misma imagen que me dejó sin palabras la primera vez que vi a Carmen.

—¿Vamos a empezar ya con el capítulo de sollozos y lamentos? –dispara Enrique sin piedad.

—Vale... No te cabrees, ya me callo... Pero es que sabes que no me puedo resistir a un buen hombro sobre el que llorar –contesto en un intento de chantaje emocional.

—Bueno, ahora vamos a lo que vamos. En primer lugar al asunto de la intendencia, porque desde que almorcé tengo ya el arroz camino del intestino grueso. Joder, ahora que caigo... ¿dónde está Tutankamón?

—Es evidente que el perro te quiere porque ignora tus comentarios. Está con Ricardo, el vecino. Desde hace algunos meses se ocupa de él cuando yo no estoy. Se han cogido cariño mutuo y yo me quedo tranquilo porque Ramsés está bien atendido.

—Dabuten.

—Te gustará Ricardo, es un buen chaval. Estudia Arquitectura y quiere trabajar en el estudio de su padre cuando termine la carrera. Oigo ladrar al perro –y miro al exterior a través de la ventana de la cocina–. Por favor, abre la puerta, si no con la fuerza que tiene y la inercia de la carrera, es capaz de derribarla.

Efectivamente, el perro entra en casa a modo de tornado y, para demostrar su alegría, da vueltas alrededor del sofá a toda velocidad hasta que, finalmente, se eleva de un salto entre uno de los sillones y la mesita, haciendo tambalear la lámpara. Después se para en seco y se sube de patas sobre mí. Como yo ya estoy preparado para el show me apoyo en la nevera, apuntalando literalmente las piernas para resistir la embestida y no caer hacia atrás. Acto seguido cojo sus golosinas del armario que hay junto al frigorífico y, mientras él las deglute, yo consigo zafarme del amor de este animal, que puede ser letal. Inmediatamente detrás, entra Ricardo con la correa del perro en la mano.

—Le estaba dando el último paseo cuando ha visto el coche y ha echado a correr como alma que lleva el diablo. ¿Qué tal el viaje?

—Pasado por agua, colega.

—He oído que Cataluña y Levante se encuentran en alerta naranja por aguaceros y fuertes vientos. Aquí ha llovido también, pero no de esa manera. Debe de ser el cambio climático que hace estragos en los litorales costeros –concluye Ricardo.

—¡Alto ahí, compañero! –digo con énfasis–. Que está aquí un experto en el tema y como empecemos con el desarrollo sostenible y el calentamiento global, acabamos afiliándonos a *Greenpeace*. Te presento a Enrique González, que se ocupa en el periódico de los temas de denuncia social y ecológica y que, dados los tiempos que corren, tiene más trabajo del que quisiera.

—Me alegro de conocerte –dice Enrique adelantando la mano derecha abierta para chocarla con la palma de Ricardo–. Jaime me ha dicho que tú eres el que se ocupa del "faraón".

—Si, es curioso. Mi madre nunca ha querido perros en casa y ahora tengo la oportunidad de convivir con uno sin que proteste por ello. Los animales son un ejemplo constante de lealtad y cariño desinteresado. A veces consiguen sustituir carísimas sesiones de psicoterapia.

—No lo dudes –le digo a Ricardo–. Este perro ha sido para mí el mejor antidepresivo, el ansiolítico más eficaz y el consuelo más efectivo en mis horas bajas, después de la ruptura de mi matrimonio. ¡Es mi salvavidas! ¡A que sí, perrito bonito...! –acaricio la cabeza de este magnífico ejemplar de pastor alemán, ahora en pleno vigor.

Ricardo se acerca a la puerta.

—Por cierto, compañero, te debo la retribución de este mes y cuenta también con la de mayo, aunque no me ausentaré en principio ningún fin de semana porque será Marta la que venga. Llegará el sábado y se quedará toda la semana, aprovechando el puente.

La cara de Ricardo se ilumina de repente y sus ojos se agrandan hasta hacerse completamente redondos. Durante unos segundos no es capaz de articular palabra para pasar después a balbucir incoherencias atropelladamente.

—Yo no... quiero decir, digo... Jaime... que por el dinero no hay que preocuparse... es decir preocuparte... yo lo hago de mil amores... o sea con mucho gusto... quiero decir, bueno, tú ya me entiendes.

—Mira, chaval –se adelanta Enrique, echándole un capote–. ¡Claro que te entendemos! ¡Cómo no te vamos a entender! Anda, tómate una birra con nosotros para que se te pase el sofoco.

—No, bueno, vale, está bien... –continúa Ricardo con sus desatinos–. Pero me marcho ya porque mañana tengo la primera clase temprano.

A todas luces incómodo, apura su cerveza con rapidez y se despide sin más.

—Mañana vendré a sacar a Ramsés antes de comer –dice dirigiéndose a mí–. Enrique, me alegro de conocerte y espero que nos veamos pronto.

—Gracias, Ricardo. Mañana te dejaré el dinero junto con las llaves y la correa y, por favor, saluda a tus padres de mi parte. Hubiera querido hacerlo personalmente pero me parece que se nos ha hecho un poco tarde.

Deliberadamente, Enrique espera para sentenciar hasta oír alejarse los pasos del chico que baja la escalera a zancadas.

—Supongo que habrás comprendido ya la razón por la que Marta tiene tanto empeño en venir a Madrid. Pero, ¡hombre de Dios, cáete del guindo...! ¡Es que no has visto la transformación de ese Romeo cuando has mencionado a la niña? Aquí hay tema, te lo digo yo...

—Tú siempre con tu psicología barata. Marta y Ricardo sólo se han visto un par de veces y no creo que... Ahora que lo dices, paseaban juntos al perro y yo no sé adónde iban, pero tardaban siglos en volver. Ramsés llegaba barriendo el suelo con la lengua. ¡Será capullo...!

—Pues a mí me gusta y hacen una pareja cojonuda. ¡Hay que joderse! Son jóvenes y están enamorados... Yo ya lo tengo olvidado y, lo que es peor, creo que estoy desahuciado para el amor. Te advierto que en momentos como este es cuando tomo conciencia de mi triste realidad y mi autoestima baja mucho, si encima tengo el estómago vacío...

—¡Qué pesado te pones cuando tienes hambre! –le digo a Enrique para terminar de una vez esta conversación que, aunque no quiero reconocerlo, me ha dejado una sospecha que es casi una certeza: ¡... Marta enamorada! ¡Pero si no es más que una niña!–. Anda, pon la mesa de una vez.

—Antes de nada, toma el teléfono de Portillo. Me he permitido llamar al número anotado para confirmar y, efectivamente, corresponde a una especie de residencia de ancianos y enfermos terminales de Vitoria. ¿Qué hará ese tío aparcado en el País Vasco? ¿No me dijiste que él y su familia son de Murcia? Estoy loco porque me cuentes la historia en cuestión, pero no antes de cenar... No soy capaz de pensar con las tripas pegadas.

—De acuerdo, Carpanta, cenemos primero...

4

Los hombres construimos demasiados muros
y no suficientes puentes.
Isaac Newton (físico, filósofo, teólogo, inventor, alquimista y matemático inglés)

Isabel no ha venido a verme este fin de semana. Nunca se aleja de Murcia cuando la farmacia está de guardia, a pesar de que una empleada se ocupa exclusivamente de los festivos y los turnos de noche. Hemos hablado por teléfono y se sigue lamentando de la distancia que nos separa. Yo insisto en que debe estar tranquila porque estoy bien atendido y le recuerdo que los especialistas fueron los que recomendaron mi ingreso en esta institución por su prestigio y su acreditada especialización en enfermos de mis características. Es difícil engañarla, nunca consigo convencerla del todo...

Tengo que reconocer que a mí, más que a ella, se me hace dura la separación. Sobre todo cuando, después de pasar juntos el fin de semana, llega el domingo y la hora de la partida. Dispongo de una habitación individual, habilitada con una cama adicional pensada para un futuro con necesidad de atención las veinticuatro horas del día. Por este motivo la dirección del centro permite a Isabel quedarse conmigo y no tener que pernoctar en un hotel. ¡Dios mío! Cómo disfruto de esas horas en las que permanece a mi lado, cierro los ojos y recuerdo la intimidad de nuestro dormitorio en un tiempo pasado que a gritos fue mejor.

¡Y mis hijas! Cuánto me gustaría disfrutar de ellas, de sus risas por nada, de su atolondrada edad del pavo, de los tradicionales enfrentamientos por saber en cada momento dónde o con quién están, vigilando a hurtadillas sus cuadernos y mochilas, espiando sus teléfonos móviles y siendo descubierto, cuando menos te lo esperas, en la necesidad de inventar una excusa creíble para semejante violación de la intimidad. No quiero que me vean en estas condiciones, que denigran lo más consustancial del ser humano y dejan grabado en las familias, sobre todo en los más jóvenes, un cúmulo de imágenes y recuerdos que actúan con el impacto de una carga de profundidad. Lo sé por experiencia. Perdí a mis padres y a uno de mis hermanos siendo un niño y no encontraba explicación convincente que justificara semejante sinrazón. Mis entendederas no daban de sí para discernir que no existen argumentos que hagan comprensibles las desgracias, la enfermedad, la muerte, la injusticia, el hambre y la miseria, la opresión y la desesperación humanas. Simplemente suceden y ya está... Los mayores me explicaban, desde la compasión, que mis padres se habían ido al cielo pero que estarían siempre conmigo, que Dios los había elegido porque eran especiales y no sé cuantísimas sandeces más que, en lugar de aliviar mi soledad y mi confusión, hacían más difícil la pérdida por incomprensible.

Por eso mis hijas sólo ven lo que yo quiero que vean. No puedo evitarles la silla de ruedas, la inmovilidad actual de mis piernas y la dependencia de otros para algunas funciones, pero no son testigos del segundo y mucho más sórdido nivel que suponen las sondas y los pañales que yo insisto en ocultar con verdadera obstinación. Procuro tener buen aspecto y un excelente humor para que ellas, en su ignorancia, regresen a casa con los mínimos interrogantes posibles y planteándose, en todo caso, cuestiones que se puedan responder a partir del conocimiento de mi grave enfermedad y del curso que pueden tomar las cosas en el futuro, temas que ya hemos tratado con ellas tanto su madre como yo.

Mi primo Gerardo, que es un hombre sencillo y generoso como la buena gente del campo, y su mujer Catalina procuran venir cuando a Isabel se lo impide el trabajo, pero este fin de semana el tiempo ha sido infernal y el viaje por carretera se hace largo y peligroso para ellos. Gerardo y Manuel, el médico, han sido mis auténticos hermanos desde niños, afines en edad y complementarios en caracteres, mucho más cercanos que mis propios hermanos que, entonces, tenían otra edad y distintos intereses.

Cumpliendo los deseos de mi madre, me trasladé a Madrid para estudiar Derecho. Los años de Universidad y de Colegio Mayor me permitieron vivir un mundo de independencia y despreocupación respecto de la familia frecuente en los estudiantes de provincias de los años setenta. En aquellos tiempos se nos consideraba, con fundados motivos, originarios de un submundo aún más sórdido y atrasado, siendo España un país que salía de una dictadura férrea e interminable y su capital, Madrid, la olla donde se cocían todos los cambios que estaban por suceder. Sin lugar a dudas esa relativa libertad de movimientos era la compensación por ese desarraigo que supone el abandono del hogar a una edad tan temprana, en unos tiempos en los que muchos jóvenes no sólo no habían hecho nunca un viaje, sino que tan siquiera habían ido más allá de las lindes de su pueblo salvo para cumplir con el Servicio Militar.

A través de algunos compañeros de facultad y correligionarios del Colegio Mayor, comprometidos con las mil y una causas, me fui introduciendo en asociaciones juveniles, sindicatos de estudiantes y otras organizaciones sin legalizar en muchos casos. Se celebraban continuas reuniones y asambleas en las que se discutía durante horas sobre un sinfín de cuestiones políticas, en un anhelo común por conseguir, en menos que canta un gallo, todas las libertades que a los españoles se nos negaron durante décadas y que necesitábamos recuperar cuanto antes. Dirigidos por un equipo eficaz e ilusionante, la operación fue un éxito. Sin experiencia pero con un entusiasmo sin límites, dimos con el camino correcto sorteando con éxito obstáculos de todo tipo, entre ellos el ultraconservadurismo y los deseos involucionistas de ciertos sectores que veían cómo de día en día perdían el control de la situación y, por ende, todos sus privilegios. Pero el terrorismo, con su poder destructivo de la vida y de las esperanzas de un pueblo, se constituyó en seguida en el principal enemigo a batir, mientras sometía a un durísimo castigo a un gobierno y a una sociedad que pronto comprendió que sólo desde la unidad y la firmeza podría pensar en la victoria.

Esos años fueron clave para una generación que luchó como nadie por conseguir sus objetivos, en definitiva, ganar la libertad y la democracia y salir del subdesarrollo y la marginación. Los acontecimientos políticos y sociales, que se sucedían a una velocidad tan vertiginosa que en algunos momentos llegaban a superponerse, unidos a nuestra juventud, hicieron que muchos de nosotros en aquellos momentos quedáramos enganchados por el quehacer político, incluso desde sectores profesionales que nada tenían que ver con la actividad legislativa o ejecutiva. Quizá fuimos presa de una psicosis colectiva que, analizada desde el punto de vista sociológico y dadas las circunstancias, es más que comprensible en el comportamiento general de un pueblo.

Avanzado ya el proceso de Transición y terminados los estudios, regresé definitivamente a Murcia, donde comenzó mi militancia política y mi carrera en el ámbito autonómico, truncada por esta sentencia a muerte sin posibilidad de indulto. Mi vida no parece que vaya a ser muy larga y, por razones obvias, nunca será mejor de lo que ya ha sido, así que puedo finalmente concluir que a esta etapa corresponden mis mejores años, los que con más frecuencia y nostalgia recuerdo.

Definitivamente, agradezco la tranquilidad de este lluvioso fin de semana que me ha permitido hacer buen uso de la soledad impuesta, para preparar la logística correspondiente a un plan que debo poner en marcha sin más dilación, tanto por su envergadura e importancia como por la urgencia que marca un calendario electoral inminente y las precarias condiciones de mi salud, cuyo empeoramiento puede producirse en cualquier momento.

Por fortuna cuento con la ayuda inestimable de Gladis, que colabora en cuanto le pido con solicitud y eficacia. Aunque desconoce las coordenadas del asunto, me consta que ella imagina por dónde van los tiros, pero su discreción y sensatez hacen que permanezca a la espera de una aclaración por mi parte o de una evidencia que le permita finalmente destapar sus sospechas.

Por el momento, dada la delicada naturaleza de todo ello, prefiero que las cosas continúen como están.

5

Que nadie se haga ilusiones de que la simple ausencia de guerra,
aun siendo tan deseada, sea sinónimo de una paz verdadera.
No hay verdadera paz
si no viene acompañada de equidad, verdad, justicia y solidaridad.
Juan Pablo II (Papa de la Iglesia Católica
y Jefe de Estado de la Ciudad del Vaticano)

Con cierto tono autoritario, explico a Enrique que dado lo avanzado de la hora y sin haber comenzado siquiera a explicarle el asunto que ha motivado la cena, no tengo la más mínima intención de volver a coger el coche para llevarle a Madrid. Prepararemos la habitación de invitados y saldremos a pasear a Ramsés y a disfrutar de unos habanos que compré esta mañana en la cafetería de la autopista.

—Por cierto –advierto con determinación–, ¿le has dicho a tu madre que te quedas conmigo esta noche? No quiero que doña Consuelo se preocupe sin necesidad... Pero, ¿se puede saber que haces ahí parado? ¿Quieres coger el móvil y llamar? ... Y luego te vas a la habitación y sacas toallas y sábanas del armario, que después te pasaré un pijama para dormir...

Enrique ya ha comenzado a subir la escalera que conduce a los dormitorios arrastrando los pantalones, cuya cintura se sitúa muy por debajo de las caderas. Como consecuencia, los bolsillos traseros quedan ubicados exactamente donde comienzan los muslos, haciendo perfectamente visible la parte superior de los calzoncillos, de marca Calvin Klein, escrita en color blanco sobre elástico negro y con un tamaño de letra cercano a los cinco centímetros, es decir, para que sea leída a no menos de cincuenta metros por cualquier persona cuya miopía no roce la invidencia. Gira en redondo y dice con tono de resignación:

—Si callaras, aunque sólo fuera durante el tiempo imprescindible para que tu interlocutor pudiera meter baza, te explicaría: uno, que mi madre ya sabe que pasaré la noche aquí, porque lo suponía; y dos, que no necesito pijama ni ningún otro accesorio para dormir fuera de casa. Por si no lo sabes, dispongo de un kit completo que guardo en la redacción, desde que cubrí el incendio de Guadalajara. Como recordarás, el cierre de las carreteras de acceso a la zona me obligó a dormir en una pensión del pueblo. Me pasé tres días con la misma ropa, oliendo a chamusquina por fuera y no quieras saber a qué por dentro...

—Pues entonces espabila, porque estoy loco por salir a caminar un rato y echar humo como una chimenea –sentencio con el fin de zanjar la conversación.

Abro la puerta y Ramsés se coloca a mi lado, moviendo el rabo y sujetando la correa entre las fauces. Una bocanada de aire fresco y húmedo penetra hasta el interior, pero la temperatura es agradable y el cielo se ha despejado casi por completo.

—¿Has cogido los cigarros? ¿Y las llaves? ¿Llevas bolsas para los excrementos del perro...?

—¡Lo que me faltaba! Lecciones de ecologismo de medio pelo... ¡Anda, tira ya!

Salimos los tres a la noche tranquila. Sólo algunos coches circulan a esta hora transportando ejecutivos que terminan su jornada laboral y regresan a casa, con el tiempo justo de dormir unas pocas horas, antes de comenzar de nuevo al día siguiente. Según nos alejamos de las calles principales para que Ramsés pueda correr y olisquear a sus anchas cuantas hierbas y arbustos encuentra a su paso sin el peligro que supone el tráfico, comienzo a desgranar la historia de mis encuentros con el diputado Carlos Hernández Portillo, realizando un esfuerzo de memoria que, de paso, me será útil cuando mañana me ponga en contacto con él. Enrique me escucha atentamente mientras su boca exhala intermitentes nubes de humo que ocultan su cara durante varios segundos.

Recuerdo bien que la entrevista me la encargó expresamente el jefe de redacción de La Verdad, justificando profusamente mi elección, teniendo en cuenta que era el novato del equipo. Me explicó que si lo hacía bien, podría ocuparme de un ciclo de Interviús que se publicarían a contraportada con mi firma. Incluso, si la cosa funcionaba, se podía plantear mandarme a Madrid durante los días de pleno para cubrir la información parlamentaria. Todas estas consideraciones y sus reiterados consejos para enfocar la entrevista, que se desviaba sin pudor de la línea del periódico, me hicieron sospechar que había gato encerrado, como así pude comprobar después. Carlos Hernández me esperaba en su despacho, que a mí me pareció, a bote pronto, ostentoso y hortera como él.

Yo, efectivamente, era principiante pero no estúpido, por lo que previamente consulté biografías y hemeroteca para estar lo mejor preparado posible ante un encuentro incierto. De esta manera me puse al tanto del pasado y las andanzas del diputado a quien, sin duda, correspondía el mérito de haberse hecho a sí mismo desde una niñez poco afortunada y una juventud comprometida, pero a la vez convirtiéndolo en el hombre presuntuoso y vulgar que ahora tenía delante. Su certificada inmodestia, de la que alardeaba sin recato, le hizo apuntar a un objetivo mucho más ambicioso de lo que en Murcia podían aspirar sus compañeros de partido, cuya visión de la vida pública a él se le quedaba muy corta. Su punto de mira enfocaba directamente a la Presidencia del Gobierno de España.

Al principio logró su objetivo y realmente me cautivó su discurso envolvente y su dominio de la situación. "Muchacho" me dijo, "vamos a hacer un buen trabajo de equipo que puede suponer un cambio de rumbo en tu vida profesional y un importante atajo en mi camino hacia el destino que me espera en Madrid. Eres inexperto pero listo y, si sabes lo que te conviene, enfocarás esta conversación de la forma más ventajosa para ambos". Me quedé sin recursos y la personalidad arrolladora de aquel hombre me arrastró hasta el punto de que, cuando quise reaccionar, me había escrito el guión, con un contenido sesgado y engañoso, echando balones fuera y poniendo en boca del entrevistador (yo) afirmaciones que se definían como contrastadas y que, desde luego, yo no había pronunciado en ningún momento.

Finalmente, le advertí que no publicaría el artículo de aquella forma dirigida y tergiversada y, entonces, apareció la verdadera cara de aquel hombre que no admitía un no por respuesta y mucho menos de un mequetrefe como yo, sin entidad ni experiencia y que no sabía reconocer la oportunidad que desperdiciaba si, finalmente, no cedía a sus pretensiones. Me amenazó con acabar conmigo si no me sometía a sus dictados y publicaba una sola coma que no hubiera sido supervisada por él. Mi presunta candidez dejó paso a una postura inamovible de la que no iba a retroceder ni un centímetro. Con la irritación de quien no está acostumbrado a los desafíos, mencionó veladamente la posibilidad de investigar a mi familia en la seguridad de que encontraría algún resquicio por donde atacarme y hacerme pagar mis bravuconadas.

Regresé a la redacción hecho una furia. Dando un portazo que hizo peligrar la integridad del cristal y arrancó de cuajo el letrero de la puerta, entré en el despacho del jefe, que del sobresalto colgó el teléfono precipitadamente haciendo caer la ceniza de su cigarrillo encima de los papeles que se desparramaban sobre la mesa.

—Por el amor de Dios, Jaime, ¿se puede saber qué te pasa?

—De sobra sabe lo que me pasa porque usted mismo es quien me ha metido en la boca del lobo. ¿Y sabe lo que más me duele? Pues lo que más me duele es que me haya dejado a merced de ese tiburón despiadado y sin escrúpulos. Ha amenazado con acabar conmigo y con mi carrera profesional si no publicaba una entrevista nauseabunda.

—Bueno, Jaime, cálmate y míralo por el lado positivo....

—¿Que lo mire por dónde? ¡Menuda encerrona...! Y yo como un pardillo, casi me lleva al huerto... Menos mal que he reaccionado a tiempo –y empiezo a relatar, como si pensara en voz alta–. Yo, que desde que llegué de Buenos Aires me siento tan solo en esta ciudad donde no conozco a nadie. ¿Sabe lo que venía pensando mientras regresaba? Que me alegro de no tener aquí familia ni cercana ni lejana, ni novia ni casi amigos, porque de no ser así podían verse a partir de hoy en el punto de mira de ese gañán peligroso y vengativo.

—Mira, Jaime, creo que estás sacando las cosas de quicio –dice el jefe que ha rodeado la mesa, una vez ha terminado de limpiar y ordenar los papeles–. En este oficio hay que aprender a torear ciertos toros que, aunque al principio parece que nos van a embestir, luego son ellos los que se quedan fuera del burladero a merced de banderillas y rejones y a los que difícilmente indulta el respetable.

—No me venga con metáforas, que no estoy para florituras literarias.

—Hazme caso. Yo lo único que quiero es lo mejor para el periódico que es, en definitiva, lo mejor para ti y para mí. Vamos a hacer una cosa: tú déjame todo el material, las notas y la grabación y despreocúpate del tema, que a partir de aquí ya es cosa mía. Te prometo que podrás supervisar el resultado antes de que se publique.

—Joder, jefe, es que estoy dolido y cabreado... con ese hijo de puta y... con usted también...

—Vale, venga, desahógate. Entiendo que estés desconcertado, pero comprenderás que precisamente tú eras perfecto para el trabajito, un hombre con sangre fría para encajar los golpes y sin puntos débiles, lo que te convierte en un candidato único en esta profesión donde todo el mundo tiene un precio. Ahora márchate a casa, date una ducha, tómate una copa y un sedante que te ayude a dormir a pierna suelta y mañana hablamos de nuevo.

—¿Cuándo se publicará esa basura?

—El domingo en el suplemento, así que teniendo en cuenta que hoy es miércoles, hay tiempo para trabajarla.

Enrique que, salvo para silbar a Ramsés cada vez que se perdía de vista en la oscuridad de la noche, no había abierto la boca durante el monólogo, aprovechó este momento para intervenir.

—¡Hay que joderse! ¡Menudo hijo de Satanás! ¿Y cómo continúa la historia? Porque me imagino que hay más...

—Ya te digo si hay más... Sin entrar en profundidades, te diré que mi jefe supo manejar muy bien el tema y, manteniendo la integridad de los contenidos, como yo pedí o casi le exigí, el reportaje se publicó suavizado pero dejando a la imaginación del lector las conclusiones a las que llegar sobre una legalidad más que dudosa de las actividades del diputado y su equipo.

—Que se traducían en... No me digas más.

—Exacto. Actuaciones urbanísticas que habían puesto de moda en Murcia las urbanizaciones de lujo y los campos de golf y que, de seguir la tendencia, amenazaban seriamente con el fin de la huerta murciana como despensa vegetal de España, en un futuro no lejano. Llamó al periódico el mismo domingo y exigió hablar con el jefe de redacción. Él, que ya estaba preparado para la movida, se limitó a ratificar las declaraciones del diputado previamente grabadas y reconocer vagamente que, aunque quizá los comentarios y el ambiente que se creaba a lo largo del artículo podían suscitar cierta ambigüedad, en ningún caso se incluían afirmaciones categóricas que intencionadamente sembraran en el lector dudas o sospechas. La cosa acabó con la promesa de una nueva entrevista un mes después, tiempo estimado como suficiente para que los murcianos olvidaran el contenido de la anterior.

—Y fuiste a verle de nuevo... –dice Enrique incrédulo ante la deducción.

—No sólo se consideró muy conveniente, sino que fue el diputado el que impuso la condición de mi presencia por segunda vez. Imaginarás que en esta ocasión me preparé a conciencia sabiendo que él, consciente ahora de mi inmunidad ante sus amenazas, intentaría llevarme al huerto por otro camino. Me vestí y peiné de una manera mucho más formal, lo que me hacía parecer mayor y más seguro de mí mismo. Como había previsto, él también cambió su táctica alabando mi aspecto, mi buen hacer y uniendo nuestros destinos como autodidactas, consecuencia de las adversas circunstancias del acontecer de nuestras vidas.

—¿Y cómo acabó la cosa? –pregunta Enrique un tanto divertido–. No me digas que al final funcionó la empatía y acabasteis como dos camaradas.

—Ni mucho menos. Esta vez mis preguntas fueron muy mordaces, le hice ver que si mentía o se "alejaba de la verdad" –explico moviendo los dedos de las manos como si dibujara las comillas–, lo único que conseguiría sería alimentar mi curiosidad morbosa para seguir investigando sus actividades, aumentando así el peligro de dar con irregularidades y corruptelas que hasta entonces no habían visto la luz. Ante la determinación con la que yo hablaba y la inexistencia de resquicio por el que atacar, se doblegó con la soberbia y la furia pintadas en el rostro, dándome a entender que a partir de ese momento sería sometido a un acoso sin piedad y fulminado sin contemplaciones al primer mal paso que diera.

—¡Joder, Jaime, parece una película de la mafia y tú en el papel de Elliot Ness!

—Ya, pues como no tengo madera de héroe y no me ataba nada a Murcia ni a La Verdad, empecé a tantear otros periódicos y a los ocho meses del episodio me largué a Zaragoza y empecé mi etapa en El Heraldo de Aragón, borrando de mi vida a Carlos Hernández Portillo como si de un mal sueño se tratara. De esto han pasado muchos años y nunca pensé que nuestros caminos se cruzarían de nuevo.

—Es que no es posible predecir el futuro, como tampoco conocer quiénes son los que harán el camino con nosotros y cuáles los que quedarán en la cuneta de nuestra vida, salvo los que demos por muertos– sentencia Enrique.

—Muerto estoy yo, así que ya está bien de charla por hoy. Me voy a tomar un valium, porque no quiero pasarme la noche con Carlos Hernández Portillo, con Ricardo y la niña y, mucho menos, escuchando tus ronquidos después del habano que te has fumado.

Los tres entramos en casa cansados por la caminata y lo avanzado de la hora. Como un autómata, Ramsés se tumba en su colchoneta y hace una rosca completa con el cuerpo. Enrique sube cansinamente la escalera bostezando sin pudor y entra en el cuarto sin decir ni adiós.

6

Es imposible que un hombre que goza de libertad
imagine lo que representa estar privado de ella.
Truman Capote (periodista y escritor estadounidense)

Según los libros de medicina para profanos en la materia, la Esclerosis Lateral Amiotrófica se define como una enfermedad degenerativa de tipo neuromuscular, por la cual las motoneuronas disminuyen gradualmente su funcionamiento y mueren, provocando una parálisis muscular progresiva de pronóstico mortal.

En la ELA, las funciones cerebrales no relacionadas con la actividad motora, esto es, la sensibilidad y la inteligencia, se mantienen inalteradas y, por otro lado, apenas resultan afectadas las motoneuronas que controlan los músculos extrínsecos del ojo, por lo que los enfermos conservan los movimientos oculares hasta el final. Además, la ELA no daña el núcleo de Onuf, por lo que tampoco resultan afectados los músculos de los esfínteres que controlan la micción y la defecación. Los enfermos utilizamos los pañales fundamentalmente por comodidad, evitando así la pesada tarea de los traslados al cuarto de baño y las operaciones de desvestir y volver a vestir, levantar y reinstalar en las sillas de ruedas o en la cama, que tan penosas resultan en muchos casos.

Esta enfermedad afecta, especialmente, a personas de edades comprendidas entre los cuarenta y los setenta años, y la incidencia es mucho más alta entre los varones. Se producen, estadísticamente, unos dos casos por año y por cada cien mil individuos.

La debilidad muscular implica dificultad para andar y una deficiente coordinación de las extremidades. La extensión de la parálisis al tronco y a la cabeza termina por provocar problemas para masticar, tragar y respirar, llegándose a la necesidad de ventilación mecánica, si antes no se produce el desenlace fatal. La progresión de la enfermedad es normalmente asimétrica, es decir, evoluciona de modo diferente en cada parte del cuerpo y, a veces, el desarrollo es muy lento, teniendo lugar a lo largo de los años con dilatados periodos de estabilidad acompañados de un variable grado de incapacidad. Es en este estadio en el que me encuentro actualmente, esperando un nuevo avance bajo la incógnita de cuándo y cómo se producirá.

Las facultades intelectuales, el funcionamiento de los órganos de todos los sentidos, esfínteres y función sexual se mantienen intactos y, afortunadamente, la enfermedad cursa sin dolor, apareciendo en algunos casos síntomas relacionados con alteraciones de la afectividad –lloros y risas inapropiados o respuestas emocionales desproporcionadas– que se denominan labilidad emocional y que en ningún caso significa que exista un auténtico problema psiquiátrico.

Actualmente no existe ningún protocolo probado con éxito contra la ELA y la gran complejidad del tratamiento multidisciplinar hace necesario el desarrollo de vías clínicas que organicen y unifiquen las atenciones que precisamos los pacientes para mejorar nuestra calidad de vida, que pasa por el trabajo coordinado de un equipo plural de médicos, fisioterapeutas, logopedas, psicólogos, etc.

Son muchas las personas que jamás han oído hablar de esta enfermedad y numerosas también las que sólo con escuchar su nombre saben que se trata de una sentencia de muerte, aunque desconocen el proceso al que se enfrentarán sin remedio en caso de pertenecer a la población afectada.

Han pasado casi seis años desde las primeras manifestaciones de la esclerosis y recuerdo con precisión todo lo que ocurrió después. Superado el primer shock y retirado de la actividad pública por razones obvias, mi vida transcurrió, en una primera fase, lenta y rutinaria en la confortabilidad de mi hogar y bajo esmerados cuidados familiares y profesionales. Fue algún tiempo después cuando se inició este proceso en el que me encuentro inmerso y que supone, probablemente, mi última oportunidad de ser útil a mi país en su lucha contra una lacra singular, un estigma que nuevamente nos diferencia y del que no encontramos la manera de desprendernos.

Era miércoles por la tarde. Lo recuerdo con precisión porque Isabel estaba a punto de marchar a la farmacia, al poco de llegar Felipe el fisioterapeuta que, además de tono muscular a mis miembros, tanta fuerza espiritual me transmitió durante meses. Coincidía con las clases semanales de piano de las niñas que invariablemente se enzarzaban en una disputa por decidir quién era la primera en empezar. Fue entonces cuando sonó el teléfono, que yo mismo descolgué, anunciándome una voz femenina que la comunicación procedía del Ministerio del Interior.

Pocos segundos después escuchaba la voz grave pero segura de mi interlocutor:

—¿Es usted Carlos Hernández? Adivino su sorpresa y me va a tener que disculpar ante la imposibilidad de identificarme, pero debo pedirle discreción. Ante todo, quiero preguntarle cómo se encuentra física y anímicamente, dadas las circunstancias.

—Bueno, efectivamente estoy más que sorprendido, pero sé intuir cuándo algo es relevante y, en consecuencia, demanda cautela y confidencialidad. Como usted sabe, porque habrá hecho sus averiguaciones y además es público y notorio, padezco ELA y actualmente me encuentro en una fase primaria de la enfermedad, por lo que la parálisis sólo afecta a mis piernas y, aunque debo utilizar silla de ruedas, mantengo casi intacta la movilidad de brazos y tronco.

—Me alegra oír eso y deduzco por el tono de su voz que su ánimo también es bueno. Tiene usted fama de no arredrarse ante la adversidad.

—La verdad es que tengo ratos y días, pero es cierto que poseo voluntad de hierro y resignación ante lo irremediable. Además, cuento con la mejor ayuda profesional y mi familia, sobre todo mi esposa, me apoyan y alientan en todo momento. No sé qué sería de mí sin ella, la verdad.

—Bien. Es cuanto necesito saber por ahora. Desde la imposibilidad de aportar más datos ni desvelarle otros extremos, debo preguntarle sin rodeos sobre su disposición ante un eventual encuentro con un enviado del Ministerio que se desplazaría a su domicilio para ofrecerle la oportunidad de participar en una operación de gran trascendencia que aún se encuentra en fase de análisis y planificación. No tengo que reiterarle el máximo nivel de reserva de esta conversación, que deberá preservar inclusive en su entorno familiar más cercano.

—No acierto a ver cómo yo, en mi situación, podría ser útil en el esquema de un proyecto del que creo adivinar su naturaleza, pero desde este momento puedo garantizarle que mi actitud es positiva y acepto sin condiciones mantener esa conversación que me propone. Como imaginará mi curiosidad es extrema, como lo es mi voluntad de colaboración.

—Usted y yo no nos hemos visto nunca, pero no pensaba que sería de otra manera conociendo su biografía. De antemano le agradezco su disponibilidad y muy pronto contactaremos de nuevo. Hasta entonces, cuídese y le reitero la necesidad de mantener el secreto de esta conversación.

—Muchas gracias señor y quedo a la espera de sus noticias. Buenas tardes.

Percibo con claridad el click que indica que la comunicación se ha interrumpido, pero necesito unos segundos para procesar los pormenores de cuanto acaba de suceder. Mientras me concentro en la búsqueda de datos concluyentes, Isabel entra en la sala donde permanezco la mayor parte del día. Quiere despedirse antes de marchar.

—Carlos, ¿qué ocurre? ¿Quién ha llamado? ¿Ha pasado algo malo? Estás pálido y pareces desorientado... –pregunta Isabel asustada.

—No, no, querida. Discúlpame. Era mi primo Manuel para ver cómo me encontraba y charlar un rato y... ¿sabes qué pasa?, que cuando ha sonado el teléfono me había quedado algo traspuesto y me he sobresaltado. De verdad, no te preocupes, estoy perfectamente.

—De todas formas –añade Isabel, todavía incrédula– te dejo con Felipe, que ya ha llegado y está preparando los aparatos y la camilla para el masaje. Si necesitas algo, por favor, llámame. Bueno, creo que de todas maneras me pasaré por aquí más tarde.

—Vale, pero de verdad no te preocupes, que estoy bien –sonrío de manera un tanto exagerada para desviar la conversación y que Isabel marche tranquila–. Por cierto, ese vestido rojo te sienta de maravilla y con ese peinado estás espectacular.

Oigo a Felipe acercarse por el pasillo y, como es lógico, ha escuchado las últimas frases.

—Siento interrumpir tan lujuriosa conversación, pero es hora de empezar. Es verdad Isabel, estás guapísima –dice Felipe con su voz ronca y potente, totalmente acorde con su físico. Es un hombre de edad indeterminada, no muy alto de estatura pero sí muy corpulento.

—¡Eh! ¿Qué pasa aquí? ¡Vaya par de aduladores! ¿Qué me vais a pedir? –Isabel ríe mientras se aleja por el pasillo.

Es una mujer única a la que durante mucho tiempo no supe valorar. La traté mal, incluso a veces fui despiadado con ella. Aceptaría de buen grado cualquier penitencia si con ello pudiera recuperar su cariño y borrar el dolor y la decepción que me consta le causé tantas veces. Tal vez ahora esté recibiendo justo castigo por tanta iniquidad, pero súbitamente pienso en la llamada de hace unos minutos y me aferro a la posibilidad de que, sin esperarlo, se me esté presentando la oportunidad de expiar mis culpas.

—Si quieres hablar, soy todo oídos –de repente, pero con suavidad interrumpe Felipe mis pensamientos–. Estás tan callado que algo importante debe rondarte la cabeza, porque no te has quejado ni una sola vez desde que he empezado los ejercicios y, normalmente, a estas alturas, ya nos has puesto a caldo a mí y a toda mi familia en segunda vuelta.

—¡Calla ya, Schwarzenegger de pega! A ver si te crees que me das miedo, porque tengas esos bíceps de gimnasio y anabolizantes... pero esto está hueco –me señalo la cabeza con la mano izquierda que, curiosamente, aunque soy diestro, es ahora la más ágil.

Felipe continúa con su trabajo. Es un profesional incansable que mezcla intuición y experiencia, lo que le permite manejar todos los recursos físicos y psicológicos necesarios para conseguir la recuperación de los pacientes. Él asegura que un músculo sólo se moverá si así lo quieren la cabeza y el corazón.

De esta manera sencilla y hogareña van pasando mis horas y mis días, ahora pendiente en extremo del teléfono y de los informativos que no dejo de ver y escuchar en todo momento. Aproximadamente un mes después, se produce la segunda comunicación. En cuanto escucho el primer saludo reconozco la voz de mi interlocutor y, aunque no quiero mostrarme nervioso, creo que se me nota claramente que esperaba con ansiedad.

—Sí... Buenos días.

—¿Qué tal Carlos? Para no extenderme en cuestiones que nada aportarán al tema que nos ocupa, creo que lo mejor es ir directamente al grano. No puedo concretarle fecha porque aún quedan flecos por rematar, pero en los próximos días acudirá a su domicilio un funcionario cuya misión es explicarle con detalle la operación que en su día le mencioné y que, a falta de la parte que a usted compete, está ya diseñada en sus líneas generales.

—Bien. Estoy preparado.

—Es absolutamente necesario que el contacto se lleve a cabo en un marco de extremada confidencialidad que sólo usted puede garantizar, por lo que le agradecería me dijera en qué momento del día se dan las condiciones más propicias para que se realice la entrevista.

—Déjeme pensar... Como supondrá yo nunca estoy solo en casa, pero durante la mañana mi esposa está trabajando y mis hijas en el colegio. Sólo me acompaña la mujer del servicio y la puedo mantener ocupada fácilmente.

—Muy bien, perfecto. Le agradezco mucho todas las facilidades que, como ahora, confío continuará usted propiciando en el futuro para llevar a buen fin unos propósitos que estoy seguro compartimos.

—Gracias señor, así lo espero yo también y cuente, por mi parte, con la mejor disposición.

Diez días después, alrededor del mediodía, me parece escuchar a Rosa hablar con alguien a través del portero automático. De repente me asalta la sospecha de que pueda ser la persona que espero y que, por exceso de celo en el cumplimiento de sus obligaciones, la empleada no le facilite la entrada.

—Rosa, ¿quién es? –grito desde la salita.

—Un hombre pregunta por usted, don Carlos. Dice que usted le espera y que habían quedado en verse a estas horas.

—Sí, sí, Rosa. No le hagas esperar, por favor y abre la puerta. En cuanto llegue le haces pasar a la sala.

No es el hombre con el que hablé por teléfono. Es joven y seguro de sí mismo y su manera de expresarse deja claro que tiene prisa por cumplir su encargo y regresar a Madrid con el resultado del encuentro.

—Señor Portillo, usted ya sabe a lo que he venido, por lo tanto le recuerdo el secreto en el que debe permanecer esta entrevista y pasaré sin más preámbulos a exponerle el asunto. Vengo en calidad de enviado personal del Ministro del Interior para explicarle las líneas maestras de un plan de enorme trascendencia.

—Adelante. Continúe...

—Le traigo un dossier que contiene cuanta documentación se ha considerado necesaria para ponerle a usted en antecedentes de un proceso cuyos primeros contactos se iniciaron hace muchos años, en sucesivos intentos por acabar con el terrorismo de ETA y poner fin al problema vasco. El Gobierno actual, como los anteriores, tiene la obligación moral de buscar la solución. Y, si damos crédito a los indicios, ahora puede ser un momento propicio dado el debilitamiento manifiesto de la banda y los sondeos previos a una convocatoria electoral para la que faltan pocos meses y que auguran un considerable retroceso de los partidos nacionalistas en el País Vasco. Señor Portillo, ¿me sigue?

—Sí, sí, por supuesto. Prosiga...

—Básicamente se trata de iniciar una serie de contactos con miembros de la banda y de su brazo político, cuyo objetivo es fijar una hoja de ruta que finalmente nos conduzca al desarme definitivo de los violentos con el mínimo coste para el Gobierno y para toda la sociedad. Como habrá deducido ya, por eso estoy aquí, las más altas instancias del país han pensado en usted para que forme parte del grupo negociador, por lo que, y este es el punto más delicado en lo que a su situación se refiere, sería absolutamente imprescindible su traslado.

Mi interlocutor hace una pausa ante los efectos devastadores que en mí produce su exposición. Y continúa:

—Voy a ser muy directo sobre esta cuestión y le pido de antemano disculpe mi falta de tacto, pero no sé cómo hacerlo de otra forma. Se ha pensado en la alternativa de su ingreso en un centro terapéutico especializado situado a las afueras de Vitoria donde, además, se llevarían a cabo los contactos sin levantar sospechas.

—Comprendo –súbitamente me invade un calor anormal y noto que una gota de sudor resbala por mi espalda–. Déjeme estudiar la documentación y planificar todo esto de forma que los cambios se realicen con naturalidad y con el convencimiento para mi familia de que es lo mejor para mí. Imaginará que no me va ser fácil persuadir a los médicos, ni a mi mujer, especialmente.

—Gracias, señor. Sabía que sería usted receptivo y que estaría dispuesto a hacer este enorme sacrificio. Ni que decir tiene que se abrirá una cuenta a su nombre donde periódicamente se ingresarán las cantidades correspondientes a la inversión que suponga el operativo de su traslado y todos los gastos de su ingreso y estancia en el centro. Déjeme decirle que la Residencia San Felipe Neri es una de las mejores instituciones de España especializada en esta patología y que su gesto supone un inestimable servicio a nuestro país.

—Es lo único que puedo esperar ya en esta vida que ha sido tan injusta conmigo y ojalá el tiempo que me queda sea suficiente para dejar, por lo menos, encarrilado el último trabajo pero el más importante de mi penosa existencia –y suspiro resignado ante esta quimérica compensación–. Deme una semana para organizarlo todo.

—Espero de corazón que así sea y, en cualquier caso, le volveré a llamar en una semana. Sólo me resta transmitirle mi respeto y admiración personales.

Todo lo demás vino rodado: mi traslado aquí y la sucesión de acontecimientos que se fueron desarrollando de la forma prevista hasta el momento presente. Así fue como dio comienzo un proceso de lucha contra el terrorismo desde el diálogo para llegar a la paz, pero sin perder de vista la firmeza y la justicia, que ha discurrido a distintas velocidades, ha recorrido tramos a buen ritmo y ha retrocedido el camino andado en varias ocasiones. Ha sufrido treguas, reajustes, desarmes, rearmes, momentos de esperanza y de desesperación. Un proceso complicado, tenso, escabroso, tremendamente difícil por su naturaleza en el que subyacen, de una parte, el odio de los radicales a un país impuesto y carcelario que no cede ante el terror y la violencia y, de la otra, el resentimiento que se deriva de ser la víctima inocente e injusta de la crueldad de unos medios que en ningún caso justifican el fin perseguido. Pero, por encima de todo, descorazonador en cuanto a su dilatación en el tiempo, que parece no tener fin. Ahora, tras años de lucha casi clandestina, bajo la batuta de gobiernos de distinto signo y directrices e instrucciones casi contrapuestas, tengo la sensación de que queda un escaso margen de maniobra y que las oportunidades para la paz se acaban, como mis fuerzas y mi salud, que se consumen como una vela. Pero la perspectiva de una contribución personal y trascendente al proceso me obliga a este titánico esfuerzo por mantener encendida la llama de la esperanza, desde la firme convicción de que sólo el diálogo y la negociación nos conducirán a la paz.

No pierdo la fe en la naturaleza de los hombres y en las infinitas cualidades de los españoles, que siempre hemos sabido salir airosos de cien mil vicisitudes. Confío ciegamente en la tremenda capacidad exculpatoria de las víctimas y sus familias, al tiempo que espero que cuantos participamos en esta noble tarea sepamos transmitir a todos los ciudadanos la importancia de superar esta nueva prueba, apelando a la generosidad y a la altura de miras para vencer este reto que tantos beneficios reportará a toda la sociedad.

Con la mente ocupada en estos pensamientos, espero las llamadas de los funcionarios implicados y la de Jaime Barbadillo, a quien he elegido para que me acompañe en la siguiente etapa del camino en la seguridad de que, precisamente por los tiempos pasados y no a su pesar, accederá a mi ofrecimiento y actuará en consecuencia.

7

Cuando me preguntaron sobre algún arma
capaz de contrarrestar el poder de la bomba atómica,
yo sugerí la mejor de todas: la paz.
Albert Einstein (físico alemán)

Enfilamos el último tramo de la A-6, cuyo denso tráfico es directamente proporcional a la cercanía a Madrid. En hora punta, esta zona de la ciudad es un especial hervidero de actividad laboral y académica. El campus de la complutense empieza a desperezarse y son cientos los estudiantes que confluyen ante las distintas facultades. Cada día pienso en Marta, mientras atravieso el Paraninfo, donde se arremolinan en grupos los universitarios que salen del metro o bajan de los autobuses en animada conversación. Se muestran rebosantes de esa vitalidad, despreocupación y optimismo que irradia la gente joven precisamente por su condición, a pesar de ser esta época del año sinónimo de exámenes y convocatorias, pero también la de hacer planes para las vacaciones de verano.

Enrique y yo hacemos todo el camino muy callados, escuchando una de esas cadenas que emiten boletines de noticias cada quince minutos y el resto lo rellenan con música variada, siendo mi copiloto conocedor de todas las canciones, que canturrea con voz soñolienta. Terminado el repaso a la actualidad, está a punto de dar comienzo un debate político entre tertulianos de distinta filiación, a propósito de un escueto comunicado que la banda terrorista ETA ha difundido a través de sus medios de transmisión habituales y cuyo contenido tiene que ver con las consabidas exigencias de independencia para *Euskal Herría*, la inmediata excarcelación de una serie de miembros de la organización que actualmente cumple condena, más una colección de consignas radicales dirigidas a una población especialmente receptiva a estos mensajes, sobre todo en periodos preelectorales como el que atravesamos.

—¿Sabes lo que te digo? –comenta Enrique con cierta crispación–. Que estoy hasta los huevos de escuchar siempre las mismas monsergas de una gente que, con toda seguridad, si el Gobierno accediera a sus pretensiones de independencia y autodeterminación, se les acabaría el chollo de vivir de este cuento y el protagonismo de una historia de victimismo y de opresión que no se sostiene desde que Franco estiró la pata. ¡Te digo yo que debajo de los pasamontañas se les iba a quedar una carita de gilipollas digna de retratar!

—Comprendo y comparto tu indignación, compañero, pero estarás de acuerdo conmigo en que el tuyo es un planteamiento absolutamente simplista de la situación. El problema es serio y complejo y no pasa por la vía de la cesión sin condiciones, pero tampoco por posiciones intransigentes que, bajo mi punto de vista, alientan y justifican la radicalización del conflicto.

Enrique me escucha con verdadera atención y reconozco que eso halaga mi vanidad. Continúo con el razonamiento.

—Mira, yo siempre comparo la situación que se vive en el País Vasco con una familia. Si el padre es un hombre que aplica una férrea disciplina, los hijos nunca confiarán en él por temor a sus represalias y siempre encontrarán, por este motivo, justificación a su actitud beligerante. Sin embargo, si un padre es dialogante, proclive a escuchar, deja a un lado la rigidez de las normas y flexibiliza sus posturas, conseguirá una convivencia familiar aceptable. No es más obedecido quien grita más y da más órdenes, sino más temido y, por tanto, más odiado.

—Tengo que procesar en mi cabeza todo eso que dices. Probablemente tengas razón, pero es que este tema siempre me pone agresivo. Además, necesito desayunar para empezar a funcionar. Hasta después de ese momento, no soy nadie –explica Enrique enervado mientras baja del coche.

—Si, yo también necesito un café cargado.

—Hablando de otra cosa, supongo que llamarás a Portillo hoy mismo –por fin saca Enrique el tema.

—Te parecerá una tontería, pero el asunto me pone nervioso –confieso ante la sorpresa que me producen mis propias palabras.

Terminada la ingesta de calorías para superar la mañana y la consiguiente dosis de cafeína que tiene un efecto estimulante, yo diría que hasta dopante, Enrique y yo nos separamos para realizar cada uno sus quehaceres. Le veo alejarse por el pasillo con el jefe de redacción colgado de su hombro, lo que quiere decir, con toda probabilidad, que le va a caer algún marrón. Efectivamente, a los pocos minutos vuelvo a verle recoger su macuto y me hace señas desde el fondo de la sala; se golpea la mano de canto con la palma de la otra, corte de mangas y restregón de genitales (en este orden) que, para los que somos expertos en la interpretación del lenguaje corporal, significa exactamente: "el capullo del jefe, que es un tocapelotas, quiere que cubra una mierda de noticia en el quinto coño". Por mi parte, coloco mi mano entre la boca y la oreja estirando los dedos pulgar y meñique que, como todo el mundo sabe, quiere decir: "Hablamos luego".

Me siento, respiro hondo y me dispongo a marcar el número de teléfono que tengo anotado en un papel arrugado que acabo de sacar del bolsillo. Cuando se establece la comunicación, una grabación dice: "Bienvenido a la residencia San Felipe Neri, le atenderemos en unos instantes" e inmediatamente suena el bolero de Ravel. La espera se me antoja larga, aunque no lo es, y en estos pocos segundos pienso atropelladamente en una serie de opciones para iniciar la conversación pero ninguna me convence.

—Si. Buenos días, le atiende la recepción.

—Hola señorita, buenos días, pregunto por uno de sus residentes, don Carlos Hernández Portillo. ¿Sería tan amable de avisarle de mi llamada? Soy Jaime Barbadillo –noto mi voz algo temblorosa.

—No es necesario, señor. Don Carlos está aquí, junto al mostrador. Le paso la comunicación. Buenos días –me indica la recepcionista con un tono algo mecánico.

El corazón ahora se me acelera sin control.

—Si... Jaime... Soy Carlos Hernández, ¿me recuerdas? Han pasado muchos años... –su voz suena segura y contundente, tal y como la recordaba.

—Cómo podría olvidarte... –y, para romper el hielo, añado–. No imagino el motivo de tu llamada, pero como no quiero ser descortés, creo que lo que procede, en primer lugar, es preguntarte por tu salud.

—Agradecido por el interés. Supongo que sabes que padezco ELA y, en consecuencia, estoy paralítico y condenado a muerte en un plazo más o menos corto. Si es corto me queda poco tiempo de vida, y si el plazo es largo lo que me espera es una existencia indigna y un final de agonía y sufrimiento.

Ante la crudeza de la respuesta que, por otra parte, es la verdad descarnada sin adornos ni paliativos, me quedo mudo y tardo unos segundos en reaccionar, lamentando la hora en la que se me ha ocurrido preguntar.

—Lo siento de verdad, no tengo palabras...

—Bueno, no te preocupes –añade sin dejarme terminar la frase, lo cual agradezco aliviado porque realmente no sabía qué más decir–. Y dejémonos de formalidades. No estamos en Murcia, ni en los viejos tiempos. Ni yo soy quien era cuando nos conocimos, ni tú tampoco. Además, yo también quiero saber cómo estás y preguntarte por tu familia, si me permites, por la de Argentina y por la tuya propia, si es que la tienes, porque reconozco que no estoy al tanto de tu vida privada... aunque sí de la profesional.

—Pues muchas gracias, mis padres y mi hermana están bien y siguen en Buenos Aires –le explico una vez recobrada la compostura–. Y yo me casé, pero estoy separado y tengo una hija, Marta, que estudia Derecho en la Autónoma de Barcelona.

—Vaya, no sabía... Bien, una vez cumplimentado el protocolo, creo que procede concretar el motivo de mi llamada y terminar con la incertidumbre que estoy seguro te estoy causando –carraspea un momento y continúa–. Definido el origen, habrás deducido que estoy internado en un centro terapéutico en las afueras de Vitoria, bajo la supervisión de los mejores especialistas en esta enfermedad y su tratamiento. Pero existe otra razón para que yo esté aquí y no en otro lugar, aunque ésta no puede ser desvelada por teléfono. Por lo tanto, mi petición, en primera instancia, es que mantengamos un encuentro personal lo antes posible. En su transcurso te facilitaré una explicación completa de cuanto ahora apunto y te haré una propuesta que estoy seguro no podrás rechazar. ¿Qué me dices?

—Bueno, Carlos, me pillas con el paso cambiado, pero intuyo que el asunto del que hablas merece esa entrevista y... ¡Qué demonios! Para que veas que por mi parte no queda rastro de rencor y sí interés personal en visitarte y cambiar impresiones, el sábado próximo me pondré en camino hacia Vitoria... ¡Oh! No... Lo siento, me olvidaba –me echo la mano libre a la cabeza en un gesto tan melodramático como inútil, puesto que mi interlocutor no puede verme–. Mi hija Marta llega el sábado para pasar el puente del Primero de Mayo conmigo y tengo que ir a buscarla a la estación.

—¡Vaya, cuánto lo siento! Pensaba que dadas las circunstancias nos veríamos en seguida. El tiempo apremia, te lo aseguro, por unos motivos que, sin duda, entenderás cuando dispongas de toda la información.

—Comprende, Carlos, que no puedo abandonar el periódico así sin más y, teniendo en cuenta que ya estamos a martes, me sería tremendamente complicado modificar ahora la programación de la semana.

De repente se me ocurre una idea que puede solucionar el problema.

—Mira, haremos una cosa. Creo que lo de mi hija lo puedo arreglar sin dificultad. Es más, creo que tanto ella como el convidado de piedra me lo van a agradecer mucho. Ya te explicaré...

—Me alegra oír eso.

—Podría salir muy temprano y regresar por la noche. De esta manera, dispondré del domingo para dejar a Marta bien instalada.

—Me parece bien. Así dispondremos de toda la jornada. No te arrepentirás, Jaime y gracias por concederme una segunda oportunidad –afirma de un modo humilde y afectuoso que no concuerda en nada con el Carlos que yo conocí.

—Bien, entonces nos vemos el sábado. ¿Se te ocurre algo más que debas decirme, alguna recomendación o algo que deba llevar?

—Tan sólo una cosa. Comenta con el menor número posible de personas el destino de tu viaje, sobre todo en el ámbito del periódico. Tú sabes mejor que nadie que en tu entorno profesional las paredes oyen y hay más parabólicas que en una estación espacial.

—Descuida Carlos, seré discreto y quiero que sepas que pase lo que pase agradezco la confianza y lamento profundamente tu situación personal –procuro que mis palabras suenen sinceras porque lo son.

—La vida tiene estas putadas, pero no conduce a nada lamentarse y deprimirse. Además debo mantener la moral alta no sólo por mí, sino también por mi familia y por la misión que tengo encomendada. Por cierto, mi mujer vendrá a verme este fin de semana. Tendrás oportunidad de conocerla a ella también. Hasta entonces, suerte y si hubiera algún cambio de planes, te ruego me lo comuniques cuanto antes –la voz de Carlos suena ahora algo fatigosa.

—Claro, claro.... Pero, en principio, nos vemos el sábado... Un abrazo, adiós.

Me encuentro absorto en las reflexiones que se derivan de la conversación cuando suena mi móvil, asomando las caras de Marta y de Ramsés en una foto que sirve de salvapantallas cuando el teléfono identifica su llamada.

—Hola cariño, ¿qué tal estás?

—Hola papá, sólo puedo hablar un minuto antes de la próxima clase. Te llamaba para ver qué tal llegaste ayer.

—Muy bien, hija. Por cierto, me viene que ni pintado hablar contigo, porque me ha surgido un problema y no podré recogerte el sábado en Atocha. Ya sabes, un embolao del periódico que no puedo aplazar y que me tendrá todo el día fuera de Madrid. Martita, cielo, no sabes cuánto lo siento, pero te prometo que el domingo haremos lo que tú quieras. Estoy pensando en quién podría ir a buscarte... Tal vez si se lo digo a Enrique o a Ricardo, el vecino... ¿Tú qué opinas?

Balbucea y, aunque no puedo verla, me consta que Marta se ha puesto roja como una amapola.

—Verás, yo creo que si se lo dices a Enrique le vas a causar trastorno, porque es su día de descanso y además le obligas a llevarme hasta casa y luego volver a Madrid. En cambio, si viene Ricardo no tiene que desplazarse y, si tú no estás, puedo comer en su casa y no estaré sola –la voz de Marta rezuma dulzura y complacencia.

—Pero, entonces, ¿de verdad que no te importa que me marche el día que tú llegas? Hija, no te reconozco, en otro momento me hubieras montado un pollo de dos por dos.

—Ya, papá, pero es que estoy intentando seguir tus consejos, procurar ser menos caprichosa y egoísta y más comprensiva y... Está claro que el trabajo es el trabajo y a veces surgen imponderables. Oye, tengo que dejarte. Hablamos en un par de días. Te quiero, papá. Un beso.

Y cuelga. Y yo me quedo con la sensación de que, efectivamente, algo ha cambiado y que mi niña, lejos de enfadarse conmigo, está feliz con la idea de que sea otro el que vaya a buscarla. Tengo que decirle a Enrique que tenía razón y esta noche hablaré con Ricardo, aunque me temo que para cuando llegue, ya estará al corriente de las novedades.

Me pongo, finalmente, al tajo y procuro concentrarme para aprovechar la mañana, sin dejar de pensar en Carlos Hernández y en su proposición. Intento inferir desde los pocos datos de los que dispongo alguna conclusión sobre la propuesta de este hombre que debe ser de gran relevancia, de eso no me cabe duda, pero cuyo trasfondo no alcanzo a descifrar.

A la hora de comer, aparece Enrique con síntomas de agotamiento y cabreo, a partes iguales.

—Joder, Jaime, no te imaginas qué marrón me acaba de caer. ¡Tú sabes dónde está Entrevías? –y estira el brazo como si quisiera señalar muy lejos, pero los músculos no le dan más de sí–. Bueno, pues todavía más a tomar por saco, en un descampado lleno de chabolas, un tío de etnia gitana se ha cargado a la mujer, al hermano de la mujer y a dos de sus hijos y después se ha pegado un tiro con una escopeta de caza y se ha saltado la tapa de los sesos, dejándose la cara como una tortilla despanzurrada.

—Por favor, Enrique, ¿no ves que estoy comiendo? –bebo agua inmediatamente para evitar la náusea.

—Sí, pero es que además no sabes cómo es esa gente. Allí, mientras esperábamos al juez todos los colegas fuera de la chabola, hemos tenido que ayudar a la Guardia Civil a controlar a la tribu completa, porque querían entrar para ver el espectáculo. Las gitanas chillando histéricas, los gitanos escupiendo y haciendo juramentos como si fueran a vengarse de alguien. Ha venido conmigo Vicente el gráfico que, como tiene tanto morro, se ha colado detrás del juez y ha conseguido algunas fotografías. Después de comer me pondré con la crónica, porque ahora me encuentro física y moralmente acabado.

Mientras habla, Enrique se ha zampado todas las patatas fritas que acompañaban a mi entrecot. Si no estoy al loro y retiro el plato, me quedo sin comer.

—Vale, vale, ya he captado la indirecta –dice Enrique ofendido por mi insolidaridad–. Espera un momento que voy a por algo frugal y me cuentas qué tal te ha ido a ti.

Enrique vuelve con una bandeja en la que ya no caben ni los cubiertos, que transporta en un bolsillo.

—Pero, Enrique, ¡por el amor de Dios! De ahí pueden comer dos personas. No me explico cómo no engordas, pero ya verás cuando tengas diez años más. ¡A ti es que no se te cierra el pico ni después de ver cadáveres!

—No empieces con la misma serenata que mi madre. ¿Qué ha pasado con Portillo? ¿Has hablado con él?

Y mientras Enrique da buena cuenta de todas las variedades culinarias que componen su menú, le explico a grandes rasgos el contenido de la conversación, previa advertencia de máxima reserva.

De esta manera, según me escucho a mí mismo, voy tomando conciencia de todo lo sucedido y, aunque me cuesta admitirlo, tengo el presentimiento de que ese hombre y yo estamos unidos por alguna suerte de destino común y que, finalmente, juntos haremos algo decisivo. Poco imaginaba lo acertado de mis actuales pensamientos y el cambio de rumbo que iba a tomar mi vida a partir de este día.

Finalmente le comento a Enrique el asunto de Marta, que le hace sonreír, y regresamos a la redacción.

8

La libertad solamente es concebible
si existen unas condiciones justas de vida para todos.
Adolfo Suárez González (político y abogado español)

El viaje no se me ha hecho largo. Aunque el madrugón ha sido considerable, la excitación que se deriva del motivo que me trae hasta aquí y la lluvia, que últimamente se ha convertido en mi compañera de rutas y caminos, me han mantenido concentrado durante el recorrido.

Comienza nuevamente a lloviznar pero sé, por la experiencia de esta primavera de constantes precipitaciones, que en seguida el aguacero arreciará y aumentará notablemente el riesgo, teniendo en cuenta el intenso tráfico de camiones que se acumula a esta hora y la necesidad de continuos adelantamientos. El paisaje ha cambiado y el estilo arquitectónico de las construcciones que se divisan advierte de nuestra cercanía a tierras vascas. Miro el reloj y, como sólo son las diez menos cuarto, haré una parada para estirar las piernas y tomar café. De paso, llamaré a Marta para ver cómo le ha ido y recordarle que hable con su madre cuando llegue a casa para dejarla tranquila.

Antes de ponerme de nuevo en camino se me ocurre entrar en la tienda que hay junto a la estación de servicio y comprar algo para Carlos. En principio no sé el qué hasta que, de repente, recuerdo haber leído hace años que es un gran aficionado a la música clásica y hasta toca el piano aceptablemente. Elijo una caja de CD con las Obras Completas de Chopin y le pido a la cajera que le ponga un papel de regalo.

Desde la dirección en la que vengo tengo que atravesar el centro urbano de Vitoria para llegar a Letona, población en la que se encuentra la residencia. Es sábado y aún temprano, por lo que la escasa actividad me permite disfrutar de una primera impresión relajada de esta ciudad, hermosa donde las haya. El paisaje es bellísimo y en esta primavera tan húmeda el campo luce toda su gama de verdes. Flores de todos los colores salpican la alfombra de hierba y en los muros de piedra que bordean casas y fincas el musgo se hace espeso; contiene tal cantidad de agua que su color se vuelve prácticamente negro. El sol pugna por salir entre las nubes que lo ocultan intermitentemente, pero no se da por vencido y se va abriendo paso con timidez, consiguiendo que algunos rayos cálidos lleguen hasta el suelo. Atraídos por la tibia temperatura, un grupo heterogéneo de perros descansa tumbado junto a la carretera como si fueran lagartos.

Ante mí, la residencia San Felipe Neri. Se trata de un gran caserón dividido en tres pabellones cuya construcción, genuinamente vasca, cuenta con un tejado a dos aguas y hermosa piedra acanalada por vigas de madera. Las macetas que cubren los balcones se encuentran ahora repletas de flores. Tengo que reconocer que, si no fuera porque se trata de un lugar de enfermedad, vejez y sufrimiento, invita a entrar y su estampa no puede ser más apacible a la vista y al espíritu.

Toco el timbre y se abre la verja, después de haberme identificado a través de un intercomunicador. Cruzo el jardín, por el que discurren distintos caminos claramente adaptados para ser recorridos en silla de ruedas y bordeados por multitud de rosales en flor que van a dar a pequeñas glorietas con sombrillas, mesas y tumbonas, para que las familias puedan reunirse con los residentes y disfrutar del aire libre.

En este momento una mujer barre la entrada, por lo que las puertas principales están abiertas y accedo directamente al mostrador de la recepción. Pregunto a una señorita de uniforme que me atiende muy amablemente y me informa de que el señor Hernández Portillo me está esperando. Me señala el pasillo a recorrer, el gran salón que debo atravesar y cómo llegar al jardín posterior, una vez pasada la cafetería. El interior se me antoja tan sobrio y elegante como el exterior. Todas las estancias son luminosas, están bien amuebladas y la limpieza que se percibe raya en la pulcritud.

Traspaso unas puertas correderas de cristal a medio abrir y busco a Carlos con una urgencia casi paranoica. Ahí está, a unos veinte metros de mí. Parece mucho más viejo de lo que realmente es, su cuerpo se ha deformado aunque la parálisis aún no haya llegado al torso. Su aspecto es macilento, sus ojos han perdido ese brillo felino que yo recordaba y que inspiraba respeto desmedido y miedo pueril a partes iguales. Está sentado en una moderna silla de ruedas, con las piernas cubiertas por una manta y una mujer joven, con el atuendo del centro, le está ayudando a ponerse una chaqueta gruesa que le proteja del relente de la mañana. A pesar de todo sigue manteniendo una imagen poderosa que sólo poseen algunos hombres genéticamente especiales.

Él también me ha reconocido y sonríe con timidez. Levanta pesadamente la mano izquierda en un leve saludo y después me indica moviendo los dedos que me acerque. Por un momento falla la coordinación entre mi cerebro y mis piernas, que se niegan a aceptar la orden de caminar. Mis ojos están clavados en él y su visión me impresiona y me espanta. Finalmente me coloco a su lado, tomo su mano derecha con las dos mías en un intento de transmitir amistad y solidaridad. Es un hombre extremadamente inteligente y se percata en seguida de mi esfuerzo por ser afectuoso, quizá en demasía.

—Lo primero que quiero es darte las gracias por acudir a mi llamada, sin saber con qué objeto, y por intentar disimular la impresión que te ha causado verme en estas condiciones, pero no te preocupes, lo comprendo y te aseguro que si nuestros papeles se intercambiaran mi reacción sería la misma –la resignación se adivina en sus palabras–. No quiero ser descortés, pero el tiempo apremia y estoy deseando explicarte la razón de esta entrevista. Mira Gladis, este es Jaime Barbadillo, el periodista de Murcia de quien te hablé.

—Encantada de conocerle –dice Gladis y nos estrechamos las manos.

Es una mujer muy atractiva, entre los treinta y los treinta y cinco años y su manera de hablar denota cierta cultura y buenos modales.

—Fui yo quien llamó a su periódico hace unos días. Les voy a dejar solos y, si usted quiere señor Barbadillo, puede llevarse a don Carlos a una zona del jardín más apartada donde podrán conversar tranquila y reservadamente. Pero si necesitan algo no duden en llamarme y acudiré al instante. Aprovecharé mientras para ayudar a doña Isabel a hacer la lista de las cosas que necesita comprar esta semana... ¡Ah! Por allí viene.

Instintivamente vuelvo la cabeza hacia el pasillo en la dirección que señala Gladis. La esposa de Carlos se acerca con paso firme pero pausado y aquí y ahora su visión se me antoja como mística, irreal, en las antípodas de este triste contexto. Es alta, esbelta, viste pantalón y chaleco vaqueros, con una camisa de un blanco impecable. Su cabello rubio y el escaso maquillaje le aportan un aire juvenil y moderno.

Otra vez me cuesta articular las palabras y es Carlos quien me saca del éxtasis.

—Isabel, querida, te presento a Jaime Barbadillo.

—Hola Jaime, encantada de conocerle, aunque podría decirse que ya le conozco después de todo lo que Carlos me ha hablado de usted.

—Yo sí que me alegro de saludarla y, por favor, tutéame y pido permiso para hacer lo mismo.

—Claro, claro, esto no debe ser tan formal y mucho menos si, como creo, nos vamos a ver en el futuro con cierta frecuencia. Carlos está realmente interesado en que participes en el proyecto de su libro y yo espero que, finalmente, aceptes el ofrecimiento –explica Isabel poniéndose las gafas de sol que lleva colgadas del bolsillo de la camisa.

Miro a Carlos, que me hace una seña clara de que le lleve la corriente.

—¡Ah! Sí, sí, por supuesto, yo también estoy seguro de que trabajaremos juntos en ese proyecto. Precisamente para eso he venido, para hablar de ello y atar algunos cabos sueltos.

—Bien, pues yo me voy a hacer unas compras y regresaré después de comer. Por cierto, Jaime, alrededor de las dos Carlos tomará su almuerzo y después ha de descansar un par de horas por prescripción facultativa. Me gustaría que me acompañases en la comida, si aceptas mi invitación, naturalmente.

—Por supuesto, acepto encantado –miro a Carlos buscando su aprobación.

—Entonces, no se hable más. Yo voy a aprovechar el minibús de la residencia que sale ahora para Vitoria y, si te parece, quedamos a las dos y media en el restaurante Urdiña, que está casi en la plaza de la Virgen Blanca, junto al parque de La Florida. No tiene pérdida. Así podemos regresar después en tu coche.

Isabel se acerca a Carlos y apoya ambas manos en sus hombros, en un gesto cariñoso.

—Me parece perfecto. Gracias, Isabel, eres muy amable.

—Os dejo para que habléis con tranquilidad. Hasta luego, Jaime. Adiós, querido. –Isabel se inclina y besa a Carlos en la frente.

Se aleja a través del mismo pasillo por el que llegó y yo sigo sus pasos con mirada hipnótica mientras su figura, a contraluz, se hace cada vez más pequeña.

9

No basta con hablar de paz. Uno debe creer en ella y trabajar para conseguirla.
Eleanor Roosevelt (escritora y diplomática estadounidense)

Sin más dilación, nos dirigimos a un lugar apartado del jardín. Carlos maneja los mandos de su silla con absoluta destreza y soy yo quien se deja guiar. Una vez instalados me explica, durante más de media hora, la situación actual de un proceso de negociación para acabar con el terrorismo iniciado y abortado varias veces. Me pone en antecedentes sobre las distintas fases de este último intento, desde sus primeros contactos con los representantes del Ministerio del Interior, al poco de declararse su enfermedad, hasta el día de hoy, en que el Gobierno actual y su presidente a la cabeza, han antepuesto a cualquier otra tarea alcanzar la paz como objetivo irrenunciable.

El Gobierno quiere asegurarse de que esta vez va a ser la definitiva y, aunque será sin duda un proceso largo y difícil, ahora no habrá marcha atrás porque las bases sobre las que se asienta la nueva tentativa son más sólidas y ETA es consciente de que su final está cerca. Cada día el respaldo social es menor y empieza a percibirse un fuerte rechazo en toda Euskadi hacia los métodos violentos. Además, la propia banda está agotada y, por primera vez, se han incorporado de manera consensuada procedimientos internacionales de resolución de conflictos con participación de organizaciones especializadas según el modelo irlandés, que es el que más se ajusta a una situación nacionalista radical con utilización de la violencia, como es nuestro caso.

Carlos continúa desgranando los pormenores de la operación, incidiendo en la necesidad de eliminar las causas que dieron al traste con las negociaciones anteriores para que no se vuelvan a repetir. Es evidente que cree firmemente en todo lo que dice y, al igual que el resto de las instancias que participan en el proceso, considera esta misión como la más importante para cualquier demócrata.

Por último me explica que, precisamente por no ser vasco, el Gobierno pensó en él para participar en esta negociación, poniendo además en valor su conocimiento de las claves del problema y su carácter negociador, pero seguro y firme a la vez. Su elección está avalada tanto por unos planteamientos en materia de terrorismo totalmente coincidentes con la línea oficial, como por sus asiduos contactos con los compañeros del partido en Euskadi, a los que ha ayudado y aconsejado en cuantas cuestiones le han requerido. Nunca tuvo la menor duda, a pesar de su situación, de la pertinencia de integrarse en esta especie de cruzada por la paz y formar parte de un engranaje que intenta acabar con un fenómeno que durante décadas ha determinado la vida de los españoles y sus gobernantes, sembrando de muerte y dolor nuestras vidas y nuestros pueblos.

Y prosigue:

—Por parte del Gobierno, la terna negociadora se compone de un Secretario de Estado del Ministerio del Interior, a quien conoces perfectamente; un representante del Partido en Euskadi, también de sobra conocido; y el tapado que en este caso soy yo, que estoy fuera de la circulación desde hace años. La misión es delicada y mi intervención consiste, básicamente, en desapasionar posturas, colocarme siempre a mitad de camino entre los polos opuestos y tirar y aflojar de la cuerda según los derroteros por los que discurra el debate. Evidentemente, siempre bajo las premisas e instrucciones del ministro y del presidente del Gobierno, verdaderos artífices del proceso.

El esfuerzo le pasa factura y Carlos se ve obligado a descansar unos segundos antes de continuar.

—El lado opuesto está formado por otros tantos elementos de la izquierda abertzale y por miembros de la propia banda terrorista, aún por determinar. Y es ahora cuando entras tú en juego.

Como si de un acto reflejo se tratara, contengo la respiración ante la certeza de que lo que voy a escuchar es de vital importancia.

—Después de la experiencia acumulada durante los contactos ya mantenidos he propuesto, y la iniciativa ha sido aceptada por ambas partes, que se contemple la presencia de un periodista que asista a las reuniones y levante acta de cuanto suceda. Una especie de notario que dé fe de la autenticidad del proceso, sin voz ni voto, pero que recoja todo cuanto ocurra desde ahora hasta su conclusión para que, en un futuro, no sé si más o menos lejano, los ciudadanos puedan conocer, hasta donde la prudencia lo permita, todas las claves de estas conversaciones encaminadas a conseguir la libertad y la convivencia pacífica entre todos los españoles. Ese cronista, si aceptas, serás tú y tu trabajo constituirá la auténtica verdad que conocerán las futuras generaciones y se estudiará en los libros de historia, cuando ETA sea un mal recuerdo y a nosotros quizá ya ni nos recuerden. ¿Qué dices?

¡Y qué voy a decir...! Estoy noqueado.

—Venga, hombre, ya puedes hablar –insiste Carlos.

En mi mente se superponen a toda velocidad pensamientos e imágenes. Se amontonan sentimientos y sensaciones, unos positivos, de esperanza en un posible final de la violencia, y otros que me erizan el vello ante la inevitable visión cara a cara de los terroristas.

—Joder, Carlos, no sé qué decir. Quiero decir, claro que sé qué decir: sí, por supuesto, sí con mayúsculas, un sí rotundo, sin condiciones. ¡Dios mío, no lo puedo creer! Por favor, Carlos, dime que no estoy soñando y explícame por qué yo, cuál es la razón de tu elección... No, no, no, mejor prefiero no saberlo...

Ahora entiendo el motivo de tu ingreso precisamente en una clínica de Vitoria, tan lejos de tu casa, de tu familia y de tu gente. Eres generoso, Carlos. Has renunciado a tu bienestar y a una etapa final cómoda. Nadie te hubiera reprochado una negativa en tus circunstancias, pero tu decisión implica una altura de miras que a mí me hace empequeñecer. Espero estar al nivel que demandan las circunstancias y de lo que se espera de mí.

—Bien, Jaime, me alegro de que aceptes el papel que te ha sido adjudicado en esta representación y quiero que de verdad tomes conciencia de la importancia que tiene y de la responsabilidad que asumes.

Carlos insiste, una y otra vez, en la necesidad de llevar, a partir de ese momento, una doble vida, porque la participación en el proceso debe quedar completamente al margen del trabajo y de la vida familiar. Nadie debe conocer esas actividades paralelas.

—Vas a tener que mentir muchas veces sin levantar sospechas. En definitiva, es como tener una amante y seguir viviendo en casa, con tu mujer y tus hijos, como un ejemplar marido y un padre de familia de intachable conducta. ¿Crees que serás capaz? En mi caso, no sabes las historias que he inventado durante años para que Isabel no sospechara y lo que me ha costado estar aquí desde hace más de veinte meses, siendo yo el que tenía que convencer a mi primo y médico de las ventajas de ingresar concretamente en esta institución. A veces creo que los demás no han querido hacer preguntas para no toparse con una verdad que intuyen no es la versión oficial, pero que tampoco están seguros de querer descubrir.

Carlos parece cansado, su discurso ha sido largo y vehemente. Yo, que no estoy acostumbrado a tratar con enfermos, me inquieta la dificultad con que ahora respira.

—Tranquilo, siéntate, sólo necesito descansar un momento y beber un poco de agua. Por favor, ¿puedes acercarme la botella que llevo en la bolsa?

Mis manos tiemblan al intentar abrir la cremallera y es Carlos el que me tranquiliza. Abro el tapón y él bebe a pequeños sorbos, con una técnica claramente aprendida durante años de enfermedad. Sus mejillas van recobrando el color y yo la calma.

—Ahora escucha tú y no hables. Descansa un poco. Verás, yo quería traerte un obsequio, pero no sabía qué comprar. Espero haber acertado con la elección –saco el paquete de mi bolsa y lo coloco sobre sus piernas. Parece que le cueste trabajo despegar los bordes de la cinta adhesiva, así que decido hacerlo yo.

Cuando ve los CD su cara se ilumina y podría jurar que hasta sus ojos se humedecen.

—Te lo agradezco mucho y te confesaré algo. Desde que estoy aquí no dispongo de mi piano ni de los equipos que tenía en casa para escuchar música con la mejor calidad, pero es ahora cuando más la aprecio. En mis largas y ociosas horas o cuando no puedo conciliar el sueño y doy vueltas a tantas y tantas cosas, la música se ha convertido en mi compañera y aliada. No concibo la vida sin música. Elijo ópera para llorar cuando lo necesito porque la emoción que me transmite me ayuda a liberar tensiones, la fuerza de Bach o de Mahler me infunde valor y coraje cuando tengo que tomar decisiones difíciles y prefiero a Chopin o a Mozart cuando mi espíritu reclama paz y sosiego. Es como una escucha interactiva.

—Me alegra haber acertado. Intentaré aprender de cuanto dices.

Gladis se aproxima por el camino, entre los rosales, y cuando miro el reloj me sorprende la rapidez con la que pasa el tiempo. Es hora de almorzar.

—Don Carlos, ¿cómo se encuentra? Parece cansado –ahora Gladis habla con una cadencia propia de su origen sudamericano–. Será mejor que almuerce ligero y se acueste a descansar.

—Gladis tiene razón. Te acompaño al comedor y me prepararé yo también para ir a comer.

—Naturalmente –dice Carlos tendiendo a Gladis su regalo para que lo guarde en la bolsa–. Ni se te ocurra hacer esperar a Isabel. Las mujeres deben ser siempre las esperadas... incluso hasta el deseo.

—Es verdad. Me asearé un poco y saldré en seguida, aunque no sé si voy a ser capaz de comer después de tantas emociones y con una mujer tan hermosa... Te confieso que hace un siglo que no comparto mesa y mantel con una dama.

—Pues ya va siendo hora –Carlos se sitúa en su lugar y me hace un gesto con la mano como si la sacudiera, indicándome que me marche ya.

Entro en los aseos y, mientras me miro en el espejo, pienso que necesito un corte de pelo y comprar ropa nueva. Marta tiene razón, estoy descuidando mi aspecto y por eso las mujeres no se fijan en mí.

Me peino con rapidez, meto los faldones de la camisa dentro del pantalón y sacudo el polvo de mis náuticos, que deben de tener más de diez años, ahora que lo pienso. ¡Marta! He olvidado por completo llamarla. Se va a poner histérica y me hará sentir culpable durante días. En cuanto llegue al restaurante la llamaré.

10

Nadie combate la libertad: a lo sumo combate la libertad de los demás. La libertad ha existido siempre, pero unas veces como privilegio de algunos, otras veces como derecho de todos.
Karl Marx (filósofo, intelectual y militante comunista alemán)

Pasan un par de minutos de las dos y media cuando llego al restaurante. Estoy inquieto, excitado, así que cierro los ojos y respiro hondo en un intento de relajarme con rapidez. Abro con decisión la puerta del establecimiento y atravieso en paralelo la barra en la que algunos grupos de personas toman el aperitivo en animada conversación. Está universalmente comprobado que tenemos instintos gregarios y la tendencia a reunirnos voluntariamente para realizar actividades en común y compartir el tiempo de ocio es una característica que nos equipara en todo el planeta.

El *maître* se acerca y me indica que le acompañe, si es que soy el señor Barbadillo. Una celosía de madera separa parcialmente el pasillo de los reservados y, a través de los huecos, que tienen forma de estrella de ocho puntas, veo a Isabel sentada de espaldas al ventanal que da a un hermoso jardín, donde las fotinias y los macizos de camelias alcanzan una altura y una frondosidad inusuales. Hortensias de distintos colores se mezclan con lilas y celindas blanquísimas, y parterres de violetas y pensamientos lucen ahora en todo su esplendor. No hay nada como la humedad y el sol para que la botánica dé muestras de toda su capacidad reproductiva.

Isabel tiene delante una especie de carpeta repleta de papeles y utiliza el teléfono móvil a modo de calculadora, anotando sistemáticamente el resultado de las operaciones en distintas páginas. Parece muy concentrada en la tarea y le indico al camarero que no es necesario que me acompañe. La miro durante unos instantes mientras me pregunto por la razón que me impulsa a contemplar en silencio su imagen de mujer frágil y a la vez madura y resuelta, antes de acercarme y romper la magia del momento. Finalmente, tomo una rosa blanca de un florero cercano y avanzo despacio. No levanta la cabeza hasta que estoy prácticamente a un palmo de ella. Se quita las gafas y sonríe con franqueza.

—Perdona, Jaime, no te he oído llegar. Estaba enfrascada en estas facturas. ¡Oh! Muchas gracias por la rosa, eres muy amable.

—Por favor, Isabel, continúa con lo que estás haciendo, no quisiera distraerte. Yo me sentaré aquí, callado, hasta que termines.

—No, no, de ningún modo. Tengo tiempo de sobra para hacer esto, porque supongo que tus conversaciones con Carlos continuarán esta tarde.

—Pues me temo que no te equivocas. Yo en este caso me limito a obedecer las directrices del jefe, que es el que ordena y manda.

Isabel juega con la flor porque no sabe muy bien qué hacer con ella y, finalmente, la coloca dentro de una de las bolsas que se apilan junto a la pared.

—Siéntate. ¿Sabes? A diario apenas dispongo de tiempo y agradezco mucho tener unas horas libres durante el fin de semana para hacer compras, recados y hasta perderme sola en esta ciudad maravillosa y tranquila y... pensar, sobre todo, pensar. Estos días se me hacen duros. Si vengo lo paso mal y si no vengo también.

—Lo entiendo.

—Mis hijas me necesitan, pasamos poco tiempo juntas y me gusta seguir de cerca sus estudios, sus amistades y las cosas que les preocupan y les interesan. Aún son pequeñas pero empiezan a no serlo tanto. En general son buenas y comprensivas y se portan bien con mis padres, que ponen todo su empeño en ayudarme ocupándose de sus nietas los fines de semana –se detiene y suspira levemente–. Hay momentos en los que me siento muy sola y sé que tengo que ser fuerte. Ahora toda mi familia, la ascendente, la descendente y hasta mi marido, dependen de mí. No les puedo fallar.

Tengo la sensación de que Isabel necesita desahogarse y parece que no le sobran los amigos.

—Te comprendo bien. Mis padres y mi hermana están en Argentina, no tengo aquí más familia y cuando me separé de mi mujer y se llevó con ella a mi única hija, el mundo se hundió bajo mis pies. Durante mucho tiempo mi existencia fue pura supervivencia y empecé a remontar cuando decidí dar a mi vida un giro de ciento ochenta grados. Me trasladé a Madrid, con la determinación de empezar desde cero, nuevo trabajo, nueva casa, otras gentes, otros vecinos, distintos compañeros...

—Siento mucho tu fracaso matrimonial y me alegra saber que has rehecho tu vida –dice Isabel con una triste sonrisa.

—Bueno... eso es mucho decir, pero lo que es cierto es que empiezo a ver luz al final del túnel.

—¿Ves a tu hija con frecuencia?

—Si, verás... Estudia primer curso de Derecho en Barcelona y voy un fin de semana al mes para pasarlo con ella. Precisamente hoy ha llegado a Madrid y se quedará conmigo toda la semana... Por el puente, ya sabes. Se llama Marta y tiene veinte años. Mira, te voy a enseñar una foto. Es muy estudiosa y... ¿Puedes creerlo? Me parece que se ha enamorado.

—Eso es estupendo. Es preciosa, Jaime.

—Y muy inteligente. Cuesta ver a los hijos crecer en edad y madurez.

—Estoy totalmente de acuerdo contigo. Fíjate la difícil situación familiar por la que mis hijas están pasando y lo que les espera todavía. A veces pienso que las vivencias y experiencias actuales les acompañarán toda la vida.

—Seguro. Pero hay que ser positivo, con la certeza de que el sufrimiento que ahora les causa la terrible enfermedad de su padre, se verá recompensado con los años por el recuerdo de un hombre inteligente y cariñoso que supo afrontar su desgracia con dignidad y cumplir con su deber hasta el último día.

De repente, me asalta la sospecha de si estaré hablando demasiado. Veo acercarse al camarero para tomar nota del menú y respiro aliviado.

—Por favor, Isabel, te agradecería que decidieras por mí. Tú conoces el restaurante y confío plenamente en tu elección.

—¿Te parece que compartamos unos entrantes y pidamos un segundo plato cada uno? –Isabel se inclina hacia mí y baja la voz como para que no la escuche el camarero que, discretamente, retrocede unos pasos.

Como si de un imán que tirara de mí se tratara, yo también me aproximo a ella y durante unos segundos nuestros rostros están muy cerca; sus ojos y los míos se encuentran en una mirada penetrante que yo no quiero desviar. Por un instante, me invade el convencimiento de que ella tampoco.

—¡Oh! Sí, sí, me parece perfecto... Lo que tú digas...

Isabel recupera la postura erguida y, con decisión y por su orden, enumera los platos seleccionados.

—¿Desean ustedes algún vino en particular o les traigo el de la casa? –pregunta finalmente el empleado mientras termina de escribir la nota.

Isabel me mira y yo asiento con la cabeza.

—El de la casa estará bien. Muchas gracias.

Mientras esperamos, Isabel y yo conversamos y compartimos confidencias, como si en lugar de tratarse de dos personas que se acaban de conocer, fuéramos viejos amigos que sólo hubieran estado temporalmente distanciados. Hablamos del tiempo en que viví en Murcia, recién llegado de Argentina, de cómo conocí a Carlos y de las circunstancias que rodearon mis encuentros con él. De mi traslado a Zaragoza, motivado por su acoso, que procuro suavizar para no herirla, y del tiempo que trabajé en El Heraldo, donde conocí a Carmen. Isabel se interesa especialmente por mi trayectoria profesional después de mi llegada a Madrid, por mis libros, que conoce de referencias, y por mi reencuentro con su marido.

—Vaya, parece que estos últimos años han sido intensos en lo que al terreno profesional se refiere –de repente, Isabel parece dudar antes de continuar–. ¿Te puedo hacer una pregunta? Estás en tu perfecto derecho de no contestar, si te parece demasiado personal.

—Dispara.

—Ahora, quiero decir, ¿actualmente, tienes pareja? –Isabel plantea la pregunta con rapidez como cuando uno quiere pasar un mal rato lo antes posible.

—No, no. ¡Qué va! Y además te diré que en estos seis años no he tenido más compañera que mi hija. Alguna que otra relación esporádica y sin contenido, y poco más. Al principio estaba convencido de que la ruptura era provisional y que, finalmente, Carmen volvería conmigo. Ahora me consta que nunca será así, pero tampoco nadie ha llenado el vacío que ella dejó.

—Bueno, puede que aún no hayas encontrado a la mujer adecuada o, tal vez, continúes enamorado de ella.

—Eso mismo me pregunto yo día sí y día también.

Por fin traen la comida, que tiene un aspecto apetitoso. Una vez servido el vino, levanto mi copa para brindar e Isabel me sigue en el ritual, haciéndolas chocar.

—Por Carlos –digo– para que, a pesar de las circunstancias, su proyecto llegue a buen fin...

—Y por un reencuentro exitoso y fructífero. Si algo caracteriza a Carlos es su acierto para elegir a las personas que han colaborado con él a lo largo de la vida.

—Doy fe de ello –aseguro rápidamente–. Contigo acertó los seis y el complementario. De lejos se aprecia tu cariño y tu preocupación por él.

—Muchas gracias, Jaime, pero no te confundas. Las cosas no siempre son lo que parecen. Durante años la vida con Carlos fue muy difícil. Tú mismo comprobaste el tipo de hombre que fue en el pasado, cuando se sentía en la cima del mundo y utilizaba a las personas como si fueran sus esclavos. Dirigía el grupo parlamentario como si de un rebaño de borregos se tratara. Todos debían ir por el camino marcado y si alguno se desmandaba o no atendía a razones, lo echaba a los lobos para que lo descuartizaran y acabaran con él. Destruyó a muchos compañeros que le ayudaron a llegar a la cúspide, aplastó a todo el que se cruzó en su camino y se llegó a decir, incluso, que uno de sus más leales colaboradores y mejor amigo de su familia se había suicidado por su causa, al recaer en él responsabilidades sobre operaciones urbanísticas turbias, que eran compartidas. No hace falta que te diga que Murcia es una ciudad pequeña y provinciana, donde todo se sabe y lo que no se sabe se inventa.

Aprovecho la pausa para intervenir y posibilitar que ella termine su plato.

—Dime, ¿cómo conociste a Carlos? Por lo que tengo entendido, vuestra boda fue bastante rápida.

Isabel sonríe con ironía.

—Así es. La verdad pura y dura es que yo me enamoré de Carlos perdidamente y no me lo pensé dos veces cuando me pidió que me casara con él. Yo acababa de terminar la carrera y trabajaba con mis padres en la farmacia. Carlos entró a comprar un antitérmico porque tenía un resfriado contundente y acabó llevándose una bolsa con todo tipo de antigripales, jarabes, pastillas para la tos, nebulizadores nasales y hasta un termómetro. ¡Le atendí en exclusiva durante más de media hora! Recuerdo su nariz hinchada y sus ojos llorosos e irritados por la fiebre. Estornudaba sin parar y le aconsejé que guardara cama un par de días hasta que se encontrara mejor. Me dijo que vivía solo en un piso alquilado en la misma calle y le ofrecí la posibilidad de telefonear a la farmacia si necesitaba que le acercara alguna cosa. Sólo habían pasado veinticuatro horas y Carlos ya estaba llamando para reclamar algún ungüento que aliviara la congestión y la tos y le ayudara a descansar por la noche.

—¡Menudo espabilado! –le digo a Isabel sonriendo con complicidad, mientras el camarero nos cambia los platos y los cubiertos para traernos los siguientes.

—Imagínate, yo tenía veintidós años y Carlos, treinta. A esa edad, ocho años es una gran diferencia y él era tan interesante, atractivo, tan maduro y con una carrera política prometedora. El hombre con el que toda chica de mi edad soñaba. A mis padres les parecía el yerno perfecto y mis amigas estaban verdes de envidia.

—Lógico.

—Compramos un piso elegante y señorial en el centro de Murcia y nos casamos siete meses más tarde. Todo parecía un cuento perfecto con un final feliz. Pero en seguida Jekyll se convirtió en Hyde y yo empecé a descubrir quién era en realidad el hombre con el que me había casado.

—Vaya...

—Para él sólo era una marioneta, sin autonomía ni voluntad propia. Anuló mi personalidad, me prohibió hacer cuanto me gustaba y frecuentar a mis amigos. Cada vez que le acompañaba a alguna cena, recepción o acto oficial, me aleccionaba antes sobre lo que debía decir, con quién tenía o no que hablar y hasta el traje que consideraba oportuno vestir. Antes de salir decía cosas como:

"Querida, tú no pienses, solamente haz lo que te digo. ¡Eres tan joven y tan torpe a veces!". Me vigilaba constantemente y, al regresar, siempre encontraba algún motivo para recriminar mi conducta. Que si no has debido hacer o decir esto o aquello, que si has descuidado a fulanito o a menganita y me pueden ser de utilidad, que si no has parado de coquetear con unos y con otros y eso daña mi imagen y mi prestigio... En fin, largos años de tortura y soledad en compañía. No podía confiar a nadie mi situación y mi desesperanza por miedo a que llegara a sus oídos y, mucho menos, quería hacer sufrir a mis padres con mis problemas, aunque ellos eran conscientes de mi infelicidad.

—Lo siento mucho, Isabel, no tenía ni idea de todo esto. Quizás he iniciado una conversación dolorosa para ti. Te pido perdón. No era mi intención hurgar en las heridas.

—No, no, por favor... He sido yo la que ha sacado el tema y, la verdad, no sé por qué. Tengo la sensación de que puedo ser franca contigo, aunque apenas te conozco.

—Pienso lo mismo.

—La verdad es que no quiero abrumarte con mis problemas, que bastante tienes tú con los tuyos. No sería justo que me aprovechara de tu amistad tan pronto.

—¡Qué cosas tienes! No soy psicólogo, aunque sea argentino, pero lo que sí sé es que el primer paso para liberarnos de nuestros propios miedos, traumas y angustias es hablar de ellos. ¿Para qué crees que se inventó la confesión, el diván de los psiquiatras o las terapias de grupo de los alcohólicos?

Isabel, por primera vez, ríe abiertamente y yo me siento contento por haber conseguido relajar algo el tono de una conversación con incipientes tintes dramáticos.

—¡Se me ocurre una idea! –dice Isabel todavía divertida– ¿Qué te parece si, cuando acabemos aquí, dejamos las bolsas en el coche y damos un paseo por el parque? Tenemos aún mucho tiempo hasta las seis y ha quedado una tarde espléndida.

—Hecho. Es más, te invito a un helado y, si no te molesta, me voy a fumar un habano que es el colofón a una buena comida en la mejor de las compañías.

—Me parece perfecto. Pedimos el café y la cuenta que, por supuesto, es cosa mía y no voy a discutir contigo argumentos machistas y absurdos. Fui yo la que te invitó a comer.

—De acuerdo. No se hable más.

Terminamos el café. Mientras Isabel paga, yo recojo las bolsas que dejamos en el maletero del coche. Caminamos en dirección al parque y, justo a la entrada, encontramos un carrito típico, con el típico heladero que lleva puesto el mandil y el gorrito también típicos. Isabel elige turrón y yo me decanto por el chocolate.

Realmente la tarde es magnífica a esta hora, el sol brilla sobre un cielo muy claro y tiñe de rosas y malvas los bordes de las nubes que, de un blanco puro, más que oscurecer adornan el cielo y lo complementan en armonía como esos dibujos infantiles donde siempre aparecen la casita, el árbol, las nubes y el sol.

Isabel parece más animada y no vuelve a mencionar antiguos problemas, que no sé muy bien si pertenecen al pasado con su correspondiente solución o siguen estando ahí, aunque sus términos hayan cambiado dadas las circunstancias por las que atraviesa su marido. No voy a ser yo quien saque a colación nuevas cuestiones al respecto, porque lo único que me apetece es disfrutar de este rato de charla distendida. Se levanta una cierta brisa que refresca el ambiente, así que ofrezco a Isabel mi cazadora. Ella acepta, dada mi insistencia. No recuerdo haber experimentado estas sensaciones, sencillas y placenteras, desde que era un adolescente.

11

La paz comienza con una sonrisa.
Madre Teresa de Calcuta (monja católica de origen albanés)

Después de aparcar caminamos despacio hasta la residencia, bromeando aún con "alguna de mis ocurrencias", como dice Isabel. Queda todavía un buen rato para las seis, por lo que ella se dirige hacia la habitación de Carlos mientras yo espero en el salón, junto a la cafetería. Empieza a concentrarse un gran número de familiares de los residentes, puesto que durante el fin de semana la afluencia de visitantes es mucho mayor que el resto de los días.

Nada como observar durante un rato cuanto sucede a mi alrededor para comprender la vulnerabilidad del género humano. El catálogo de enfermedades y desgracias es interminable y, cuando se visita uno de estos centros por primera vez, la impresión que producen determinadas imágenes y las historias personales que se nos revelan dejan una huella imborrable. Hombres y mujeres que soportan graves dolencias físicas pero mantienen intactas sus capacidades cognitivas y su facultad de pensar, razonar, memorizar, inferir y concluir, lo que les obliga irremediablemente a tomar conciencia plena de su situación. En consecuencia, sufren y padecen tremendamente. Otros, sin embargo, parecen encontrarse en una forma física aceptable, pero el Alzheimer, la demencia senil, los ictus, derrames y un sinfín de enfermedades y trastornos que minan el cerebro, el raciocinio y la voluntad, les convierten en incoherentes y patéticos espectros de lo que seguramente fueron un día. Hay enfermos de todos los niveles culturales y de las más variadas profesiones y la media de edad disminuye con el paso del tiempo porque cada vez los problemas se presentan antes.

La actividad aumenta según avanza la tarde y un caballero alto, de buena presencia y mejor vestimenta, se dirige hacia mí extendiendo su mano. Yo se la estrecho con convicción y se sienta a mi lado. Tiene unos ojos increíblemente azules y una mirada limpia e infantil.

—Hola, soy Bernardo.

—Encantado, Bernardo. ¿Qué tal está usted? Yo me llamo Jaime y he venido a visitar a un conocido.

—¿Verdad que se está bien aquí? Ya veo que a usted también le gusta la playa, pero tenga cuidado con las olas, que la mar es muy traicionera.

Ahora sí que estoy descolocado y no sé cómo debo actuar a continuación. Rápidamente pienso en las posibles opciones: debo sacarle de su error o es mejor seguirle la corriente. Me decido por lo último.

—Si, si, tiene usted razón, no me acercaré a la orilla –no puedo evitar sentirme ridículo e instintivamente miro a mi alrededor, para comprobar que nadie ha oído mis desvaríos.

Al fondo, veo a Carlos que viene acompañado de Isabel y Gladis, una a cada lado de la silla. Me despido de Bernardo y me acerco hacia ellos, situándome en paralelo para formar parte de la comitiva.

—¿Qué tal, Jaime?

—Muy bien. Aquí me tienes, haciendo amigos. Y tú, ¿cómo te encuentras? ¿Has descansado? –le digo a Carlos apoyando mi mano en su hombro, en un gesto que quiere ser de amistad.

—Sí, estupendamente, gracias. Ya me ha dicho mi mujer que habéis tenido un almuerzo muy agradable y una mejor sobremesa –dice con tono alegre, sin que se vislumbre ni una pizca de ironía en su apreciación.

De todas formas yo me siento azarado, como si hubiera hecho algo malo y me hubieran descubierto.

—El restaurante que ha elegido Isabel es magnífico, desde luego, y después hemos dado un paseo por el parque –me estoy comportando como si tratara de justificarme y estoy loco por cambiar de conversación.

Por fortuna, Isabel entra al quite.

—Os dejamos solos de nuevo. Jaime, ¿a qué hora tienes previsto marchar?

—Pues yo creo que estaría bien sobre las ocho para llegar a casa hacia las doce y ver a mi hija antes de que se acueste –¡Dios mío, Marta! Sigo sin hablar con ella. No he sabido nada desde el mensaje que me puso al llegar a Madrid.

—Perfecto. Así disponéis de tiempo suficiente para continuar con el trabajo. Yo, como tengo un montón de cosas que hacer, me quedaré por aquí y después subiré para hablar con el doctor Granados. Si te parece nos reunimos antes de la cena para despedirnos. ¿De acuerdo?

Asiento con languidez y sin abrir la boca.

Gladis aguarda para despedirse también.

—Señor Barbadillo, mucho gusto en saludarlo y estoy segura de que nos vamos a seguir viendo, así que esta despedida es sólo temporal. He de incorporarme con mis compañeras al resto de las tareas. Un placer y hasta pronto.

Le doy las gracias por todo, nos estrechamos la mano y ella se aleja camino de las cocinas.

—Vamos a la capilla. Es el sitio más tranquilo para hablar, puesto que la misa ha terminado y allí no va nadie –susurra Carlos, dándome a entender que acude al lugar con frecuencia para menesteres parecidos.

Recorremos un pasillo, bordeando un patio interior con una fuente en medio y frondosas plantas en todos los rincones y vamos a dar de frente con una puerta que pone "Capilla". Abro y mantengo sujeto el postigo para que entre Carlos, cerrando con cuidado para no hacer ruido. Es una estancia dividida en dos por unas cortinas oscuras que ahora están descorridas. Las ventanas no son muy grandes pero, debido a la orientación, el sol a esta hora penetra a raudales. Hay un pequeño altar adornado con dos ramos de flores, detrás la sacristía y a ambos lados las imágenes de la Virgen y de San Felipe Neri. Diez bancos se distribuyen en dos filas y pegado a la pared una especie de piano-órgano sencillo, que aparenta estar en perfecto estado de conservación.

Carlos me indica que me siente y comienza a hablar, dando a entender que debo estar muy atento a cuanto va a exponer a continuación.

—Busca en mi bolsa una carpeta que contiene documentación confidencial y un cuaderno donde, por orden cronológico, he ido tomando notas y escribiendo reflexiones sobre la marcha del proceso, los integrantes de la mesa negociadora, fechas y lugares y cuantos datos y comentarios me han parecido de importancia e interés. Quiero que te lleves todos estos documentos, los estudies bien y anotes todas las dudas, observaciones y preguntas que se te ocurran.

—De acuerdo.

—Si algo no está ahí, aún tengo buena memoria y casi con toda seguridad lo podré recordar. Entre los dos encajaremos las piezas de este puzzle hasta llegar al momento presente, en el que pasarás a ser testigo directo de cuanto suceda y escribirás tú mismo el guión.

Intento intervenir, pero Carlos me lo impide con un gesto de su mano.

—Escúchame bien. Espero noticias que me confirmen la celebración de un próximo encuentro, que yo presiento inminente. Anota este número. Tiene la señal bloqueada y sólo, repito, sólo contactarás conmigo a través de este teléfono. En el caso improbable de que no lo consiguieras o sucediera algo imprevisto, recurrirás al de Gladis. Hablarás con ella exclusivamente como intermediaria para comunicarte conmigo, sin mencionar ningún otro asunto, sin citar dato alguno. ¿Entiendes bien, Jaime? Esto es muy importante.

—Para un minuto, Carlos, y escúchame por favor. Necesito que me digas exactamente qué debo hacer en los próximos días.

—Esperar. Vas a tener que aprender a ser paciente. No haremos movimientos cuando no toque hacerlos. No podemos adelantarnos a los acontecimientos, pero tampoco podemos hacer dejación de nuestras responsabilidades cuando la pelota esté en nuestro tejado. Hay que calibrar muy bien cada paso y esa tarea le corresponde al Gobierno. Nosotros somos meros ejecutores de sus instrucciones al pie de la letra. Hacemos todo lo que se nos ordena y cuando se nos ordena. Nos jugamos mucho, Jaime, sé consciente de ello.

—Lo sé, lo sé... –y noto mi boca seca al decirlo–. Haré todo lo que tú me digas y nada más.

—Por el momento y resumiendo, tu misión es revisar los documentos y empezar a escribir los preliminares que nos sitúen en el momento actual. Estoy seguro de que el diálogo propiamente dicho está a punto de materializarse. Jaime, estamos más cerca que nunca de una solución final que nos devuelva la paz perdida. Tenemos derecho por fin a disfrutar de ella plenamente, tras una fratricida guerra civil y una dictadura cruel e interminable. –Carlos ha cogido mi mano como si quisiera transmitirme su entusiasmo a través del contacto físico.

—Te prometo que no te arrepentirás. En cuanto llegue a Madrid me voy a poner a funcionar al doscientos por cien –yo también aprieto su mano.

—Verás, si no se producen novedades en los próximos días creo que lo más sensato es que continúes en Madrid. Yo te llamaré para que me cuentes cómo vas. Si, por el contrario, se concretara la convocatoria, te lo haría saber inmediatamente para que estés presente en las deliberaciones previas. ¿Hay alguna pregunta que quieras hacerme? ¿Tienes alguna duda?

—Me gustaría comentarte el enfoque que yo considero se debe dar al tema, una vez revise la documentación y comience a escribir.

No quiero parecer desorientado, pero necesito el consejo de Carlos, al menos hasta que tenga el asunto encarrilado, y así pretendo que lo entienda... Él así lo intuye.

—De acuerdo, pero confío en tu buen juicio para situar con precisión la mitad del camino entre la transparencia y la reserva que debe proteger los secretos más determinantes de toda esta trama. Como periodista, sabes muy bien que hay buitres en la profesión dispuestos a cargarse lo bueno de todo esto, alentados por ciertos sectores políticos que utilizan el "todo vale" con tal de desgastar al Gobierno y llegar al poder, aunque sea a costa de pasarse por el forro las esperanzas de todo un pueblo. En cualquier caso, nos veremos pronto.

—Entendido.

—Mira, tenemos que salir de aquí –asegura Carlos mirando su reloj–. Son casi las ocho e Isabel debe de estar buscándonos.

Cuando llegamos al salón, el personal está preparando las mesas para la cena y varias enfermeras distribuyen las medicaciones, toman la tensión y ponen termómetros sin tregua.

Isabel se encuentra al fondo hablando con un grupo que, a mi parecer, deben ser familiares de otros residentes. Es curioso como los parientes y visitantes se conocen entre ellos y todos se preguntan por sus enfermos o por los que no han podido venir, incluso comentan asuntos que en otras circunstancias se considerarían muy personales pero aquí y ahora pierden esa consideración de intimidad. No es un tópico: parece una gran familia.

Cuando Isabel nos localiza, se acerca y nos aborda con una catarata de preguntas como si regañara a dos niños que han hecho una travesura.

—¿Se puede saber dónde os habéis metido? Os he buscado por todas partes, he preguntado a todo el mundo, parece que os hubiera tragado la tierra. Por cierto, Carlos, han llamado tus hijas y querían charlar un rato contigo, pero les he dicho que estabas ocupado y que las llamaríamos después de cenar.

—Perdona, querida, pero ya sabes cómo se pone esto los sábados por la tarde y nos hemos tenido que alejar bastante para tener un poco de tranquilidad. ¡Claro que hablaré con mis niñas! ¡Tengo unas ganas de verlas...!

Creo que ha llegado el momento de la despedida, después de uno de los días más intensos de mi vida que soy capaz de recordar.

—Bueno, yo debo irme ya –me acerco a Carlos y me inclino para hablarle con más confidencialidad–. Seguimos en contacto. Confía en mí, no te defraudaré.

—De ninguna forma podemos defraudar a todos los españoles –dice Carlos bajando aún más el tono.

No sé por qué siento ganas de abrazar a este hombre y, aunque torpemente, así lo hago. Carlos parece algo turbado pero reacciona con agradecimiento.

—Isabel, debo marchar –la miro fijamente como si quisiera apreciar en ella alguna señal de tristeza por la separación.

—Por favor, espera sólo un minuto más. Dejo a Carlos instalado en su mesa y te acompaño al coche.

Salimos del centro y en esta hora crepuscular, el cielo tiene una luz especial. No es de día, ni de noche. Se ve bien, pero nuestros cuerpos ya no dejan sombras al caminar. Saco mi cartera, cojo una tarjeta, hago un par de anotaciones y se la tiendo.

—Aquí tienes mi dirección, teléfonos de casa, del trabajo, móvil y correo electrónico. No dudes en llamarme si necesitas cualquier cosa o si ocurriera algo imprevisto.

—¿Y qué crees que puede ocurrir o qué piensas que puedo yo necesitar de ti?

Me parece intuir... mejor dicho, deseo intuir un tono irónico y divertido en las preguntas que Isabel me ha disparado sin compasión y que han hecho blanco directamente en mi línea de flotación.

—Ya... Verás... Tienes razón, soy un tonto presuntuoso. Yo no podría serte útil en nada... Bueno, sólo en una cosa: cuento con dos enormes orejas para escuchar, si necesitas hablar con alguien, ¿vale?

—Claro, perdona Jaime, era una broma. Aprecio tu ofrecimiento en lo que vale y lo tendré bien presente. Toma mi tarjeta también: farmacia, casa, etc. Estoy a tu disposición.

Su sonrisa ahora es muy franca, como si quisiera paliar los efectos devastadores del susto que me ha dado.

—¿Cómo regresarás a Murcia mañana? –le pregunto como si de repente me asaltara preocupación por su viaje.

—Pues como todos los domingos. Dispongo aquí de un pequeño coche de alquiler con el que voy y vengo al aeropuerto. Hay un vuelo Vitoria-Murcia a las seis menos cuarto. Jaime, márchate ya o no llegarás nunca y conduce con cuidado. Yo he de volver con Carlos y tomaré algo con él, porque ya no me apetece salir. El personal de cocina es muy amable y siempre que se lo pido me guardan algo. Dicen que hay comida de sobra.

No sé qué hacer. Estoy indeciso y, como no reacciono, es Isabel la que se acerca y me da la mano. La estrecho entre las mías y se la beso casi con veneración, todo ello acompañado por una reverencia teatral que nos hace reír a los dos.

Si sigo junto a ella un instante más, creo que acabaré por abrazarla, así que, reuniendo todas las fuerzas de que soy capaz, suelto su mano, me siento en el coche y arranco. A través del cristal de la ventanilla pronuncio sin voz: "Por favor, llámame". Y ella, que ha leído mis labios contesta: "Gracias por todo, lo haré".

1 2

La libertad consiste en ser dueños de la propia vida.
Aristóteles (filósofo, lógico y científico de la Antigua Grecia)

Me alejo de Vitoria y, por primera vez en los últimos días, parece que haré el viaje en seco. Estoy deseando llegar a casa, ver a Marta y examinar los documentos que Carlos me ha confiado y de los que no me separaré ni para dormir. ¡Ahora que lo pienso! En adelante no podré trabajar en la redacción como suelo hacer. El asunto requiere un ordenador personal. Ya sé lo que haré: le pediré su portátil a Enrique mientras me compro uno... O mejor me lo compro ya. Nuevo elemento en mi lista de deficiencias: un periodista que no dispone de ordenador propio, ¿cómo se entiende? Soy de la vieja escuela, estoy acostumbrado a escribir a mano o a utilizar grabadora en las entrevistas y luego lo informatizo en el periódico, por lo que nunca he sentido la necesidad de tecnología añadida.

Cambiando de tercio, si mis viajes a Vitoria van a repetirse con frecuencia, como así parece, creo que lo mejor será que me plantee la posibilidad de buscar alojamiento para pasar el fin de semana completo, porque la ida y la vuelta en el mismo día es agotador. Tampoco supondrá ningún problema; si Marta está en Barcelona, lo mismo me da estar fuera también el domingo. Y, ¿qué hago con Enrique? Me freirá a preguntas, desde mañana mismo. Debo tener preparado algún guión que le deje convencido a perpetuidad. De otra manera me mareará con sus interrogatorios y sus ofrecimientos de colaboración, a los que tendré que negarme sistemáticamente.

Lo mejor será inventar una historia única con el fin de que no haya elementos alternativos que aumenten las posibilidades de cometer errores. Me inclino por el cuento del libro que Carlos y yo vamos a publicar conjuntamente sobre aspectos legislativos de la Transición democrática española desde el punto de vista parlamentario, puesto que Isabel se lo ha tragado y conoce a Carlos mejor que nadie.

Y hablando de Isabel, ¿qué demonios ha pasado? Algo ha ocurrido... Eso es innegable. Jaime: ¡estás loco!, ¡has perdido el juicio! Es una mujer casada y encima su marido es simple y llanamente Carlos, un hombre gravemente enfermo que ha pensado en ti para participar en una misión reservada sólo a unos pocos y, con toda probabilidad, la más trascendental de nuestras vidas. ¿Cómo te vas a enamorar de su mujer? Pero, ¿de qué estamos hablando? No lo sé. Lo que sí sé es que existe una atracción que no puedo ignorar. La cabeza me va a estallar, así que lo mejor será que descanse un rato, cene algo y me tome una aspirina con un café bien cargado. Llamaré a Marta con el firme propósito de aguantar estoicamente una bronca sonada. Nada más descolgar comienza el fuego cruzado.

—Desde luego, papá, ¡Ya te vale! ¿Qué excusa me vas a poner? Porque te recuerdo, como dices tú, que cuando se quiere se puede, así que no me vengas con el cuento del ingente trabajo que te ha absorbido por completo, porque en algún momento habrás parado para comer, tomar un café, ir al baño... En fin, las cosas que hacemos todos los seres humanos sin excepción y que nos obligan a interrumpir tanto el trabajo como el ocio... Bueno, a ver, empieza a mentir, soy toda oídos.

—No tengo excusa, cariño. Tienes toda la razón en lo que dices. Precisamente la misma razón que tengo yo cuando te lo digo a ti. Comprendo que estés enfadada. No trato de justificar mi comportamiento más que desconsiderado, lo que quiero es que me perdones.

—Vale, pues si quieres que te perdone tendrás que hacer algo a cambio, que ya me pensaré muy bien de aquí a mañana.

—Lo que sea, dalo por hecho. Bueno, ahora en serio, he tenido un día tremendo y estoy deseando llegar a casa y estar contigo. Dime cómo estás, qué has hecho hoy y cómo has encontrado a Ramsés.

Me parece escuchar al fondo la voz de Ricardo, que hasta este momento no había caído en la cuenta de que a partir de ahora figuraría también entre los inquilinos habituales de mi casa.

—Oye, Marta, ¿está Ricardo contigo?

—Mmm... Si, papá, claro, no me iba a quedar sola toda la tarde. Hemos comido con sus padres y luego nos hemos venido a casa, por si llegabas pronto. Ricardo ha sido muy amable ayudándome y entre los dos hemos organizado mi habitación. Acabamos de picar algo y estamos viendo una película en la televisión –parece que Marta se hubiera aprendido la lección como un papagayo.

—No, si ya sé yo que Ricardo es amabilísimo... Mira, estoy en Aranda de Duero y calculo que en un par de horas estaré en casa. Si estás cansada y no quieres esperarme levantada, lo entenderé –y pienso para mí: "...y Ricardo que se marche a su casa, que las tentaciones con nocturnidad son mucho más difíciles de resistir...".

—Si, vale. Cuando acabe la película daremos un paseo con Ramsés, a ver si así va pasando el tiempo, porque, la verdad, papá, es que me gustaría verte hoy.

Ahora la voz de Marta suena dulce y mimosa, como cuando era pequeña... y es que para su padre aún es pequeña.

—Gracias, hija. Mañana pasaremos el día juntos. Os invito a comer en ese restaurante de El Escorial que tanto te gusta y luego corre de mi cuenta cine, discoteca o lo que queráis.

—Vale, papá, y ten cuidado. Te esperamos.

A solas y con el tiempo que me proporciona el obligado viaje de regreso, reflexiono con serenidad y sin apasionamiento sobre la tarea que me ha sido encomendada y veo con claridad el enfoque que debo dar a la primera parte del documento. Recopilar datos y nombres, sucesos y acontecimientos y enfilarlos a través de un hilo conductor, como si de un collar se tratara, empezando por la argolla y añadiendo piezas sucesivamente hasta terminar con el broche que permitirá cerrar la circunferencia.

Por lo tanto, lo primero que debo hacer es analizar toda la información, después sopesar y valorar lo susceptible de ser contado y, finalmente, escribir la crónica oculta de un proceso que será desvelado por primera vez a la opinión pública, que tendrá, como lo tiene de antemano, partidarios y detractores, que convertirá en héroes o villanos a sus protagonistas, hasta ahora desconocidos para el gran público, y que verá la luz cuando la historia cuente con un final feliz y sólo en este caso, ya que de no ser así continuará inconclusa. Las valoraciones y opiniones personales no tendrán cabida en esta parte de la historia, que debo plantearme como una labor de documentación y un trabajo de campo completamente aséptico en lo que al análisis político se refiere. Las alabanzas y críticas, los elogios y censuras surgirán a posteriori, sobre todo en un país como el nuestro en el que somos tan proclives a levantar estatuas y derribarlas después al primer contratiempo. Han sido múltiples los ejemplos de acoso y derribo en nuestra historia reciente y las consecuencias negativas que de tales actuaciones se han derivado para, posteriormente, pasados los años, reconocer las bondades y ventajas de lo conseguido y las excelencias de las personas o instituciones que las llevaron a cabo.

Lo que de verdad me preocupa es mi participación en la segunda fase, porque aunque mi trabajo consista en levantar acta de las "reuniones", como si del secretario de un Consejo de Administración se tratara, va a suponer un tremendo conflicto personal sentarme en la misma mesa que aquellos que han cometido viles y sangrientos asesinatos, o han colaborado en su consecución, además del rosario de inocentes lisiados o mutilados, cuyas vidas y las de sus familias han quedado destrozadas para siempre. Sus absurdas reivindicaciones han sembrado de terror y muerte el paisaje de España durante décadas, para acabar negociando una rendición que no lleva aparejada contrapartida política alguna y serán nulos los beneficios para Euskadi, a la que tanto dicen amar.

Supongo que los sentimientos que experimento tras estas reflexiones son más que normales desde un punto de vista humano y, tal vez, deberé pasar por un proceso de mentalización o entrenamiento psicológico para controlar reacciones y respuestas que podrían sesgar el relato de los hechos y alimentar un odio que a toda costa debemos evitar. Comentaré con Carlos todo esto a la primera oportunidad, porque estoy seguro de que si los demás han experimentado los mismos problemas de conciencia, habrán recibido las instrucciones y el asesoramiento adecuados.

Entro en casa con discreción y me encuentro un espectáculo enternecedor: tenue iluminación, la televisión encendida y Ricardo y Marta dormidos en el sofá, tapados con una manta. Ramsés está tumbado literalmente debajo de las piernas de los dos, por lo que tiene dificultades para levantarse. Las sacudidas del perro hacen que Ricardo despierte y, cuando abre los ojos y me ve a su lado, da un respingo tan brusco que despierta también a Marta.

—Vaya, ésta sí que es buena. Parece que estéis bajo los efectos de algún tipo de gas letal.

Ricardo es el primero en hablar.

—Hola Jaime, verás. Es que me he quedado traspuesto...

—No te expliques, compañero, es normal que os hayáis dormido con esta penumbra, en un sofá mullido y calentito y el arrullo del televisor. Marta, hija, dame un beso y no hables. Guarda las palabras para despedir a Ricardo.

Éste asiente, ya más despabilado, y yo me interno en la cocina para no molestar a los tortolitos mientras se despiden, pero los veo por la rendija de la puerta entreabierta. Marta besa a Ricardo, que parece regañarla por la osadía. ¡Hay que ver cómo cambian los tiempos! Ahora son las mujeres las que manejan la batuta y los hombres los que se hacen los estrechos... Y, por supuesto, mi hija no es distinta de las demás.

SEGUNDA PARTE

LAS TREGUAS

Quienes practican el terrorismo tienen en la publicidad un fin y un arma a la vez.
El terrorista obtiene su primera victoria al lograr que se anuncie
el secuestro político, el asesinato o la explosión de la que es autor,
atrocidades que pierden sentido si no atraen la atención del mundo.
Terry Anderson (reportero de la Prensa Asociada
secuestrado en Líbano durante siete años)

La organización terrorista ETA ha anunciado el cese de sus acciones violentas de forma total o parcial en once ocasiones, hasta llegar al "cese definitivo" de su actividad armada, proclamado en octubre de 2011. En todas ellas, menos en tres, siguió asesinando y cometiendo atentados con el alto el fuego en vigor. Sin embargo, la tregua iniciada el 18 de septiembre de 1998 se convirtió en la primera y única calificada por la banda como "unilateral e indefinida" y, tras finalizar 439 días después, fue la más extensa de su historia.

Aunque las demandas de "alto el fuego" han sido constantes, desde la que solicitó el Gobierno y su presidente Adolfo Suárez, en diciembre de 1977, en plena Transición, la primera tregua propiamente dicha se produjo días después del 23-F, en 1981. En aquel momento la banda comunicó una tregua de un año que, finalmente, se prolongó casi medio más.

En 1987 y en el marco de las conversaciones de Argel, ETA rechazó la tregua solicitada por el Ejecutivo socialista de Felipe González, al que la banda ofreció un alto el fuego de sesenta días para reanudar el diálogo. En febrero de 1988, el Gobierno anunció la apertura de negociaciones al comprobar que no había habido atentados desde que se produjo la oferta, pero el secuestro de un importante empresario, Emiliano Revilla, junto a otras acciones posteriores, acabaron con el diálogo.

En enero de 1989 la organización terrorista anunciaba una "tregua unilateral" de quince días y, sólo seis más tarde, el Secretario de Estado para la Seguridad, Rafael Vera, al frente de la delegación, de la que también formaban parte José Luis Corcuera y Juan Manuel Eguiagaray, Delegado del Gobierno en Murcia, viajaban al país africano. Tras la muerte en accidente de tráfico de "Txomin", Eugenio Etxebeste "Antxón" tomó el relevo en representación de la banda. Fue en un chalé de la urbanización Cap de Pins, en las afueras de la capital, Argel, donde se celebraron las reuniones, a las que también asistieron Ignacio Aracama Mendía "Makario" y Belén González Peñalva "Carmen", ambos integrantes del Comando Madrid. Este cese de la violencia fue prorrogado con el fin de continuar las conversaciones, pero el diálogo finalmente fracasó y la tregua se rompió una vez más.

En diciembre de 1991, ETA volvió a anunciar una tregua de dos meses para retomar el diálogo a cambio de ciertas condiciones y repitió su oferta en febrero y en julio de 1992 para "abrir una negociación política con el Gobierno" después de haber sido detenida en Bidart (Francia) la dirección etarra. La siguiente oferta de tregua se produjo el 23 de junio de 1996, tras el cambio de signo en el Gobierno español y en un momento en el que la banda mantenía secuestrado al funcionario de prisiones José Antonio Ortega Lara. Un año después, en 1997, el concejal popular de Ermua, Miguel Ángel Blanco, era cruelmente asesinado en uno de los capítulos más viles de la historia del terrorismo etarra, además de otros trece ciudadanos que, sumados a seis más, en 1998, entre ellos el concejal sevillano Alberto Jiménez Becerril y su esposa, seguían aumentando la triste y negra lista de víctimas.

Durante los cuatro últimos años del siglo XX (1996-2000), la política penitenciaria del Gobierno de José María Aznar fue infinitamente más favorable a los presos de ETA que la que venía aplicándose con anterioridad. En 1998 y 1999, con el Partido Popular al frente del Ejecutivo, el Congreso de los Diputados aprobó por unanimidad dos mociones instando al Gobierno a desarrollar "una nueva orientación en la política penitenciaria para propiciar el final de la violencia". Todos estos movimientos se tradujeron en el acercamiento de más de 135 presos de ETA a cárceles del País Vasco y el regreso de 304 exiliados de la banda terrorista, algunos con graves delitos de sangre.

Finalmente, el 16 de septiembre de 1998, pasados cuatro días de la firma de la Declaración de Lizarra, ETA anunció, por primera vez en su historia, un cese de la violencia "unilateral e indefinido", que comenzaría a contar cuarenta y ocho horas después. El Gobierno de José María Aznar mostró su disposición a dialogar y a finales de octubre comenzaron los primeros contactos con el entorno de ETA, en Zúrich. Por parte del Gobierno fueron designados tres interlocutores muy cercanos al presidente, sus asesores Francisco Javier Zarzalejos y Pedro Arriola, y el Secretario de Estado de Seguridad Ricardo Martí Fluxá, mientras ETA quedaba representada por Mikel Antxa, Vicente Goikoetxea y, de nuevo, Belén González Peñalva, proponiendo además al entonces obispo de Zamora, Juan María Uriarte, como intermediario.

En mayo de 1999 tuvo lugar un encuentro en Suiza en el que no se produjo acercamiento alguno. ETA señaló que el diálogo se hallaba bloqueado y la comunicación con el Gobierno definitivamente rota. Aunque en los tres meses posteriores se intercambiaron cartas y otras comunicaciones, las partes no volvieron a entablar diálogo y ETA anunció que la tregua mantenida durante catorce meses finalizaría el 3 de diciembre de 1999. Esa ruptura se materializó el 21 de enero de 2000 con el asesinato en Madrid del teniente coronel Pedro Antonio Blanco García.

Años después de las negociaciones de Zúrich, José María Aznar sigue reiterando públicamente, una y otra vez, que sus gobiernos nunca negociaron con ETA, declarando: "Jamás el gobierno que yo presidí dio instrucciones de negociar, y menos con terroristas". Otro muy distinto es el veredicto que arroja un somero análisis de la hemeroteca de la época.

Cuatro años después, el 18 de febrero de 2004, ETA comunicaba su decisión de suspender todas sus "acciones armadas" en Cataluña, como resultado de la entrevista mantenida por el presidente de Ezquerra Republicana de Catalunya, Josep Lluis Carod Rovira con la cúpula de ETA en Perpiñán, maniobra que le costó la dimisión.

Tras los atentados del 11 de marzo de 2004 en Madrid, cometidos por extremistas islámicos, ETA tardó cuatro meses en volver a atentar, debido a la conmoción social provocada por la masacre de Madrid y consciente de que el retorno a la actividad terrorista le acarrearía una pérdida de apoyos. El 21 de marzo de 2004, ETA emplazaba al Gobierno de nuevo al diálogo a través de un comunicado dirigido a su presidente. Sin embargo, en esta ocasión no declaró tregua, manifestándose dispuesta a "seguir luchando". A pesar del retorno a la actividad terrorista, no se produjo ninguna víctima mortal como consecuencia de atentados.

El 22 de enero de 2005, la Asociación de Víctimas del Terrorismo organizaba una manifestación masiva, congregando en Madrid a cientos de miles de personas venidas de toda España en contra de la política antiterrorista del gobierno de José Luis Rodríguez Zapatero y en el mes de mayo, durante el Debate del Estado de la Nación, el Presidente del Ejecutivo anunciaba su determinación de acabar con ETA en la legislatura que discurría, mediante un final dialogado. El líder de la oposición, Mariano Rajoy, le acusó de "traicionar a los muertos", a lo que el Gobierno contestó con la contrarréplica de utilizar el terrorismo como materia de discusión partidista, afirmando que era la primera vez que desde la oposición se atacaba la política antiterrorista, considerada hasta entonces tema de Estado.

El 10 de febrero de 2006, el presidente del Gobierno declaraba públicamente su convicción de que el final del terrorismo podía estar cerca y el 22 de marzo siguiente la banda terrorista anunciaba el alto el fuego permanente, tras casi tres años sin víctimas mortales.

El llamado Proceso de Paz ha suscitado no poco debate en el seno de la sociedad española. La iniciativa fue apoyada, en aquellos momentos, por la mayoría de los partidos políticos con representación parlamentaria, por una resolución expresa del Parlamento Europeo, además de los dos principales sindicatos españoles e instituciones como la Iglesia Católica o la Organización de las Naciones Unidas. Sólo el Partido Popular, entonces principal partido de la oposición, y la Asociación de Víctimas del Terrorismo se mostraban abiertamente en contra del proceso.

El 31 de mayo de 2006 tuvo lugar una reunión entre miembros del partido en el gobierno en el País Vasco y dirigentes de la ilegalizada Batasuna, ocho de cuyos líderes comparecían en aquellos días ante la Audiencia Nacional. Se pidió expresamente a los jueces que tuvieran en cuenta "la actual situación" y se añadía la propuesta de apertura de dos escenarios "uno para el diálogo entre el Gobierno y ETA para hacer efectivo el abandono de las armas y la desaparición del terrorismo, y otro para hablar del futuro político de Euskadi".

El presidente del Gobierno convocó acto seguido a la Comisión de Seguimiento del Pacto Antiterrorista para dar cuenta del cumplimiento del alto el fuego de ETA, también a la Comisión de Secretos Oficiales y, con posterioridad, compareció en el Congreso de los Diputados con el fin de informar sobre el inicio de las conversaciones con la banda. Igualmente, se presentó ante los medios de comunicación para hacer pública la declaración institucional del inicio de conversaciones.

El 5 de julio la Audiencia Nacional, a su vez, autorizaba judicialmente la reunión, anunciada para las once del día siguiente. En esta reunión se instaba a Batasuna a que se integrara en la vida democrática y rechazara el terrorismo. En junio y julio de 2006 los interlocutores Josu Ternera de ETA y Jesús Eguiguren del Gobierno se reunían en la sede del Centro de Diálogo Henri Dunant de la Cruz Roja en Ginebra. Algunos medios de comunicación informaron de otras reuniones en septiembre y diciembre de 2006, en un chalé en las afueras de Oslo. Tanto el gobierno noruego como el español desmintieron rotundamente que estos últimos encuentros se hubieran producido.

A pesar de que la situación se complicaba por momentos, la *kale borroka* en su punto álgido, la huelga de hambre del etarra De Juana Chaos y el robo en Francia de un importante arsenal de armas y municiones, el 29 de diciembre de 2006 el presidente Zapatero se mostraba optimista respecto a la marcha del proceso: "Hoy estamos mejor que hace un año... y dentro de un año estaremos aún mejor". Sus palabras fueron brutalmente rebatidas tan sólo veinticuatro horas después por la explosión de una furgoneta en los aparcamientos de la T-4 del aeropuerto de Barajas. Dos personas murieron y, con ellas, la esperanza de establecer un diálogo positivo con la banda.

Tras el atentado del 30 de diciembre de 2006 en el aeropuerto madrileño, el presidente del Gobierno anunciaba su orden expresa de suspender todas las iniciativas para desarrollar el diálogo con ETA, con lo que se consideraba roto el Proceso de Paz de forma inmediata. "La violencia es incompatible con el diálogo y, por lo tanto, éste no puede desarrollarse mientras la banda terrorista no cumpla las condiciones que el Gobierno exigió para el inicio del mismo", afirmaba.

Un día después, la Asociación de Víctimas del Terrorismo convocaba una nueva manifestación en la Puerta del Sol de Madrid, en la que se profirieron todo tipo de insultos contra el Gobierno y contra ciertos periodistas de TVE y RNE.

El 6 de enero, miembros del propio Gobierno manifestaban no entender las causas de lo sucedido "por ser distinta la actitud de los interlocutores de ETA que se reunieron con el Gobierno a mediados de diciembre a la de los autores del atentado". Algunas fuentes del Ejecutivo especularon sobre posibles disidencias dentro de la banda terrorista, barajándose la posibilidad de que quienes optaran por la violencia actuaran al margen de los intermediarios de la organización.

El 9 de enero de 2007 ETA hizo público un comunicado, a través del diario Gara, donde reivindicó el atentado de Barajas, aunque afirmando al mismo tiempo que "continuaba vigente el alto el fuego permanente". A su vez, el portavoz del Gobierno manifestó que "ETA ha roto el Proceso de Paz, ha roto su propia tregua y el Gobierno no va a mantener puentes tendidos a la banda".

Si posteriormente a lo que antecede ha habido algún tipo de contacto o acercamiento, nada tiene que ver ya con el Proceso de Paz propiamente dicho, ni son extremos susceptibles de comprobación a partir de los datos disponibles.

Por último y no por ello menos significativo, el 5 de junio de 2007 la organización terrorista anunció la ruptura de su "alto el fuego permanente" a partir del día siguiente, el 6, declarando que "ETA ha decidido suspender el alto el fuego indefinido y actuar en todos los frentes en defensa de *Euskal Herría*, a partir de las 00'00h".

Después del atentado de la T-4, los británicos Tony Blair y Gerry Adams pidieron al Gobierno que escuchara a ETA. Y el Gobierno así lo hizo, llegando hasta el borde del precipicio para intentar salvar el proceso a riesgo de su propio desgaste. El Ejecutivo quiso convencerse de haber hecho cuanto podía para acabar con el terrorismo.

Entre la tregua de 2006 y la siguiente, en enero de 2011, doce hombres perdieron la vida como consecuencia del terrorismo etarra. Dos ecuatorianos de 19 y 35 años, Diego Armando Estacio y Carlos Alonso Palate, murieron dentro de sus propios coches en la explosión de la T-4 de Barajas. Tres Guardias Civiles fallecieron como consecuencia de acciones terroristas, dos en Capbreton (Francia), Fernando Trapero y Raúl Centeno; y uno en Legutiano, Juan

Manuel Piñuel, tras la explosión de un coche-bomba contra la casa-cuartel de la localidad. Isaías Carrasco, exconcejal socialista de Mondragón, murió como consecuencia de un tiro en la nuca dos días antes de las elecciones generales de 2008. El brigada del ejército Luis Conde fue asesinado en Santoña y el empresario guipuzcoano de Azpeitia, Ignacio Uría, falleció el 3 de diciembre de 2008 como consecuencia de tres disparos a bocajarro. El inspector de policía Eduardo Puelles, en junio de 2009; y los guardias civiles Carlos Sáenz de Tejada y Diego Salvá, en julio del mismo año. Finalmente, el último asesinado, un gendarme francés de cincuenta y dos años, Jean-Serge Nérin, fue tiroteado al intentar interceptar un coche robado en un control rutinario.

Con el anuncio de la banda fechado el 10 de enero de 2011, nos enfrentábamos a un nuevo alto el fuego autocalificado por la banda, como "permanente, de carácter general e internacionalmente verificable", según se le exigía en la Declaración de Bruselas, formulada por un grupo de mediadores internacionales encabezados por el sudafricano Brian Currin. Por primera vez se incluían, como novedades llamativas, la eliminación de la *kale borroka* y la suspensión del "impuesto revolucionario" como forma de financiación, que no había cesado en ningún otro momento, pero nada se decía del abandono definitivo e irreversible de las armas. Paralelamente, las Fuerzas de Seguridad advertían que, con las últimas acciones conocidas en Francia, los terroristas podían haber terminado de aprovisionarse de cuanto precisaban con el fin de mantener su capacidad de subsistencia, reduciendo al mínimo su actividad. El nuevo anuncio sólo produjo hastío entre los españoles y resucitaba el fantasma de las treguas trampa del pasado que, lejos de perseguir la pacificación, acabaron convirtiéndose en un mecanismo para aflojar la presión policial que asfixiaba a la banda, permitiendo así su reorganización. Se trataba de la misma estética, mismo discurso y, en definitiva, misma farsa, que hacía temer una nueva maniobra de maquillaje para que la izquierda abertzale, largamente ilegalizada, se presentase, dentro de la legitimidad de la Ley de Partidos, a unos comicios autonómicos y municipales que le otorgaron unos resultados sorprendentemente favorables... Tal vez, mucho mejores de lo que ellos mismos podían esperar.

El Gobierno y las Fuerzas y Cuerpos de la Seguridad del Estado en ningún momento han bajado la guardia en su lucha contra el terrorismo, como así lo demuestran los atentados abortados y el alto número de detenidos, entre ellos la cúpula de la banda, que una y otra vez ha quedado descabezada.

Nueve meses después, como si de un periodo de gestación se tratara, la organización terrorista ETA anunciaba, en uno de los comunicados más cortos de su historia, fechado el 20 de octubre de 2011, el "cese definitivo de su actividad armada, haciendo un llamamiento a los gobiernos de España y Francia para abrir un proceso de diálogo directo cuyo objeto sea la resolución de las consecuencias del conflicto y, así, la superación de la confrontación armada".

Todo apunta a que fue la presentación de los estatutos de Sortu lo que marcó el paso del Rubicón del final de la violencia de ETA desde que la izquierda abertzale decidió tomar la vanguardia del llamado Movimiento de Liberación Nacional Vasco y desplazar a un segundo término a la banda terrorista. Además de la presión policial, judicial y social, en la decisión final de ETA pesó la presión de la izquierda abertzale y el excelente resultado obtenido en las elecciones municipales, a través de la coalición Bildu. El mejor resultado de la historia: un 25% de los votos. Era la prueba definitiva que los *abertzales* necesitaban frente a la desastrosa situación de la banda armada. Porque en esta historia, desde el final del Proceso de Paz en 2006, la única negociación que ha tenido lugar es la de la izquierda abertzale con ETA para lograr su cese definitivo. Ni el Gobierno central, ni el vasco, ni los partidos políticos han intervenido de ninguna forma en este proceso. No es posible certificarlo, pero voces expertas ven en la decisión última de ETA la mano de Josu Ternera, que habría regresado para poner el punto final a una banda terrorista defenestrada y absolutamente desorganizada por los golpes policiales y por sus querellas internas. No hay que olvidar que la tregua de 2006 rota por el atentado de la T-4 de Barajas irritó sobremanera a los dirigentes de Batasuna, además de abrir una brecha divisoria en la banda que llegó a resquebrajar al propio núcleo dirigente. El jefe del aparato político, Francisco Javier López Peña ("Thierry") y el del aparato militar, Garikoitz Aspiazu (Txeroki) se expulsaron mutuamente en una crisis interna gravísima. Poco después ambos eran arrestados en operaciones policiales consecutivas.

Es verdad que, con la decisión de ETA ya tomada, probablemente en el verano de 2011, la izquierda abertzale pretendía lograr no sólo la legalización de Sortu, su propio partido, puesto que Bildu es una coalición de espectro más amplio, sino también la revisión de la aplicación de la doctrina Parot, instrumento que dejaría en la calle a decenas de presos de ETA en poco tiempo. Todo se precipitó cuando el presidente del Gobierno, José Luis Rodríguez Zapatero, decidió adelantar las elecciones generales previstas para marzo de 2012, al 20 de noviembre de 2011. De esta manera ya no había margen para que el Tribunal Constitucional se pronunciara sobre la doctrina, mucho menos con la sombra en ciernes de una más que posible victoria del Partido Popular.

Así las cosas, la izquierda abertzale decidió seguir con la misma hoja de ruta utilizada en el Proceso de Paz de 2006 y materializar los acuerdos a los que se llegaron durante las conversaciones de Loyola. Es, en lo que en terminología de resolución de conflictos se denomina "paso de la fase deliberativa a la resolutiva" o "punto cero" tomando, una tras otra, decisiones unilaterales e internacionalizando la resolución del conflicto a través de la implicación del Grupo Internacional de Contacto que dirige Brian Currin.

ETA echa así el cierre a un tinglado de 50 años, con más de 700 activistas presos, 500 en cárceles españolas y el resto en prisiones francesas, además de otros 75 miembros activos, casi todos identificados. Pero más allá del corto plazo, la decisión de ETA de abandonar las armas definitivamente abre una nueva etapa, que será muy larga. En primer lugar, la sociedad española demanda una comprobación fehaciente de la voluntad de la banda terrorista de abandonar sus actividades criminales. No olvidemos que hablamos del cese de la lucha armada, pero nada se dice en el comunicado de ETA de su disolución definitiva y de la entrega de las armas, extremos que exige con machacona insistencia el Ministerio del Interior. Pero la realidad pone de manifiesto que hay un pacto tácito en lo que se refiere a la no disolución de ETA. La izquierda abertzale, con sus buques insignia Bildu y Amaiur, no va a pedir nunca que ETA desaparezca ni que renuncie a su historia de terror. Muy al contrario, su trabajo en el último periodo de "legalidad" se ha centrado en justificar todo lo hecho para que parezca que ha valido la pena y ha servido para alcanzar el triunfo político del que ahora disfrutan los vascos. Pero mientras ETA no se desarme, continúa armada y portavoces de asociaciones de víctimas y sectores de las Fuerzas de Seguridad recelan de sus auténticas intenciones, rechazando, por todo lo dicho, cualquier gesto del Gobierno hacia la banda terrorista.

Las claves del nuevo escenario pasan inexorablemente por el observatorio de una serie de puntos esenciales en los que se han basado la actividad y la supervivencia de la banda armada durante décadas. En primer lugar, los métodos de financiación. Sin recursos, la banda está abocada a su final. En segundo lugar, su disolución definitiva, que acabamos de mencionar. Independientemente de otras cuestiones a tener en cuenta, los líderes de la izquierda abertzale afirman que ETA sólo se disolverá cuando sus presos terminen de salir de la cárcel y no antes. Todo apunta a que sus miembros sólo mantendrán una postura activa en esta materia, pero ninguna otra respecto al proceso político. Eso está por ver... Aunque la resolución del futuro de los presos admite distintos planteamientos y en diversas fases, la cuestión determinante pasa por la decisión del Tribunal Constitucional sobre la aplicación de la doctrina Parot que, de ser favorable, dejaría en libertad a decenas de presos con muchos años de condena a las espaldas. Estas medidas, sin duda, necesitarán un acuerdo político de amplio espectro. Fundamental, igualmente, será el tratamiento que se dé al papel que han de jugar las víctimas del terrorismo como guardianes de la memoria. Y, finalmente, habrá que diseñar un plan de paz que contemple la convivencia entre los vascos como propósito a corto plazo y la reconciliación como objetivo en un horizonte más lejano.

Este repaso telegráfico de la actividad terrorista en España a lo largo de nuestra historia más reciente, con sus diferentes etapas, treguas y rearmes, permite tomar verdadera conciencia de lo acaecido, cuyo análisis nos lleva indefectiblemente a la conclusión de la necesidad imperiosa de acabar definitivamente con el problema. Las circunstancias que en su momento pudieron suponer una eventual justificación del terrorismo están superadas. La dictadura franquista es un recuerdo del pasado y la Transición terminó en España hace años. Somos para Europa y para el resto del mundo una democracia joven pero muy consolidada, con unas instituciones fuertes, una legislación progresista y una sociedad estructurada de forma moderna y avanzada. No hay razón para la persistencia de una banda terrorista en un país con estas condiciones, como no tiene sentido el empecinamiento en la lucha armada, cuando el terrorismo lleva cincuenta años matando y destruyendo sin conseguir ninguno de sus objetivos.

Es tiempo de mirar al futuro... Por ello, cito aquí las esperanzadoras palabras que José Ramón Goñi Tirapu, gobernador civil de Guipúzcoa a finales de los setenta, escribe en su sobrecogedor libro "Mi hijo era de ETA": *"La necesidad colectiva e imperiosa de vivir de una vez en paz y en libertad resuena con tanta fuerza que podría incluso pasar por encima del sufrimiento silencioso y permanente de las víctimas, y acabar cediendo ante la injusticia de centenares de años de prisión incumplidos. Ellas ven acercarse irremediablemente un tiempo en el que acecha el peligro del olvido. Confío en que no será así, en que los políticos que nos representan cumplirán fielmente su papel y serán capaces de encontrar soluciones que certifiquen el final".*

Que así sea.

13

*Si queremos un mundo en paz y de justicia,
hay que poner decididamente la inteligencia al servicio del amor.*
Antoine de Saint-Exupery (escritor y aviador francés)

Marta toca reiteradamente con los nudillos en la puerta. Escucho su voz como si estuviera muy lejos, pero no puedo reaccionar. Es una sensación parecida a la que se experimenta cuando uno comienza a despertar de una anestesia general: lo primero que se desembota es el sentido del oído, pero no es posible contestar; los músculos no responden a las órdenes del cerebro, de lo que se deriva incapacidad para articular las palabras. Poco a poco lo voy consiguiendo.

—Papá... ¿Te pasa algo? Son casi las once. Me tienes preocupada.

—Pasa, por favor... No puedo creer que sea tan tarde. Debía estar agotado porque he dormido como si hubiera entrado en coma. Me ducho y me visto en seguida. Haremos una cosa, mientras estoy en el baño dejo la puerta entreabierta y así podemos seguir hablando.

—Vale. Ahora te preparo un café y algo de comer. Sobre todo quería avisarte cuanto antes. En la tele han informado de dos explosiones en Galdácano y en otro sitio que ahora no me acuerdo cómo se llama, pero también cerca de Bilbao. Ha sido ETA, claro, y parece que han herido a bastante gente. La verdad es que las imágenes son tremendas. ¡Esto es muy fuerte! ¿Cuándo se va a acabar la pesadilla del terrorismo?

La noticia me desentumece definitivamente cuerpo y espíritu, y me froto a toda velocidad.

—Marta, enciende la televisión y sube mucho el volumen para que pueda oír. Mi móvil está en la mesilla... Dime si tengo mensajes.

—Pues hay como quince llamadas perdidas de Enrique, una cada cinco minutos, y varios mensajes de los teletipos de noticias de agencia sobre lo que te he contado.

—Léeme el último.

—Te leo todos porque los datos se complementan.

Y Marta comienza el relato en capítulos ordenados: "Alrededor de las ocho y media de la mañana de hoy, ETA ha hecho estallar una furgoneta con una potente bomba de más de veinte kilos de explosivo en una calle céntrica de Galdácano, causando importantes daños materiales y más de diez heridos de distinta consideración. A la misma hora, un Honda Civic azul estallaba en Amorebieta, alcanzando a una patrulla de la *Ertzaintza* compuesta por tres agentes. En estos momentos el pronóstico es reservado para uno de ellos". El siguiente dice: "Los comandos podrían estar integrados, en ambos casos, por terroristas con largo y macabro historial que, según fuentes de la lucha antiterrorista, cuentan con infraestructura estable en la zona. Según informa la *Ertzaintza*, el diario Gara recibió una llamada minutos antes de la primera explosión". Y el último habla del estado de los heridos: "Los Servicios de Asistencia Municipales de Galdácano atendieron in situ aproximadamente a diez personas que se encontraban en las inmediaciones, siendo trasladadas a diferentes centros hospitalarios, pero no se teme por sus vidas. En cuanto a los *ertzainas* de Amorebieta, uno podría haber fallecido a causa de las heridas y el otro parece estar en estado grave".

Me temo que hoy va a ser también un día de tensión e incertidumbre, ante estos acontecimientos que no sé muy bien cómo interpretar. No creo que sea buena idea llamar a Carlos para preguntarle su opinión. No me parece prudente. Decididamente, lo mejor es esperar.

Escucho por televisión, en conexión directa con el Palacio de la Moncloa, que el presidente del Gobierno ha convocado una rueda de prensa para las doce y media, así que estaré muy atento a sus palabras, que deberían clarificarme el significado de esta nueva escalada de violencia en alguna de las dos posibles direcciones: la primera, una maniobra de advertencia para que se aceleren y ultimen de una vez por todas los preámbulos de la negociación por parte del Gobierno o, en segundo lugar, hacer una nueva demostración de fuerza ante la presión eficaz de las Fuerzas de la Seguridad del Estado que han desembocado, en los últimos meses, en numerosas detenciones y en la desarticulación de un importante comando. Concluyendo: manifestar su rechazo al diálogo si no cesa el acoso policial o, en caso contrario, confirmar su deseo de negociación y su prisa por llevarlo a cabo.

Marta ha organizado la habitación y se dispone a recoger ahora el cuarto de baño, fregona en ristre. Estoy seguro de que esto es consecuencia de su reciente vida independiente. Pasó momentos difíciles durante nuestra separación, pero ahora se la ve muy centrada... y muy bella, como su madre, a la que cada día se parece más. Se ha vestido con un pantalón de pana de color claro, dentro de unas botas marrones y un jersey naranja que hace juego con su pelo y sus pecas. Tiene veinte años y es preciosa, así que no me extraña que a Ricardo se le caiga la baba.

—¿A qué hora vendrá Ricardo?

—Le he dicho que se pase por aquí sobre las dos. Oye, papá, que si no te parece mal, después de comer, nosotros bajaremos a Madrid a dar una vuelta. Como siempre estoy en Barcelona, me encanta pasear por Madrid cuando vengo.

—Claro, claro... Lo que vosotros queráis. Yo me quedaré porque tengo trabajo y os prepararé la cena. Y ahora voy a escuchar las declaraciones del presidente, que está a punto de comparecer.

No he terminado de hablar cuando suena el móvil y, sin mirar la pantalla, sé quién es.

Enrique empieza a disparar; como no acabará hasta que vacíe el cargador lo mejor es dejar que hable y se desahogue.

—Mira, pedazo de capullo, ya puedes empezar a contarme todo lo de ayer, qué tal el viaje, qué quería Portillo, a qué hora volviste, por qué no me llamaste y por qué no lo has hecho esta mañana. Supongo que te habrás enterado de lo que ha pasado hoy en el País Vasco. ¿Quieres hacer el favor de responder siquiera a alguna de mis preguntas? ¿Es que no entiendes que estoy en ascuas? Mira, ¿sabes lo que voy a hacer? Me voy a ir para allá y me pones al día.

—No, no, no, ni hablar, Enrique, tranquilízate. Te prometo que te llamo esta noche y te cuento todo lo que quieras, pero no vengas porque voy a comer con Marta y Ricardo y luego pasaré la tarde con sus padres que, como son muy amables, me han invitado a tomar café –es lo primero que se me ha ocurrido para quitármelo de encima. De otra forma no podré trabajar.

—¡Joder! Pero adelántame algo por lo menos.

—Vale, escucha con atención y no me interrumpas. El viaje me fue bien. Portillo vive en una institución especializada en el tratamiento de enfermedades como la suya. Hay un montón de gente chunga allí, Enrique. Te juro que la vida es una mierda para muchos. Lo que quería, en definitiva, era proponerme la autoría conjunta de un libro sobre la Transición Española, desde el punto de vista parlamentario. Me ha contado un poco el proyecto, me ha soltado un montón de papeles y documentos para que los estudie y volveremos a hablar cuando haya terminado la primera fase y tenga claro el enfoque del asunto, ¿entiendes? ¿Que a qué hora llegué a casa? Pues a las doce y media o algo más y, como te puedes imaginar, molido del viaje, de la tensión y del madrugón. No olvides que ha sido muy impactante ver a Carlos otra vez.

—Ya, ya me lo imagino. Pero el tema de la Transición, ¿no está más pasado de moda que los pantalones campana? ¿Y por qué te ha elegido a ti precisamente para que escribas su libro, después de los problemas que tuvisteis hace años?

Enrique no parece nada convencido.

—Porque lo que ocurrió es agua pasada y me respeta como profesional. Ha leído mis libros y ha seguido mi carrera durante estos años.

—¡Qué raro! Anda que no habrá conocido a periodistas de todo tipo y condición durante su etapa como diputado –dice Enrique cada vez más incrédulo.

Me va a costar convencerle más de lo que yo pensaba. Espero que con el paso del tiempo vaya olvidando los reparos que ahora manifiesta.

—En fin, ¡qué quieres que te diga! Yo he aceptado sin dudarlo y hasta me he sentido halagado por el ofrecimiento. No sabes cómo está, impresiona verle, sobre todo si se le ha conocido antes de enfermar.

—Pues yo sigo sin verlo claro. Ándate con mucho ojo por si acaso. ¿Y qué me dices de los atentados de esta mañana?

Menos mal que cambiamos de tema.

—Pues no me había enterado de nada. Estaba tan cansado que he dormido hasta las once y ha sido Marta la que me ha despertado con la noticia. Te cuento una cosa para resarcirte de mi falta de consideración si prometes no machacarme con tus preguntas. ¡Que te conozco! Conocí a la mujer de Carlos. Me invitó a comer mientras su marido descansaba. ¡Qué mujer! ¡Impresionante!

—¿Eso qué quiere decir? No estarás insinuando...

—¡Eh! ¡Eh! Para el carro. Te he dicho que no quiero comentarios. Te dejo, no quiero perderme la declaración del presidente, que está a punto de empezar. Te llamo esta noche.

—Vale, pero...

—¡Que te calles ya, cansino, que eres un cansino! Tiene razón tu madre, a ver si te buscamos una novia entre todos y a mí me dejas en paz. Adiós –y cuelgo porque a Enrique no se le puede dar cuartelillo.

Me concentro en la televisión y en la imagen de la sala de prensa de Moncloa, con las banderas y el atril esperando la llegada del presidente. Hace su entrada pasados unos minutos, acompañado de sus más estrechos colaboradores. Saluda a los reporteros y advierte que no contestará preguntas. La rueda de prensa se reducirá a una declaración institucional dirigida a todos los ciudadanos y la información sobre lo ocurrido se facilitará a los medios a través del Ministerio del Interior. El presidente, con semblante serio, tras condenar los atentados sin paliativos y colocarse al lado de las víctimas y sus familias, declara expresamente la incompatibilidad de la violencia terrorista con cualquier iniciativa de diálogo con ETA. Califica estas acciones como los pasos más equivocados que los terroristas pueden dar porque sólo manifiestan su incapacidad de vivir en paz. No obstante, si se cumplen las condiciones establecidas en la resolución parlamentaria, en la que se impone como condición la voluntad inequívoca de abandono de las armas y sólo en este caso, el Gobierno estaría dispuesto a abordar un final dialogado. Subraya este planteamiento declarando que la violencia es incompatible con el diálogo en cualquier democracia y tiende la mano a la oposición para fortalecer la unión de los demócratas y la necesidad de retomar los pactos como instrumentos eficaces en la lucha contra el terrorismo. Por último, el presidente expresa su máxima esperanza en la voluntad firme de la sociedad vasca de vivir en paz y en libertad. Y anuncia la intervención del Ministro del Interior que explicará los detalles de los atentados, dando por finalizada su comparecencia.

Mi conclusión, después de lo escuchado, es que no es posible la negociación bajo la premisa de la violencia, pero el Gobierno deja abierta la puerta si ETA finalmente entrega las armas y abandona el camino del asesinato y la extorsión. Por lo tanto no todo está perdido, pero la solución costará literalmente sangre, sudor y lágrimas.

Llega Ricardo y nos vamos los tres, dejando a Ramsés encaramado a la valla y con una cara de pena que haría aflorar en cualquiera sentimientos de auténtica culpabilidad.

El almuerzo discurre apaciblemente. Disfruto de este rato relajado, el único que he tenido en varios días. Me apetece charlar con los chicos puesto que no ha habido ocasión de hacerlo hasta ahora. Ambos me cuentan su inquietud ante los exámenes y me piden opinión sobre la posibilidad de que Marta se incorpore a un recorrido por Europa con Ricardo y sus compañeros. Yo no tengo nada que objetar; es más, casi prefiero que Marta viaje bajo la protección de Ricardo, que tiene más edad y experiencia y que, me consta, va a cuidar bien de ella. El resto del verano lo pasará con su madre en la Costa Brava y Ricardo la visitará algún fin de semana. Parece que todo está claro por parte de ellos, no así por la mía, ya que dados los últimos acontecimientos no me es posible hacer planes, ni siquiera a corto plazo.

Terminada la comida, damos un rápido paseo y Marta y Ricardo marchan a Madrid, mientras Ramsés y yo nos quedamos en casa disfrutando de la quietud de esta tarde de domingo que voy a aprovechar a tope para examinar los documentos que he traído de Vitoria. Saco carpetas y documentos y los distribuyo sobre la mesa del salón cuando, de repente, recuerdo la tarjeta que me dio Isabel y que no sé muy bien lo que hice con ella. ¿Dónde la guardé? Claro, con los nervios de la despedida... ¡Ah! Ya sé, está en mi cartera... Rebusco en todos sus compartimentos hasta que por fin aparece. Respiro aliviado mientras leo su nombre: Isabel Valcárcel Molina, y lo repito en voz alta varias veces. ¡Me gusta cómo suena! Pienso que en estos momentos estará seguramente volando a Murcia, de regreso a casa. No pienso esperar y mañana, sin ir más lejos, le escribiré un mensaje...

No, mejor le enviaré rosas. El lenguaje de las flores es mucho más romántico. ¡Jaime, déjate de romanticismos! A lo mejor a ella le parece poco serio este tipo de jueguecitos e interpreta la iniciativa como un atrevimiento. O tal vez le guste el detalle. A las mujeres les gustan estas cosas. Bueno, no sé, estoy hecho un lío pero, decida lo que decida, tendré que correr el riesgo.

El sonido del móvil me saca del ensimismamiento. La pantalla escribe un número fantasma que, por la cantidad de sus dígitos, es de identidad oculta.

—Sí, dígame.

—Hola, Jaime, soy Carlos. Supongo que estarías esperando noticias mías después de lo sucedido esta mañana –su voz suena tranquila.

—La verdad es que se me ha pasado por la cabeza llamarte pero en seguida he desechado la idea.

—Has hecho bien porque, en cualquier caso, no hubiera podido aclararte nada. Yo también he esperado durante todo el día noticias e instrucciones. Lo de hoy ha sido gordo y supone una seria amenaza para el proceso. ETA se ha pasado con la presión, Jaime. Hay un muerto más sobre la mesa, una mesa que se supone concebida para la paz. El Gobierno no acaba de ver las cosas claras y la verdad es que no lo están. A esta gente no hay quien les haga entender que hay otros caminos, además de las armas, para alcanzar los objetivos. Me consta, porque así me lo han confirmado, que no querían llegar tan lejos, se trataba sólo de un aviso.

—Es que jugar con fuego es muy peligroso...

—Ahora se sienten más débiles y acorralados que nunca y tienen prisa por negociar pero, a la vez, hay una facción que se manifiesta reacia a la entrega definitiva de las armas como paso previo a la negociación. ¡Qué cabrones! De todas formas, todo apunta a que la banda va a pagar este error muy caro. El Gobierno tiene especial interés en aprovechar este momento, quizá el más propicio desde hace mucho tiempo, pero no a cualquier precio.

—Esa sensación me han dado los argumentos del presidente. No parece que todo esté perdido –le digo como pidiéndole confirmación sobre este extremo–, pero está claro que el diálogo sólo es posible si en vez de cadáveres, son las armas las que están encima de la mesa.

—Yo no lo hubiera resumido mejor. No puede haber concesiones previas y para jugar esta partida todas las cartas han de estar a la vista. Estaremos pendientes de lo que ocurre en los próximos días, para saber a ciencia cierta si el proceso sigue vivo o se entierra por enésima vez.

—Está claro. La posición del Gobierno ha de ser firme pero flexible. ¡Qué difícil! Es como caminar en la cuerda floja. Un error de cálculo, un paso en falso, puede dar al traste con todo el tinglado –le digo a Carlos como si pensara en voz alta.

—En absoluto hay que dejarse vencer por el desánimo, pero a la vez debe imperar el realismo y la certeza de que la prudencia extrema debe regir nuestras actuaciones. Jaime, atento a cuanto suceda y volvemos a hablar.

Como fondo de la conversación, escucho por los altavoces la convocatoria de la cena, como el muecín llama a los musulmanes a la oración con rigurosa puntualidad. Efectivamente, miro el reloj y son las ocho. ¡Madre mía, las ocho y no he avanzado prácticamente nada! Cuelgo y decido revisar papeles sin tregua durante algo más de una hora, después saldré con Ramsés y prepararé la cena.

Marta y Ricardo aparecen cuando la mesa ya está puesta. Los dos entran riendo y empujándose como si jugaran a "quien entre el último le toca fregar...".

—Parece que lo habéis pasado bien –les digo para que paren ya y me presten un poco de atención.

—¡Oh! Ya lo creo –dice Marta muy excitada–. Hemos recorrido el barrio de Las Letras. Nunca me habías llevado por ahí, papá. Me ha encantado la zona, el ambiente, tantos mesones, bares de copas, gente variopinta y mucha alegría y animación. Es el corazón de una ciudad abierta y cosmopolita en la que cabemos todos o no cabe ni Dios.

—Me alegra tu descubrimiento. Y cambiando de tema, me gustaría conocer vuestra opinión como representantes de una juventud moderna, europea y abierta de mente, sobre el problema del terrorismo en general y del que se circunscribe a España en particular.

Ambos me miran con perplejidad por la repentina seriedad de la conversación e incrédulos ante mi empeño por conocer la opinión de unos simples estudiantes para nada expertos en la materia. Yo, todo un periodista acreditado.

—¿De verdad, papá, te interesa saber lo que pensamos del asunto?

—Claro que sí. Todos tenemos derecho y obligación de estar informados y, a partir de ahí, forjar nuestras propias opiniones, que son tan válidas como las de cualquiera. Además vosotros, por vuestra edad, no habéis vivido los años realmente duros del terrorismo y las controversias del traído y llevado problema vasco en su punto álgido.

—Pues mira, Jaime –empieza Ricardo dando la impresión de tener de verdad ganas de hablar–. En primer lugar, el terrorismo de ETA nada tiene que ver con el terrorismo internacional, de corte islamista, que responde a las consecuencias negativas de la globalización y que sustituye de alguna manera a la desaparecida guerra fría tras la caída del muro. Afecta a todo el planeta y pretende enfrentar a Oriente con Occidente, como llamada de atención ante el empobrecimiento y la incultura en la que viven sumidas las tres cuartas partes del mundo.

—O sea, que das por sentado la diferencia entre el terrorismo internacional y el de denominación de origen español.

—Absolutamente. El problema vasco y la banda terrorista ETA son otra cosa muy distinta. Sus premisas se basan en la utilización de la violencia para conseguir un fin, que no es ni más ni menos que la independencia de un territorio que quiere segregarse de la nación a la que pertenece. El problema sólo afecta a España y es consecuencia de la singularidad concreta de una parte de su territorio.

—Bien. Análisis correcto. Ahora, dame tu opinión sobre qué hacer al respecto –estoy gratamente sorprendido por la rigurosa exposición de Ricardo.

—Pues, verás. En un mundo globalizado, donde la tendencia sigue el camino de la unidad y la integración, se busca la suma y no la resta, no se entiende ese empeño trasnochado e inútil de funcionar por libre. Muchas veces he concluido, cuando he pensado en todo esto, que el llamado "problema vasco" es un síntoma del primitivismo de un pueblo, de la cortedad de miras de sus dirigentes y de una parte de sus ciudadanos. Y no hablemos ya de los calificativos que lleva aparejada la utilización del crimen y el terror como medios para conseguir esos fines.

—O sea, que lo que me estás diciendo es que no sólo el terrorismo no es un método válido para la consecución de objetivos sino que, en el caso del País

Vasco, los objetivos en sí mismos son un fiasco –concluyo dando a entender que comparto el análisis de principio a fin.

—Exacto. Pero la cuestión está en si el Estado, incapaz de proteger a sus ciudadanos de la barbarie y el terror, debe intentar pactar una solución a través del diálogo y la negociación o, por el contrario, debe empecinarse en su negativa, aún a costa de la vida de inocentes.

—¿Y tú qué crees? –pregunto con el fin de ahondar en la reflexión.

Ricardo guarda silencio unos instantes y continúa.

—Pues la verdad es que estoy convencido de que el final pasa irremediablemente por un proceso de negociación. Sólo cabe pactar y suscribir lo pactado por ambas partes, como única garantía del cumplimiento de lo acordado en todos sus extremos. Otra cosa nunca será más que la creencia sin seguridad de que la banda está desarticulada y los asesinos puestos a buen recaudo, pero ni el problema vasco se habrá resuelto definitivamente ni se darán las condiciones que garanticen que en cualquier momento no se producirá un rebrote de esta lacra sin eliminar de raíz.

Interviene Marta, que no lo había hecho hasta ahora.

—Es verdad, papá. Esto funciona como una secta y lo que interesa es captar gente, sobre todo jóvenes a los que inculcar cuatro ideas con la promesa de unas cantidades de dinero que no es posible conseguir con un trabajo honrado. Para los que dirigen el cotarro es vital seguir manteniendo una forma de vida que no tiene alternativa más allá del cumplimiento de una condena en prisión.

—Bueno, pues os agradezco mucho vuestras opiniones. Ha sido muy interesante escucharos porque no tengo muchas oportunidades de intercambiar reflexiones con quienes no pertenecen al mundo político o periodístico, tan sesgados a veces.

Ricardo parece que ha encontrado el momento de marcharse y se levanta, con lo cual yo hago como que me ocupo de recoger los platos y me encamino hacia la cocina, donde tengo localizada mi garita de vigilancia de las despedidas nocturnas de los tortolitos. ¡Vaya! Marta se coloca una chaqueta dispuesta a salir y llevar a cabo el ritual del cortejo fuera de casa. Ramsés, que a veces parece poseer inteligencia humana, les sigue pegado a sus piernas para que le permitan salir con ellos. Y lo consigue. ¡Lástima que no hable para contarlo!

14

La libertad es, en la filosofía, la razón;
en el arte, la inspiración; en la política, el derecho.
Víctor Hugo (poeta, dramaturgo y escritor francés)

La noche ha sido un continuo duermevela. Por eso, y a pesar del tráfico propio de los lunes, llego al periódico muy temprano y aprovecho este rato de cierta soledad para localizar una floristería en el centro de Murcia. Mientras, comienza a llegar el personal como un goteo incesante, entre comentarios sobre las actividades propias del fin de semana y los acontecimientos políticos y deportivos que, lógicamente, marcan la actualidad. Por fin aparece Enrique, que se dirige flechado hacia mi mesa con la clara intención de pedirme explicaciones ante mi olvido de volverle a llamar, según le aseguré que haría. Procuro ser condescendiente y le informo de cuanto quiere saber, por supuesto desde la versión "oficial" de la historia. Le pido que me acompañe a comprar un ordenador y, entre adulaciones sobre su incuestionable capacidad como asesor informático y la promesa de invitarle a comer en un restaurante italiano, me lo meto en el bolsillo sin problemas. Sé muy bien cómo comprar a Enrique: con "jabón" y un menú suculento.

Paso la mañana trabajando en firme y hago sólo un corto descanso para tomar un café y llamar a la floristería. A la señorita que me atiende le encargo que envíen a la farmacia de Isabel tres rosas blancas con una tarjeta que diga: "Significan: gracias, muchas gracias y muchísimas gracias por un día perfecto que no puedo dejar de recordar. Con afecto, Jaime". Y a esperar una respuesta que de alguna forma estoy forzando. Tal vez de otra manera no se produciría comunicación por parte de Isabel... o puede que sí. Ya nunca lo sabré.

Los días transcurren entre Marta y el trabajo y, hacia el final de la semana, Isabel me escribe un SMS que yo analizo como aséptico pero esperanzador. Dice: "Muchas gracias a ti por las flores y lo que significan. Yo también tengo memoria. Un abrazo".

No he vuelto a tener noticias de Carlos, por lo que está claro que pasaré en Madrid el sábado y el domingo. Antes del regreso a Barcelona propongo a Marta y a Ricardo salir de compras y comer juntos para despedirnos. Marta se muestra desconcertada porque me conoce y sabe que no me gusta nada ir de tiendas. No tengo paciencia para buscar lo mejor y más barato, ni para mirar en un sitio y en otro y después de dos horas acabar en el primero por ser, finalmente, donde viste lo que más se ajusta a tus necesidades. En cualquier caso y a pesar de su sorpresa, accede encantada a acompañarme a un centro comercial y, entre los tres, elegimos distintas prendas, zapatos y complementos. ¡En fin, el ajuar completo! Además, me propongo pasar por una peluquería cualquier día de éstos. También, en agradecimiento por su ayuda y porque quiero demostrarles mi cariño y motivarles en esta difícil etapa de exámenes, compramos un vestido y unos pendientes para Marta y un estuche con cincuenta mil artilugios de dibujo técnico para Ricardo que no quiere aceptar, pero que yo me empeño en adquirir, ante la impaciencia del dependiente que hasta el final no ve segura la venta. Después de comer volvemos a casa. Yo aprovecharé para trabajar y ellos saldrán al cine como broche de esta semana que, estoy seguro, ha sido un regalo para ellos. Finalmente quedamos en que será Ricardo el que acompañe a Marta a la estación. Soy comprensivo y poco a poco voy asumiendo de buen grado mi papel como actor secundario. Marta regresará a Barcelona y yo me quedaré solo otra vez. Aunque han pasado seis años, no me acostumbro a vivir lejos de ella y la cosa empeora cuanto más largo es el periodo que pasamos juntos. Invariablemente llega la separación y, con ella, la herida que parecía cicatrizada vuelve a abrirse y a doler. Me consuela saber que ahora también está Ricardo así que, mientras haya romance, quizá Marta se prodigue más en sus visitas. Así lo espero.

Sin lugar a dudas volveré a Vitoria el sábado para comentar con Carlos lo ya elaborado, con mi flamante ordenador, que ya manejo como un profesional. Me pregunto si Isabel estará allí también el fin de semana. Tengo que buscar una excusa para averiguarlo... ¡Ya sé lo que haré! La llamaré para pedirle consejo sobre las opciones de alojamiento.

En un momento dado, Enrique me interroga sobre mi nueva visita al País Vasco y, con mucha diplomacia, apunta la posibilidad de acompañarme en el viaje. Yo, con la misma mano izquierda y porque no quiero herirle por nada del mundo, le hago ver lo inútil de la propuesta y le dejo caer que, tal vez, ahora sería inoportuno. Quizá más adelante. ¡Pobre Enrique! Se muere de curiosidad y, además, no se acaba de creer el cuento de la Transición y la crónica de la legislación parlamentaria, a pesar de que, previendo su insaciable curiosidad, durante estos días he dejado encima de mi mesa, como quien no quiere la cosa, tomos del Aranzadi, volúmenes sobre legislación de los años 70 y 80 y Boletines Oficiales del Congreso y del Senado de la época, para dar veracidad a la película.

Me armo de valor y marco el número de Isabel que, evidentemente, me tiene incluido en la tarjeta de memoria, porque nada más descolgar sabe que soy yo.

—Hola, Jaime, ¿qué tal estás?

Su voz suena maravillosamente y el gusano ya me está bailando en la tripa.

—Muy bien, ¿y tú? No sé si estoy siendo inoportuno... Tal vez sería mejor que habláramos en otro momento... No tengas reparo en decírmelo... Lo entiendo perfectamente.

—Jaime, no te aceleres y escucha. Son las siete de la tarde, estoy en la rebotica repasando pedidos y facturas y, la verdad, no has podido elegir mejor momento. Si no hay alternativa que acapare mi atención, no dejaré los papeles hasta que me vaya a casa y aún me queda un buen rato. Así que, tranquilo, soy toda tuya...

—¡Qué más quisiera yo! –pienso en voz alta sin darme cuenta.

—Perdona, Jaime, ¿qué has dicho? Te oigo mal...

—No, no, nada... quiero decir que me alegra saber que no te molesto.

—Pues claro que no. ¡Qué cosas dices! Oye, repito, muchas gracias por las rosas. Ha sido un bonito detalle.

—Por favor, es lo menos que podía hacer para agradecerte el almuerzo y la compañía –empiezo a tener miedo de lanzarme demasiado y meter la pata, pero he de conseguir que Isabel tenga la certeza de que, a pesar de lo poco que la conozco, se ha convertido en alguien especial.

—También para mí, el fin de semana que estuviste con nosotros fue un soplo de aire fresco... Bueno, Jaime, ¿y cómo va vuestro proyecto?

—Pues muy bien, la verdad. Estoy muy motivado y he trabajado a fondo estos días. Por eso tenía previsto ir a Vitoria de nuevo este fin de semana, para comentar con Carlos estos avances, aunque si he de serte sincero no he hablado con él y creo que debería hacerlo para anunciarle mi visita. ¿Tú qué opinas?

—Claro, claro... Debes llamarle antes... Además, estoy segura de que va a agradecerlo mucho. ¿Sabes? Carlos ha cambiado desde que ronda por su cabeza el tema del famoso libro. Supongo que tú tendrás que ver con todo esto. Además hace y recibe cantidad de llamadas de las que nunca me quiere hablar, incluso a horas intempestivas. Gladis me ha dicho que en más de una ocasión se han presentado a verle personas un tanto misteriosas. ¿Tú sabes quiénes pueden ser?

—Francamente, no tengo ni idea pero, como bien dices, tendrá que ver con el proyecto. Por cierto, ¿qué tal le encontraste el fin de semana pasado? –intento a toda costa salir del atolladero, haciéndome el sueco.

—Si te soy sincera, desde hace aproximadamente un par de meses vengo notando torpeza en los movimientos de sus manos, flacidez en los brazos, pero él que es muy listo piensa que puede engañarme. El domingo, para hacer la prueba, llamé insistentemente a su móvil, con el fin de que lo atendiera él mismo. Después fingí un despiste, argumentando un error al marcar el número de mis padres. ¿Quieres creer que se esforzaba por acercarse hasta el aparato y pulsar el botón y no era capaz? Me dijo que le había pillado absorto y no lo había oído. Hace dos semanas hablé con el doctor Granados, al que confié mi sospecha y, efectivamente, me confirmó que las últimas pruebas neuronales demuestran un empeoramiento de la movilidad en las extremidades superiores. Le prometí que no hablaría con Carlos de ello porque, a su vez, le había hecho jurar que no revelaría a nadie los pormenores de su estado. Tengo la sensación de que mi marido me oculta algo y que no se trata sólo de evitarme sufrimiento. Él sabe que yo estoy preparada para asumir el proceso de deterioro de la enfermedad y que, además, quiero estar a su lado en los momentos críticos. Es como si tuviera que hacer algo importante antes de que las cosas se pongan realmente feas. Le urge y le agobia no llegar a tiempo.

Escuchando a Isabel siento escalofríos y la boca seca como el corcho. Balbuceo incoherencias porque no sé qué decir.

—Entiendo tu preocupación y lamento no poder ayudarte a despejar las dudas, pero tú sabes que acabo de retomar mi relación con Carlos y, sinceramente, me es imposible saber por dónde van los tiros. Yo... verás, aparte del libro, no sé nada más.

—Comprendo y perdona que descargue en ti mis sospechas y preocupaciones –Isabel parece decepcionada ante un nuevo callejón sin salida–. Te preguntarás por qué no voy directamente a la fuente, le planteo a Carlos mis dudas y le pido que confíe en mí, como su mujer que soy. Pues verás, lo he intentado muchas veces, pero siempre se sale por la tangente, se monta historias que hacen aguas por todas partes y desvía la conversación como puede. Fíjate que, una vez, viéndose acorralado y sin escapatoria, fingió estar enfermo provocándose una serie de síntomas para evitar el interrogatorio y la evidencia de una mentira tan increíble que ya no sabía cómo zanjar. Sé que no es sincero conmigo pero también creo que tiene poderosas razones que justifican su comportamiento. Le conozco bien y sé que algo le impide desvelar la verdad... Porque, desde luego, hay otra verdad.

Las palabras de Isabel retumban en mis oídos, pero no puedo hacer nada. Se mezcla mi deseo de que ella confíe en mí como en un amigo cercano a quien abrir su corazón y la necesidad de mantenerme al margen de todas estas cuitas sobre las que no puedo opinar. Una vez más, me veo en la obligación de cambiar de conversación.

—A propósito, tú que conoces el tema mejor que yo, ¿qué me recomiendas en cuanto al alojamiento para el fin de semana? ¿Crees que es mejor que me quede en Letona o que busque hotel en Vitoria?

—Hombre, yo creo que es mejor que te quedes en Letona. Ahorrarás tiempo y dinero. Hay una especie de casa rural muy agradable donde suele hospedarse la gente de fuera que viene a ver a sus familiares. El servicio es muy bueno y el precio también. Si quieres te puedo reservar habitación cuando llegue el viernes.

—Genial. Me harías un gran favor. Isabel, no sé cómo darte las gracias.

—No hay por qué darlas. No me cuesta ningún trabajo.

—Oye... Siento mucho que las noticias sobre la salud de Carlos no sean buenas. Espero, de verdad, que este nuevo empeoramiento no vaya más allá y que lo siguiente sea un largo estancamiento.

—Sí, yo también, pero es que Vitoria está muy lejos de Murcia y yo no sé a qué responde el empecinamiento de Carlos en estar allí, porque me consta que él ha tenido mucho que ver en esta decisión, que ya va para dos años.

—Bueno, lo primero es pensar en lo mejor para él y el centro parece que lo es, con creces –trato de reconfortarla con un argumento de sobra conocido.

—En fin, la vida nos pone a prueba a todos y yo no me voy a quejar, porque mucho más dura es su situación y la de tantos enfermos y discapacitados que se encuentran en sus mismas circunstancias en cientos de centros e instituciones como San Felipe.

—Tienes razón y así es como hay que verlo. De todas formas, seguiremos hablando el fin de semana. Estoy seguro de que habrá ocasión.

—Claro que sí... Por cierto, soy una desconsiderada y no te he preguntado por tu hija. Me comentaste que había estado en Madrid unos días –me dice Isabel más animada.

—También de eso hablaremos. ¡La quiero tanto! Y cada vez que se va se me rompe el corazón, así que tu misión será ayudarme a recomponer los pedazos.

—Cuenta con ello. Soy especialista en animar a padres de adolescentes que viven lejos y echan de menos a sus niñas.

—¡Claro! ¡Qué tonto soy! Bueno, Isabel, creo que estoy abusando de tu amabilidad y no quiero robarte más tiempo –miro el reloj y compruebo que llevamos hablando más de cuarenta minutos.

—Por favor, Jaime, no digas eso. Ha sido muy agradable charlar contigo.

En mis oídos suena música celestial...

—Gracias. Me alegra oírlo. Para mí sí que ha sido un verdadero placer escucharte. Yo también me siento solo a veces –en seguida me arrepiento de lo último que he dicho. Parezco una plañidera y odio dar lástima.

—Te comprendo bien. Bueno, nos vemos pasado mañana. En cuanto llegues, te acompañaré al hostal para que te instales. ¿De acuerdo?

Ahora el silencio se hace espeso a través de la línea telefónica. Es como si ninguno de los dos quisiera dar por terminada definitivamente la comunicación.

—Jaime, ¿sigues ahí?

—Sí, sí, perdona –¡Señor! ¿Qué quieres, un final apoteósico? –Cuídate mucho y hasta el sábado.

—Gracias, tú también. Un beso. Adiós.

¡Ha dicho: un beso! ¡Lo ha dicho! Eso lo he entendido perfectamente. ¡Y qué! La gente se besa continuamente, aunque ni siquiera se conozca. Es una costumbre que no implica nada. ¡Jaime, vale ya! ¡A ver, r a z o n a! Isabel ha basado toda la conversación en su marido, en la preocupación por su salud, en sus sospechas ante ciertos aspectos de su comportamiento y en lamentarse por lo lejos que está de ella y de su casa. ¿Quieres más demostración de amor que ésa? Le quiere de verdad y en ti ha encontrado una suerte de paño de lágrimas para no preocupar a sus padres y amigos con sus inquietudes y elucubraciones. ¡Y ya! ¡Convéncete! ¡No hay más!

Suena el móvil y reconozco al momento la voz de Gladis.

—Hola, señor Barbadillo. Le voy a pasar a don Carlos que quiere hablar con usted. Gusto en saludarlo y hasta pronto.

Me asalta la sospecha de que Carlos ha tenido que pedir ayuda para marcar y recuerdo las palabras de Isabel sobre su dificultad para manejar brazos y manos.

—Hola, Jaime. Escúchame con atención. Hay novedades, así que vete pensando en la posibilidad de quedarte por aquí unos días. Mañana tendré la confirmación, pero creo que el martes, a más tardar el miércoles, se puede producir la primera toma de contacto, por lo que los interlocutores estarán aquí el lunes, con el fin de mantener un encuentro previo, recibir instrucciones y unificar posturas. Es imprescindible que asistas, así que empieza a organizar el tinglado y a inventar una historia para justificar tu desaparición.

El pulso se me acelera y, si ahora me hicieran un electrocardiograma, estoy seguro de que me internarían en un hospital por riesgo de infarto.

—¡Qué dices, Carlos! No sé si estoy lo suficientemente preparado para enfrentarme a esto todavía... Así, en frío, sin entrenamiento alguno.

—¡Cálmate! Nunca se está lo suficientemente preparado y te lo digo yo que llevo mucho tiempo en esto. De todas formas, yo te ayudaré a centrarte y cuando dispongamos de las instrucciones y los demás también estén aquí, te sentirás mejor y más seguro. ¡Ya lo verás! Tengo que insistir en la necesidad de guardar absoluto secreto sobre lo que vas a hacer. Tú sabrás mejor que nadie cómo abordar el tema en el periódico sin levantar sospechas. En tu caso te evitas el problema de la familia, que no es moco de pavo. De todas formas, te volveré a llamar mañana cuando todo esté confirmado.

—Claro. No dejes de tenerme al tanto de cuanto suceda.

—Tranquilo, Jaime. Todo va a salir bien. Esta vez estoy muy esperanzado. Presiento que no me queda mucho tiempo y la vida me debe una, así que tengo que darme prisa en cobrarla. ¡Suerte, amigo! Hasta mañana.

—Adiós –y cuelgo.

Mi cabeza, ahora mismo, es una olla en ebullición... Material, necesito material. Tendré que escribir mucho. ¿Y si utilizara grabadora? ¡Eso! ¿Y por qué no te llevas también una cámara de fotos para inmortalizar el momento? ¡Como si de una excursión de colegas se tratara! Respecto a mi ausencia, decididamente, lo mejor es hablar con el jefe de la posibilidad de tomarme unos días de vacaciones y teniendo en cuenta que hasta ahora nunca he manifestado demasiado interés por el descanso veraniego, no creo que me ponga ninguna pega. Además, este es un momento de *standby* político en lo que al análisis informativo se refiere que, por otra parte, está centrado en las actividades propias de la campaña electoral que se avecina. Lo peor va a ser explicárselo a Enrique, teniendo en cuenta que es absolutamente impropio de mí tomar decisiones sin ninguna planificación y porque, bien es verdad que sin concretar, en algún momento habíamos llegado a pensar en aprovechar una semana o diez días para hacer una escapada a los fiordos noruegos, como corresponde a unos ecologistas que se precien.

En estos momentos es inviable hacer planes para el verano. Ni siquiera sé lo que va a pasar la semana que viene. Durante años mi vida ha sido lineal, sin emociones ni sobresaltos y ahora parece que me hubiera encaramado a una montaña rusa, no hago más que subir y bajar a la deriva sin el más mínimo control de la situación.

El viernes amanece con un dinamismo inusual. En la puerta de la nevera hay un pequeño bloc pegado donde anoto lo que necesito comprar, tareas o encargos que no debo olvidar e intercambio recados con la asistenta o con Ricardo. Hoy hay cuatro hojas llenas y a cada rato hago una nueva visita para seguir escribiendo. Arranco parte de las hojas y me las guardo en un bolsillo: son recados y llamadas que haré a lo largo de la jornada, y marcho al trabajo con el convencimiento de que los próximos días serán decisivos en mi vida y, tal vez, en la de muchas personas.

El jefe acaba de llegar y decido plantearle el tema, sin más preámbulos. Le explico a puerta cerrada la situación y mi solicitud de ser liberado por unos días de mi columna y de las entrevistas programadas que tengo pendientes. Como imaginaba, hace alarde de su comprensión y lo que no hace son demasiadas preguntas. Sólo me pide que permanezca en contacto con Torres, el compañero que me sustituirá en las tareas de redacción. Las entrevistas las dejaremos para más adelante y meteremos en su lugar algunos editoriales que están prácticamente elaborados.

Hasta aquí, la cosa va bien. Ahora me toca lidiar con Enrique y eso va a ser harina de otro costal. Le veo aparecer con su aire de treintañero adolescente en vísperas de fin de semana, con un montón de planes bajo el brazo, en la seguridad de que formo parte de ellos. Me cuesta tener que declinar sus entusiastas ofrecimientos y, por nada del mundo quisiera herirle, pero no puedo hacer otra cosa.

—¿Sabes, tronco? Esta noche voy a cenar con Verónica, la morena nueva de Recepción... Si, hombre, no pongas esa cara y no me digas que no te has fijado. ¡Pero si es un pibón!

—Pues de verdad que ahora no caigo y mira que acabo de llegar, he pasado por delante de ellas y las he dado los buenos días. Vale. ¡Da igual! ¡Cuéntame los detalles! –e insisto mentalmente en ponerles cara a las chicas.

—Para que veas cómo son las cosas. Nos encontramos el primer día de su incorporación al trabajo y me la quedo mirando, porque ¡está como un queso!, pero es que ella va y me dice: "Perdona, ¿tú y yo no nos conocemos de algo?". Y yo me pongo a pensar y a rezar para sea que sí y, después de mucho dar vueltas y sacar a relucir parientes, amigos y conocidos, llegamos a la conclusión de que coincidimos en la boda de mi primo Germán. Ella venía por parte de la novia y hasta se acordaba de que yo la saqué a bailar y me dio calabazas. ¡Ya sabes! Lo normal tratándose de mí, que no me como una rosca ni en las bodas... Total, que una cosa llevó a la otra... que si que tengas suerte... si necesitas algo, estoy en la redacción... apunta mi extensión y tomamos un café cuando quieras... Lo típico. Hemos charlado bastante estos días y, por fin, hoy vamos a cenar.

¡Y yo que lo estaba pasando mal porque creía que Enrique iba a pensar que con mi marcha le estaba abandonando y resulta que es él el que me va a dejar tirado...! Pero yo me alegro muchísimo y así se lo hago saber.

—¡Qué calladito te lo tenías, gañán! ¡Luego dices que soy yo el de los se-cretos! Ahora, en serio... ¡No sabes cómo me alegro! Quiero que la lleves a un sitio bonito donde la comida no sea copiosa pero sí elegante, ¿estamos? ¡Qué tú eres un chapuzas y, con tal de zampar, capaz eres de meterla en una fonda! Mira, se me está despertando la curiosidad, así que ahora mismo vamos a bajar y me la presentas.

—¡Joder, Jaime! Pero no vayas a decir ninguna inconveniencia. La chica me gusta y esta vez quiero hacer las cosas bien.

—¡Ven aquí, que te voy a dar un abrazo...! Y cuando subamos te cuento, porque no me vas a ver el pelo en una semana –y ante la sorpresa de Enrique, le abrazo de verdad y hasta le palmeo la espalda.

Cogemos el ascensor y cuando se abre la puerta en la planta baja veo, efecti-vamente, tras el mostrador a una preciosa joven morena con el uniforme rojo de la empresa y los cascos puestos porque está atendiendo una llamada telefónica.

—¡Hola, Vero! Mira, te presento a Jaime. Íbamos al garaje un momento y me he dicho: los voy a presentar.

—¡Oh! Señor Barbadillo. Encantada de conocerle. Mis compañeras me han dicho quién es usted y le veo pasar por aquí todos los días. De verdad, En-rique, ¡eres tremendo! Siempre está hablando de usted, pero cómo solamente dice Jaime... que si Jaime esto, que si Jaime lo otro... pues yo no lo asociaba con usted. ¡Perdóneme, por favor! Leo su columna cada día.

—Gracias. Por favor, Verónica, llámame de tú. ¿Y se puede saber cómo has aterrizado aquí? –tiene unos ojos verdes que hipnotizan.

—Pues verás. Yo estudié Ciencias Medioambientales. Terminé hace tres años y he estado haciendo un poco de todo. Un antiguo compañero me alertó sobre un anuncio para el puesto de recepcionista y aquí estoy. Además hablo bien inglés y alemán por mi madre, que es de Munich, y eso me ayudó mucho a la hora de conseguir el puesto.

Y la "buena presencia" que se decía antes, porque no hay duda de que la muchacha es preciosa. Espero que Enrique esté a la altura.

—O sea que los dos pertenecéis a la generación verde. Bueno, pues bien-venida a la empresa –y le ofrezco mi mano, que ella aprieta con convicción. Me gusta la gente de manos firmes y cálidas.

—Muchas gracias, señor Barbadillo.

—Jaime, por favor...

—De acuerdo, Jaime.

Le explico a Enrique, sin entrar en profundidades, que me voy a Vitoria porque Portillo quiere que conozca a unas personas relacionadas con el mundo editorial y me quedaré por allí unos días, terminando de concretar detalles y rematando flecos que aún están en el aire. Para mi sorpresa, Enrique se queda bastante convencido y pasa de someterme a interrogatorio. Debe ser que el amor ocupa ahora todo su tiempo y toda su cabeza. Prometo llamarle a menudo y me despido de mi amigo al que quiero como a un hermano.

De regreso a casa paro en un almacén de papelería y material de oficina, donde me aprovisiono de cuadernos, rotuladores, lápices, carpetas, folios, etc., como si fuera a pasar el resto de mi vida escribiendo en un refugio antinuclear.

Sin saber por qué, siento la necesidad de hablar con mi madre e invariablemente me asaltan los remordimientos. Sólo la llamo cuando la necesito y nunca se me ocurre que tal vez agradecería mis llamadas simplemente para interesarme por su salud y sus problemas. ¡Soy un descastado! Mi familia está lejos y hace años que no los veo. Constantemente pienso que de la próxima Navidad no pasa, pero sin darme cuenta llega un Año Nuevo y otro y otro más, y nunca cumplo mi promesa de regresar a Buenos Aires y darles esa alegría a mis padres. Ni que decir tiene que a Marta ya ni la conocen; era muy pequeña cuando la vieron por última vez. Hablo con mi padre, que se emociona como siempre, y con mi madre, que acaba llorando, también como siempre. Me cuentan las mismas cosas y yo les hago la misma promesa de llamar más a menudo, que nunca cumplo. Sólo tranquilizo mi conciencia.

Antes de entrar en casa voy a ver a Ricardo para pedirle que se ocupe de Ramsés hasta que vuelva. Su madre me invita a subir a su cuarto donde permanece enclaustrado estudiando desde que Marta se fue. Doy dos golpecitos y Ricardo abre la puerta. Lleva puesta una especie de chilaba, barba de tres o cuatro días y unas gafas sin montura que le dan un aire de magrebí intelectual y distraído.

Inmediatamente los ojos se me van, como atraídos por un imán, a la fotografía que cuelga en la pared que hay frente a la cama. ¡Exacto! Es la que

Andrés le hizo a Marta y yo me traje de Barcelona hace pocos días. Había olvidado por completo la foto y ahora entiendo que no la hubiera vuelto a ver desde entonces. Pero no me siento herido, ni celoso. Es más, creo que aquí luce estupendamente.

—¡Hola, Norman Foster! Perdona que te interrumpa... Oye, ¿Marta te ha visto alguna vez con esta pinta? Macho, pareces un islamista estudioso del Corán recién salido de la *madrasa*.

Ricardo sonríe ante el comentario.

—No sabes lo cómodas que son las chilabas. Como he ido tantas veces a Marruecos, tengo varias. Te voy a regalar una para que la utilices en casa –y abre el armario donde efectivamente hay varios sayos de ese tipo colgados en perchas.

—No, bueno, verás, te lo agradezco, pero yo es que... lo de las faldas no es lo mío.

—Por favor, Jaime, sin juicios preconcebidos. Hazme caso y prueba. Llévate esta azul, que quizá es un poco más ancha.

—Vale, pues muchas gracias. Verás, he venido porque necesito que cuides de Ramsés durante la próxima semana. Saldré mañana de viaje y estaré fuera varios días. Ya sabes, tema de trabajo y aún no sé cuando volveré exactamente.

—Descuida. Por la parte que me toca, vete tranquilo, Jaime. Sabes que adoro a ese perro.

—¿Y Marta? ¿También adoras a Marta...? ¡Vaya! Perdona, no sé cómo he podido... Ricardo, no es mi intención pedirte explicaciones. Olvida lo que he dicho, por favor –me siento como un estúpido. Si mi hija estuviera aquí, se avergonzaría de mí y el enfado le duraría meses.

—Tranquilo, no te preocupes. Lo comprendo, eres su padre –Ricardo parece estar haciendo acopio de toda la paciencia de que dispone–. Tienes razón. No tengo obligación de darte explicaciones de mi relación con tu hija. Somos adultos pero, además, yo te puedo hablar del presente, de lo que siento hoy, lo mismo que ella. Pero no te puedo hablar de lo que pasará mañana. Las cosas ya no funcionan así, nadie se hace promesas que duren toda la vida. ¡Quién puede saber lo que hará o pensará durante el resto de su vida! Es absurdo. ¿Quieres saber lo que siento hoy? Te lo diré. Amo a Marta inmensamente y la intensidad de este sentimiento me ayuda a sobrellevar su ausencia. Pero si lo que quieres saber es si tengo intención de envejecer junto a ella, celebrar cincuenta o sesenta aniversarios de convivencia y permanecer a su lado hasta que la muerte nos separe, a eso no te puedo contestar –Ricardo se pasa la mano por la frente, se quita las gafas y apoya los dedos en el puente de la nariz, en un gesto de cansancio infinito.

Me he quedado mudo. Sus argumentos son aplastantes. Como padre no quiero que mi hija sufra pero, si llegado el caso así fuera, nadie podrá evitarle el dolor, sólo estar a su lado para acompañarla en su desolación.

Ricardo me mira detrás de sus gafas, que se ha vuelto a colocar y siento como si él hubiera crecido y yo me encogiera por momentos, ante este hombre que, a pesar de su juventud, tiene las cosas muy claras.

—No tengo palabras. Insisto en pedirte disculpas. ¿Sabes? Una vez más compruebo que Marta es una mujer inteligente y sensata y que no podía haber hecho mejor elección.

—Por favor, vas a hacer que me ruborice, Jaime. Es verdad, Marta es fantástica y, pase lo que pase, estoy seguro de que será una gran mujer. Vete tranquilo, por el perro no tienes que preocuparte.

Todavía estoy un poco aturdido. Ya en casa, llamo a mi hija.

—¡Hola cariño! ¿Cómo está la futura abogada más guapa de España?

—¡Hola, papá! Pues esto no puede ser bueno. Tengo el cerebro reblandecido y creo que me saldrán canas antes de tiempo.

—Bueno, pues serás la abogada de pelo blanco más guapa de España. Escucha: ¿te acuerdas del trabajo del que te hablé el fin de semana que estuviste en casa y por el que no pude recogerte en Atocha? Pues el tema continúa y por eso me voy a Vitoria mañana. Me quedaré allí unos cuantos días pero, en cualquier caso, te llamaré con frecuencia. Hija, sólo quería que supieras que te quiero mucho, que pienso que soy el padre más afortunado del mundo y que confío en ti plenamente. ¡Ah! Y también quiero que sepas que apoyo sin reservas tu relación con Ricardo.

—Papá, ¿por qué me dices todo esto? Suena a despedida. Por favor, dime qué pasa y no me dejes preocupada.

—No, no, nena. No pasa nada. Es sólo que necesitaba que lo supieras y este momento me ha parecido tan bueno como cualquiera. No hace falta que te diga que estudies porque sé que lo harás y ya verás como el esfuerzo tiene su recompensa.

Me siento como si mi suerte estuviera echada. He hecho todo lo que tenía que hacer y tengo la sensación, a partir de aquí, de que se abre un nuevo ciclo en mi vida, y que en breve me enfrentaré a una situación para la que no hay método ni experiencia que valga. Finalmente, Carlos me confirma la primera reunión para el martes y nuevo subidón de adrenalina. Miro la chilaba y decido darle una oportunidad; la incluiré en el equipaje.

Ya estoy metido en la cama y, a punto de apagar el móvil, entra un nuevo mensaje. Isabel dice: "Tu habitación ya está reservada y también el almuerzo en un lugar que te va a encantar. Te espero". Contesto: "Eres fantástica y yo un impaciente. Ya quisiera estar ahí. Hasta mañana".

1 5

La paz es para el mundo lo que la levadura para la masa.
El Talmud (obra judía)

España es diferente y no es un tópico. La riqueza y variedad de nuestro paisaje es consecuencia de un clima plural y, por consiguiente, disfrutamos de idiosincrasias y costumbres muy diversas, así como de una gastronomía igualmente heterogénea en consonancia con las premisas anteriores. Si un eje vertical dividiera nuestro país en dos, comprobaríamos que nada tiene que ver la mitad oriental con la occidental, pero esta diferencia es aún más evidente si el eje imaginario es horizontal. El norte y el sur son radicalmente diferentes y, sin temor a exagerar, el tercio más septentrional se asemeja a Centroeuropa y nuestro extremo más austral bien podría ser la puerta de África, si no estuviéramos separados por el Estrecho. Es sorprendente en un país cuyas dimensiones no son en absoluto colosales.

Aún no ha amanecido cuando inicio la marcha. El cielo está despejado, no en vano la cercanía del mes de junio va dejando paso a un tiempo más estable y a temperaturas en notable ascenso.

Letona es un pequeñísimo municipio situado en un entorno natural incomparable, en las estribaciones del monte Gorbeia, cuyo Parque Natural constituye una de las zonas más populares de Euskadi. El valle, salpicado por núcleos de población de similares características, cuenta con pequeños ríos y manantiales cristalinos, neveros y cuevas que constituyen un bello contraste, alternando los bosques de hayas y robles con otros que constituyen la mayor concentración de abedules de Álava, en cuya espesura pueden encontrarse jabalíes, visones, jinetas y gatos monteses, además de nutrias en los arroyos que los atraviesan.

He llegado a San Felipe y no es necesario que pregunte por Carlos. Me está esperando en la recepción con evidente impaciencia. También diviso a Isabel un poco más lejos, en animada conversación con un grupo de personas. Sin dudarlo, me acerco a Carlos y tomo sus manos entre las mías, apreciando al instante cierta languidez en su tono muscular y en su mirada.

—¡Hola, Jaime! Me alegra que hayas llegado pronto. Así comenzaremos cuanto antes. Básicamente, tengo que ponerte al día de los últimos acontecimientos y explicarte lo que va a ocurrir a continuación. Después repasaremos lo escrito porque quiero que esta parte quede lista tan pronto sea posible para centrarnos en la negociación.

—De acuerdo. He traído conmigo el portátil y una copia impresa que tú puedes leer mientras yo hago las correcciones.

De reojo veo acercarse a Isabel, que lleva un traje negro de chaqueta y pantalón, con una blusa en tonos rosa. Parece más delgada que la última vez y quizá también algo demacrada. No es de extrañar. Mientras la miro, me prometo a mí mismo ayudarla en lo que pueda y hacerle muy grato el tiempo que pasemos juntos. Ya no me ofrece su mano, directamente me coloca un par de besos.

—Hola Isabel, me alegro de verte. Precisamente le comentaba a Carlos las ganas que tenía de empezar el trabajo en serio. Tanto que, finalmente, he decidido tomarme unos días de vacaciones en el periódico y quedarme en Letona la semana que viene para avanzar lo más posible. A Carlos le ha parecido perfecto.

Isabel me mira con perplejidad y desconcierto.

—¡Ah! No sabía que te fueras a quedar más días. Carlos no me ha dicho nada y la reserva de la habitación es sólo para el fin de semana –parece contrariada ante la inesperada situación y no sé si me reprocha no haberla puesto al tanto del plan o si es que comienza a sospechar falta de transparencia también en mi comportamiento.

—Tienes razón. Ha sido una decisión un tanto precipitada, pero creo que muy conveniente. No habrá problema en lo que al alojamiento se refiere, ¿verdad?

—Estoy segura de que no. Bueno, si tenéis tanto trabajo será mejor que os pongáis manos a la obra. Yo voy a hacer algunos recados y volveré a las dos para acompañarte al hostal.

Evidentemente esta última parte va dirigida a mí y yo vuelvo a sentir cierta incomodidad por la presencia de Carlos. Él es quien precisamente interviene en mi favor.

—Gracias, querida. Eres muy comprensiva. Te devolveré a Jaime a la hora prevista como un clavo. Hasta luego y no olvides comprar a Laura su regalo –ahora es él quien me explica con más detalle el asunto del que hablan–. La semana que viene es el cumpleaños de la pequeña y en el colegio ha comenzado a dar clases de equitación, por lo que su madre y yo hemos pensado en regalarle las botas de montar. ¡Se va a llevar una sorpresa! ¡Qué pena no poder ver su cara cuando abra los paquetes!

Reacciono rápidamente.

—Eso tiene fácil solución. Podemos conectar una webcam a mi portátil e Isabel hará lo mismo en el ordenador de casa y como yo estaré aquí durante los próximos días, asistirás en directo al cumpleaños de tu hija.

Aún no sé cómo se me ha ocurrido esta idea cibernética, porque en lo que a la materia se refiere, soy analfabeto. La cara de Carlos se ilumina y la verdad es que también la de Isabel.

—¿Harías eso por mí? –dice Carlos con la voz entrecortada.

—Pues claro –añado–. Es más, esta misma tarde iremos a Vitoria a comprar lo necesario. ¡Qué dices, Isabel! ¿Me acompañarás luego?

—Por supuesto –la mirada de Isabel rezuma agradecimiento.

—Pues no se hable más y vámonos.

Me dispongo a empujar la silla de Carlos por el sendero que nos conducirá al último y más apartado recoveco de este jardín bien cuidado, que luce en esta época del año en todo su esplendor.

Durante las tres horas siguientes repasamos, leemos y releemos una y otra vez lo escrito. Edito, inserto, modifico, corto, pego, copio, muevo y, finalmente, guardo el texto en el disco duro. Los dos quedamos satisfechos con el resultado. Decidimos parar un rato y yo me acerco a la cafetería a buscar algo de beber. Cuando regreso, Carlos está hablando y, al instante, advierto por su semblante serio y su gesto grave que la conversación tiene que ver con la negociación. Me siento con cuidado para no distraerle y espero a que acabe, con la respiración contenida. Carlos mueve lentamente su mano extendida y con la palma hacia abajo, en un vaivén tranquilizador.

—Buenas noticias, o mejor, buenos augurios. Mañana domingo, finalmente, abandonará la cárcel de Martutene el principal dirigente abertzale, Kepa Azcárraga, tras cumplir doce meses de condena por un delito de enaltecimiento del terrorismo. Lo primero que declarará en cuanto salga es que, a su juicio, existe en Euskadi un problema político de fondo sin resolver que sólo hallará solución a través del diálogo y la negociación. Acto seguido, un portavoz del gobierno asegurará que no existe, a día de hoy, ninguna posibilidad de retomar el diálogo porque todas las puertas se han cerrado. La única alternativa que se podría contemplar es que ETA abandone las armas.

—¿Y...?

—Como imaginarás, de lo que hablamos en este momento es de una situación de clandestinidad. Azcárraga ya ha cumplido los cincuenta, tiene otras tres causas pendientes y su liderazgo político no es muy sólido, teniendo en cuenta el fracaso de los dos intentos de negociación en los que ha participado. Confiarle un tercero no va a ser fácil. No cabe duda de que su opinión es importante, pero su posición es muy comprometida ante la imposibilidad de contentar a ambas partes. No tendrá más remedio que decantarse abiertamente en una u otra dirección. Se acabaron las medias tintas.

—Si, como dices, es sincero en su planteamiento, se posicionará junto a los que defendemos la vía de la paz y el diálogo como única salida airosa al conflicto después de tanto despropósito sin haber conseguido ninguno de los objetivos. Entonces, ¿quiénes compondrán el equipo contrario? –pregunto con euforia, como si viera el partido ganado, ante la superioridad aplastante de nuestro conjunto.

—No te emociones, Jaime. Lo que tenemos enfrente es una banda de asesinos en los que no es posible confiar, ni aunque juren sobre la tumba de sus madres. Pero, sin duda, contribuye al optimismo una actitud dialogante y el convencimiento casi unánime de que no hay otra salida más que la pactada.

—Desde luego, se abre un camino de esperanza...

—Además, ten en cuenta que a la dirección de ETA le está saliendo cara la ruptura de la última tregua. Corren rumores de que, a la cadena de detenciones y la desarticulación policial de los principales comandos operativos, hay que sumar la discrepancia en las cárceles. Según noticias, el colectivo de refugiados vascos en México y en otros puntos de América Latina está protagonizando una rebelión en toda regla.

—No me negarás que, aunque con la cautela precisa, la cosa no pinta nada mal. Como tú dices, es este el mejor momento de todos los vividos hasta ahora, a mucha distancia –y le acerco mi vaso para brindar con el suyo.

—De acuerdo, brindemos ahora con cerveza a la espera de hacerlo con champán. Y hablando de champán, mira tu reloj. Son las dos y cuarto, es mi hora de comer y la tuya también.

—¡Joder, Carlos! Tienes razón. Siempre he tenido problemas con la apreciación del tiempo.

Apuramos las bebidas y nos encaminamos hacia la residencia a buen paso, abandonando los senderos y atravesando los jardines, como si hiciéramos slalom entre los rosales y las cañas de bambú que duplican mi estatura. Carlos ríe y por un momento parecemos dos críos jugando, lo que hace sonreír a Isabel que ya nos está esperando en la puerta, provista de un jersey grueso y unos pantalones de pana. Se ha recogido el pelo en una coleta que deja ver su cuello y un lunar de gran tamaño detrás de su oreja izquierda. Parece que no tuviera más de treinta años y pienso ahora que ha sido muy oportuno renovar mi vestuario y pasar por la peluquería. ¡A ver si a mis años me voy a convertir en metrosexual! Creo que antes lloverá hacia arriba...

—Ya veo que lo pasáis estupendamente los dos –dice Isabel besando a Carlos, y los tres volvemos a reír.

—¡Anda! Marchad ya o no os quedará tiempo para disfrutar con calma del almuerzo. Estoy cansado y tengo un hambre feroz –mientras habla, Carlos consigue a duras penas colocar su mano en el estómago.

Nos dirigimos a la casa rural y compruebo que, efectivamente, la separan no más de cinco minutos de la residencia. Se llama La Casa Vasca y, según reza la placa de la entrada, se trata de "un caserío del siglo XVI totalmente reha-bilitado, que consta de ocho habitaciones con baño y terraza, equipamiento completo, parking e Internet wi-fi en todo el perímetro. Situada en un entorno rural y natural incomparable, es un lugar perfecto para practicar deportes de montaña, senderismo, paseos a caballo y disfrutar de una gastronomía variada de altísima calidad".

Una mujer de mediana edad, atractiva y recia como esta tierra, me atiende muy amablemente y su hijo, un adolescente que me saca la cabeza y duplica en envergadura, coge mi maleta como si fuera una pluma. Nos acompaña hasta la habitación, atravesando un salón rectangular con una chimenea de piedra en el centro y distintos sofás colocados como si formaran cuatro reservados bien diferenciados con los colores del parchís. Las cortinas que cubren los ventanales y las alfombras tienen los mismos tonos y componen un conjunto armonioso y hogareño.

Mi habitación está al final del pasillo y dispone de una terraza que ocupa toda la esquina opuesta a la fachada principal. El paisaje que se contempla es espectacular, estoy seguro de que este refugio aliviará la tensión de los próximos días y me reportará sosiego para pensar y escribir con la serenidad y la concen-tración necesarias.

Le doy una propina al muchacho y le explico que tengo que hablar con su madre sobre un par de cosas importantes. Iker, que así se llama, me da las gra-cias e Isabel y yo nos quedamos solos.

—¡Mira! –dice Isabel señalando otro caserío cercano de aspecto parecido a éste–. Ahí es donde vamos a comer y después subiremos unos trescientos metros por un sendero hasta un lugar muy especial. ¡Es una sorpresa! Si no tienes que hacer nada más, será mejor que nos marchemos, ¿o prefieres deshacer antes el equipaje?

—En absoluto. Eso puede esperar perfectamente hasta la noche.

Nos acercamos a la entrada y le explico a la dueña, Arantxa, que me gustaría quedarme toda la semana, si no tiene comprometida la habitación.

—¡Oh! No, señor... Barbadillo. Los clientes se van una vez termina el fin de semana. Es raro, en esta época del año, que quede alguien después. Será estupendo tener a quien atender a partir del lunes, porque la verdad es que los días se hacen largos. Iker se marcha a estudiar a Bilbao y se queda toda la semana con una hermana mía. Así que, ¡ya ve! creo que usted y yo estaremos solos y me vendrá bien la compañía.

—Estupendo. Prometo no darle mucho trabajo. Disculpe, ¿podría guardar la mochila en alguna caja de seguridad a la que yo pudiera acceder en todo momento?

—Claro, claro, no hay problema. Venga –y me hace pasar al otro lado del mostrador. Detrás hay una puerta que abre un pequeño cuarto, donde se encuentra la caja fuerte empotrada en la pared. Es un armatoste en toda regla, como esos que salen en las películas y que los ladrones abren a base de girar una rueda, a la derecha y a la izquierda, hasta que dan con la combinación–. Era de mi marido y, como está vacía, puede meter lo que quiera y, programando una clave con tres números, quedará cerrada. Yo le doy una llave y de esta manera puede sacar y meter sus cosas cuando quiera, sin necesidad de esperar a que yo le abra.

Agradecido por las facilidades, me despido de Arantxa y salimos por la puerta principal.

—¿Te apetece caminar? –propone Isabel–. No tardaremos en llegar más de diez minutos. Por cierto, perdona que me meta donde no me llaman, pero, ¿crees necesario toda esta parafernalia de la caja fuerte? Supongo que lo que has guardado allí son documentos relacionados con el libro.

—¿Lo ves exagerado? Tal vez tengas razón, pero no está de más tomar cier-tas precauciones –Isabel está pensando que soy un paranoico.

—No sé... Mmm... Se me ocurre, ¿a quién podría interesar un montón de papeles relacionados con aburridísimos temas legales, la mayoría obsoletos y, por supuesto, de todos conocidos?

Aprecio cierto tono de ironía y creo que Isabel está intentando decirme algo. Empiezo a sentir pánico y no sé qué hacer para desviar su atención de forma inteligente. Claro que si me quedo callado va a ser mucho peor.

—Por cierto, he encontrado a Carlos mucho más animado y tiene buen apetito y mejor aspecto que la última vez –mis palabras suenan estúpidas.

Isabel se para en seco a un lado de la vereda y, de repente, me doy cuenta de que camino solo.

—Jaime, ¡por favor! ¿Puedes decirme qué está ocurriendo? Paso por los se-cretitos de Carlos, pero que tú ahora me vengas con que te vas a quedar una se-mana entera con él, cosa que has decidido de golpe y porrazo, dejando aparcado tu trabajo y tu vida en Madrid y, para colmo, me cuentas una historia absurda sobre papeles en una caja fuerte y la necesidad de tomar medidas de seguridad... Pero, ¿vosotros pensáis que yo me chupo el dedo? Mira, yo no soy estúpida y no sé qué es lo que sucede, pero te aseguro que acabaré por averiguarlo.

Me siento mareado y no sé qué decir. Me he quedado sin argumentos.

—Jaime, ¡estás pálido! –insiste Isabel–. ¿No me harás tú también el nume-rito del enfermo imaginario para zafarte de una conversación que no te gusta? Si es eso lo que pretendes hacer, no te molestes, porque no va a colar y te ase-guro que, como te desmayes, te dejo aquí tirado y me marcho por donde he venido.

La indignación de Isabel va en aumento ante el convencimiento de que está siendo engañada y a mí sólo se me ocurre... echarme a reír... pero a carcajada limpia... y no puedo parar. Isabel me mira alucinada primero, enfadada después y, finalmente, también ríe con verdaderas ganas. La cojo por el hombro con comprensión y ternura.

—¡Anda! ¡Vamos a comer! Prometo que hoy sin falta te daré una explica-ción. ¡Pero qué listas sois las mujeres! ¡No hay quien os la pegue!

¡Dios mío! ¿Qué hago? Intento ganar tiempo. Carlos debe saber esto. ¡Y parecía que el tema Isabel estaba controlado!

Finalmente llegamos al restaurante. El lugar es precioso y, por fortuna, no retomamos el interrogatorio. Está claro que Isabel sabe que, aunque insista, por el momento no va a conseguir otro resultado que el silencio. Le recuerdo su propuesta de llevarme a un lugar sorprendente e iniciamos la marcha.

A pocos metros del restaurante arranca un sendero que se interna en una zona boscosa, cada vez más espesa. En sus primeros metros hay varios letreros forestales que indican peligro de incendio, posibles desprendimientos y mirador de interés turístico. Comenzamos a subir y el desnivel se hace más pronunciado, la dificultad aumenta y la ascensión, en el último tramo, se convierte casi en una pequeña escalada. Yo voy delante y ofrezco a Isabel mi mano como punto de apoyo para que tome impulso y le sea más fácil subir. Ya hemos llegado y continuamos cogidos de la mano, sin decir ni una palabra... Ni falta que hace. La aprieto con fuerza y delicadeza a la vez, nuestros ojos están clavados y no puedo dejar de mirarla, ni siquiera para contemplar el salto de agua que desciende en caída libre a nuestra espalda. Me acerco un paso más, tomo su cara entre mis manos y la beso suave y brevemente en los labios, esperando su reacción. Ella no sólo no se aparta, sino que vuelve a mirarme con una sonrisa casi imperceptible y rodea mi cuello con sus brazos, con cariño desapasionado, como si buscara refugio, complicidad y protección. Permanecemos abrazados y en silencio, mientras escucho su respiración acompasada y el ensordecedor pero a la vez relajante sonido del agua. Acaricio su cintura, recorro su espalda con mis manos y suelto el broche que recoge su pelo, enterrando mis dedos entre sus cabellos que ahora destellan al sol. Volvemos a mirarnos y yo, como pidiendo su autorización antes de hacerlo, la vuelvo a besar, recibiendo como premio un sentimiento físico de amor y pasión que ya no recordaba.

Apoyados en el pretil de troncos que forma el mirador, contemplamos la cascada que se precipita de forma súbita, salvando un desnivel producido en el lecho del río como consecuencia de una erosión irregular. La catarata cae directamente a una poza donde el agua se embalsa antes de continuar su camino entre rocas y cañas y perderse definitivamente de nuestra vista.

—Jaime...

—¿Qué?

—Tenemos que hablar.

—Lo sé.

No quisiera marcharme. Ha sido un momento extraordinario y ahora tengo miedo de que la magia se esfume al abandonar el escenario. Como si Isabel adivinara los motivos de mi indecisión, se apresura a explicar.

—No temas, siempre podemos volver. Se llama la Cascada de los Desesperados y, según cuentan, hace unos diez años dos jóvenes de este pueblo se suicidaron aquí, lanzándose al vacío desde el mirador. Pertenecían a ETA y se les acusaba de colocar una mochila bomba en un portal que causó la muerte a dos niños mientras esperaban el autobús escolar. La gente les perseguía dispuesta a tomarse la justicia por su mano y ellos, acorralados en su huída, decidieron acabar con su vida antes de ser linchados.

—¡Qué espanto! A pesar de su trágica historia, el lugar es precioso y ahora, yo... Isabel...

—No, no digas nada, por favor... –y pone su mano en mi boca para reafirmar su determinación de no dejarme hablar–. Estoy confusa. Mira, lo mejor es que bajemos a Vitoria, hagamos las compras y tomemos luego un café, tal vez en el hostal de Arantxa.

—Me parece bien. Y no te preocupes, te entiendo perfectamente y lo primero que quiero es pedirte disculpas por mi atrevimiento. De alguna manera he sido yo el responsable de lo sucedido. De verdad que lo siento muchísimo, ha sido un impulso que no he sabido controlar... Soy un estúpido, pero puedes estar segura de que no volverá a ocurrir. ¡Estás casada con Carlos!

Isabel sonríe con sarcasmo, sus ojos se humedecen y parece que romperá a llorar de forma inminente, presa de ira y rabia.

—¡Vaya, ya salió el caballero andante para asumir toda la culpa! No te equivoques. Fui yo la que te trajo hasta aquí para mostrarte este romántico lugar con la esperanza de que pasara lo que ha pasado. ¿Casada? ¿Casada con Carlos? ¿Tú sabes lo que significa estar casada con Carlos? Ahora estoy enterrada en vida pero me siento libre. Lo de antes era mucho peor. No imaginas cómo ha sido mi existencia en los últimos veinte años. He sido humillada, vejada, psicológicamente maltratada y, si se me hubiera pasado siquiera por la cabeza rebelarme, mi propio marido me hubiera destruido arrastrando de paso a mi familia también. No he tenido ni un día de felicidad, ni de paz, desde que me casé con él. He vivido con miedo, a veces con auténtico temor a sus represalias. Ese que ahora ves ahí, paralítico, acabado, sentenciado a muerte, ha sido un hombre sin escrúpulos profesionales y cruel con los suyos.

—Isabel, yo...

—Nunca me he sentido considerada, respetada, ni siquiera amada. Cuando decidimos tener hijos... bueno, él lo decidió, no imaginas qué peregrinación durante años de hospital en hospital, de especialista en especialista porque no conseguía quedar embarazada y, una vez demostrado que el problema estaba en mí, torturada sin paliativos. Insultos, desprecios, humillaciones... Afortunadamente, un psicólogo de la clínica Dexeus de Barcelona intuyó pronto el problema. Tras pasar por todo tipo de pruebas y tratamientos de fertilidad sin éxito y un diagnóstico de "esterilidad sin causa", este hombre que tanto me ayudó dedujo finalmente que a la vez que quería ser madre, sufría un bloqueo psicológico producido por un auténtico terror a compartir la paternidad con mi marido. Sólo eso me impedía quedarme en estado. Efectivamente la terapia de ese gran profesional, Ángel Alcázar, a quien tanto debo, me ayudó a superar los traumas y a recuperar la confianza y la autoestima. Me curé y mis niñas son la prueba. Cuando Carlos enfermó y su drama se hizo público, Ángel se enteró y se puso en contacto conmigo por si necesitaba ayuda para encajar el golpe. Acepté su ofrecimiento y me trasladé a Barcelona para asistir a un par de sesiones y liberar mi mente y mi alma de los sentimientos contradictorios que la tragedia de mi marido me producía. Cuando Carlos lo supo me acusó de tener un amante y de no esperar a que se muriera para sustituirle por otro.

Estoy alucinado. No es ahora cuando Isabel sufre, como yo pensaba, sino cuando vive liberada, después de tantos padecimientos en soledad y silencio. La miro y no sé qué decir. Realmente parece muy desgraciada.

—Isabel. Lo siento mucho. Por favor, no sigas. Verás, haremos una cosa: tomarás una tila o algo que te tranquilice y te vas a quedar en mi habitación descansando. Yo iré a Vitoria, compraré lo que necesito y regresaré en menos que canta un gallo.

—No, Jaime, quiero ir contigo –se peina con la mano y se recompone el jersey y los pantalones.

—Isabel… Hazlo por mí…

Arantxa nos prepara en seguida una infusión y un café que tomamos en el salón e Isabel, que está más serena, acepta quedarse.

Como imaginaba, me es fácil localizar los componentes que necesito y el dependiente, muy amable, me explica con paciencia lo que debo hacer y cómo debo montar estos artilugios para conseguir el efecto deseado. Estoy impaciente por volver junto a Isabel. Tal vez se haya arrepentido de todo lo que ha pasado y haya decidido marcharse a la residencia. Sea como fuere, me hago el firme propósito de no ser yo el que lleve la iniciativa. Nos movemos en un terreno delicado y no quiero pensar, ni por un momento, en perjudicarla, que bastantes problemas tiene, ni en sufrir yo otra decepción para la que no creo estar preparado.

Cuando llego, Arantxa me informa de que la "señora" no ha salido de la habitación.

Abro la puerta con cuidado y la encuentro tumbada sobre la cama en posición fetal. Está profundamente dormida y no puedo resistir la tentación de acostarme a su lado. Está helada y la rodeo con mis brazos para transmitirle calor. Se despierta y se acurruca aún más, suspirando y sin decir palabra.

—¿Es verdad que me llevaste a la cascada con la intención de seducirme? –le pregunto muy bajito.

Isabel se da la vuelta para mirarme de frente.

—Sí. Es cierto.

—Bueno, pues que sepas que aún no has conseguido tu propósito. ¿Qué piensas, que soy un hombre fácil? Si lo que pretendes es llevarme al huerto, te lo vas a tener que currar bastante más.

Los dos reímos sin intención de levantarnos de la cama. Y continúo.

—Ya sé que no soy precisamente lo que se llama "un buen partido", pero tampoco estoy tan mal. Te aseguro que en el mundillo de la prensa tengo mis fans. Además, ¿no te has dado cuenta de que me he cortado el pelo y he comprado ropa nueva?

—¡Claro que sí! Mira, Jaime, me quedaría aquí contigo para siempre, pero tenemos que volver. Son casi las seis –Isabel recupera la compostura.

—Es verdad. Escúchame sólo un minuto. Entre nosotros ha pasado algo, eso está claro. Y no me arrepiento de ello, al revés, estoy encantado, pero quiero que sepas que si prefieres que lo olvidemos, estoy dispuesto a hacerlo. Yo soy un hombre libre pero tú no. Además, tu situación personal es complicada y lo último que necesitas son problemas añadidos que te desequilibren aún más. Yo sólo haré lo que tú quieras, ¿de acuerdo?

—De acuerdo.

Y nos besamos, una y otra vez, como si el tiempo se acabara.

—Si seguimos en la cama haciendo esto, no respondo de mí.

—Anda, ¡vámonos!

—De verdad, ¿estás bien?

—Muy bien, créeme.

Isabel se refresca en el lavabo y recoge su pelo nuevamente. No puedo resistir la tentación y beso su cuello. ¡Dios mío, qué sensación de bienestar! ¡No puedo creerlo! Cómo puede cambiar la vida en tan sólo unos días.

Temo encontrarme con Carlos cara a cara, que él note algo o me haga algún comentario. Nunca he sabido fingir, mis emociones me han delatado siempre. Además, había olvidado en cierta forma mis prejuicios hacia él. Pensaba que era un hombre redimido e incluso estaba empezando a tomarle verdadero afecto, con independencia del trabajo que tenemos entre manos y que, por descontado, está por encima de toda consideración personal y sentimental. Después de lo que Isabel me ha contado, no podré evitar cierto recelo. De todas formas todo esto pertenece al pasado y ella no sólo no le ha abandonado, sino que se ocupa de su marido con un sentido del deber y de la lealtad dignos de admiración. De cualquier forma, es un hombre muy enfermo y condenado a morir en breve, así que con creces está pagando todos los desmanes y atrocidades que haya podido cometer. Otros, con muchos y más graves delitos, se mueren de viejos y desconocemos si pagarán sus crímenes en la otra vida, al no tener constancia fehaciente de que ésta exista.

Le explico a Carlos las sospechas de Isabel, lo que ha pasado con la mochila y la caja fuerte y la reserva que ha despertado en ella mi estancia aquí para toda la semana, que se suma a las dudas que alberga desde hace tiempo y que incluyen hasta su propio empeño en vivir en el País Vasco. Ante mi ineludible promesa de darle una explicación decidimos que, de continuar los engaños las consecuencias podrían ser peores, por lo que, llegados a este punto, lo más prudente es ofrecerle una versión ligth del asunto en la seguridad de que es una mujer sensata y responsable y va a entender a la primera la importancia del tema y nuestra obstinación en mantener el secreto hasta donde ha sido posible.

Cenamos en el hostal de Arantxa. Carlos está de muy buen humor. Al terminar, ayudamos a recoger la mesa y luego pasamos a tomar una copa en el salón, cuyos ventanales dejamos al descubierto para contemplar un magnífico cielo estrellado y una luna llena de increíble tamaño. Es como si estuviéramos en casa, en familia.

Ya de regreso, mientras caminamos por las calles de Letona, ahora desiertas, relatamos a Isabel, de forma resumida, cuál es la razón por la que Carlos tomó la decisión de ingresar en este centro, quiénes son las personas que le visitan y le telefonean. Hasta donde es preciso para comprender, le damos cuenta de los intentos fallidos de negociación para acabar con el terrorismo y la esperanza que albergamos en esta nueva oportunidad. Le hablamos de la razón de mi entrada en escena de cara a la nueva fase del proceso y la lógica aplastante de nuestro comportamiento, a fin de preservar un secreto que, bajo ninguna circunstancia, debe ser desvelado.

Isabel ha permanecido callada durante todo el tiempo y los dos estamos expectantes ante lo que pueda decir ahora, dada la serenidad que ha mantenido en todo momento y hasta, me atrevería a decir, su falta de sorpresa. Finalmente, es Carlos el que habla:

—Joder, Isabel... Di lo que piensas. No pareces impresionada, después de todo.

—Lo sabía, aunque sin saberlo. Imaginaba que había poderosas razones para que en tus condiciones abandonaras Murcia, tu casa y a tus hijas. ¿Por qué el País Vasco y no Madrid o Barcelona? ¿Por qué nunca has estado preocupado por los gastos astronómicos que suponen tu estancia aquí, mis viajes, el alquiler de un coche, las facturas de teléfono, etc.? Las niñas, no sólo lejos de su padre, sino también de su madre cada fin de semana, desde hace tantos meses. Y ahora entra Jaime en acción, un hombre tan lejano a ti desde hace años que vendrá desde Madrid durante un tiempo para ayudarte a escribir un absurdo libro que guarda en una caja fuerte... Nada de esto tenía pies ni cabeza. Ahora sí, ahora ya encajan las piezas.

—Perdóname, pero tenía que intentar preservar la confidencialidad a toda costa –insiste Carlos.

—Lo entiendo. ¡Qué puedo decir! Evidentemente, conocía tu preocupación por el problema vasco, sabía de tu trabajo y dedicación como diputado para contribuir a la erradicación del terrorismo. Claro que todo eso me hizo relacionarlo con este sitio, a pesar de que no entendía por qué tú, dadas tu enfermedad y tus limitaciones... Ahora lo comprendo. Son precisamente tus condiciones especiales las que han servido de tapadera. Mi cabeza va a estallar. Necesito un poco de tiempo para digerir la información y la auténtica dimensión de lo que estáis haciendo...

—Es lógico, querida. Tu reacción es normal.

—¡Sois conscientes de que si lo conseguís, habréis acabado con el peor de los cánceres que padece nuestro país? No creo que haya en el mundo nada más importante por lo que luchar que la paz –Isabel abraza a Carlos y luego me abraza a mí y los tres nos quedamos mudos después de tan patriótico discurso.

—Bueno, yo ya no puedo más. Estoy agotado. Descansad y mañana seguiremos.

Mientras me alejo, Isabel se vuelve a mirarme sin dejar de empujar la silla de ruedas.

Me pongo la chilaba y deshago la maleta en cinco minutos. Salgo a la terraza para respirar el aire limpio y fresco de esta noche, continuación de otro día repleto de emociones.

Recibo un mensaje de Isabel, que dice: "Eres un hombre sorprendente y fascinante, y no puedo dejar de pensar en ti. Duerme bien. Besos". Contesto: "Y tú eres preciosa. Dormiré en nuestra cama, o sea, de maravilla. Hasta mañana".

16

Imagina que no hay países, no es difícil de conseguir,
nadie por quien matar o morir, ni tampoco religión.
Imagina a toda la gente viviendo en paz...
John Lenon, de su canción *Imagine* (músico y compositor británico)

Me despierto al percibir que hay alguien más en mi cama. Abro los ojos y veo a Isabel en chándal y camiseta y con la piel brillante por el sudor.

—Pero, ¿qué haces tú aquí? ¿Se puede saber cómo demonios has entrado? –aún no estoy centrado y la habitación por unos segundos no me es familiar.

—Convencí a Arantxa para que me dejara la llave. Se ha convertido en mi cómplice, pero no la regañes, ella no quería. ¿Te vas a levantar, perezoso?

—Estás loca, ¿qué hora es?

—Las ocho y media. Yo ya llevo tres cuartos de hora haciendo ejercicio. Me encanta correr temprano los domingos cuando vengo aquí. No encuentras a nadie y este paisaje libera cuerpo y mente de estrés y preocupaciones.

Isabel se acerca a la butaca donde yace mi chilaba, la coge, la mira, me mira a mí y se echa a reír de tal manera que soy yo el que está apurado por si la oyen en las otras habitaciones. Ella también se da cuenta del estrépito que está organizando a esta hora temprana y se tapa la boca con la mano para amortiguar el volumen.

—¿De dónde has sacado esto? –sin querer me contagia la risa.

—Estate quieta. Prometo explicártelo, si lo dejas donde estaba. Isabel, por favor... no puedo levantarme, no tengo ropa –no consigo que pare–. Vale, vale. Es un regalo de Ricardo, el novio de Marta. Al principio a mí también me parecía ridículo, pero después tuve que admitir que es la prenda más cómoda del mundo y te permite no llevar ropa debajo.

Por fin me levanto como en las películas, enrollándome la sábana a la cintura pudorosamente, mientras Isabel recupera la compostura.

—Oye, ¿Carlos no te echará de menos?

—Por supuesto, ya me voy. No he podido resistir la tentación de darte los buenos días al pasar por aquí. Voy a ducharme y a desayunar, mientras las chicas asean y visten a Carlos. ¿Sabes? Antes me ocupaba yo también, pero hace tiempo que no quiere que le vea... Sin ropa y con pañales... En fin, es lamentable.

—Comprendo. Bueno, yo también me voy a duchar. ¿No querrás acompañarme?

—No seas fantasma. A ver si te vas a tener que arrepentir de tus palabras. Nos vemos en una hora.

—Adiós, boticaria. Por lo menos me darás un beso.

—Creí que no me lo pedirías nunca.

Nos besamos, pero no puedo abrazarla porque tengo las manos ocupadas en sujetar la sábana.

—Nos vemos luego. Tengo que hacer algunas llamadas y ver la prensa. Ya sabes: deformación profesional.

—De acuerdo, hasta luego.

Mientras me preparo, pienso en los años que hace que no disfrutaba de sensaciones tan maravillosas, de una alegría de vivir que llena por dentro, que rejuvenece, que embellece lo cotidiano, que muestra el vaso de la vida medio lleno y convierte en pequeñeces las preocupaciones y tristezas que antes tenían una importancia capital. No quiero plantearme cuestiones de futuro. No es momento de pensar en lo que pasará mañana. Tal vez esto no dure o sólo sea un espejismo, un error en la apreciación de los sentimientos. No lo sé, pero no voy a perder un tiempo, más que valioso, en calibrar las consecuencias de lo que aún desconozco. No pienso desperdiciar el presente pensando en el futuro. Lo único que quiero es vivir hoy y si mañana toca llorar, pues lloraré; caeré y me volveré a levantar, que en eso soy todo un maestro.

—*Egunon*, Arantxa.

—*Egunon*, señor Barbadillo. En seguida le pongo el desayuno. ¿Le importa compartir mesa con Iker?

—Por supuesto que no, todo lo contrario. Oye, Iker, ¿me harías un favor? Te daré una buena propina si me traes la prensa.

—Claro, señor. Dígame lo que quiere y se lo traigo en un minuto. La tienda-almacén-kiosco está aquí al lado, en la plaza.

—¡Genial! Pues toma veinte euros y me traes todos los periódicos, menos los deportivos. Bueno, si tú quieres comprar alguno, me parece bien.

—No. Guardaré el dinero para el cine de esta tarde. Iré a Vitoria con los amigos a ver una película –dice el muchacho ilusionado.

Vuelve como el rayo y, cuando entra en la cocina, se cuela tras él un ejemplar de Labrador tan bonito que no puedo por menos que salir en defensa de Iker, ante la bronca de su madre por dejarlo entrar.

—Perdón, señor. ¡Este rapaz acabará conmigo! Mira que le tengo dicho que no deje pasar a Octavia, que los perros dentro de casa pueden molestar a los clientes. ¡Está en la luna, don Jaime, en la luna!

—¡Pero si es preciosa! –ante mis caricias, el animal se tumba para que le rasque la panza.

—Se llama Octavia porque fue la octava de su camada –me explica Iker–. Está preñada y tendrá por lo menos cinco cachorros, según el veterinario.

—Me encantan los perros. Arantxa, déjela estar aquí, ahora no hay nadie. Mire, yo tengo un pastor alemán al que, según mi hija, quiero más que a ella. ¡Verá! Le voy a enseñar una foto que tengo en el móvil.

—¡Oh, don Jaime! Qué hija tan guapísima y el perro es fantástico. Parece muy fuerte y muy listo.

—Ya lo creo, se llama Ramsés.

—¡Cómo el faraón! –apostilla Iker, que también quiere ver la foto, y se marcha con las tostadas en la mano porque los amigos le esperan.

—Siempre hemos tenido perros en casa –explica Arantxa–. A mi marido, que en paz descanse, le encantaban y yo, pues ya ve. Me hacen compañía y me ayudan a mantener su recuerdo.

—¿Hace mucho tiempo que falleció su esposo? –le pregunto abusando del aprecio y la confianza que parecen mutuos.

—Mi marido era ertzaina y murió en un tiroteo hace siete años. Perseguían a un comando etarra que les llevó hasta las montañas. Cuando estaban a punto de cogerlos, salieron del bosque otros tres y les frieron a tiros, a él y a su compañero. Fue una emboscada, pero Dios es justo, don Jaime, y están todos muertos o entre rejas. ¡Pobrecillos! Como a conejos los cazaron. Mi pobre Joseba sólo tenía 39 años. Ya ve usted, tantas muertes inútiles. Al principio fue duro, me quedé sola con Iker y sin saber por dónde tirar, pero el gobierno nos dio un dinero y la gente del pueblo me animó a que cogiera la casa y así empezó el negocio.

—Ha hecho usted un gran trabajo aquí. Estoy seguro de que su marido estaría orgulloso y, por supuesto, no dude de que su muerte, como la de tantos inocentes, no habrá sido en vano.

—¿Puedo pedirle un favor, señor Barbabillo? Usted es un hombre culto, que ha estudiado y que podría hablar con Iker y convencerle de que vaya a la universidad. A mí no me escucha. Se acerca la edad en la que tiene que decidir qué hacer con su vida y está confuso y desorientado. Tengo miedo de que este niño quiera seguir los pasos de su padre y entrar en la *Ertzaintza*. Él no me habla del tema porque sabe que no quiero ni pensar en ello, pero me consta que le ronda la idea por la cabeza. Le aseguro que no resistiría levantarme otra vez cada mañana pensando que mi hijo tal vez no vuelva a casa y, por supuesto, no podría seguir viviendo si le perdiera a él también. Esta tierra está enferma, don Jaime, está maldita y Dios se ha olvidado de nosotros. Soy creyente pero no alcanzo a entender por qué nos castiga de esta manera.

—Arantxa, no sé qué decir. La comprendo perfectamente y por supuesto que hablaré con Iker. Delo por hecho. Me gustaría poder transmitirle esperanza en que la paz llegará muy pronto y que el terrorismo no será nunca más la causa del dolor y el sufrimiento que han padecido tantas víctimas inocentes y sus familias, como su hijo y usted.

—¡Dios le oiga! Bueno, le estoy entreteniendo y usted y yo tenemos muchas cosas que hacer. ¿Le veré luego para comer?

—Sí. Almorzaré aquí y luego acompañaré a Isabel al aeropuerto. ¿Qué le parece a las dos y media?

—Lo tendré todo listo, descuide. ¿La señora almorzará con usted? ¡Qué guapa y qué simpática es! ¡Y qué lástima, su esposo tan enfermo! Son ustedes muy amigos ¿verdad?

—Bueno, sí... Lo somos... No, creo que comeré yo solo.

—De acuerdo y gracias por escucharme, señor.

—Ha sido un placer. Tal vez algún día sea usted la que me escuche a mí.

—Cuente conmigo para lo que quiera. Se ve que es usted una buena persona.

Arantxa tiene razón, la vida es muy injusta para mucha gente. Sólo hay que echar un vistazo a los periódicos, que es a lo que me dedico durante la siguiente hora en la terraza del salón.

La prensa informa sobre la sentencia que el Tribunal Supremo dictará presumiblemente en favor de la ilegalización de los partidos radicales vascos, que deberían disolverse definitivamente. Aunque la cosa parezca evidente, los jueces tienen ante sí una difícil tarea, teniendo en cuenta que no pueden dejar resquicio alguno por donde pudiera prosperar un posible recurso de amparo planteado por estas formaciones. Como dice Carlos, los acontecimientos que se sucederán durante la próxima semana están interrelacionados y parecen responder a una secuencia que será clave para determinar el rumbo que pueden tomar las cosas.

Cambiando de tercio, voy a ver cómo le va a mi gente y qué novedades hay por Madrid y Barcelona. ¡Qué familia! Estamos separados por un montón de kilómetros y cuando Isabel se marche a Murcia esta tarde aumentarán los puntos cardinales. ¡Ya te vale, Jaime! Y, para colmo, tus únicos parientes: padres, hermana y sobrinos, viven nada menos que en Buenos Aires. Me digo a mí mismo que somos un ejemplo vivo de las consecuencias de la globalización y de la multiculturalidad. ¡No sé dónde he leído esto...!

—¿Marta? ¡Hola, cariño! ¿Eres tú? Pues vaya una voz resacosa que tienes. ¿Es que estás enferma? Si es así, hoy mismo debería verte el médico. Dime, ¿qué te ocurre, nenita...? Me estás preocupando.

—Papá, por favor, ¡cállate! Me pones dolor de cabeza. ¡Por Dios, si no son ni las once y es domingo! Pero, ¿qué mosca te ha picado para que me llames a estas horas?

—Lo siento, cielo, lo siento mucho. No pensé que estarías durmiendo.

—Claro que estoy durmiendo. Me he tomado el fin de semana de tregua antes de continuar con los exámenes siguientes. Hemos estado de marcha y me he acostado a las seis de la mañana.

—Bueno, perdona... y, ¿qué tal los exámenes? –le digo en un último intento de mantener una conversación medianamente coherente.

—Bastante bien. ¡Oh, papá, por favor! No puedo ni pensar. Te llamo yo más tarde, ¿vale? Te quiero, un beso –y cuelga.

Definitivamente, me rindo. Si llamo a Enrique tengo muchas posibilidades de que me pase lo mismo, así que lo mejor es que deje los interrogatorios para más tarde.

Me encamino hacia la residencia, aunque tengo la impresión de que no nos centraremos en el trabajo hasta que Isabel se haya marchado. Allí están los dos sentados en el porche porque, aunque la temperatura es agradable, las nubes se hacen más espesas según avanza la mañana y seguro que a lo largo del día acabará lloviendo.

—Hola, Isabel. Buenos días, Carlos, ¿has visto la prensa? –hago como que a ella tampoco la he visto hasta este momento.

—Sí, por encima. Lo dices por lo de la Sentencia del Supremo, ¿no? Está a punto de hacerse pública y ese es otro de los elementos que deben quedar resueltos antes de que se inicien los contactos. Algunos medios confirman ya la existencia de voces que desde la cárcel apuestan por retomar el proceso para materializar una solución negociada al conflicto.

—Parece que las luces ganan terreno a las sombras a pasos agigantados, ¿no es así?

—Desde luego –contesta Carlos– pero no hay que confiarse. Una cosa es que el momento sea propicio para emprender una nueva ofensiva negociadora y otra muy distinta es que esta gente esté dispuesta a una rendición incondicional. ¡Ni mucho menos! Para empezar, aún no han entregado las armas, primera premisa para iniciar un proceso de diálogo. En consecuencia el chantaje es fácil: o me das lo que pido o vuelvo al coche bomba y al tiro en la nuca y, además, tú serás corresponsable de las muertes y daños que a partir de ahora se produzcan. Pero las armas encima de la mesa es la condición *sine qua non* para empezar a hablar y ellos lo saben.

—Desde luego. La entrega de las armas supondría la demostración inequívoca de una verdadera voluntad de diálogo.

—Agradezco tu apoyo a mi tesis pero recuerda, Jaime, que no estás capacitado para intervenir en las conversaciones. Tenlo muy presente, porque les creo capaces de escudarse en cualquier insignificancia para invalidar pactos que no les sean todo lo ventajosos que pretenden.

—Por supuesto. Te aseguro que no lo olvidaré. Por nada del mundo querría convertirme en motivo de desavenencias o tensiones en este proceso que ya de por sí se mueve en una cuerda floja de la máxima fragilidad.

—Querido Jaime, como bien dices, caminamos entre arenas movedizas. Piensa que los puntos básicos ya se han tratado en varias ocasiones y lo que no conduce a nada es el inmovilismo de las partes porque, sinceramente, si no hay voluntad de flexibilizar posturas, no tendría sentido iniciar una nueva ronda negociadora.

—Eso está claro. De no ser así, es absurdo volver a recorrer el camino andado.

—De sobra ha quedado patente que el motivo de la ruptura de la última tregua no ha sido la intransigencia del Gobierno, ni siquiera las aspiraciones independentistas, sino la incapacidad de los partidos que las defienden de desligarse de quienes tratan de imponerlas de forma violenta. En cualquier caso, estoy seguro de que hay una ETA inercial que, aunque su influencia política es cada día menor, ha de ser rechazada y deslegitimada no sólo socialmente, sino desde la disidencia firme del organismo más sensible de la banda, que son sus propios presos. Con todo esto quiero decir que nuestras posiciones han de ser defendidas de forma tajante, pero sin la intolerancia férrea que nos puede llevar a un nuevo fracaso. Muy pronto conoceremos las instrucciones que los negociadores traen desde Madrid. En cuanto a sus características y *modus operandi*, tú mismo vas a sacar conclusiones muy pronto.

Carlos parece agotado, una vez más, e Isabel le facilita rápidamente agua y el aerosol que le ayuda a respirar. A pesar de su estado físico tan precario, me asombra su claridad de pensamiento y la forma que tiene de razonar y de sacar conclusiones. Estoy deseando verle en acción.

Finalmente y según lo convenido, recojo a Isabel para acompañarla al aeropuerto mientras Carlos descansa. Iremos en mi coche y aquí quedará el suyo de alquiler, puesto que podré ir a buscarla de nuevo el viernes. Comienza a llover con cierta fuerza y durante el viaje estamos los dos tan callados que me siento en la obligación de iniciar una conversación para romper este silencio que se puede cortar.

—Cuando yo era niño, en Buenos Aires, el domingo era el día de fiesta por excelencia. Vestíamos nuestro mejor traje y salíamos con la familia a pasear por las avenidas principales y a jugar con los amigos en el parque. Con suerte, nos compraban un tebeo o una golosina y a casa a esperar el inicio de la semana otra vez. Realmente era el único día en que nuestros padres no trabajaban y nosotros no íbamos al colegio porque recuerdo que, durante bastante tiempo, los sábados también había escuela. O sea que el domingo era un día feliz. Actualmente ha pasado a tener connotaciones más bien deprimentes, puesto que en este estado del bienestar del que ahora disfrutamos, hay un gran porcentaje de gente que empieza el fin de semana el viernes a mediodía, por lo que el domingo significa el final del descanso y del tiempo de asueto y diversión. ¿Estás de acuerdo conmigo, boticaria?

—Totalmente. Es por eso que estoy deprimida –dice Isabel con un tono de auténtica tristeza.

—¡Vamos, mujer! ¡Arriba ese ánimo! Piensa en lo positivo. Tus padres y tus hijas te esperan, esta semana tienes que preparar un cumpleaños, lo que te mantendrá aún más ocupada y, total, cinco días pasan volando. Bueno, ya hemos llegado. ¿Quieres que tomemos un café? Aún es pronto...

—Quedémonos aquí un rato bajo la lluvia, por favor. Verás, hasta ahora, el domingo ha sido el día de mi liberación. Por fin se terminaba el fin de semana y yo regresaba a Murcia, con mis niñas, mi trabajo y mi bendita rutina, de la que por fin soy la dueña absoluta. Hoy ya no siento así, las circunstancias han cambiado...

—Escucha, Isabel. Yo tampoco quiero que te vayas pero no podemos luchar contra lo inevitable porque de sobra sabíamos los dos que llegaría este momento. Es más, quizá sea bueno que nos separemos y con la tranquilidad que proporciona la distancia, recapacitemos sobre lo que ha pasado y si nuestros sentimientos son lo que parecen ser. Me apetece abrazarte fuerte, como ayer en la cascada, ¿puedo?

—Claro que sí y si cierras los ojos y escuchas el agua, parece que estuviéramos allí otra vez.

Se agarra a mí con desesperación, como si fuera su tabla de salvación. La beso en la frente, en la nariz, en las mejillas, en la boca y siento su corazón acelerado, como el mío.

—Dime que ya no estás triste. Y si sonríes, te compro un recuerdo en la primera tienda que encontremos al entrar en la terminal para que te acompañe en el viaje. ¿Hecho?

—Hecho.

Entramos en la tienda, el típico establecimiento de aeropuerto donde venden tabaco, bombones, perfumes, recuerdos y productos típicos del País Vasco. Elegimos una bola de cristal de esas en las que nieva al ponerla del revés y que tiene dentro un caserío de barro, parecido a la casa rural de Arantxa. Isabel abraza el paquete como si fuera un tesoro.

—La pondré en mi habitación y pensaré en ti cuando la mire.

—Perfecto. Bueno, preciosa, nos tenemos que despedir. Tu vuelo está a punto de salir. Si quieres me puedes llamar esta noche. Soy ave nocturna, así que podemos hablar, aunque sea tarde. Estaré esperando.

—Gracias, Jaime, por ser tan cariñoso y divertido. Ya estoy mucho mejor. ¿Me das el último beso?

—Te voy a dar uno que no olvidarás hasta Murcia.

Y nos besamos con verdadera pasión.

—Adiós.

—Buen viaje...

De regreso, escucho la Novena de Beethoven a todo volumen. Me siento eufórico y me gusta el rumbo que está tomando mi vida y, aunque no quiero hacerme ilusiones, no puedo evitar sentirme feliz. Ahora debo centrarme en el trabajo aunque reconozco que con Carlos no me cuesta. Nos entendemos a las mil maravillas y aprendo mucho de él. ¿Se habrá dado cuenta del *feeling* que hay entre Isabel y yo? ¡Joder! Es su mujer y empiezo a sentirme como un traidor. El confía en mí y yo me dedico a seducir a su esposa. Tampoco es culpa nuestra, las cosas surgen y no se pueden evitar. Yo no tengo que dar explicaciones a nadie y, hasta donde yo sé, Isabel ha sufrido mucho por su causa y ahora se siente en la obligación de estar a su lado, pero está claro que no le ama desde hace mucho tiempo.

Me impacta ver a Carlos de nuevo, parece otro distinto al que he dejado hace un rato. Junto a él un aparato le suministra oxígeno, mientras Gladis se afana en ponerle correctamente los tubitos que se introducen en la nariz para que el enfermo esté cómodo.

—No te asustes –dice Carlos al ver mi cara de sorpresa–. Hace tiempo que necesito engancharme a la máquina unas horas diarias, pero no quiero que Isabel lo sepa todavía, por eso trato de prescindir de ello los fines de semana. De ahí mi fatiga constante. Aguantaré hasta que no tenga más remedio, aunque creo que ya no será por mucho tiempo. ¿Se fue tranquila? Por lo que veo, habéis conectado estupendamente y, según me ha dicho, aprecia mucho tu compañía, teniendo en cuenta lo duro que es pasar en este lugar cada fin de semana, separada de las niñas y haciendo de tripas corazón por aparentar preocupación y cariño por mí, lo cual está bastante lejos de la realidad.

—Carlos, yo...

—No, no... Lo tengo más que merecido. En la vida uno recoge lo que siembra y yo solito he ido matando el amor que, me consta, Isabel sentía por mí cuando nos casamos. Nada más lejos de mi intención que juzgarla, todo lo contrario. Ella ha adoptado este papel de compañera leal y se ha auto obligado a no abandonarme en esta última y terrible hora, que espero sinceramente sea ya corta. Como imaginarás, sólo hay una razón que me mantiene en este mundo con la esperanza de hacer algo útil, tras un balance personal de soberbia y prepotencia sin límites.

—Eres demasiado duro contigo...

—Soy consciente de que Isabel me hubiera dejado hace años si nada de esto hubiera pasado. No sé si te ha contado algo, pero en su vida apareció otro hombre que fue el que le proporcionó la fuerza que necesitaba con su amor y su apoyo, para terminar definitivamente con nuestro matrimonio. Básicamente dejó de tener miedo, que era lo único que la obligaba a permanecer junto a mí, pero sobrevino la enfermedad y dio al traste con todos sus planes.

Me he quedado mudo ante la revelación. ¿Por qué Isabel no me habrá hablado de ese hombre? Mis sentimientos se entremezclan: a la admiración por su renuncia a la felicidad se unen una especie de ataque de celos, más que injustificado, y la sospecha de que yo sea un nuevo candidato a solucionar sus problemas afectivos sin que exista un, digamos, amor verdadero. Quizá esté siendo injusto en mis juicios y tampoco tengo argumentos que justifiquen la obligación por parte de Isabel de darme explicaciones de su pasado. ¿Y por qué lo ha hecho Carlos? Tal vez piense que puede repetirse la historia y quiere ponerme en su contra. O tal vez él también sienta celos... Es más que probable. De cualquier forma, no seré yo quien saque el tema cuando hable con Isabel, esperaré a que ella se confíe a mí. Estoy seguro de que lo hará cuando llegue el momento. Soy un bruto impaciente, pero si hay algo positivo en mi actitud posesiva e intransigente, es síntoma claro de que Isabel me importa de verdad.

—Bueno, lo lamento mucho Carlos, por ti y por ella, porque estoy empezando a apreciaros de verdad –quiero dar por zanjada la cuestión cuanto antes.

Mi móvil empieza a sonar con los pitidos correspondientes a la entrada de un mensaje, que informa de que Kepa Azcárraga ha abandonado la prisión de Martutene hace una hora. Según fuentes del propio entorno de Azcárraga, mañana se le rendirá un homenaje organizado por el ayuntamiento de su localidad natal. Comentamos la oportunidad de su liberación, nueva muestra de que efectivamente se están dando los pasos que conducen a la materialización de los encuentros. Trabajamos un buen rato y me despido con frialdad. Aprovecharé para dar un paseo y despejar la cabeza de pensamientos-basura que enrarecen mi estado de ánimo.

Hablo, por fin, con Marta, que me cuenta con paciencia el desarrollo de sus exámenes. Llamo también a Ricardo, que me da noticias de Ramsés y le hago reír cuando le cuento que estoy encantado con su chilaba. Promete regalarme otra cuando vuelva... Y, finalmente, consigo comunicar con Enrique que, con redoble de tambores incluido, me cuenta lo bien que le ha ido con Verónica durante el fin de semana y yo, que estoy deseando desahogarme, le doy a entender, entre líneas, que también "me ha ido bien". Antes de que comience el interrogatorio, doy por terminada la conversación.

Estoy cansado, así que tomo un sándwich en la habitación mientras veo la televisión un rato. Isabel llama sobre las once y creo que en seguida me nota distante porque, aunque me esfuerzo por ser amable y cariñoso, se percibe con claridad mi deseo de terminar pronto una conversación intrascendente basada en la rutina del viaje y en lamentarse por la cantidad de tiempo que le lleva revisar el correo acumulado cada domingo cuando llega a casa. Después de colgar me arrepiento de mi actitud. Estoy siendo injusto y me hago el firme propósito de remediarlo al día siguiente con un nuevo envío de rosas blancas.

17

Existe un idealismo dispuesto a matar la libertad de los demás
con objeto de encontrar la libertad de su propio plan.
Rabindranath Tagore (poeta, filósofo, dramaturgo, músico y novelista bengalí)

Hay unos versos de una belleza poética excepcional, que compuso mi compatriota Alberto Cortez. Forman parte de una canción bastante conocida que dice así:

Te llegará una rosa cada día
que medie entre los dos, una distancia
y será tu silente compañía
cuando a solas te duela la nostalgia.

Llamo a la floristería de Murcia, donde a este paso me van a nombrar cliente del año, y le hago escribir este fragmento entre suspiros a la señorita que me atiende, al tiempo que me asegura que hará llegar una rosa blanca todos los días a la farmacia de Isabel, desde hoy hasta el viernes. Bueno, sólo espero que le guste y perdone mi actitud desconcertante de ayer.

La cara es el espejo del alma y Carlos tiene mejor aspecto sólo por el hecho de estar ocupado. De sobra es sabido que somatizamos los problemas, pero también los buenos momentos y las vivencias positivas. Hay una conexión muy interesante entre los dos y es raro que discrepemos radicalmente en lo que se refiere a planteamientos o puntos de vista. Aunque difieran ligeramente en un principio, siempre acabamos por acercar posturas y llegar a una solución intermedia, aceptable para los dos. Insisto: creo que formamos un buen equipo.

Un mensaje nos informa de la Sentencia que finalmente ha dictado el Supremo y que ilegaliza a las formaciones *abertzales*, como estaba previsto. Carlos recibe a continuación algunas llamadas y se confirma, para el día siguiente, la llegada a Vitoria de los interlocutores del Gobierno. En fin, que todo parece encarrilarse correctamente y nosotros debemos prepararnos también para lo que se avecina porque los primeros pasos son decisivos y nos darán la pauta acerca de la manera en la que discurrirán las cosas. Por lo demás, sólo queda esperar con la máxima atención y prudencia.

El esquema de la primera parte del libro está prácticamente confeccionado. A día de hoy dispongo de directrices claras e información suficiente como para llevar a cabo yo solo el resto del trabajo y liberar a Carlos de esta tarea para concentrarse en la negociación y en cuidar su salud, a todas luces quebrantada.

Las últimas noticias que nos llegan tienen que ver con el homenaje que su pueblo natal ha rendido a Azcárraga, mucho más multitudinario y encendido si cabe que en anteriores ocasiones, teniendo en cuenta que la mayoría de los congregados, en estos momentos, han dejado de pertenecer a organizaciones legales, por lo que sus situaciones personales sufrirán una transformación radical. Además, desde el gobierno vasco se califica la decisión como un duro golpe a las aspiraciones de libertad y autodeterminación de *Euskal Herría* y un obstáculo añadido en el camino hacia la paz. Con toda seguridad, el Tribunal Constitucional prohibirá taxativamente la celebración del referéndum, lo que implicará desmontar los andamios de una iniciativa que ha supuesto el eje de todas las campañas electorales autonómicas de los últimos años y ha hecho correr ríos de tinta inútilmente por la obviedad de su destino final.

Me gusta dar un buen paseo antes de cenar. La temperatura es baja, pero precisamente un poco de ejercicio unido al aire limpio y fresco de la caída de la tarde es muy beneficioso para desentumecer los músculos y despejar la cabeza. Recorro las calles aledañas a San Felipe, me interno en el pueblo y llego a la plaza, donde se dan cita los pocos habitantes de la localidad al abrigo de los establecimientos, cuya totalidad prácticamente se encuentra en este foro. La típica iglesia de piedra, bella por su austeridad y sencillez, me llama la atención de repente y, como no tengo prisa, decido entrar para verla por dentro y curiosear a los parroquianos que la visitan a esta hora. Están celebrando misa y calculo que aún debe faltar un buen rato para el final del oficio, así que decido sentarme en uno de los últimos bancos desde donde diviso a Arantxa, que está situada en la primera fila acompañada por otras mujeres que rezan con devoción. La esperaré y marcharemos juntos al hostal. Cuando llega el momento en que los fieles se dan la paz, el anciano que tengo a mi lado me mira con extrañeza pero igualmente nos estrechamos las manos fraternalmente. No soy persona religiosa ni practicante, pero tengo que reconocer que el momento de la consagración siempre me ha sobrecogido, desde que era niño.

Termina la misa y abordo a Arantxa, que camina por el pasillo central hacia la salida.

—¡Don Jaime! Pero, ¿qué hace usted aquí? Mire, esta es mi prima Edurne. Ella y su marido son los dueños de la taberna "El Gudari", la única que hay en el pueblo. Prima, este es el señor de Madrid que tengo alojado en casa.

—Mucho gusto –dice Edurne con una gran sonrisa–. Entonces, ¿es usted el periodista que viene a visitar a uno de los enfermos de San Felipe? Dicen que es un señor importante y usted también. Bueno, ya sabe cómo somos en los pueblos... La vida es tan aburrida que cualquier novedad se comenta. Pues ¡ea!, sea usted bienvenido y ya sabe dónde tiene su casa, tanto como la de mi prima –y me señala el bar que está a pocos metros.

—Muchas gracias, Edurne, es usted muy amable y no dude que cualquier día de estos pasaré por ahí para tomar un chacolí.

—Está usted invitado. ¡No faltaba más! Bueno, hasta mañana, prima y la compañía... –y Edurne se encamina hacia su establecimiento.

—*Agur...*

Ahora que Arantxa camina a mi lado, caigo en la cuenta de que es más alta de lo que creía y, vestida con este traje, sin el atuendo que utiliza cuando trabaja, parece más joven y, desde luego, muy atractiva.

—Debo de ser la envidia de los caballeros de Letona en este momento –le digo a Arantxa que ríe nerviosa, mientras se coge de mi brazo.

—Don Jaime, lo que vamos a ser es la comidilla de medio pueblo de aquí a un rato, porque mi prima es una bellíííííísima persona, pero su lengua es larguíííííísima también.

Los dos reímos y charlando y bromeando llegamos al hostal. Octavia sale a recibirnos y nos sigue hasta el umbral de la puerta donde se para en seco con ojos de carnero degollado. Arantxa me mira y sacude el brazo como si dirigiera el tráfico para indicarla que entre. El rabo se mueve como un ventilador y se pega a mí como si fuera su salvador.

—Me la está usted malcriando, don Jaime, y luego ya veremos quién la devuelve a las buenas costumbres. Imagínese cuando, en vez de un perro, deambulen por aquí cinco o seis... ¡No quiero ni pensarlo!... Bueno, tendrá usted hambre, digo yo, porque tampoco ha almorzado mucho.

—Pues la verdad es que estoy hambriento, ahora que lo dice.

—Déjeme que me cambie de ropa y le preparo la cena en un pis-pas.

—Vale, pero cenamos juntos. Odio comer solo y lo hago casi siempre.

—¡Por Dios! ¡Qué cosas se le ocurren!

—Fíjese si nos viera su prima.

—¡Dios no lo quiera! –y se ríe con verdaderas ganas.

—¿Quiere que ponga la televisión?

—Si a usted no le importa –le digo a Arantxa, que ya se ha levantado para coger el mando.

Como estaba previsto, la información principal del noticiario gira en torno a los acontecimientos que ya conocemos, sin añadir nada nuevo.

—Verá usted –dice ella– cómo esta noche o mañana empiezan los problemas, los disturbios, la *kale borroka* o las explosiones. Esta gente no parará nunca. Algunos son muy jóvenes y no han conocido otra cosa, es lo que les han metido en la cabeza desde niños y como han colgado los estudios y no tienen oficio ni beneficio, son presa fácil para esta pandilla de facinerosos que encima dicen representar los intereses de los vascos. Lo que yo no me explico es cómo sus padres tapan y disculpan estas actividades, sabiendo que más pronto que tarde sus hijos van a acabar entre rejas.

—Pues ya ve como hay quienes anteponen ideologías de dudosa moralidad a la tarea de cuidar de sus hijos.

—Y usted que es periodista, ¿qué opina de todo esto?

—Bueno, verá. Aunque soy argentino, siempre me ha interesado mucho el problema de los nacionalismos y, concretamente, el origen de ETA como consecuencia de la radicalización de estas posturas en el País Vasco.

—Pues yo sigo sin entenderlo y a mí no me apea nadie del burro, porque lo que pienso es que la mayoría de los vascos estamos avergonzados de los problemas que crean algunos de nuestros compatriotas.

—Ya lo imagino.

—Si es que es lo que yo digo, don Jaime. Es ridículo pensar en las independencias y en los aislamientos, cuando el mundo entero funciona cada vez más en común, para lo bueno y para lo malo –dice Arantxa orgullosa de su explicación.

—Yo no lo hubiera expresado mejor. Pero usted sabe que la banda terrorista ETA nació como alternativa a un nacionalismo poco combativo, el del PNV. El problema se agravó cuando la "lucha armada" pasó a ser el primero de los mandamientos de obligado cumplimiento para sus integrantes. Algunos miembros históricos de mediados de los sesenta han contado cosas como que, en una ocasión, se dirigieron al responsable de la banda y le pidieron unos alicates para robar un coche, a lo que éste respondió que no podía facilitárselos porque los alicates de la organización estaban en Iruña. Según parece, los únicos alicates de que disponía la banda estaban en Pamplona y, además, les dijo con rotundidad que en esa semana no se podían cometer atracos porque los activistas mejor entrenados estaban en el colegio.

—¡Qué barbaridad...! O sea que esa ETA integrada por niños y que sólo tenía unos alicates, se convirtió después en una organización terrorista que, a día de hoy, ha matado a novecientas personas y herido y mutilado a miles –Arantxa parece realmente impresionada por los datos.

—Y en los últimos diez años ha sido la causa de un quebranto económico fabuloso para el País Vasco, sin olvidar que la organización ha perdido a más de ciento cincuenta de sus miembros en muertes violentas e innumerables presos pertenecientes a la banda y su entorno llenan nuestras cárceles. Un saldo a todas luces negativo.

—Y mira que han cambiado las cosas en España y que las autonomías han suavizado la sensación de estar sometidos a un gobierno central. Pero si cada región puede aprobar muchas de sus leyes y hacer con su dinero lo que más convenga a sus ciudadanos...

—Y tantas treguas e intentos de paz fracasados. Oportunidades que no han servido para nada.

—Es verdad. A partir del 98 parecía que por fin las cosas iban a cambiar de rumbo y así lo creían mi pobre Joseba y sus compañeros, que veían la posibilidad de recuperar una vida normal, que la gente amenazada dejara de estarlo, que se acabaran las extorsiones y las bombas y la angustia y el terror para mucha gente que recibía cartas y llamadas amenazadoras, que en la tapia frente a su casa ponían su foto en una diana o escribían su nombre y su sentencia de muerte. Es muy duro vivir así, don Jaime, hay que sentir el miedo cada día, por ti, por los tuyos, por los amigos y vecinos... ¡Es una locura!

—Ya lo creo. Además, estadísticamente está comprobado que la mayoría de los vascos no comparte las tesis radicales y, desde luego, mucho menos la lucha armada y la violencia como métodos de reivindicación.

—De todas formas tenemos que seguir intentando entendernos, aunque pensemos diferente.

—Lo que dice, Arantxa, es muy esperanzador. Ojalá este deseo sea muy pronto una realidad.

—Es lo que me dice don Marcelo, el cura, que siempre ha estado muy pendiente de Iker y de mí desde que murió mi marido.

Arantxa tiene previsto acompañar el café con unos dulces que saca del frigorífico.

—¡Santo Dios! Si viviera con usted tendría problemas de obesidad. Haré más ejercicio para compensar, porque no pienso renunciar a probar los pasteles.

—Hace usted muy bien, que la vida son cuatro días y para algunos tres y medio, y si no que se lo digan a su amigo don Carlos. ¡Pobre hombre! Mire, mañana le va a llevar usted unos pastelitos de mi parte.

—Es muy amable y él lo va a agradecer mucho. Otro día le traigo a comer con nosotros.

Estoy desvelado, así que me dispongo a ver una película de esas en que, además de no ser necesario pensar, se hacen interminables debido a los cortes publicitarios. Pasan de las once cuando mi móvil me transmite: "Nunca me habían dicho nada tan bonito. Me he quedado muda de la impresión. ¿Deberé hacer algo a cambio?". Y contesto: "Si. Perdonarme. ¿Podemos hablar ahora?"

Dos minutos después suena el teléfono.

—Hola, boticaria. ¿Cómo estás?

—Deslumbrada.

—¿Y eso...?

—Pues porque he conocido a un hombre excepcional y sensible que me manda flores y poemas maravillosos.

—Pero él no es un poeta, los versos no son suyos.

—Ya, pero eso a mí me da igual. Lo importante es la sensibilidad que el hecho en sí demuestra. ¿Y puedes explicarme qué es lo que tengo que perdonar?

—Pues que anoche me comporté como un gilipollas, sin razón. Bueno, sin razón, no, la verdad...

—Venga, suéltalo ya. Te sentirás mejor y me darás la oportunidad de confesar, de defenderme o de darte una explicación, si es que procediera –Isabel habla con dulzura y paciencia.

—La cuestión es que no procede en absoluto. No tengo ningún derecho a pedirte cuentas sobre nada y mucho menos respecto a algo que pertenece a tu pasado. Pero tengo que reconocer que me dolió saberlo y por eso me puse... Sí, creo que celoso es exactamente la definición. Por eso quería pedirte perdón.

—Intuyo de lo que se trata. Carlos te ha hablado de Matías. Es increíble que no pueda estar callado y que, a pesar de todo, siga intentando hacerme daño en cuanto se le presenta la oportunidad. ¿Y también te ha dicho que además de arruinar mi vida cuando estábamos juntos, sin pretenderlo acabó también con la única esperanza que tenía de rehacerla y ser feliz?

—Sí, así es. Me ha hablado de lo que pasó y de tu ruptura con ese hombre, para permanecer a su lado cuando se declaró su enfermedad. ¡Soy un bocazas! Te aseguro que tenía el firme propósito de esperar a que confiaras en mí lo suficiente para que me hablaras de ello.

—¿Y por qué crees que Carlos te lo ha contado? ¿Con el fin de desacreditarme, para advertirte de que mientras él viva mi relación con otro hombre es imposible o, simplemente, disfruta amargándome la existencia?

—No lo sé, Isabel. Por favor, lo siento mucho. He sido un estúpido y no he calculado las consecuencias de mi imprudencia.

—Vale, de acuerdo. No voy a jugar a este juego. Es justo lo que Carlos persigue, así que te pido que lo olvides. El fin de semana te contaré todo cuanto quieras saber.

—Es que no tienes que contármelo. Si lo haces estarás obligada por las circunstancias y yo no quiero que te sientas presionada.

—No lo estoy, sólo que no me parecía que fuera el momento oportuno. Nos conocemos hace poco y todavía me cuesta hablar de Matías. Aún duele.

—Lo comprendo y... Bueno, entonces, ¿me has perdonado?

—Pues claro que sí... Y... ¿dices que has sentido celos? A ver, explícame eso.

—No me hagas caso de verdad. He sobredimensionado la situación sin darme cuenta de que se trataba de un impulso ilógico.

—Jaime, los celos son celos, responden a un estímulo que ha desencadenado esa conducta y forman parte de las pasiones humanas. Los sentimientos no se sobredimensionan nunca, cada uno los vive con un grado de intensidad e influyen, además, la personalidad de cada cual y el momento en que se producen. ¿Lógica? La lógica implica un método de razonamiento pero el corazón va por libre.

—Y tú, ¿dónde has aprendido toda esa psicología de andar por casa? Se supone que el argentino soy yo.

—Pues, ¡qué quieres que te diga! Un poquito de aquí, un poquito de allá y mucho mundo interior, que es lo que me ha ayudado a sobrevivir todos estos años.

—Vale, pues como me has psicoanalizado, ahora estoy en tus manos. Lo confieso: estaba celoso y punto pelota. Y ahora, ¿qué hago?

—Nada. Vivir con tus celos, pero eso sí, racionalizándolos. Todos los sentimientos humanos, experimentados en su justa medida, son buenos y enriquecedores –dice Isabel, que pretende desapasionar el asunto.

—De acuerdo. Pero, ¿a qué estímulo estoy respondiendo con esta conducta?

—Querido, a eso tendrás que responderte tú solito. La consulta de hoy ha terminado. Lo de la rosa ha sido muy bonito, Jaime. Gracias otra vez.

—¿En serio, te ha gustado? ¿No te ha parecido cursi?

—Cierto es que hoy en día las relaciones, digamos... sentimentales, también se han deshumanizado, igual que todas las relaciones personales. Por eso estas cosas, que son infrecuentes, se valoran de manera especial. En serio, me ha encantado. Oye, ¿no habrás hecho lo que se me está ocurriendo?

—¿Qué?

—Mandarme rosas toda la semana.

—Sí.

—No puedo creerlo. Voy a ser la protagonista de las próximas tertulias de chismosas de toda Murcia y comunidad autónoma.

—Lo siento. Eso no te acarreará problemas, ¿no?

—¿Te parece que con lo que tengo encima voy a preocuparme por esas bobadas?

—Tienes razón. Hasta mañana y un grandísimo beso.

De repente siento la necesidad de hablar con Enrique y, aunque es un poco tarde, marco su número a ver si con suerte está disponible. Después de sonar varias veces, descuelga.

—¡Qué pasa, Carl Berstein! Supongo que tendrás algo importante que contarme para llamar a estas horas.

Miro el reloj y me doy cuenta de que son más de las once y media.

—Joder, tienes razón, es tardísimo.

—Vale. ¿Qué pasa...? No me lo digas. Has acabado con el paralítico como el rosario de la aurora.

—¡Qué animal eres! ¿Es que no puede uno tener ganas de hablar con los amigos?

—A estas horas, no – dice Enrique tajante.

—Tienes razón. Mira, estoy hecho un lío. Te voy a hacer una confidencia y sabes que no soy proclive a estas cosas.

—A ver, dispara.

—Pues que me parece que me estoy enamorando...

—Menudo secreto. Eso ya lo sé yo desde hace tres semanas. Mira, cuando uno va con esa cara por la vida, fijándose en las flores y en los colores del cielo, cuando uno cuenta unas milongas que no se las cree ni el más inocente, actualiza el guardarropa y, de repente, le preocupan las canas y le urge ponerse en manos de un estilista... ¡Qué quieres que piense! Blanco y en botella...

—¿Es ese mi retrato?

—Para el resto del mundo tal vez no. Lo que pasa es que yo te conozco y a mí no me la das. Dime qué pasa y dónde estás. En Vitoria, ¿sí o no?

—Claro que estoy en Vitoria.

—¿Y la mujer del paralítico?

—Se llama Isabel y no, no está aquí ahora. Ha estado, pero ya no.

—Pero se trata de ella, ¿no?

—Sí, se trata de ella. No entiendo lo que me está pasando. Me gusta mucho pero hay algo que me echa para atrás.

—Pues, ¡qué va a ser, macho! Que está casada con el menda ese que debe ser un elemento de cuidado, discapacitado y todo.

—Ya lo creo que lo es. Pero nuestra relación laboral funciona...

—Y con su mujer funcionas también y el tío se ha percatado de la jugada, ¿a que sí?

—Creo que intuye algo.

—¿Y ella?

—Pues... ella bien... ¿Qué quieres decir?

—Joder, Jaime, mira que eres corto. ¿Que si hay tema?

—Empieza a haberlo.

—O sea, que hay rollo. Para que tú digas que sí...

—Es que tu eres muy directo, demasiado tajante, Enrique. Las cosas no siempre son blancas o negras.

—Ya. Y a veces, así de rotundas: o sí o no, y déjate de monsergas. Bueno, ¿y cuánto crees tú que le queda al impedido?

—¡Y dale! Es que a veces no me explico qué hago hablando contigo. La cuestión no es esa, la cuestión es que esa mujer me fascina y, a pesar de todas las novias que los amigos me habéis querido adjudicar, yo sólo me he colgado una vez en la vida, de Carmen.

—Pues ya va siendo hora de que eso cambie y, por supuesto, sería conveniente que el marido la palme cuanto antes. A ver si se va a tirar años dando por saco.

—Eso ahora ni me lo planteo, hasta que no tenga las cosas más claras y esté seguro de que este camino me lleva a alguna parte. Es más, a veces tengo la sensación de que Carlos ha abonado este terreno, otras pienso que es imposible y que todo son imaginaciones mías y sí, he pensado en la posibilidad de su muerte porque cada vez está peor, pero no sé hasta qué punto eso sería beneficioso para Isabel y para mí, para nuestra relación en este momento, o todo lo contrario.

—Comprenderás que yo no puedo aclararte nada. Deja que los acontecimientos fluyan y las conclusiones llegarán solas.

—Sí, claro. Es que necesitaba descargar, porque mi vida se ha descontrolado.

—Ya, vale... Y el libro, ¿cómo va?

—Pues está bastante configurado, aunque aún necesito un poco más de tiempo.

—Cuando vuelvas me darás más detalles. Ahora te voy a dejar, porque mañana me espera un día *heavy*. El jefe quiere que durante toda la semana visite los municipios de la cuenca del Guadarrama, recabando información de los ayuntamientos y sondeando a la gente, con el fin de estar preparados ante un posible proyecto de urbanismo a nivel autonómico que puede afectar sustancialmente al ecosistema de la zona. Lo de la especulación inmobiliaria no se para en barras en ninguna parte. Un día de estos va a explotar este globo sobreinflado y va a saltar todo por los aires y, como siempre, ya veremos quién carga con el marrón.

—¿Y cómo está Verónica?

—Pues cómo va a estar. No hay más que tener ojos en la cara para verlo. Es casi perfecta: guapa, inteligente, culta, ingeniosa, divertida. Macho, me ha tocado la lotería.

—Me alegro. Gracias por escucharme.

—Para que luego diga mi madre: "¡Qué harías tú sin mi!"

—Ya. Pero es que la amistad, como todo en la vida, es un toma y daca.

18

Bienaventurados los pacíficos, porque ellos serán llamados hijos de Dios.
Jesús en el Sermón de la Montaña (figura central del cristianismo)

Como era de esperar, los activistas de *kale borroka* no han perdido el tiempo y muchos municipios vascos han sufrido las consecuencias en sus calles, comercios, autobuses y establecimientos, donde las intervenciones de las Fuerzas de Seguridad han sido numerosas, así como las detenciones y registros. A primera hora de la mañana, aprovechando la resaca de los disturbios, desde el gobierno vasco se insiste en la falta de sensibilidad del Tribunal Constitucional al anular la viabilidad de la consulta soberanista, pretendiendo asociar la iniciativa con un nuevo camino para conseguir la paz en Euskadi y el final de la violencia de ETA. En este ambiente de crispación, el desafío es permanente y todo el mundo sabe que mover ficha implica situar en alerta máxima las propias defensas a la espera del movimiento del contrario, que no se hará esperar.

Entro en San Felipe en el mismo instante en que dos coches atraviesan la verja y se paran delante de la puerta principal. Ambos vehículos son blindados, tienen cristales tintados y numerosas antenas despegan de su parte posterior, lo que delata su carácter oficial, que nada tiene que ver con los coches que llegan aquí habitualmente. Decido esperar a cierta distancia para ver bajar a sus ocupantes y, en cuanto lo hacen, identifico fácilmente a dos de ellos mientras los demás, aparte de los chóferes, son sin duda agentes de seguridad. Los dos hombres franquean la puerta con decisión dejando patente que el sitio les es conocido.

Me encamino yo también hacia el interior y pregunto por Carlos, que ha abandonado ya la habitación. Al salir del ascensor, Gladis me hace señas para que la siga.

—Don Carlos me ha mandado bajar a buscarle. Los otros caballeros ya han llegado y le esperan en una pequeña sala que aquí utilizan los médicos y el personal sanitario para sus reuniones. Traeré café para todos.

El corazón se me acelera un poco pero me siento confiado y seguro. Como si se tratara del anfitrión, Carlos se ocupa de las presentaciones y se refiere a mí con respeto y afecto, lo que hace que me sienta más arropado en estos primeros momentos.

—Jaime Barbadillo, periodista y amigo que, como sabéis, se va a ocupar de la tarea notarial en esta fase y cuyas actitudes y planteamientos en favor de la paz negociada son de todos conocidos. Puedo adelantaros que el trabajo que está realizando, en lo que a la parte histórica se refiere, es magnífico.

Permanecemos todos de pie mientras Carlos habla y, una vez ha terminado, les estrecho la mano. Él continúa:

—Por favor, sentaos. Jaime, supongo que no hace falta que te presente a Manuel Santisteban, Secretario de Estado de Seguridad, y a Andoni Iparragui-rre, máximo responsable del Partido en Euskadi y el interlocutor más experi-mentado de los que estamos aquí, además de ser el mejor conocedor del terreno y de las circunstancias en las que nos movemos.

Me ofrezco a servir los cafés y Santisteban es el primero en dirigirse a mí:

—A partir de ahora pasaremos muchas horas juntos y en circunstancias muy especiales, así que lo lógico es que, desde ya, nos dejemos de formalidades. En primer lugar, quiero que tengas la seguridad de que todos los gastos que se deriven de esta situación quedarán cubiertos sin exclusión. Recibirás cantidades periódicamente en tu cuenta corriente mientras dure el proceso y de ahí realiza-rás tus gastos, que deberás justificar presentando facturas, como único requisito.

Carlos nos ha dicho que conoces la intervención de tus teléfonos y que guardas bajo medidas de seguridad la información y documentos que obran en tu poder.

—Sí, sí, por supuesto. Los guardo en una caja fuerte cuando no están conmigo. ¿Azúcar?

—Sí, gracias. Otra cosa que quiero advertirte es que, a partir de ahora, tal vez percibas vigilancia alrededor de tu domicilio o en las inmediaciones del periódico porque creo, y el ministro está de acuerdo, que no está de más tomar ciertas precauciones una vez que esto empiece –Santisteban continúa.

—Bueno, no sé... No se me había pasado por la cabeza que yo necesitara protección –estoy realmente sorprendido–. Puede que sea un inconsciente pero nunca he tenido miedo a expresar lo que pienso y precisamente en los momentos más críticos es cuando he dicho y escrito los artículos y editoriales más duros y comprometidos. Un profesional de la información está obligado a ser el portavoz de los ciudadanos y utilizar la tribuna de que dispone para denunciar situaciones de corrupción o injusticia y no hay nada más injusto, en un sistema democrático, que imponer las ideas por la fuerza del terror y la violencia.

Carlos interviene para reforzar mis afirmaciones.

—Os puedo asegurar que Jaime no se arredra fácilmente y, si no, que me lo digan a mí, que durante un tiempo, hace muchos años, fue como una china en el zapato.

—Bien, pues creo que lo mejor es que pasemos a informar tanto Andoni como yo para saber cómo están las cosas, después de las Sentencias del Constitucional y del Supremo, además de la salida de la cárcel de Azcárraga, que compensa la balanza. Por cierto, he hablado con él para mantener un encuentro mañana y conocer su opinión de primera mano. Como es lógico, sabe que estamos aquí. Después le llamaré.

Manuel Santisteban es un hombre de mediana edad, alrededor de los cuarenta y cinco, pero su complexión física y las facciones de su rostro, algo aniñadas, le hacen parecer más joven. Es muy agradable de trato y tiene fama de ser un hombre inteligente y eficaz, además de muy cercano en su relación con las personas que trabajan con él. La conexión con el Ministro del Interior y con el Presidente del Gobierno es máxima, y así se percibe en los medios cuando aparecen juntos. *A priori* es un hombre que me gusta, que siempre me gustó y creo que trabajar con él va a ser muy positivo.

El Secretario de Estado continúa transmitiéndonos la información de la que dispone, así como su opinión sobre los datos que repasa en los papeles que trae consigo.

—Como sabéis, las consignas han funcionado y las reacciones a las sentencias no se han hecho esperar, pero los disturbios de anoche son sólo ruido. A mí lo que me preocupa es que pueda ser el aviso de algo más serio. Tenemos constancia, a través de la policía francesa, de que hay movimientos sospechosos en la región de Loira, donde podían estar actuando elementos que en su día pasaron de la política a empuñar las armas. Hay multitud de ejemplos de esta permeabilidad entre los miembros de las filas *abertzales* y la propia organización terrorista. Algunos han pertenecido incluso al Parlamento Vasco en algún momento. En cualquier caso, estamos en alerta máxima y si estos hijos de Satanás se pasan de la raya, que nadie dude de que vamos a ir a por ellos. Creo que Azcárraga nos puede avanzar algo más en este sentido y, si no está dispuesto a colaborar como tanto cacarea por ahí en cuanto se le presenta la ocasión, volverá a la cárcel. Andoni, ¿tú qué tienes?

Ahora le toca el turno a Iparraguirre, antítesis de Santisteban en cuanto a sus características físicas. También es cuarentón, pero muy alto y corpulento, casi mastodóntico, utiliza gafas y luce una espesa barba que acaricia continuamente. Su rostro es hostil, en primera instancia, y frunce el entrecejo casi permanentemente dando la impresión de ogro de cuento. Su aspecto no invita al acercamiento y tiene fama de hombre rudo y solitario, pero muy respetado en el seno de su partido por su incesante empeño en favor de la paz y de las víctimas del terrorismo. Cuentan que una vez se enfrentó a dos hombres que al parecer tenían intención de atentar contra él en plena calle. Les plantó cara y les arengó para que acabaran con su vida si era eso lo que habían venido a hacer. De tal forma les habló que el comando, desconcertado, se subió al coche y huyó sin haber sido capaz de cumplir su perversa misión. Dicen que él sabe quiénes son, a pesar de las capuchas, y que espera pacientemente a que caigan para ocuparse personalmente de que cumplan sus condenas.

—No me fío ni un pelo de esta gente. Hartos estamos de confiar en su palabra para encontrarnos con la puñalada por la espalda. ¿Cuántas treguas se han cargado y cuántos altos el fuego han traicionado? Es cierto que cada vez lo tienen más crudo y ellos lo saben, pero hay elementos incontrolados que no están dispuestos a abandonar esta locura. Algunos soplos apuntan a que la banda planeaba una campaña contundente para hacer valer su posición de fuerza, pero las sucesivas detenciones han puesto de manifiesto la dificultad para llevar a cabo los objetivos.

—El ministerio corrobora esta información –apostilla Santisteban.

—Las declaraciones de algunos de los últimos detenidos demuestran que aumentan los problemas para realizar nuevas captaciones y que en el último año han sido detenidos más de cien miembros de la *kale borroka*, cantera de donde salen los relevos. Circula una carta que se intervino en uno de los últimos registros en la que un dirigente le pide a sus colaboradores que se ocupen de la captación de quince nuevos cachorros, sin atender a las fuertes medidas de precaución que aplicaba la banda en sus mejores tiempos –lee de una cuartilla que Iparraguirre saca de la carpeta–. Exactamente escribe: "...gente quemada, limpia, chollos... es igual, hay trabajo para todos". Como bien sabemos, los más activos *jarraitxus* pasaron a ser importantes dirigentes de la banda en los años 90 y después a proveerla de militantes. Tras el fracaso de la tregua del 98 se modificaron las leyes para que los autores de la violencia callejera fueran condenados por terrorismo y se obligó a los padres a pagar sus fechorías. Como resultado, hay muchos jóvenes radicales que se niegan a participar en estas acciones. Concluyendo: la banda se está quedando sin cantera, cada vez tiene menos miembros por el éxito de las detenciones, los partidos que la sustentan son ahora ilegales y ya no pueden funcionar con la libertad de siempre. Desde las cárceles el clamor es casi unánime para que se negocie el final de la violencia. La única nota discordante es la actitud del gobierno vasco que, en vez de contribuir al clima de sosiego necesario para propiciar el diálogo, se dedica a enredar con su rollo del referéndum, del que estamos todos hasta la chapela.

—Claro, Andoni, pero están obligados a seguir con su cantinela, que parece un disco rayado, pero es el único argumento que les haría conservar la mayoría en el futuro –concluye Carlos.

—Pues todo apunta a que la cuerda se les está acabando y que este cuento ya no convence a nadie –dice Andoni con el gesto relajado y los ojos brillantes.

—Señores, por primera vez la erradicación definitiva del terrorismo puede dejar de ser una utopía para adquirir tintes de realidad perfectamente factible –termina afirmando Santisteban.

—Entonces, ¿cuál será el siguiente paso? –pregunta Carlos.

—Por mi parte, creo que una reunión con Azcárraga sería muy clarificadora. Si estamos todos de acuerdo, hablaré con él esta misma tarde. Estoy seguro de que también debe estar sometido a una gran presión derivada de un debate interno complicado –dice Santisteban.

—No lo dudes, Manu, debe estar acojonado. Apuéstate algo a que nos pide ayuda para convencer a los sectores más radicales de su grupo.

—Pues esos son los que más me preocupan –dice el Secretario de Estado– porque pueden revolverse si ven que el cerco se estrecha demasiado. Son descerebrados que no atienden a razones y no estoy seguro de que Azcárraga los controle.

—Entonces podemos levantar la sesión hasta mañana, si os parece.

—Carlos, te llamaré después de la conversación con Azcárraga.

—De acuerdo. ¿Iréis ahora a Vitoria? –pregunta Carlos–. Lo digo porque podía acompañaros Jaime, si las actividades lo permiten, claro está.

—No quisiera ser un estorbo –me expreso humildemente ante la propuesta.

—Por supuesto –dice Andoni–. Jaime se viene con nosotros. Vamos al partido para que Manu se reúna con los compañeros y les transmita los saludos y los afectos del ministro y del presidente. Ya sabes, las condiciones son duras y hay que animarles un poco. Almorzaremos allí y luego hemos organizado un encuentro a puerta cerrada con las víctimas. Es importante que reciban el calor de la gente de Madrid, que sientan su cercanía y de paso hacemos el seguimiento de las ayudas pendientes, a la vez que sondeamos la opinión del colectivo sobre la posible negociación. También aquí hay criterios encontrados.

—Gracias. Espero ser merecedor de la confianza que habéis depositado en mí y haré todo lo que esté en mi mano para que esto salga bien.

—Lo sabemos, Jaime. Estamos todos en el mismo barco –dice Andoni poniendo su mano en mi hombro.

Subo al coche con Manu, que me presenta a su equipo, les da las instrucciones y nos ponemos en marcha a toda velocidad, siguiendo al vehículo de Iparraguirre. Después, inicia una breve conversación.

—Entonces, Jaime, tú eres argentino, ¿no?

—Sí, nací en Buenos Aires. Soy nieto de emigrantes. Mis padres y mi hermana viven allí.

—¿Añoras tu país?

—Claro, muchas veces. Pero vine a España muy joven, recién terminada la carrera y trabajé en Murcia donde conocí a Carlos. Aquí me casé y tengo una hija estudiando Derecho en Barcelona. Hace tiempo que no he vuelto a mi tierra y tengo necesidad de hacerlo. Tal vez en la próxima Navidad.

—¿A qué se dedica tu esposa, Jaime?

—Estoy separado. Ella reside en la Costa Brava, donde dirige un hotel y un restaurante junto a su actual pareja.

—Lo siento, Jaime. Me temo que he sido imprudente.

—No te preocupes, está superado.

Ya hemos llegado y algunas personas nos esperan en la calle. El coche para y los escoltas abren las puertas rápidamente mientras miran en todas direcciones. Al salir me doy cuenta de que uno de ellos me tapa con su propio cuerpo. Se me hace muy rara la sensación. No estoy acostumbrado.

Manu y Andoni se entretienen saludando y cambiando impresiones con todos los asistentes y a mí, que no me conoce nadie, me reciben como si de un viejo amigo se tratara. Tengo que reconocer que estoy descubriendo en esta tierra gente que, con toda seguridad, me dejará huella.

Ha pasado más de una hora y yo ya no puedo comer ni beber más. No puedo evitar pensar en lo que aquí disfrutaría Enrique. Andoni, muy diplomáticamente, se encarga de las despedidas mientras Manu sigue dando abrazos y guardando cartas y objetos que los compañeros le entregan para que se ocupe, en Madrid, de hacerlos llegar a sus destinatarios.

Otra vez en caravana por las calles de la ciudad, llegamos al cine Florida en menos de diez minutos, para la reunión con las víctimas. La gente espera dentro, en una gran concentración de personas absolutamente dispares en cuanto a su edad, condición social y profesional, lo que pone de manifiesto que el terror y la violencia son indiscriminados respecto de sus receptores.

Manu sube al estrado, desde donde hablará para saludar a los presentes y les transmitirá, una vez más, el mensaje de apoyo y solidaridad del Gobierno y de toda la sociedad española. En un momento de su intervención se escuchan algunas voces discordantes que nadie parece tener muy en cuenta y que en seguida son apagadas por los aplausos de la mayoría de los asistentes. Yo estoy situado en la primera fila cuando, al oír el murmullo que proviene del fondo, me giro y, tres filas más atrás, me encuentro con Arantxa, que también me ha visto. Un poco descolocado, levanto la mano a lo que ella responde igualmente con un leve saludo. Creo que está tan confundida como yo, pero aplaude con convencimiento. Una mujer habla después en representación de la asociación y entrega a Manu un escrito dirigido al Presidente del Gobierno, que acompaña con las firmas de los asociados. Cuando acaba la parte oficial del acto, trato de acercarme a Arantxa, que a su vez también lo intenta.

—Don Jaime, estoy sorprendida, ¿pero qué hace usted aquí? –Mientras habla es empujada involuntariamente por la gente que intenta atravesar la sala para acercarse a Manu–. Aquí no hay periodistas.

—Pues verá, es que no estoy aquí en mi condición de periodista, sino como invitado del señor Santisteban. Arantxa, no me dijo que fuera miembro de la asociación...

—Bueno, la verdad es que el día que hablamos no se me ocurrió comentarlo. Le aseguro que cuando te pasa una desgracia como la que hemos sufrido todos los que estamos aquí, crees que no vas a poder soportarlo, se mezclan el dolor por la pérdida del ser querido con una rabia y un deseo de venganza que, si no se canaliza, puede convertirse en tu peor enemigo. Aquí, todos conocemos a personas que están más o menos a favor del terrorismo y la tentación de pagar con la misma moneda es muy fuerte. La asociación no sólo vela por nuestros intereses, sino que nos protege de nosotros mismos, nos ayuda a reconducir la agresividad porque, si no, hace mucho tiempo que aquí habría estallado la guerra.

—Tiene razón. Muchas veces he pensado en la fortaleza de las víctimas y de sus familias para soportar tan dura prueba, sin dejarse llevar por los deseos de venganza. Tengo que reconocer que es admirable tan alto grado de generosidad y sensatez –es como si ahora, de repente, viera clara la explicación.

—Pues de eso son responsables, en gran medida, las asociaciones de víctimas, que están al quite de cualquier brote justiciero que pudiera surgir, nos consolamos unos a otros en la tristeza y la desesperanza, y la comprensión del que ya ha pasado por esto es vital para los que empiezan el largo peregrinaje que aún les espera.

—Mire, Arantxa, vamos a hacer una cosa. Le voy a presentar al señor Santisteban para que tenga la oportunidad de saludarle y de decirle lo que seguro quiso decir alguna vez y no tuvo ocasión de hacerlo hasta ahora.

—Pero, don Jaime, yo no tengo cultura, no sé hablar bien y temo meter la pata o importunar a este señor –dice Arantxa mientras retrocede inconscientemente.

—Usted sólo tiene que decir lo que piensa y lo que le dicta su corazón, con palabras sencillas, como cuando habla conmigo –la cojo del brazo cariñosamente–. Además está usted muy guapa hoy.

—Es usted un zalamero y siempre me acaba convenciendo –y se ríe mientras caminamos, ya sin oponer resistencia.

—Te presento a doña Arantxa Izaguirre, Manu. Es la dueña de la casa rural de Letona donde estoy alojado. Su marido pertenecía a la *Ertzaintza* y él y su compañero murieron hace siete años en un tiroteo cuando perseguían a un comando. Es una mujer muy valiente que ha conseguido salir adelante ella sola. Se ocupa de su hijo y de su negocio de forma admirable. ¡Ah! Y es una gran cocinera.

—Señora, es un placer conocerla y espero tener la oportunidad de comprobar esas dotes culinarias de las que habla Jaime porque voy a Letona con cierta frecuencia –dice Manu mientras le estrecha la mano.

—Por favor, señor, sería para mí un honor recibirle en mi casa, que es también la suya –Arantxa se ruboriza un poco.

—Y dígame, señora, ¿cómo está? Si necesita alguna cosa y si puedo hacer algo por usted o por su hijo... –Manu derrocha afecto y amabilidad con todo el mundo.

—Pues... no, la verdad es que, gracias a Dios, voy saliendo adelante, mi hijo estudia en Bilbao y económicamente no me puedo quejar. Además, la asociación es el refugio para aliviar las penas del alma y el Señor no me ha abandonado en ningún momento. Yo soy creyente y mi fe y don Marcelo, el párroco del pueblo, me ayudan mucho.

—Me alegro de ello.

—Solamente una cosa me gustaría pedirle para que se lo transmita a quien corresponda, aunque sé que no depende sólo de ustedes... Yo les quiero pedir que luchen, que luchen por la paz, que trabajen con todo su empeño para que esta tierra recupere de nuevo el rumbo y deje de ir a la deriva, perdiendo en la travesía a tantos de sus hijos. Los vascos somos personas honradas y trabajadoras, gentes de bien y de orden que queremos seguir siendo españoles y que estaremos junto a ustedes como una piña apoyándoles en su esfuerzo para acabar con este problema. Mire, señor, hablo con mucha gente que, como yo, ha perdido a un marido, a un padre, a un hijo y, a pesar de la pena y la amargura, lo que queremos es olvidar, pasar página y seguir con nuestras vidas y que esta pesadilla no cause ya más sufrimiento.

Manu y yo nos miramos impresionados por las palabras de Arantxa, las palabras sencillas de una mujer valiente y generosa que suponen, sin duda, el sentir de la mayoría de las víctimas y de los vascos.

—No lo dude, querida amiga, haremos cuanto esté en nuestra mano para conseguirlo porque las personas como usted lo merecen. Sólo espero que tengamos su misma fuerza y voluntad para afrontar la tarea y no le quepa duda de que tendré muy presentes sus palabras. Señora, ha sido un honor para mí conocerla y espero tener ocasión de saludarla de nuevo muy pronto –y Manu le besa la mano en un gesto de admiración y respeto.

—Muchas gracias por escucharme y espero su visita cuando vaya por Letona. Don Jaime, nos vemos esta noche, yo me voy con unos amigos que me llevan a casa –Arantxa, que ya se la ve más relajada, se cuelga su bolso y se aleja levantando la mano en un gesto de despedida.

—¡Qué mujer! –dice Manu, siguiéndola con la vista–. Hay gente increíble por ahí, de la que aprendo cada día. Estas son las personas que hacen que uno mantenga la fe en la humanidad. Bien, va siendo hora de irnos.

Después de su conversación, Manu nos informa de que el encuentro con Azcárraga ha quedado fijado a las once. Éste se hará acompañar por uno de sus acólitos, que Manu y Andoni conocen de sobra y por el que demuestran aún menos simpatía. Quedamos en que yo recogeré a Carlos y nos veremos en la entrada lateral de ¡¡¡la iglesia!!! Estoy francamente sorprendido porque el encuentro se va a celebrar en la sacristía, con el beneplácito del párroco, que está al tanto de todos los pormenores.

Me dirijo a la habitación de Carlos porque, según me informa Gladis, no se ha levantado de la cama en toda la tarde. Ya desde el pasillo se oye a Freddy Mercury cantar a gritos que no quiere vivir para siempre. ¡Es sobrecogedor! Yo, periodista, que me jacto de ser un profesional de la comunicación y argentino, que tenemos un carrete interminable, juro que hay momentos en que no sé qué decir y me temo que éste será uno de ellos.

Efectivamente el aspecto de Carlos no es bueno, está acostado con el oxígeno puesto y la enfermera está terminando de colocarle una vía por la que, según me explica, le suministrará antibióticos, además de la hidratación necesaria, porque el paciente está afectado de una gastroenteritis severa. Añade que es habitual en enfermos que precisan tanta medicación y espera que el problema se corrija en un par de días, durante los cuales es conveniente que permanezca en cama. Ante la perspectiva, Carlos se despoja de la mascarilla y pide ver al médico inmediatamente para que le prescriba un tratamiento más rápido y eficaz, con el fin de recuperarse en horas y no en días. A continuación, un pequeño rifi-rafe con la enfermera, que ya sabe que con este hombre tiene la batalla perdida y, en cuanto ella abandona la habitación, Carlos me pregunta ansioso.

—¿Habrá entrevista finalmente? ¿A qué hora? Me tenéis en ascuas.

—Tranquilízate, Carlos, por favor, tanta alteración empeorará tu estado. A las once, será mañana a las once, y Azcárraga vendrá acompañado de un tal Lertxundi.

—Menudo hijo de puta. Ese tiene más peligro que una manada de victorinos.

El doctor Granados, que acaba de entrar, nos saluda, examina el vientre de Carlos y le toma el pulso, sin decir una sola palabra. Finalmente, el médico se decide a hablar:

—La afección no es grave y tu estado no es de preocupar, pero si no cuidamos estas diarreas podemos tener problemas serios de deshidratación, que pueden acabar llevándote al hospital y... supongo que no quieres eso.

—Claro que no, Santiago, pero necesito estar bien mañana. Tengo que hacer algo que no admite prórroga. Por favor, ayúdame, te aseguro que si no fuera realmente importante no te lo pediría.

—Mira, Carlos, vamos a hacer una cosa. Voy a prescribirte un tratamiento de choque que espero funcione. Mañana haces lo que tengas que hacer y en cuanto termines vuelves a la cama. ¿Tengo tu palabra?

—Te juro que volveré en cuanto acabe. Calculo que necesitaré un par de horas. Santiago, eres un amigo y, por favor, no le digas a Isabel nada de esto.

—No diré nada, pero no creas que engañas a tu mujer.

El médico me hace una seña y salgo con él al pasillo.

—Escuche, como amigo de Carlos, supongo que mañana le acompañará en eso que tiene que hacer. Le agradeceré que se responsabilice de su regreso cuanto antes. Ocúpese de que esté bien abrigado en todo momento, tiene fiebre y si ahora se le declarase una neumonía su salud empeoraría considerablemente. Hay muchos casos en los que los pacientes no mueren como consecuencia de su enfermedad, por muy grave que ésta sea, sino de otros procesos virales que no logran superar debido a su frágil salud y a su deteriorado sistema inmunológico.

—Descuide, doctor, le traeré de regreso en cuanto sea posible, con o sin su consentimiento –y lo digo con absoluta determinación.

—De todas formas, me quedaría más tranquilo si les acompañara Gladis, que conoce bien a Carlos y las características de su problema. Mire, no sé qué se trae entre manos, pero lo que sí sé es que no es un enfermo normal como el resto de los que hay aquí, por eso no he puesto objeciones; pero tenga en cuenta que padece una dolencia muy grave y cualquier problema añadido puede resultar fatal.

—Bien, le preguntaré si es posible que Gladis nos acompañe. Yo también me sentiría más tranquilo y, por favor, si hubiera algún contratiempo, le ruego me avisen. Estoy en La Casa Vasca. Gracias, doctor.

Llevo ya un rato en la habitación, cuando oigo un golpe seco en la puerta y acto seguido, por dos veces, digo a quien corresponda que puede pasar, porque no está cerrado con llave. No obtengo respuesta, así que abro. ¡No puedo creerlo! Ahí está Octavia, sentada sobre sus patas traseras. A mi señal entra y se tumba en una pequeña alfombra que hay delante de la terraza. Está claro: quiere dormir conmigo. Me gusta y ella lo percibe. Estoy deseando hablar con Isabel y decirle cuánto la echo de menos. No le diré nada del estado de Carlos, él no quiere que lo sepa y su preocupación no les hará bien ni a él ni a ella estando lejos.

Marco y en seguida escucho su voz, que ya adoro.

—Buenas noches.

—Hola, querida, ¿qué tal has pasado el día?

—Pues como todos, sin pausa ni tregua, pero con muchas ganas de que llegara esta hora para descansar y hablar contigo.

—¿Sabes que tengo una compañera de habitación a cuyos encantos he sucumbido...? Y, teniendo en cuenta que no es bueno que el hombre esté solo... y yo lo estoy...

—Vale, ¿y quién es la afortunada, si se puede saber?

—Pues se llama Octavia y es la perra del hostal. Ha sido lo que se llama amor a primera vista, un auténtico flechazo. ¡Hay que ver cómo es la vida! Más solo que la una durante años y ahora se me amontonan los afectos femeninos.

—Me alegro por ti. ¿Qué tal está Carlos? He hablado con él esta tarde y me ha dicho que estaba acostado porque se encontraba algo griposo.

—Ya, sí... Pero le ha visto el médico y no le ha dado importancia. Dijo que en un par de días estaría recuperado –es verdad lo que estoy diciendo.

—¿Tenéis trabajo mañana? ¿Podrá Carlos levantarse? –Isabel pregunta de forma solapada

—Sí, a la primera pregunta y esperemos que sí, también a la segunda. La verdad es que le necesito, sobre todo en estos primeros pasos.

—Lo sé, pero ya verás como todo saldrá bien. Ahora debes descansar.

—Ya, pero es que estoy un poco nervioso y no sé si podré dormir. Si estuvieras aquí me darías un masaje o me cantarías algo o... podríamos recurrir a otra alternativa que dicen que relaja mucho y facilita el sueño –oigo suspirar a Isabel mientras hablo.

—Por supuesto pero, de todas las propuestas, desde aquí sólo puedo tener en cuenta la segunda, así que... mmm... te cantaré para que no se diga que no colaboro a tu equilibrio y al buen hacer en el trabajo, en el que luego se traduce.

Y sin pensárselo dos veces, Isabel me canta otra preciosa canción de Alberto Cortez, que dice: "En un rincón del alma donde tengo la pena, que me dejó tu adiós...".

—Vaya, esto sí que es una sorpresa. Ha sido un regalo inesperado. Me has acercado a mi tierra y a mis recuerdos y, además, ¡cantas muy bien! ¿Sabes? Últimamente me siento un poco nostálgico.

—Pues eso solamente tiene una cura: hacer una visita a tu familia y a tu Buenos Aires querido.

—Tienes razón. Cuando todo esto acabe, lo consideraré seriamente. Tal vez te proponga que me acompañes...

—Cuando llegue el momento, si sigues queriendo que vaya contigo... veremos.

—Hecho. ¿Me cantarás otra vez mañana?

—Y pasado y el fin de semana.

—Te echo de menos y quiero verte.

—Yo también te echo de menos.

—Hasta mañana, *mezzosoprano*.

Y nos reímos los dos.

TERCERA PARTE

LAS VÍCTIMAS

[...] Nada ni nadie puede compensar a las numerosas víctimas de la lacra terrorista
por la irreparable pérdida de sus vidas, por el sufrimiento que generan sus heridas
o por la dolorosa huella que dejan sus cicatrices.
S. A. R. Felipe de Borbón (Príncipe de Asturias
y heredero directo de la Corona de España)

A lo largo de su historia, ETA no sólo ha matado a cientos de personas, también ha herido y mutilado a miles; ha extorsionado a un número incalculable de ciudadanos; ha secuestrado y privado de libertad a cerca de ochenta y ha condenado a vivir bajo la tortura del miedo y la paranoia a un sector importante de la población en ciudades y pueblos de toda España. Su lucha inútil ha sembrado el país de angustia y dolor y de familias rotas por la pérdida de sus seres queridos, dejando tras su paso un reguero de negativas consecuencias, unas pérdidas económicas de primera magnitud y un rastro de secuelas colectivas que afectan al conjunto de la sociedad.

Para mayor escarnio, unos trescientos treinta asesinatos del total están impunes a día de hoy, excluyendo de este censo todos los atentados mortales que tuvieron lugar antes de la Ley de Amnistía de 1977, que supuso borrón y cuenta nueva para todos los condenados por delitos de terrorismo. Estos trescientos treinta casos no tienen sentencia, bien porque no ha sido posible determinar la autoría de los mismos, al no existir identificación de los terroristas que los perpetraron o porque, aún conociéndose su filiación, no han podido ser localizados y detenidos por las Fuerzas de Seguridad. Como consecuencia de estos extremos, cerca de un centenar de asesinatos habrían ya prescrito o estarían a punto de hacerlo al haberse cometido hace más de veinte años, plazo máximo legal que fija el artículo 132.2 del Código Penal. Lamentablemente, de estos datos estadísticos se desprende que entre el año 1977, año de la amnistía y 1990, fecha límite de la prescripción, ETA cometió la mayor parte de sus crímenes, con un total de quinientos sesenta y dos muertos. De estos, cerca de doscientos asesinatos no cuentan con sentencia, por lo que el número de atentados mortales prescritos podría doblarse en los próximos años.

En honor a la verdad, resulta llamativo, a pesar de la profusión de lo publicado sobre la organización terrorista, especialmente en los últimos diez años, y de la enorme preocupación ciudadana, revelada por encuestas y debates, que la cuestión de las víctimas no haya recibido, desde el punto de vista académico, el tratamiento que merece. A la vista de los datos de que disponemos, a bote pronto podemos hacernos algunas preguntas: ¿cómo deciden las organizaciones terroristas a quién matar?, ¿qué tipo de cálculos estratégicos intervienen a la hora de seleccionar a las víctimas?, ¿qué tipo de restricciones ha de tener presente una banda armada a la hora de planificar sus acciones?

Según el pormenorizado estudio de los profesores Luis de la Calle e Ignacio Sánchez-Cuenca, para poder entender la lógica de la selección de víctimas dentro del fenómeno terrorista, hay que conocer los objetivos que se persiguen. ETA representa un caso bastante puro de lo que se ha dado en llamar terrorismo de "liberación nacional". La organización pretende que el Estado, como consecuencia de la presión de los atentados, se retire de un territorio para posibilitar la formación de un Estado nuevo. En términos estratégicos, el terrorismo de liberación nacional se desarrolla por medio de una guerra de desgaste, es decir, se establece un escenario donde se mantiene un pulso permanente basado en la violencia entre las dos partes en conflicto. Por un lado, la organización terrorista con sus atentados y, por el otro, el Estado con la detención y encarcelamiento de los miembros de la banda armada. La parte que más aguante en esta guerra será la vencedora.

La restricción que, en primer lugar, se autoimpone la banda está en función del apoyo popular con el que cuenta. Es evidente que los terroristas no hacen todo el daño que pueden, no atentan en guarderías o en residencias de ancianos y, si muestran un cierto grado de limitación, es porque les importa el índice de aceptación que los atentados tengan entre la población a la que dicen representar. Si ésta no es tan radical como los terroristas, probablemente rechace matanzas civiles indiscriminadas calificando los medios de crueldad desproporcionada para la consecución del fin que se persigue.

Por ello, la condición de las víctimas a seleccionar es, básicamente, de dos tipos. La primera, las "fuerzas de ocupación", es decir, Policía Nacional, Guardia Civil y Ejército. No olvidemos que ETA considera que el País Vasco está bajo la ocupación de "fuerzas extranjeras". En principio, la Policía Municipal y la *Ertzainza* no son una fuerza de ocupación porque sus raíces son locales, pero finalmente se convierten en objetivo legítimo por su papel represivo. En segundo lugar, los civiles, entre los que cabe diferenciar al colectivo de políticos y altos representantes del Estado: concejales, alcaldes, gobernadores civiles, jueces, parlamentarios, ministros, dirigentes de partidos, etc., dado que la motivación que hay detrás de su muerte suele ser especial. No sería lógico englobar a miembros o ex miembros de ETA que han perdido la vida a manos de la banda, con el resto de los civiles. De ahí su singularización.

A través del análisis de las circunstancias en las que se desarrolla el atentado que causa la muerte, podemos determinar el grado de selectividad de los objetivos de ETA, así como el margen de error de sus acciones. Por ejemplo, cuando ETA se propone asesinar a un general y, además de matar a éste, mata al conductor de su vehículo oficial, se considera que el auténtico objetivo del atentado es el general. Todo esto nos lleva a especificar distintas categorías de víctimas. En primer lugar, las muertes intencionadamente buscadas; después, las muertes en las que ETA se equivoca de víctimas; otras, las muertes no necesariamente previstas como las que tienen lugar en enfrentamientos entre la policía y los terroristas o las de agentes que mueren al desactivar una bomba; y, por último, las muertes colaterales, accidentales o indiscriminadas.

Para completar el análisis, en función de la forma material en la que se realizan los atentados, distinguimos entre las muertes por arma de fuego, por bomba, por coche-bomba, por bomba-lapa o por paquete-bomba, que también tienen una significativa conexión con el grado de facilidad y viabilidad de actuación de la banda en cada momento de su historia.

En diversos estudios se advierte de la profunda reorientación estratégica de la banda tras la captura de la cúpula directiva de ETA en Bidart, en 1992. A partir de ese momento, ETA hace una aportación novedosa, lo que se ha dado en llamar la "socialización del sufrimiento", en virtud de la cual el castigo no sólo debe infligirse a las fuerzas de seguridad, sino también a los responsables políticos y otros grupos sociales como jueces, concejales, periodistas, etc. Como respuesta, automáticamente tiene lugar un aumento de la réplica social contra los asesinos.

Una vez llegados a este punto, tal vez sería oportuno justificar las razones por las que procede centrarse exclusivamente en las víctimas mortales. Para empezar, se trata de un tipo de atentados más visible e importante para la organización. Está claro que una banda terrorista sin capacidad de asesinar no puede aspirar a mucho. Además, las víctimas mortales se pueden contabilizar fácilmente, a diferencia de los heridos, entre los que hay muchísima variabilidad en función de la gravedad y menos información que sobre los fallecidos, siendo su número siempre muy superior.

Conocer la identidad y la condición de las víctimas nos permite un primer acercamiento al tipo de objetivos que ETA persigue. Las llamadas "fuerzas de ocupación" suponen aproximadamente el cincuenta y cuatro por ciento del total de las víctimas y la mayor parte corresponde a policías y guardias civiles, que se han erigido en objetivos de ETA desde sus primeros tiempos. No ocurre lo mismo con el Ejército, puesto que hasta 1977 no tuvo lugar el primer asesinato de un militar. En términos de guerra de desgaste, son mucho más importantes los militares de alta graduación. Sólo generales, ETA ha matado a catorce, a lo largo de su historia. En cuanto a la policía local y autonómica, que nunca han sido objetivos de ETA como tales, la organización ha matado a veinticinco agentes y trece *Ertzainas*, si bien la mitad han fallecido como consecuencia de enfrentamientos o en labores de desactivación de explosivos.

En cuanto al colectivo de víctimas civiles, su número supone el cuarenta por ciento del total. De estos, un porcentaje importante corresponde a políticos y representantes del Estado, que se agrupan en dos fases bien definidas. Una primera entre los años setenta y ochenta, en la que mueren individuos elegidos con mucha intención, en su mayoría antiguos dirigentes franquistas, para continuar después con personalidades que se han posicionado inequívocamente en contra de nacionalismos y terrorismos. Una segunda fase, destinada a socializar el sufrimiento, arrancaría en 1995 con el asesinato del Concejal del Partido Popular Gregorio Ordóñez.

Otra categoría especial la componen los miembros o antiguos miembros de ETA a los que mata la propia organización. Son siete en total y la víctima más famosa es María Dolores González Kataraín "Yoyes", tiroteada en Ordicia en presencia de su hijo de dos años en 1986. ETA no ha vuelto a matar a uno de los suyos desde 1988.

¿Hasta qué punto es ETA selectiva en sus atentados? El setenta y ocho por ciento de sus acciones criminales corresponde a muertes pretendidas o, en la terminología de ETA, muertes de "objetivos legítimos". Los errores, los reconozca la banda o no, representan un dos por ciento. Otro cinco por ciento corresponde a enfrentamientos entre etarras y fuerzas de seguridad o por fallecimiento de éstos al desactivar explosivos. El quince por ciento restante está compuesto por civiles que mueren sin que ETA lo pretenda expresamente.

El número más elevado de muertes se produce por arma de fuego, seguido del coche-bomba. Hay que incidir en que la mitad de los civiles muertos de forma accidental lo son como consecuencia del uso de los coches-bomba, más frecuente a partir de 1985. A mediados de los ochenta, ETA se encuentra muy presionada debido al alto número de detenciones, como consecuencia del inicio de la cooperación francesa en la lucha antiterrorista, además de la actividad del GAL. La utilización del coche-bomba minimiza el riesgo de los activistas, consiguiendo un impacto categórico. Pero el coche-bomba es un instrumento menos selectivo que el disparo directo o la bomba-lapa.

Si tenemos en cuenta el sentido estratégico de las víctimas, tendremos dos tipos de atentados muy distintos. En el primero, ETA mata a ciudadanos con el propósito de crear una situación insostenible que fuerce al Estado a acceder a su demanda de independencia del País Vasco. En el segundo tipo, los objetivos se basan en unas determinadas personas para que ellas mismas u otras de similares características hagan o dejen de hacer ciertas cosas, por ejemplo, colaborar con la policía. En este caso, ETA se propone principalmente el control de la población.

Para entender mejor las alteraciones estratégicas de ETA hay que tener en cuenta la distribución geográfica de los atentados, variable que incide también en la formación de hipótesis sobre la selección de víctimas. La mayoría de las acciones se concentran en el País Vasco y Navarra. Fuera de este territorio, tan sólo Madrid, Barcelona y Zaragoza han contabilizado más de diez asesinatos. La razón parece clara: Madrid y Barcelona son las ciudades más pobladas del país y los centros político-económicos del mismo, lo que supone una mayor concentración de potenciales víctimas y mayores facilidades logísticas a la hora de realizar atentados. La diferencia entre los que se producen dentro y fuera del País Vasco no sólo es cuantitativa, sino que en Euskadi éstos son considerablemente más selectivos que en el resto de España. En el País Vasco y Navarra las muertes pretendidas representan más del ochenta y ocho por ciento, frente al cincuenta y seis en el resto del territorio nacional. Entre las grandes ciudades, Madrid tiene un índice de selectividad de casi el setenta y dos por ciento, muy superior al de Barcelona, el veintiocho por ciento, lo que se explica fácilmente por la mayor presencia y mejor infraestructura de ETA en la capital. A partir de la caída de Bidart y la debilidad de la banda, se detecta un incremento del peso de los atentados fuera del País Vasco, sobre todo en Madrid, a la vez que aumenta considerablemente el número de los que se producen en provincias no vascas como consecuencia de la mortífera campaña contra miembros de partidos de ámbito estatal.

Esta breve exposición nos permite disponer de una aproximación descriptiva de la actividad de ETA respecto de sus víctimas: a cuánta gente ha matado, a quiénes, cómo, dónde, cuándo y por qué, en un decidido intento de que el análisis de estos datos y las conclusiones que de él se deriven arrojen luz sobre algunos parámetros y pautas generales de la selección de objetivos por parte de la organización terrorista, que hasta el momento no se conocían o se conocían sin el orden sistémico necesario para inferir hipótesis rigurosas.

Dadas las actuales circunstancias y el cese definitivo de la actividad de la banda, las asociaciones de víctimas de ETA han decidido superar las diferencias y unir sus voces, en ocasiones discordantes debido a sus distintas sensibilidades, para fijar una postura común en torno a diferentes cuestiones relacionadas con el final de la violencia y el proceso que se ha de desarrollar a continuación. Por todo ello parece necesario, más que nunca, estar atentos a la evolución de los acontecimientos y prever escenarios en los que el entorno de ETA tratará de conseguir medidas de impunidad, así como de legitimación de su macabra historia de muerte y terror.

El colectivo de víctimas, desde sus órganos de representación, alerta constantemente sobre la eventualidad de que acaben siendo doblemente perdedoras en este proceso, primero como consecuencia del terrorismo y después por el final mismo del terrorismo. No obstante, muchas de las víctimas, según han declarado públicamente, no cierran la puerta a la reinserción de quienes han empuñado las pistolas, pero siempre que los encausados hayan cumplido íntegramente sus condenas y expresado su rechazo público al uso de la violencia, además de colaborar con la justicia en el esclarecimiento de los cientos de crímenes que quedan por resolver. A pesar de lo expuesto, proclaman su derecho irrenunciable a manifestar su opinión sobre el fin de ETA, pero manteniendo un respeto escrupuloso a las competencias del gobierno y del resto de las instituciones.

Asimismo, los ciudadanos anónimos que durante décadas hemos visto cómo esta lacra segaba la vida de tantos compatriotas, permaneciendo en la memoria colectiva escenas e imágenes que jamás deberían haberse producido, no podemos ni debemos olvidar el daño causado porque lo contrario implicaría la pérdida de la propia dignidad. Recordar es siempre reivindicar la verdad y la justicia que dan sentido, como no podía ser de otra manera, al sufrimiento padecido por las víctimas.

19

No podemos resignarnos ante la pérdida de libertad de los demás, porque resignarse es morir un poco, es aceptar el silencio. La palabra, en cambio, precede a la acción, prepara el camino, abre las puertas. Hoy debemos más que nunca usar la voz para romper cadenas. Así tiene que desaparecer el terrorismo.
Ingrid Betancourt (política colombiana y Premio Príncipe de Asturias 2008)

Llego a San Felipe hacia las nueve, después de haber desayunado y leído la prensa que compro en la tienda de la plaza, junto a Octavia, mi inseparable compañera. Patxi, el tendero, me anuncia lluvia a partir del mediodía y, como respuesta a mi interrogatorio sobre la amplia gama de productos del día, me recomienda un *gateau basque* que hoy ha salido del horno especialmente bueno. Lo llevaré para el postre.

Carlos ha descansado y se le nota. No tiene fiebre y parece que las molestias estomacales han cedido. La enfermera ha terminado de hacerle los controles de primera hora de la mañana, que determinarán la alimentación y la medicación posteriores. Más animado por la mejoría, Carlos me pide que le resuma a grandes rasgos la actualidad informativa y que le lea algún editorial interesante. Si en media hora no se produce ninguna novedad y su organismo retiene los frugales alimentos que ingiere, se le retirarán los sueros. Finalmente, Gladis nos acompañará, tras valorar por encima de otras consideraciones la tranquilidad de que Carlos sea atendido debidamente en caso de contratiempo.

De este modo, marchamos los tres hacia la Iglesia de San Andrés, cuyos muros serán testigos de un encuentro que puede ser histórico. En cuanto tocamos, la puerta se abre, don Marcelo ayuda a Gladis y a Carlos a pasar al interior y yo decido quedarme fuera hasta que lleguen Manu y Andoni. Mi imprevisión no ha contemplado la posibilidad de que sean otros los que lleguen primero. Desde el lado opuesto de la plaza veo a dos hombres acercarse a buen ritmo. Me siento como Gary Cooper, solo ante el peligro, y tengo que reconocer que la situación me tensa, pero saco pecho y me dirijo a Azcárraga que es al que conozco.

—Soy Jaime Barbadillo, imagino que...

—Sé quién eres. El amigo de Portillo. He visto tu foto en Google y he leído artículos tuyos. Encontrarás normal que me asegure de qué pie cojeas, ¿no?

—Claro. Pero si es verdad lo que vas diciendo por ahí en tus declaraciones sobre la necesidad de una negociación seria, me parece que cojeamos del mismo pie.

—Mira, gacetillero sudaca, tendrías que nacer de nuevo para que tú y yo tuviéramos en común siquiera el aire que respiramos. Todavía no sé qué pintas en este tinglado –y me lanza una mirada furibunda detrás de las gafas oscuras, que yo percibo en cualquier caso.

—No sé por qué tanta hostilidad, pero espero que el ambiente se suavice a medida que nos vayamos conociendo. Mi buena voluntad está fuera de dudas y me atrevo a afirmar que la tuya también. Mira, yo sólo quiero que todo esto salga bien. Y para demostrártelo, te daré algo...

—No sé qué te propones...

—Más bien, se trata de un préstamo, que me devolverás si la historia no termina bien y que, en caso contrario, conservarás como recuerdo de los días y las horas que formarán parte de este proceso –y le entrego un rotulador que me regalaron los compañeros del periódico en algún cumpleaños.

—¿No te parece que te estás precipitando en la apuesta?

—Soy argentino, por lo tanto, temerario. Pero no me arriesgo si te digo que tengo fe ciega en que vamos a poner toda la carne en el asador para conseguir acercar posiciones y llegar a un acuerdo.

—Mira, Barbadillo, acepto tu apuesta y para demostrarte que yo también estoy aquí para trabajar por *Euskal Herría*, te voy a hacer un depósito en las mismas condiciones –y de la cartera saca una fotografía en la que él mismo aparece junto a un grupo de unos diez hombres, tomada en el patio del penal y firmada por detrás, supongo que por los elementos de la foto–. Toma, me la devolverás si esto no funciona y, si no, puedes quedártela y hasta publicarla con alguno de los artículos que escribes en la prensa española.

—Trato hecho. ¿Qué te parece? Ya hemos logrado nuestro primer acuerdo. ¿A que no ha sido tan difícil?

Finalmente, interviene Lertxundi.

—¿Se puede saber qué hacemos aquí? Vamos a acabar llamando la atención. Si los demás no llegan, deberíamos esperar dentro.

—De acuerdo, entremos.

Carlos se sorprende al vernos a los tres juntos.

—Veo que ya os conocéis.

—¡Joder...! Estos ya han hecho la primera transacción –dice Lertxundi ante la incredulidad de Carlos, que me mira interrogante.

—Luego te lo cuento –le digo para que no siga insistiendo.

Manu y Andoni llegan juntos, sin coches ni escolta. Los dos han cambiado el traje y la corbata por ropa informal, así que, casi, casi, parecemos todos lugareños. Don Marcelo se asoma temeroso para indicarnos que Gladis y él esperarán en el salón parroquial mientras dure la reunión y que sería conveniente que echáramos el pestillo de la puerta, por si a algún despistado se le ocurriera intentar acceder a la iglesia por la sacristía.

Como soy el último en tomar asiento, dadas las posiciones que las dos partes han adoptado a ambos lados de la mesa, decido colocarme en la cabecera, en tierra de nadie. Es Manu, como portavoz del Gobierno en este caso, el que habla en primer lugar.

—Bien, lo primero que quiero deciros es que si estamos aquí es porque hay una voluntad clara por parte del Gobierno de iniciar una nueva ronda de conversaciones de paz. No lo dudéis, de otro modo yo no estaría en Vitoria. Dicho esto, añado: primero, creemos que las condiciones que se dan en estos momentos son favorables y los indicadores así lo demuestran; segundo, la primera premisa para pensar en iniciar el diálogo es que ETA ratifique su intención de abandonar la lucha armada, cuestión que gozará de credibilidad sólo si hay predisposición evidente a entregar las armas; y tercero, serán objeto de negociación en exclusiva, llegado el caso, los puntos que tienen que ver con las contrapartidas que nos conduzcan al final de la violencia, quedando fuera otras consideraciones políticas y el supuesto de una eventual consulta popular, sobre la que ya se ha pronunciado el Tribunal Constitucional.

—Pero... –intenta intervenir Azcárraga.

—No hay peros que valgan. De sobra sabéis que de aquí a unos meses habrá un proceso electoral en el País Vasco y que el gobierno autonómico podría cambiar de manos. Si añadimos que, tras la ilegalización del Supremo, no tendréis opciones de representación, poco a poco os iréis diluyendo como un azucarillo en agua. Y todo ello diluido da como resultado una lucha inútil de años para conseguir nada a cambio de nada con un coste altísimo en vidas humanas; un balance de dolor, muerte y frustración, más un montón de gente que se va a pudrir en la cárcel sin el más mínimo atisbo de redención de penas. ¡Qué bonito!, ¿no? Azcárraga, estoy ansioso por ver lo que traes en las alforjas.

Él es el que inicia ahora su exposición.

—Si estoy hoy aquí es porque también soy partidario de la negociación...

—Si estás aquí es porque te han soltado, con la benevolencia del juez de la Audiencia que ha aceptado la propuesta del Gobierno... –dice Andoni sin controlar el calentón.

—Venga, dejémosle hablar, que para eso hemos venido –interrumpe Carlos para retomar el hilo de la cuestión.

—Tienes razón. Continúa, por favor –dice Andoni entre dientes.

Y Azcárraga prosigue.

—Os aseguro que la cúpula es partidaria de dialogar y estamos de acuerdo en que este puede ser el mejor momento, teniendo en cuenta cómo se perfila el próximo futuro. Pero la banda teme que pueda suceder lo mismo que la última vez. Mucha declaración de intenciones del Gobierno de Madrid para luego dejar pasar el tiempo sin que se produzcan los contactos. La situación se pudre, la gente pierde los nervios y comete errores. La culpa es vuestra porque decís una cosa y luego hacéis otra muy distinta.

—Entonces la solución es poner bombas y añadir más muertos a la lista echando la culpa al Gobierno y explicando a los españoles que sois las víctimas, que os habéis visto obligados a actuar, pero que el alto el fuego no se rompe, sino que es el Gobierno el que ha bombardeado los puentes de la negociación. Pero, ¡qué hijos de puta! –concluye Andoni mientras se sirve un vaso de agua.

—Bueno, calma, por favor –dice Carlos–. No podemos estar volviendo una y otra vez a los mismos escenarios y a repetir los mismos reproches. Lo pasado, pasado está y ahora tenemos que hacer un esfuerzo por avanzar. Vamos a centrarnos. Si todos estamos de acuerdo en la necesidad de retomar el diálogo, ¿cuál ha de ser el primer paso? Vuestra declaración pública pidiendo a ETA el cese definitivo de la violencia, emplazando a la banda a que entienda dos cosas: una, que vosotros no aceptaréis un nuevo desbordamiento de los límites sin consentimiento; y dos, la exigencia de un compromiso firme con la tregua y la negociación. ¿Estamos? Es condición indispensable que no haya más sorpresas, que no existan rupturas en el seno de la banda y, de haberlas, que los elementos discordantes estén controlados con todas las garantías. Os recuerdo que vosotros os jugáis mucho también: el regreso al ruedo político, en el que tan bien os va.

Termina Carlos, que cede la palabra a Manu.

—Ahora os toca a vosotros valorar la situación, sopesar los pros y los contras que ofrece el momento y tener muy claro que los que, llegado el caso, se van a sentar en la mesa, han de contar con el respaldo de la mayoría. A ver si a la primera de cambio quedan desautorizados como interlocutores mediante otra acción violenta que nos coja por sorpresa mientras hablamos, como la última vez, o lo que sería aún peor, que después de trabajar para llegar a un pacto, éste acabe siendo papel mojado.

Ahora es Andoni el que interviene.

—Habla con tu gente y en veinticuatro horas quiero una respuesta rotunda e inequívoca. Sólo cabe una opción: alto el fuego permanente y entrega efectiva de las armas, todo en el mismo paquete, y nombres de los interlocutores que cuenten con el aval de todos.

—¡Joder! Queréis que tenga en un día las respuestas a la mitad de las preguntas que llevan meses planteadas...

—Ya, pero es que esto funciona así. Se acabó marear la perdiz. O aprovechamos el tirón o no habrá otra oportunidad hasta sabe Dios cuándo –concluye Manu.

—Tú te crees que tienes la sartén por el mango, pero las pistolas y las bombas las tienen ellos –sentencia Lertxundi.

—¿Nos estás amenazando, hijo de puta? ¿Qué quieres decir, que podéis matar a más gente cuándo y dónde os dé la gana? Sois como los nazis. Os gusta jugar a ser Dios, ahora decido quitaros la vida o dejaros vivir en función de si me duele la cabeza o de si he follado con mi mujer esta noche... ¡Escúchame bien! Si tenéis cojones, tocadle a alguien más un solo pelo, que os vais a enterar de lo que es una venganza implacable. Te juro por mi santa madre que no descansaré mientras viva hasta que no haya acabado con todos vosotros. Ahora que lo pienso, Mikel, ¿tú no tienes un hermano cumpliendo condena? Pues te advierto que en Soto del Real se puede pasar muy mal –sentencia Andoni.

—Tú también amenazas.

—No, me defiendo de vuestras bravuconadas.

—Bueno, Andoni, no perdamos el tiempo –dice Manu–. Ya lo sabéis, disponéis de veinticuatro horas para dar el primer paso. Si mañana a mediodía no hay respuesta, volveré a Madrid e informaré de la negativa por vuestra parte y continuaremos por el cauce previsto.

—Pero las cosas no son tan sencillas y hay muchos puntos a considerar antes de tomar una decisión. Me consta que se darán opiniones encontradas respecto a muchos de ellos –dice Azcárraga dando muestras de agobio.

—Ese es vuestro problema. Convencedles. Los pormenores se considerarán después y, si te sirve de algo, te aseguro que hay voluntad de negociación pero el primer paso es, en definitiva, tregua sí o tregua no; abandono definitivo de las armas, sí o no. Eso es lo que quiero que me digas mañana y yo voy a confiar en ti. Tienes mi palabra. Repito, veinticuatro horas. Si alguien quiere añadir algo más. ¿No? Bien... Pues hemos terminado. Salgamos discretamente.

He tomado notas apresuradas pero, como tengo recientes todas las exposiciones después traduciré los apuntes con más calma. Estoy impresionado por el desarrollo de la conversación y la claridad de los argumentos. De todas formas, creo que Azcárraga y Lertxundi son conscientes de que los grupos *abertzales* se han convertido en el relleno del sándwich, les presionan por ambos lados y han pasado de tener una posición de cierta fuerza a recibir, como el balón en un partido de fútbol, patadas de los dos equipos.

Mientras ayudo a Carlos, veo a Manu y Andoni conversar con el cura que parece satisfecho también con el desarrollo de los acontecimientos y visiblemente proclive a seguir colaborando. Ya va siendo hora de que la Iglesia, dentro de su misión evangélica, facilite consuelo a los que sufren como consecuencia del terrorismo y contribuya en lo que sea posible a cualquier maniobra que suponga la paz definitiva.

A pesar de las protestas de Carlos, que asegura haber superado ya su problema, le recuerdo su promesa de volver a la cama para ahorrar fuerzas y recuperarse totalmente en beneficio no sólo suyo, sino de toda la operación. Con el fin de reforzar el razonamiento, le prometo pasar la tarde entera con él, juntos felicitaremos a su hija y trabajaremos en la redacción de la sesión de hoy. El plan le deja más convencido. Manu y Andoni también apoyan a Carlos y le animan asegurándole que las cosas van a ir por buen camino esta vez y que forman el mejor equipo para conseguirlo. Ellos saben que es muy posible que para él no haya otra oportunidad y que sería muy lamentable que tanta renuncia y tanto sacrificio por su parte fueran finalmente en vano.

No se me había ocurrido hasta ahora, pero les propongo almorzar juntos en La Casa Vasca, que durante la semana es un lugar tranquilo y discreto. Ya en el hostal, tomamos un aperitivo en el salón que yo me encargo de servir mientras Arantxa, nerviosa y orgullosa a partes iguales, termina de preparar el almuerzo y de acondicionar el comedor principal, que ha abierto solamente para nosotros.

Manu que, como buen político, parece estar siempre en campaña, no para de alabar su buena mano para el arroz con marisco, que a mí me ha parecido manjar de dioses. Andoni, que no habla tanto pero que come más que nosotros dos juntos, cuando termina sólo dice:

—Señora, volveré.

Descansaré un rato antes de regresar a San Felipe con el ordenador y los artilugios para comunicarnos con Murcia, pero antes llamaré a Isabel para confirmarle definitivamente que "nos veremos" esta tarde y que me diga si tiene algún problema con su parte de la instalación.

—Hola, Jaime, ¡qué bueno escucharte! No te esperaba tan pronto.

—Verás, es sólo para confirmarte que esta tarde estaremos Carlos y yo pegados al ordenador para que felicite a la niña. Bueno... que cualquier excusa es buena para hablar contigo.

—Gracias. Yo ya tengo todo instalado y espero que funcione porque Laura se ha puesto muy contenta al saber que podrá ver a su padre el día de su cumpleaños. ¡Pobrecilla! ¿Sabes? A veces me da por pensar que hay que buscar lo positivo en todas las situaciones y, aunque parezca cruel lo que voy a decir, analizado fríamente, es más que razonable. Hace casi dos años que Carlos no vive con sus hijas, sólo las ve de vez en cuando, así que pienso que cuando se produzca su fallecimiento ya estarán acostumbradas a su falta y no le echarán tanto de menos.

—Tienes razón. Es una verdad muy cruda. Yo tampoco vivo con mi hija hace tiempo y no se me había ocurrido pensar que, si me pasara algo, no sufriría tanto mi ausencia.

—Es que tú no estás enfermo ni te vas a morir. Mis hijas saben que su padre tiene los días contados. Bueno, como imaginarás, llevo una mañana de locos, de preparativos, de compras, de ir de un sitio para otro. Menos mal que mi madre está en la farmacia y yo puedo dedicarme a montar el tinglado, porque quiero que para Laura sea hoy un día muy feliz, ¿entiendes, Jaime? Cumple doce años y no sé si habrá perdido a su padre cuando cumpla los trece.

—Te entiendo perfectamente y admiro tu coraje. Eres una mujer extraordinaria y, te lo repito una vez más, cuenta conmigo siempre que necesites hablar y desahogarte.

—Bueno, escucha. Ahora tengo que ir a recoger a la niña y a sus amigas al colegio. Cuando todo esté preparado, me das un toque y nos conectamos.

—Cuenta con ello. Hasta luego.

Cuando regreso a la residencia encuentro a Carlos adormilado, según afirma, como consecuencia de "las malditas pastillas que le suministra el matasanos de Granados". Una vez terminada la operativa de conexiones y cableado, espero que todo funcione correctamente, dados mis escasos recursos informáticos para resolver cualquier dificultad que pudiera surgir. Después, Carlos me sondea acerca de mis primeras impresiones y la conclusión que deduzco tras el primer contacto.

—Te voy a ser sincero. En lo que a mí respecta, me he sentido cómodo. Los tres sois muy competentes y, sin duda, para llevar a cabo esta empresa se necesita a los mejores. En cuanto a los del equipo contrario, pues no me parece tan fiero el león como lo pintan. Es más, si uno no supiera quiénes son y a lo que se dedican, pasarían por tíos normales.

—No te equivoques, Jaime, estos no son el equipo contrario, son el banquillo suplente, o sea, forman parte del equipo pero no juegan. Hacen de correo, dan la cara, muchas veces para que se la partan, sufren igualmente el rechazo de una parte importante de la sociedad, también acaban en la cárcel, pero no son tan radicales y, desde luego, más abiertos y proclives al diálogo.

Me doy cuenta de que Carlos intenta incorporarse en la cama y acudo rápidamente en su ayuda para que continúe:

—Los otros son otra cosa. Piensa que un terrorista sin armas no es nadie; en un diálogo la protagonista es la palabra y en ese terreno son parcos, sólo dominan el lenguaje de las pistolas. Además, piensa que es lo único con lo que cuentan como moneda de cambio para negociar.

—Entonces, si se consiguiera dar el primer paso y aceptasen la condición inicial, o sea la entrega de las armas, estaría salvado el principal escollo, ¿no? –pregunto optimista.

—Sí, pero es el más difícil. Para convencerles de que así lo hagan hay que dar la impresión de que, después de cumplir este requisito, el camino será más llano y esta muestra de buena voluntad será tenida muy en consideración a la hora de discutir los puntos posteriores –concluye Carlos.

—Y, ¿tú crees que Azcárraga les convencerá?

—Utilizará todos los recursos, no lo dudes. Por la cuenta que le tiene, no va a dejar escapar la oportunidad de llevar una vida normal. Ya no es un jovenzuelo y todas sus reivindicaciones han ido convirtiéndose en pura falacia con el discurrir de los años y de la historia. La mayoría de las propuestas planteadas hace décadas se presentan ahora obsoletas y hasta ridículas, por lo tanto, argumentos en su defensa no hay. Este camino no lleva a ninguna parte y lo saben. Además, cada vez es más costoso asumir la perspectiva de un nuevo ingreso en prisión en el horizonte inmediato y Azcárraga tiene aún causas pendientes. Bueno, compañero, ha llegado el momento de abandonar esta cama. No imaginarás que voy a permitir que mi familia me vea así –y Carlos aprieta el pulsador para hablar con la enfermera.

Cinco minutos después se presentan en la habitación dos mujeres y, mientras ellas hacen su trabajo, aprovecho para fumar en el jardín y hacer algunas llamadas. Hablo con Torres en el periódico, que me pone al día de las incidencias y me cuenta algunos cotilleos de última hora. Jamás entenderé por qué la gente manifiesta tanto empeño en estar al tanto de la vida de los demás. Tal vez la respuesta esté en que la suya propia es monótona y vacía y la llenan con la de otros. Supongo que en esta premisa se basan los *reality shows* y los programas del corazón que pugnan por los niveles de audiencia en las cadenas de televisión con tanto éxito. En fin, otra lacra de la sociedad de la comunicación en la que nos ha tocado vivir.

Hablo también con Marta, que continúa con sus maratonianas jornadas de estudio, e intentando solventar sus dudas sobre la posibilidad de realizar uno de los exámenes en formato escrito u oral, lo que le liberaría de no sé qué casos prácticos de la asignatura, dada la dificultad añadida del ejercicio. Por supuesto, yo le aconsejo realizar el examen oral y me promete considerar seriamente la opción.

Carlos ya está preparado junto a la ventana. Llama a Isabel, que ya está lista y nosotros también. ¡A la primera! Aparecen en escena un montón de niñas que corretean por la casa y Laura saluda a su padre con muchos aspavientos. Le va presentando a sus amigas, que se van asomando una a una a la pantalla. Están visiblemente alteradas y eufóricas y ahora cantan y bailan con Shakira. Se lo están pasando en grande y al fondo se ve a Isabel con sus padres, según me señala Carlos, y Sol, su hija mayor, que se parece tantísimo a él como Laura a su madre.

Finalmente llega el momento estelar de la tarde, se apagan las luces e Isabel se acerca con un gran pastel iluminado por doce velas. Toda la chiquillería canta el "cumpleaños feliz" y Laura sopla con fuerza, apagándolas de una vez. Muy tranquila, dirige la tarta a la cámara para que su padre la vea y vuelve a prender las velas, lo que significa que espera oír cantar a este lado del telón y yo, que he permanecido al margen de la celebración por discreción y respeto, ahora me veo en la obligación de ayudar a Carlos que, visiblemente emocionado, le cuesta arrancar. Entre los dos conseguimos llevar a cabo la empresa, la niña sopla de nuevo y acto seguido aplaudimos, gritamos y silbamos, con tanto entusiasmo que Gladis se presenta en el cuarto con preocupación. Asistimos a la apertura de los regalos y, terminada la operación, Laura insiste en leer una carta que le ha escrito a su padre.

"Papá, hoy cumplo doce años y quiero decirte que te echo de menos, que me gustaría que te curaras pronto y volvieras a casa, pero que si no puede ser no te preocupes por mí y por Sol porque vamos a ser fuertes como tú nos has enseñado y ayudaremos a mamá para que lo sea también. Gracias por tu regalo, pero yo he pedido otro mejor y es que mamá nos lleve a verte el próximo fin de semana, que ya habrán terminado los exámenes. Hasta pronto, papá, te quiero mucho. ¡Ah! Y gracias a ese señor, amigo tuyo, por regalarnos la cámara para estar hoy contigo".

Las lágrimas surcan las mejillas de Carlos y menos mal que la niña ha terminado, porque yo no sé qué decir. Es Isabel la que ahora saluda y nos confirma que la iniciativa ha sido de Laura y que ella no sabía nada de todo esto. Carlos no quiere que me vaya y yo, que no tengo prisa, decido quedarme con él un poco más.

—Jaime, te aseguro que no olvidaré lo que has hecho hoy por mí y por mi familia. Me estoy acostumbrando a tu compañía y espero que lleguemos a cultivar una verdadera amistad, aunque no sé si habrá tiempo.

—Ya somos amigos, Carlos, no tienes que agradecerme nada y puedes contar conmigo para lo que quieras.

Estrecho su mano con fuerza y me despido recomendándole que descanse todo lo que pueda.

Inicio mi acostumbrado paseo cuando, en una de las calles aledañas a la plaza, me doy de bruces con Edurne, la prima de Arantxa.

—Pero, ¡qué casualidad! Vengo de casa de mi prima de llevarle unos vinos que me ha pedido y regreso a la taberna. ¿Por qué no me acompaña y se toma un chupito con nosotros? Así conoce a mis hijos y a mi marido, que ha oído hablar mucho de usted.

—¡Vaya! Ahora resulta que soy famoso. Pues no se hable más. ¡Venga ese chupito!

Llegamos a El Gudari, típico bar de tantos pueblos donde los hombres se reúnen para beber, charlar y jugar a las cartas después de la jornada laboral. Tras la barra, un hombre moreno y rudo, de unos cincuenta años, con un considerable mostacho y unos bíceps cuyo calibre puede ser el doble que los míos. Viste completamente de blanco y me mira de arriba a abajo nada más entrar. Edurne se encarga de las presentaciones.

—Jon, este es el señor periodista de Madrid que está en casa de mi prima.

—Bienvenido a Letona, señor...

—Jaime, por favor, llámeme Jaime. Muchas gracias, estoy encantado de estar aquí. Todos ustedes son muy amables.

—Mire, estos son mis hijos, Gorka y Aitor, que me ayudan con el negocio. Pero siéntese, por favor y dígame qué le apetece tomar... Invita la casa –y Jon me señala todas las bebidas y licores que hay en los estantes, dando por hecho que tomaré alcohol.

—Venga, pues voy a tomar un buen chacolí –me expreso convencido y animado a probarlo.

—Va usted a degustar el mejor chacolí del País Vasco. Lo fabricamos aquí en Letona, en la cooperativa –y me sirve generosamente, acercándome también la fuente de los pinchos.

No estoy acostumbrado y parece que bebiera fuego.

—Excelente, ya lo creo. Mire, aprovecharé y me llevaré un par de botellas a Madrid para obsequiar a los amigos. ¿Podría ser?

—Por supuesto, ahora mismo se las traigo –y Jon desaparece por una puerta que da a un gran patio.

Me siento tranquilamente en una mesa, junto a unos parroquianos a los que doy las buenas noches. En la televisión informan sobre algunas detenciones que la policía ha llevado a cabo en Navarra, incautándose de documentación, armas y material diverso encontrado en un piso franco, ocupado por presuntos miembros de ETA aún sin identificar. Al principio estoy más pendiente de estas noticias de última hora que de la conversación de mis vecinos, que por fin acapara mi atención al escuchar palabras sueltas pero claramente relacionadas con el tema informativo. Son cuatro y dialogan sin ningún tipo de discreción. Está claro que no les importa que les escuchen o a lo mejor es lo que buscan, teniendo en cuenta que soy el que está más cerca.

—¿Es que no van a entender nunca lo que significa el derecho de los pueblos a decidir su futuro? –dice el que parece tener más edad.

—No sólo no lo entienden, sino que utilizan los métodos franquistas de siempre: el palo y tente tieso –añade el de su derecha.

—Pero lo malo es que tenemos al enemigo dentro. Mucho rollo soberanista y mucha hostia y en la práctica se bajan los pantalones y se someten a los dictados de Madrid –ahora es el más joven el que habla.

—Y parecía que con un gobierno de izquierdas... Todo mentira, la misma represión y la misma mierda de siempre, pero peor, porque estos son lobos con piel de cordero –sentencia el último.

—¡Qué cojones! Ahora estamos peor que antes. Cada vez son menos los que luchan porque están todos en la cárcel o en el extranjero, los demás ilegalizados por los hijos de puta de los jueces, que los metía yo a todos en un zulo de dos por dos y lo cerraba con una losa, y nuestro gobierno lloriquean-do a todas horas porque no le dejan hacer su referéndum –vuelve a hablar el primero.

—Si se creen que van a poder con nosotros, están equivocados. Ellos son los terroristas, que siguen utilizando leyes antidemocráticas, pero mientras quede un solo vasco de verdad esto no habrá acabado –y el que habla remata con un puñetazo en la mesa.

—Y encima vienen de Madrid y hasta del extranjero a decirnos lo que tenemos que hacer. ¿Piensan que somos marionetas? Y cuando les conviene quieren negociar, o sea, decir lo mismo de siempre y no escuchar, como siem-pre.

En la taberna reina ahora un silencio sepulcral, roto en exclusiva por este discurso amenazador que ha ido subiendo de tono. Siento las miradas de todos los presentes clavadas en mí y no sé qué hacer, si responder a la provocación o levantarme y salir por la puerta con el rabo entre las piernas. No estaba pre-parado para esto y debo pensar rápidamente en una solución airosa. También tengo miedo de ser el causante de un enfrentamiento si alguien decide solida-rizarse conmigo, porque ya no hay ninguna duda de que soy el blanco de todas las diatribas.

Jon se acerca a mí empuñando las botellas de chacolí como si fueran ob-jetos contundentes, se planta entre ellos y yo y les habla con un sorprendente vozarrón.

—Aquí no quiero gentuza, os lo he dicho muchas veces. En mi negocio no voy a consentir provocaciones de este tipo, ni mucho menos vais a acabar con la tradición hospitalaria de los vascos con los forasteros –los hijos de Jon también se han colocado fuera de la barra–. Si no queréis que avise a la patru-lla, ya os estáis largando por donde habéis venido... Y pobrecitos de vosotros si este señor que veis simplemente tropieza con una piedra en el camino de aquí a que llegue a su cama esta noche. ¡Estáis avisados! ¡*Utikan begien bistatik*! ¡Fuera!

Finalmente, deponen su actitud y se marchan. ¡Menos mal! Una vez que han salido por la puerta volvemos todos a respirar, porque la mayoría llevábamos rato conteniendo el aliento. Jon deposita las botellas en la mesa y se sienta en un taburete, secándose la frente con un paño de cocina que lleva colgado del cinturón.

—Bueno, creo que yo también tomaré un chacolí –y se sirve un vaso hasta el borde.

—Gracias, Jon y por favor, acepten una ronda de mi cuenta todos ustedes –y mientras hablo hago giros con la mano.

Parece que la normalidad se recupera y los presentes continúan con sus juegos y su charla. La televisión ha pasado a la información deportiva y, una vez que estamos todos servidos, Jon brinda por Euskadi y por la paz y yo lo único que quiero es dar el incidente por zanjado.

—Lo peor que se puede hacer es tener miedo de estos energúmenos. Precisamente juegan con el temor de la gente, pero si les haces frente no son nadie. De todas formas yo me quedo más tranquilo si mis hijos le acompañan luego hasta el hostal.

—Ni hablar, Jon. Como usted dice no hay que mostrar debilidad para no darles la oportunidad de que sientan fortaleza. Nunca he tenido miedo y no voy a empezar ahora.

—Bien –insiste Jon– entonces seré yo el que vaya con usted, así de paso le llevaré a Arantxa un besugo de los que hemos preparado hoy para el menú del día, porque tengo yo mucho gusto en que lo cenen esta noche.

—Agradecido. ¿Fuma usted? Porque le puedo invitar a un habano para hacer más llevadero el camino.

—¡No me diga que fuma usted puros! Le acepto uno de buen grado, pero no diga nada, porque si Edurne se entera no me lo dejará fumar. ¡Ya sabe cómo son las mujeres! Dice que lo hace por mi bien y, ¡qué demonios sabe ella lo que es mi bien! ¿Está usted casado, Jaime?

—Lo estuve. Ahora estoy divorciado.

—¡Vaya...! Nunca se sabe cómo está mejor un hombre.

—Estoy de acuerdo. Bueno, Jon, dígame cuánto le debo, porque se hace tarde y Arantxa tal vez me esté esperando para la cena.

—Ya me paga usted el próximo día. Así no tiene más remedio que volver por aquí. Y venga ese habano, que se me hace la boca agua.

Jon lleva el besugo y yo transporto las botellas en una bolsa. Mientras exhalamos humo a dúo, me cuenta con detalle historias relacionadas con gente de este pueblo que ha sufrido la violencia terrorista en primera persona, extorsiones, amenazas o la pérdida, como en el caso de Arantxa, de algún ser querido. Gente que emigra, negocios cerrados, familias enfrentadas y un pueblo cada vez más despoblado y empobrecido.

—La gente joven no ve futuro. Décadas de terrorismo que han vaciado y arruinado el País Vasco, una de las zonas más ricas y prósperas de España. Fíjese usted en mis hijos ¡Cómo les voy yo a pedir que continúen con el negocio el día de mañana, si a la taberna ya no vienen más que los viejos y los que montan gresca! Aitor parece que tiene posibilidades en el fútbol profesional y Gorka es un buen mecánico, así que el día en que su madre y yo ya no podamos seguir, cerraremos la taberna si antes no han acabado con nosotros.

—No diga eso, Jon, yo quiero ver el futuro con optimismo. Esto ya no puede dar mucho más de sí. El terrorismo de ETA no tiene razón de ser, necesariamente ha de estar dando los últimos coletazos. No hay que perder la esperanza, porque si la perdemos ya no nos quedará nada.

Estamos a cincuenta metros del hostal y ya se oyen los ladridos de bienvenida de Octavia, que hacen salir a Arantxa a abrir la cancela. Jon le hace entrega del besugo y le cuenta sucintamente el incidente de la taberna, antes de despedirse.

—Adiós, Jon y gracias por todo. Hasta pronto.

—¡Virgen de Begoña! ¡Qué disgusto! –exclama Arantxa–. Siempre estamos con el alma en vilo. ¿No ha pasado nada, entonces?

—No, venga Arantxa. ¡Cálmese! No hay que dar al tema más importancia. Sólo ha sido una fanfarronada.

—Ya, bueno, pero usted esta noche cierra bien la reja de la terraza y echa las cortinas del dormitorio... Y no diga nada más, porque entonces no dormiré tranquila.

—De acuerdo. Es más, lo comprobará usted misma.

Damos buena cuenta del besugo y me retiro a la habitación escoltado por las dos damas de la casa. Decididamente, Octavia me ha adoptado como amo y, desde luego, no seré yo el que intente convencerla de que no lo soy. Además, Arantxa piensa que me puede venir bien su compañía, dadas las circunstancias.

Ya más cómodo, procedo a llevar a cabo la actividad del día que más me gusta: mi conversación con Isabel, en esta hora en la que el alma se serena y el cuerpo se relaja. La actividad física y mental se ralentiza como preludio del descanso nocturno que vendrá a continuación. Por norma, la gente ve la televisión desde un buen sofá, o lee recostado en la cama o pasea tranquilamente con su perro antes de dormir. Buscamos el estadio intermedio entre la vigilia y el sueño, como la forma idónea de enlazar las distintas etapas del día y, cuando por circunstancias no lo hacemos así y pasamos de la actividad frenética a intentar dormir, nos cuesta conciliar el sueño porque nos lo impide el estado de alerta y excitación en el que nos encontramos. Nos falta la distensión que es necesario intercalar.

Isabel responde con rapidez a mi llamada, cantando ya directamente. Lo tenía preparado y a mí me encanta escucharla, en su versión del clásico *Fallen* que tantos han cantado y que, entre otras cosas, dice: "Y apago la luz para verte mejor y saborear este sueño de amor...".

Aplaudo y silbo cuando acaba y ella me da las gracias como si yo fuera su público.

—Oye, ¿hay algo que no sepas hacer o eres casi divina?

—Claro. Por ejemplo... mmm... no sé montar en bicicleta –contesta Isabel divertida.

—Pues eso lo vamos a solucionar en breve.

—¿Y será entonces cuando alcance la perfección?

—Casi.

—Vale.

—Preciosa, estás agotada, ¿no?

—Sí, pero contenta.

—Bien puedes estarlo. Tienes una familia increíble.

—Lo sé... Y te tengo a ti, que eres un tesoro –dice Isabel riendo.

—Gracias. ¡Tengo unas ganas de verte!

—No más que yo. Y además habrá sorpresa.

—¿Qué insinúas?

—Nada, te repito que es una sorpresa.

Continuamos hablando y bromeando un rato más, hasta que nos despedimos finalmente. Tengo que reconocer que conversar con Isabel despierta mis instintos más básicos y me quedo dormido imaginando fantasías sexuales que, quizá por irrealizables, tienen aún mayor efecto excitante. Soñando debo estar cuando me despierta bruscamente un tremendo golpe y ruido de cristales rotos por todas partes. Me levanto de un salto y a oscuras salgo a la terraza, con el tiempo justo de ver en esta noche de luna en cuarto menguante a dos figuras alejarse a toda velocidad. Es entonces cuando caigo en la cuenta de que Octavia no ha ladrado, ni siquiera se ha movido. Angustiado enciendo la luz y compruebo, horrorizado, que el pobre animal ha recibido una tremenda pedrada en la cabeza y sangra abundantemente a través de los innumerables cortes producidos por los cristales, algunos clavados en su cuerpo.

Arantxa que también se ha despertado, golpea la puerta con insistencia.

—Don Jaime, ¿está usted bien? ¡Por el amor de Dios! ¿Qué ha pasado?

Abro la puerta y la sujeto por los hombros, previendo una reacción dramática ante la visión del animal herido.

—Estoy bien. Escuche, hay que avisar al veterinario urgentemente. Octavia ha recibido una pedrada en la cabeza y tiene muchos cortes de cristales.

La pobre Arantxa llora y se lamenta al ver a su perra y corre a la cocina a pedir ayuda. Mientras, mojo las toallas del baño y tapono la herida abierta junto a la oreja, procediendo a desincrustar los cristales que asoman del lomo, para ir ganando tiempo. Por fin llega el veterinario, que trabaja durante más de dos horas curando heridas y examinando la buena marcha del embarazo de Octavia. Afortunadamente todo ha quedado en un susto y el animal se recuperará.

Arantxa me ayuda a cambiar de habitación por esta noche y seré yo el que vigile a la perra en las próximas horas. En fin, son las cuatro de la madrugada, así que lo mejor será intentar descansar y no dar vueltas al incidente, cuya autoría no parece difícil de atribuir.

20

La paz no es ya ese ideal utópico e inalcanzable que adorna con sus buenos propósitos una realidad indiferente, sino el fruto del pensamiento, la sensibilidad y el compromiso de millones de personas en todo el mundo.
José Luis Rodríguez Zapatero (político español)

Tengo la certeza absoluta de que en el reino animal ocurre lo mismo que con los humanos. Las hembras presentan mayor resistencia frente al sufrimiento y al dolor físico que los machos. Seguramente hay un componente genético ligado al sexo que explica que esto sea así, salvo honrosas excepciones. Octavia no se ha quejado en toda la noche, aunque bien es verdad que el veterinario le administró un sedante para aliviar sus molestias y facilitarle el descanso. Es increíble cómo me busca cuando se despierta, con los ojos extraordinariamente abiertos, y suspira aliviada al verme y sentir mis caricias.

Hace rato que oigo a Arantxa trastear de acá para allá y estoy seguro de que ha estado escuchando detrás de la puerta, con el fin de comprobar si había indicios de actividad al otro lado. Como oigo voces extrañas decido abrir, aunque estoy en albornoz.

—Perdón, don Jaime. Acaban de llegar los cristaleros del seguro y me dicen que cuando acaben aquí han de ir al bar de mis primos, que también les han destrozado las ventanas. Seguro que han sido los mismos. ¿Qué tal ha pasado Octavia la noche?

—Bien, bien, sigue muy tranquila. Por supuesto que han sido los mismos; aunque no haya pruebas, las pedradas tienen nombre y apellidos. Bueno, si no necesita nada de mí, en cuanto me vista me llevo a la perra para que la revise de nuevo el veterinario antes de ir a San Felipe... y no se preocupe por la factura que corre de mi cuenta.

—¡Ni hablar! De ninguna manera. ¡Menudo disgusto si le llega a pasar a usted algo!

—Pero no me ha pasado nada. Además, son gajes del oficio...

—Ya, pero no en mi casa. Más tarde iré a poner la denuncia para que el seguro cubra los gastos. Tal vez me pregunten si vi algo. ¿Usted los vio?

—Yo sólo puedo afirmar que vi a dos hombres alejarse corriendo, pero no puedo aportar datos ni descripciones, puesto que la oscuridad me impidió apreciar nada más. De todas formas, si la policía necesita algún tipo de declaración, me acercaré a la comisaría en cuanto pueda.

A estas horas, la noticia ha corrido como la pólvora y todo el pueblo conoce ya lo sucedido. Afortunadamente, el veterinario ratifica su diagnóstico en lo que se refiere al buen estado de Octavia y me confirma que la perra parirá aproximadamente en el plazo de un mes. La curaremos en casa a partir de hoy.

Patxi se interesa por Arantxa y por mí cuando me acerco a comprar la prensa y acto seguido me encamino a El Gudari para comprobar el lamentable estado en que ha quedado el local. Como aún es temprano, yo también colaboraré en las tareas de desescombro, aunque me veo obligado a forcejear con Aitor para que me ceda el cepillo de barrer.

—¡Qué putada lo del perro, Jaime! Si no fuera por eso, aquí no ha pasado nada. Como usted imaginará, no es la primera vez que mi establecimiento sufre una agresión y peores que ésta las hemos tenido. En otra ocasión, además de cargarse las ventanas y descerrajar la puerta, provocaron un incendio y perdimos casi todo el mobiliario de la taberna.

—Por el perro no se preocupe, porque se va a recuperar sin problemas. La cosa está en lo que podemos hacer para que esto no vuelva a ocurrir –le digo a Jon mirando el panorama que ahora es desolador.

—Pues por nosotros tampoco tiene que preocuparse porque el local está asegurado. Volveremos a hacer guardia mis hijos y yo en las próximas noches y después de un tiempo seguiremos con la rutina normal, como si no pasara nada. No se puede hacer otra cosa y de poco sirve darle vueltas. No son más que un atajo de cobardes que se amparan en el grupo y en la nocturnidad para cometer sus fechorías. Bueno... y ya está bien de barrer, que usted no ha venido para esto.

—Escuche, ahora tengo que marcharme, pero esta noche volveré para ver cómo va todo. Si necesita algo no dude en llamarme.

—¿Sabe lo que vamos a hacer? Arantxa y usted se vienen esta noche a casa a cenar con nosotros.

—Por favor, Jon, no quiero molestarles... Es mejor que cenen en familia.

—¡Qué va usted a molestar! Donde cenan cinco, cenan seis y además será un placer recibirle en mi casa. Como es periodista, quién sabe si algún día escribirá sobre nosotros en los periódicos o en un artículo.

—Pues no se hable más. Por mí encantando. Hasta la noche.

Carlos ya está listo y esperándome en el vestíbulo, junto a Gladis que, según parece, hoy también vendrá con nosotros.

—¿Se puede saber dónde te has metido? Ya me tenías preocupado, después de lo de anoche –dice Carlos con gesto serio.

—Vaya, ya veo que tú también te has enterado.

—Pues, ¡claro! Cómo no me voy a enterar teniendo en cuenta que en este pueblo viven cuatro monos y la mayoría coinciden en los mismos sitios.

—Es verdad, Jaime, nos tenía muy preocupados –apostilla Gladis.

—Ha sido un incidente sin importancia. Está claro que sólo querían asustarnos... ¡Nada más!

—O un aviso, Jaime. A ver qué opinan Manu y Andoni del tema. Deberíamos irnos ya, se acerca la hora.

—De acuerdo. Oye, ¿cómo te encuentras hoy?

—Pues la verdad es que no muy bien. Espero estar mañana a pleno rendimiento, cuando llegue Isabel.

En este momento pienso que ella no debería enterarse de lo que ha pasado. No quiero que se preocupe por una tontería y así se lo hago ver a Carlos, que se descuelga con un comentario cuando menos extraño.

—Claro, claro... Además estoy seguro de que su preocupación en este caso no sería fingida.

Como no sé qué intenciones esconde el razonamiento, decido que lo mejor es hacer oídos sordos y cambiar de tercio.

—¿Qué crees que pasará hoy, Carlos?

—Pues me temo que lo que va a pasar es que Azcárraga se presentará a la cita sin haber resuelto todas las incógnitas, haciéndose el mártir, intentando convencernos de que ha hecho cuanto estaba en su mano para abrir el camino del diálogo y apelando a nuestra comprensión y sentido de la responsabilidad para no cerrar la puerta y ganar tiempo. Y nosotros nos dejaremos convencer –y levanta los hombros cansinamente según termina la explicación.

En lo que al tiempo se refiere, el día está más templado que ayer y cuando levanten las brumas matinales, el sol, que ya calienta en esta época del año, será definitivamente el dueño del cielo. Don Marcelo me pregunta, paternalmente, por mi estado de salud y de ánimo. Llegan Manu y Andoni e irremediablemente vuelvo a ser el centro de atención.

—Mira, Jaime, después de lo que pasó ayer, está claro que saben quién eres, así que lo mejor es prevenir y asignarte una persona que se ocupe de tu protección personal desde hoy mismo –dice Manu con resolución.

—Pero...

—No hay peros ni consideraciones de otro tipo. Esta tarde irá a verte un agente de seguridad que se quedará contigo mientras permanezcas aquí y se te asignará otra escolta igualmente en Madrid, al menos durante un tiempo.

—No creo que sea buena idea –apunto tímidamente–. No estoy habituado a vivir vigilado y no creo que me acostumbre por mucho tiempo que pase.

—¿Crees que para los demás ha sido fácil? –ahora es Andoni el que interviene–. Es un precio muy alto el que pagamos, pero no podemos bajar la guardia, ni por nosotros, ni por nuestras familias, ni por supuesto, por el proceso que podría irse al garete si nos pasara algo. Si quieres que sea sincero, yo también pienso que todo esto no ha sido más que una advertencia, pero es mejor ser precavido.

Asiento con resignación. Faltan quince minutos para las doce y no hay rastro de Azcárraga y Lertxundi.

—¿Y qué pasará si no se presentan? –pregunto con cierto miedo a la respuesta.

—Pues habremos perdido el tiempo y las esperanzas una vez más –responde Manu–. Y lo peor, la demostración palpable de que la izquierda abertzale y ETA van por caminos distintos.

—Vendrán –asegura Andoni.

Efectivamente, no han pasado ni cinco minutos cuando aparecen los dos acompañados por don Marcelo, que también respira más tranquilo.

—Supongo que vuestra presencia aquí es, en principio, un elemento positivo –concluye Carlos.

—Es positivo pero no definitivo; condición necesaria pero no suficiente. Quiero decir que todavía hay un abismo entre los planteamientos de la banda y los nuestros. Necesitamos tiempo para acercar posiciones y unificar criterios –parece que Azcárraga trajera la lección aprendida.

—¿Sabes lo que creo? Que os pasáis la vida pidiendo y no dais nada a cambio –afirma Andoni.

—Las cosas están jodidas. Tú no lo entiendes, pero la ruptura de la última tregua ha abierto una profunda brecha entre ETA y nosotros. Me atrevo a afirmar que el propio núcleo de la organización está resquebrajado. No todos los miembros de la cúpula piensan igual...

—Ya –interrumpe Manu–. La diferencia puede estar en que mientras unos son partidarios de la matanza sin tregua, otros piensan que es mejor matar los lunes, miércoles y viernes, de ocho a tres.

—No se trata de eso. ¡Dejadme hablar! La línea divisoria que nos separa se basa en dos análisis distintos, dos percepciones que tienen que ver con el cansancio y la frustración, que también tienen cabida en este universo sectario. Mientras los moderados creen que la lucha armada es ineficaz para doblegar al Estado español y puede terminar arruinando el proyecto político de la izquierda abertzale, los más radicales y sanguinarios difunden la tesis de que, en realidad, es España la que necesita desesperadamente negociar con ellos.

—¿De verdad están tan ciegos que interpretan el incremento de la represión policial y judicial como indicativos del afán del Gobierno por negociar con unas organizaciones debilitadas? –ahora es Carlos el que pregunta.

—Lo que yo digo es que la fractura es un hecho y que el enfrentamiento ha calado en las propias entrañas de ETA. Prueba de ello son las suspensiones de militancia de algunos miembros históricos y hasta hay quien añade que existen elementos sentenciados a muerte por traidores. También me consta que el ala dura acusa a la dirección etarra de haberle cerrado el grifo de la financiación para impedir la comisión de atentados, aunque la tregua esté suspendida –añade Azcárraga.

—Y mientras ellos se dedican al debate interno, ¿qué se supone que debemos hacer nosotros? –dice Andoni.

—¿Y nosotros? –ahora es Lertxundi el que interviene.

—Por mí, a vosotros os pueden joder bien jodidos. Lo tenéis merecido por haber jugado al doble espía durante tanto tiempo. Y te voy a decir una cosa: contempla la posibilidad de que no tardando mucho vuestras fotos aparezcan también con las dianas de la sentencia de muerte, si finalmente el núcleo duro se hace con el control –advierte Andoni sin paños calientes.

—Está bien –interviene Carlos conciliadoramente–. De lo que se trata es de decidir qué hacemos ahora. ¿Tú qué propones, Kepa?

—Seguir con la presión desde todas las trincheras. Yo me comprometo a reunirme con ellos durante todo el fin de semana e intentar hacerles entender que los fundamentalismos no aportarán ninguna ventaja, que los que proponen una huída hacia delante no calibran sus consecuencias y que el Gobierno y el Estado no se sentarán a negociar por unas cuantas vueltas más de tuerca.

—Intenta que presten atención al termómetro de las movilizaciones y al ínfimo respaldo social actual, que pone de manifiesto el aforo de las últimas convocatorias. Ellos saben mejor que nadie que hace no mucho tiempo, cuando algún capo era detenido, la respuesta en la calle era indiscutiblemente solidaria. Sin embargo, ahora salen cuatro pelagatos a gritar y a destrozar dos cajeros y una cabina –complementa Andoni.

—Lo enfocaré desde el argumento de que su irresponsabilidad y su cortedad de miras no nos deja más solución al resto que buscar una salida, que pasa por promover una plataforma independentista abierta a formaciones políticas y sindicales *abertzales* sin contar con ETA. De ser así se quedarán aislados de verdad, sin apoyo social ni político. La organización se desintegrará en un plazo corto y, además, sus acólitos que ya cumplen condena no les perdonarán nunca haber desperdiciado la oportunidad de conseguir la redención e incluso la libertad –Azcárraga parece haber terminado.

—Porque me supongo que apelar a métodos democráticos para resolver el problema es perder el tiempo. Si son una minoría los que se niegan a abandonar las armas y la mayoría desea entrar en negociación... –deja Manu el razonamiento en el aire para que alguien lo recoja.

—Mira, Manu, estos tienen de democráticos lo que yo de fraile dominico. Los cabecillas mandan y son más fascistas que Franco, a cuya dictadura deben la razón de su existencia. ¡Paradojas de la vida! –concluye Azcárraga.

—Bien. Entonces, esperaremos a tus conclusiones después del fin de semana, Kepa. Pero no habrá más concesiones. ¿Entendido? El lunes quiero una respuesta definitiva, es la última oportunidad. Más vale que les hagas entrar en razón, de lo contrario el Estado de Derecho utilizará todos los medios de que dispone para aplastarles como a cucarachas, ¡como que me llamo Manuel Santisteban!

—Te adelanto, por si lo quieres transmitir, que no limitaremos el número de representantes, dentro de lo razonable, si consideran conveniente que las distintas facciones participen en la mesa de negociación. Como opina el presidente, tal vez sea mejor integrar que excluir para conseguir los objetivos. Se controla mejor al enemigo cuando lo tenemos sentado a nuestro lado –añade Andoni.

—Tengo la sensación de que depende de mí en buena parte la continuidad del proceso –piensa Azcárraga en voz alta.

—En cierto modo –interviene Carlos–. Imagino que es mucha la presión y, si me permites, te recomiendo que cuides tu salud, no tienes buen aspecto.

—Guarda tu preocupación para ti mismo, que te hace más falta que a mí.

—Bueno, ya está bien. Se acabó la charla. No lo olvides, Kepa, el lunes quiero una respuesta definitiva. Se levanta la sesión. Debo regresar a Madrid en seguida.

—Es desesperante –dice Carlos–. Parece que siempre estuviéramos en el mismo sitio. El tiempo pasa inexorablemente, pero nosotros no conseguimos avanzar.

—Comprendo tu prisa, Carlos y, aunque todos estamos impacientes, quizá la percepción del inmovilismo es más acuciante para ti –dice Manu poniendo la mano en su hombro a modo de consuelo y solidaridad–. Prepara un guión que recoja los puntos de la negociación para facilitar a nuestros superiores una visión del tema lo más ajustada posible a la realidad.

—Confiemos en que Kepa sea capaz de acojonar a esa panda de trogloditas –ahora es Andoni el que quiere también infundir ánimos a Carlos.

—Bueno, Jaime, ¿tú que harás entonces? –Manu parece impaciente por iniciar el viaje–. Te lo digo por si quieres regresar a Madrid conmigo, en vista de la situación.

—No, verás... Te lo agradezco mucho, pero había pensado quedarme hasta el domingo, así que ya no voy a cambiar los planes. Tampoco tengo gran cosa que hacer en Madrid.

—Bien, entonces te mandaré un escolta al hostal esta tarde.

—De acuerdo, entonces hasta el lunes –termina Carlos que tiene mala cara.

—Adiós a todos y buena suerte –me despido con un fuerte apretón de manos.

Nos unimos a Gladis, que examina a Carlos como consecuencia de un fuerte acceso de tos que le ha cogido por sorpresa. Asegura que tiene fiebre de nuevo y respira con dificultad. El doctor Granados examina al paciente y confirma que padece un principio de neumonía y, para curarse en salud, prescribe su traslado a la UCI del centro, donde estará vigilado las veinticuatro horas del día.

—Carlos, no es la primera vez que te ocurre y sabes que es lo más sensato. Tu estado es delicado porque tu sistema defensivo está muy mermado y cualquier agente patógeno hace presa en ti con facilidad. Si actuamos ya tendremos más posibilidades de solucionar el problema, pero deberás guardar reposo absoluto y someterte al tratamiento a rajatabla. ¿Estás dispuesto a acatar mis instrucciones? Tú tienes la última palabra, pero debo advertirte que, de no hacerlo así, no respondo de tu evolución. Es mi deber adelantarte que si en las próximas cuarenta y ocho horas el proceso no remite, tendríamos que pensar en tu traslado a un hospital –el doctor parece haber dado por terminada su explicación.

—¿Hay posibilidades de que esto suceda? –pregunta Carlos, que ahora está realmente pálido.

—Sí, Carlos. Voy a ser muy sincero contigo, porque además tú siempre me has pedido que lo sea. No me gusta lo que veo pero también tengo confianza en tu fortaleza y en tu sensatez. Por tu bien, haz lo que te digo.

—De acuerdo, me pongo en tus manos. Yo voy a hacer todo lo que me dices pero, por favor, haz tú lo humanamente posible para que supere esta crisis. Necesito más tiempo, Santiago, no puedo morirme todavía.

Yo estoy sin saliva.

—Jaime, por favor, habla con Isabel. No le ocultes la gravedad del tema pero tampoco dramatices en exceso. Estoy seguro de que me recuperaré –y Carlos vuelve a toser.

—Vale, pero prométeme que te tomarás esto tan en serio como el trabajo –mi petición quiere ser casi una súplica–. Si te pasa algo, me dejas huérfano.

—Te he dicho que no dramatices, yo no soy tu padre. Además, tú ya formas parte del equipo y tienes una misión que cumplir, conmigo o sin mí.

—Doctor, ¿puedo acompañarle hasta que quede instalado en la UCI? –pregunto en última instancia.

—Sí, pero una vez ingrese deberá limitarse a los horarios de visita.

—No te preocupes, Jaime... Y si llegara el final...

—No digas tonterías. Aún falta para el final. Somos muchos los que te necesitamos.

—Agradezco tus palabras, pero sé de sobra que ya no soy necesario para nadie. Ni siquiera para mis hijas. ¡Pobrecillas! Aunque no son conscientes de ello, perder a su padre significaría, entre otras cosas, recuperar a su madre y una vida normal. Jaime, hay que ser realistas, nadie me echará de menos y, hoy por hoy, mi muerte puede tener más ventajas que inconvenientes.

—Vale, de acuerdo, pero nosotros no elegimos cuándo abandonar el barco, a no ser que decidamos quitarnos de en medio voluntariamente. Si no es así, sólo nos queda un camino: seguir adelante. En tu caso y si lo quieres ver de esta manera, tienes un trabajo que hacer y, francamente, sería una irresponsabilidad por tu parte marcharte dejándolo a medias.

Cuando llegamos al área restringida, sólo Carlos atraviesa la puerta de esta UCI reducida pero muy bien montada. Tomo asiento en la sala de espera frente a un gran ventanal por el que se vislumbra un precioso paisaje montañoso y tan verde que me hace pensar en que, en el hipotético caso de que se tratara de la última visión antes de dejar este valle de lágrimas, bien serviría para marchar en paz. Gladis se sienta a mi lado y me explica que está preocupada por Carlos, que es un hombre complicado, pero que le ha cogido cariño. Se han acoplado muy bien el uno al otro desde que llegó a la residencia, además de prestarse consuelo mutuo en las circunstancias adversas que les ha tocado vivir, diferentes en su naturaleza pero igualmente duras.

—Las dificultades unen. Alcanzo a entender un poco sus sentimientos. No olvide que, en cierto modo, yo también soy un inmigrante. Al principio me costó mucho encontrar mi lugar. Todo mi mundo quedó en Argentina, mi familia, mis amigos. Me sentía solo y desarraigado y más de una vez estuve a punto de tirar la toalla y regresar. Mi mujer fue la causa de que no lo hiciera. La conocí, me enamoré, aquí tenía trabajo, su familia me aceptó bien y, poco a poco, me fui sintiendo integrado y hasta feliz. Después vino el divorcio y de nuevo me planteé la vuelta, pero entonces miles de kilómetros me separarían de mi hija, así que descarté la idea y aquí estoy.

—En mi caso, las cosas son diferentes. Soy madre soltera y vine a España para trabajar y sacar adelante a mi hijo, que ahora vive con mi madre. Tengo ocho hermanos y estamos todos desperdigados por el mundo. El niño es muy pequeño y aún no me echa de menos, por eso tengo que aprovechar antes de que crezca y sea consciente de su realidad. Él ahora no sufre porque es poco más que un bebé, pero yo sí y Carlos ha sido muy bueno conmigo y me ha ayudado mucho en los momentos más críticos. Y, a propósito, quiero aprovechar esta conversación para decirle a usted que, aunque él nunca me ha explicado con claridad por qué está aquí, como imaginará lo he deducido y eso hace que aumenten mi respeto y estima –dice Gladis confirmando todas las sospechas.

—Ya... Bueno. Imagino que usted, que ha pasado mucho tiempo con él y ha visto tantas cosas, forzosamente ha tenido que sacar sus conclusiones –razono con lógica.

—Naturalmente, pero no se preocupe porque soy una tumba. ¡Ojalá todo lo que están haciendo sirva para algo!

Una vez en la cabina, parece verificarse el delicado estado de salud del paciente, si ello se corresponde con la cantidad de vías, tubos, cables, electrodos, monitores e indicadores luminosos que le rodean. El doctor Granados, muy amablemente, me indica que podré visitarle de nuevo por la tarde y que me informará entonces de su evolución, con el fin de que transmita a su mujer datos más concretos.

Retorno a mi habitación, una vez reparados los desperfectos y, mientras intento dormir un poco, Arantxa llama a la puerta para anunciarme que un joven pregunta por mí. Discretamente, espera detrás de ella. Se trata de uno de los escoltas que formaban parte de la comitiva que nos ha acompañado estos días. A su juventud y su impresionante físico se une una franca sonrisa que luce casi de continuo.

—Hola, señor Barbadillo. ¿Se acuerda de mí? Soy Francisco Fuentes, pero todos me llaman Paco.

—Claro que sí. ¿Te quedarás conmigo el fin de semana?

—Eso espero. Me he ofrecido voluntario y también me gustaría acompañarle a Madrid. Allí formaré equipo con otros compañeros.

—¡Ah! Pues muchas gracias, Paco. Me vendrá bien tu compañía, porque viajo solo. Pero llámame Jaime, por favor.

—Estupendo, Jaime. La señora me ha dicho que puedo instalarme en la habitación contigua, así que me gustaría saber cuándo volveremos a salir y qué planes tienes para el resto del día –dice sacando un bolígrafo y un cuadernillo.

—Pues verás... A las seis tengo que estar en San Felipe para visitar a Carlos...

—Sí, ya, el señor Hernández Portillo...

—Estaremos allí entre media y una hora, calculo yo, y regresaremos aquí. A eso de las ocho y media saldremos a cenar a casa de los primos de Arantxa, la dueña del hostal, aquí en el pueblo, pero la verdad es que desconozco la dirección.

—Sí, los de El Gudari... Sé dónde viven.

—Bueno, pues si lo tienes todo controlado será mejor que tomes posesión de la habitación. Mientras yo descansaré un rato hasta la hora de marchar.

—OK. Hasta luego.

No era consciente del cansancio y la tensión acumulados, pero así debe ser porque duermo profundamente durante casi dos horas. A las seis salgo de la habitación y Paco ya me está esperando en la recepción. Juntos llegamos a San Felipe y él se queda en el vestíbulo, donde esperará hasta que termine la visita.

Según todos los indicios, Carlos está respondiendo bien al tratamiento y el médico dice que, aunque es pronto para cantar victoria, está seguro de que el neumococo se irá debilitando. De todas formas, me insiste en que debo intentar que Carlos se cuide más, ya que a mí parece hacerme caso. Le aseguro que haré todo cuanto esté en mi mano para que se tome en serio sus prescripciones.

Marco el número de Isabel, que da la impresión de estar esperando mi llamada.

—Hola, Jaime. Ya sé por qué me llamas y, ante todo, quiero darte las gracias por ocuparte de Carlos como lo estás haciendo. Tus atenciones y tu amistad le están haciendo mucho bien.

—¿Quieres decir que ya sabes que Carlos sufre un principio de neumonía y ha ingresado en la UCI? –le digo sin demasiada sorpresa.

—Si... He hablado con Gladis. Lo hago prácticamente cada día. Ella me ha contado lo que pasa y me ha explicado también que tú estás siguiendo muy de cerca su evolución y que le estás ayudando mucho con tu apoyo y tu compañía. También me ha dicho que Santiago ha descargado en ti la responsabilidad de informarme. ¿Tú cómo le ves, Jaime?

—Sinceramente, Isabel, yo no soy el más indicado para opinar. Como imaginarás, que el médico haya decidido su ingreso en la UCI no es un buen síntoma, pero también me ha dicho que en las últimas horas su evolución parece buena y que confía en su fortaleza.

—Espero que así sea. Me consta que su salud hace aguas por todas partes y que yo no puedo atenderle como debiera porque nos separan cientos de kilómetros. No quiero ni pensar en lo que pasará cuando tú también te marches –dice Isabel con voz temblorosa.

—Escúchame. Hasta donde yo sé, no es la primera crisis que Carlos supera y te puedo decir que es un luchador. A pesar de ser realista y conocer de sobra sus circunstancias personales y los afectos con los que cuenta, el trabajo y la misión que le ha sido encomendada son muy importantes para él y no está dispuesto a rendirse. Va a seguir peleando hasta el final. Te aseguro que todo esto lo creo de verdad.

—Gracias, Jaime. No amo a mi marido, pero desde el día en que conocí el alcance de su enfermedad me juré a mí misma que no le abandonaría a su suerte porque, de otra manera, mi conciencia no me dejaría vivir en paz el resto de mi existencia. Desde hace años vivo en una pesadilla que no termina nunca. Aún así, no quiero pensar en su muerte. ¿Entiendes, Jaime? Mis sentimientos son contradictorios y el dolor, la pena y la compasión unas veces y el deseo de venganza otras, entrechocan constantemente en mi interior y no hay un solo minuto al día en que me libre de alguna de esas sensaciones enfrentadas. En ocasiones llego a pensar que me estoy volviendo loca...

—Creo que todo lo que dices es absolutamente normal. Tú has elegido hacer el bien, sin tener en cuenta que quien lo recibe no siempre hizo méritos para ser su destinatario. Eso dice mucho en tu favor.

—Mira, Jaime. Sólo hablar contigo me descarga más que el llanto que tantas veces no puedo contener y que, por el contrario en otras, cuando quiero aliviar la congoja que me ahoga, las lágrimas se niegan a salir.

—Bueno, pues hablaremos más. Esta noche te llamaré de nuevo para contarte mi cena con la familia Izaguirre, mañana veré a Carlos y te explicaré cómo va todo y, después, iré a buscarte al aeropuerto.

—Gracias. Ahora soy yo la que debería mandarte rosas. ¡Difícil papel te ha tocado! Animar a Carlos por un lado y consolarme a mí por el otro.

—Bueno... No creas que no lo pienso, pero no me siento culpable por ello. Mi amistad y mi preocupación por Carlos son sinceras y no tienen nada que ver con lo que siento por ti. No me veo como un traidor y un desalmado por ello.

—No debes. Tú también has hecho tu elección y estás obrando con generosidad y lealtad.

—Ya verás como cuando estés aquí mañana te tranquilizarás y pensarás de otra manera. Las cosas se ven peor en la distancia porque tenemos la sensación de que podríamos hacer más si estuviésemos presentes, aunque no sea así.

—Gracias, otra vez, Jaime y disfruta de la cena. Un beso y hasta luego.

Como imaginaba, la familia Izaguirre ha preparado una cena digna de reyes y no reparan en atenciones y agasajos. Son exactamente como la gente piensa que son los vascos y que en este caso coincide con los tópicos: gente afable, abierta y entrañable, que no hacen nada por serlo, sino que cuentan con ese don natural y de esta manera viven y actúan. Reímos, charlamos, les cuento con agrado cosas de mi familia, de Argentina, de mi trabajo y, como si les conociera de toda la vida, voy desgranando vivencias y anécdotas que ni yo mismo imaginaba que compartiría con extraños. En resumen, me siento como en casa y me contagian su sencillez y naturalidad.

Ya de vuelta en el hostal, me despido de Arantxa y de Paco y me llevo a Octavia conmigo, aunque desde luego ya no volverá a dormir junto a la terraza, sino a los pies de la cama, donde le sitúo su alfombra.

De nuevo llamo a Isabel, que ya está más tranquila, y me confiesa que bastante cansada. Yo también me siento agotado, por lo que una vez finalizada la conversación no tardo más de cinco minutos en apagar la luz. De otro modo, con toda seguridad, me dejaré la televisión funcionando toda la noche.

21

*Sigan ustedes sabiendo que, mucho más temprano que tarde,
se abrirán de nuevo las grandes alamedas por donde pase el hombre libre
para construir una sociedad mejor.*
Salvador Allende, últimas palabras públicas (médico cirujano y político chileno)

Una vez terminadas las curas de Octavia, como aún es pronto para desayunar decido ir a comprar la prensa. Hay una bicicleta en un rincón del patio que, aunque antigua y desvencijada, no parece que su estado sea irrecuperable, por lo que pregunto a Arantxa si a Iker no le importaría prestármela para hacer un poco de ejercicio cuando esté por aquí, ahora que el verano se acerca. Me dice que la bicicleta era de su marido y que Iker la abandonó definitivamente cuando su primo Jon le regaló la *mountain bike* de Aitor antes de que sus padres le compraran a este la moto. ¡Perfecto! Siguiendo las indicaciones de Patxi, me la llevo paseando hasta el taller de reparaciones del pueblo, donde ponen a punto todo tipo de vehículos, desde un tractor hasta un triciclo infantil que anda por allí a la espera de que le coloquen la rueda que se le ha salido. El jefe del taller me asegura que quedará muy aparente y que puedo pasar a recogerla al día siguiente.

Regreso al hostal, donde me está esperando Paco con cara de pocos amigos y es en ese momento cuando creo adivinar la razón.

—Jaime, me parece que no has entendido bien cómo funciona esto. No puedo ser el responsable de tu seguridad si te dedicas a hacer de tu capa un sayo, a salir y a entrar sin decirme nada, sin el menor indicio de preocupación por lo que pueda pasarte a ti y a mí si no hago bien mi trabajo y, desde luego, está claro que así no puedo hacerlo bien.

—Tienes razón, Paco, te pido disculpas y paciencia conmigo. Es que como no estoy acostumbrado, ni siquiera pensé en ti antes de salir... Quiero decir, que sí pensé en ti, pero como era temprano aún para nuestra cita, decidí que perfectamente podía aprovechar para hacer estos recados sin molestarte. No se me ocurrió que mi obligación es precisamente molestarte y la tuya acompañarme, aunque te moleste. Perdóname, por favor, y no me mires así, que me haces sentir fatal. Te aseguro que no volverá a pasar o, por lo menos, lo voy a intentar.

—Vale, de acuerdo. Pero mi obligación es echarte la charla para que te tomes el tema en serio. Por experiencia sé que, en general, la gente tiende a relajarse respecto de las medidas de seguridad en cuanto puede. Creo que es una conducta que tiene mucho de infantil, ¿sabes? Es como cuando éramos críos y hacíamos pellas.

Carlos evoluciona favorablemente, aunque su estado aún es delicado y el médico dice que por el momento no es posible aventurar fecha para abandonar la UCI. Espero que todo vaya bien, porque me gustaría dejarle fuera de peligro y de vuelta en su habitación, y tener así la oportunidad de hablar con él y despedirme, antes de marchar.

En la tranquilidad de mi dormitorio pienso por un instante en todo lo que me ha pasado en este último mes, sobre todo en la última semana y... no doy crédito. Soy un hombre solitario, ermitaño a veces según Enrique, pero en estos pocos días he conocido a un buen número de personas que ya forman parte de mi mundo y todo indica que continuarán así, en el futuro cercano al menos. Creo que irremediablemente habrá un antes y un después de esta primavera y de este año. Siento que estos hombres y mujeres han calado profundamente en mí y que, pase lo que pase a partir de ahora, no quiero que desaparezcan de mi vida, no quiero dejar de verles y que se conviertan en recuerdos, deseo seguir disfrutando de su presencia y su contacto físico, de su conversación, de su amistad... Hablando de amistad, llamaré a Enrique, que hace días que no sé nada de él. ¡Cómo se nota que otra persona acapara toda su atención! De otra manera, mi pegajoso compañero me hubiera traído de cabeza durante toda la semana, con sus preguntas machaconas y sus interrogatorios implacables. ¡Cómo le echo de menos!

—Hola, colega, ¿se puede saber qué te traes entre manos para pasar de mí tan ampliamente?

—¡Hola, capullo! Aquí me tienes, de pueblo en pueblo, como los titiriteros. Ahora mismo estoy en Becerril y esta tarde aterrizaré en El Escorial. Llevo tres días a dos pueblos diarios, entrevistándome con los responsables municipales de urbanismo y medioambiente, con los grupos de la oposición y las organizaciones vecinales de la cuenca del Guadarrama. Voy a llevarle al jefe un informe que se va a cagar. Más bien los que se van a cagar son los gerifaltes autonómicos, que no veas los tejemanejes que se traen y los contubernios que tienen montados entre unos y otros para calificar y recalificar, donde dije digo digo Diego, hago y deshago según sopla el viento, autorizo, desautorizo y vuelvo a autorizar. ¡Esto es la hostia! Y además, no quieras ver a los ediles, se creen los virreyes de las Indias.

—O sea que rozas el Pulitzer con la punta de los dedos –le digo a Enrique, que piensa que nunca me tomo en serio su trabajo.

—Ríete ahora que puedes. Mi carrera está despegando y puede que estés ante el próximo periodista ecologista de fama internacional, cuyos servicios se disputarán los mejores grupos de comunicación del mundo.

—Bueno, pues me alegro mucho por ti. Y, ¿qué tal está Verónica?

—Para comérsela, ya te lo he dicho. De verdad, Jaime, voy a hacer una faena de dos orejas y rabo, un trabajo serio de periodismo de investigación y denuncia en estado puro. Los artículos saldrán en días sucesivos y voy a firmarlos por primera vez... ¡Esto marcha, colega! ¿Y tú?

—Bien, bien... Pero... No sé... Me están pasando tantas cosas. La salud de Carlos ha empeorado y ahora mismo está ingresado en la UCI, inconsciente y fuera de la circulación.

—Y, entonces, ¡macho!, ¿qué haces ahí? Vente para Madrid, porque supongo que el trabajo puedes hacerlo aquí igualmente y, si dices que el paralítico está en off supongo que no te comunicarás con él por telepatía.

—Pero, ¡qué burro eres! Claro que puedo irme cuando quiera, pero Isabel llega esta tarde y pasaremos juntos el fin de semana, así que, como estaba previsto, regresaré el domingo. ¡Escucha! Tengo miedo de que Carlos se muera ahora que tenemos este trabajo entre manos.

—¡No seas gilipollas! El trabajo lo puedes terminar tú solo y si se muere, pues mucho mejor para ti, porque tendrías el deber de consolar a la viuda.

—¡Cómo se puede ser tan insensible! Enrique, hablamos de la vida de un hombre que se puede acabar de un momento a otro.

—¡Qué quieres que te diga! ¡La vida es así! Tú no tienes la culpa si se muere, ni su mujer tampoco. Además, por lo que me has dicho, es la crónica de una muerte anunciada, ¿no?

—Sí, claro, pero no puedo evitar sentir pena y frustración por no poder hacer nada. Te aseguro que lo estoy pasando mal.

—Pero no es tu problema, sino el de su familia y, si admites un consejo, yo me mantendría al margen.

—Pues me parece que no me va a ser fácil –afirmo con el convencimiento de quien ve claro el porvenir.

—Bueno, macho, te tengo que dejar porque estoy citado para almorzar con el primer teniente de alcalde y ya voy pegado de hora. Nos vemos el lunes y resérvame la hora de comer porque tenemos que hablar largo y tendido.

—Vale. Reconozco que te necesito, pequeñín. Me haces falta para descargar mi conciencia y considerar puntos de vista alternativos.

—Eso. Como el confesor de la Reina... Ya vendrás el lunes con tus lamentos. Y permíteme una última recomendación en este fin de semana que se perfila lujurioso. Como hace tanto tiempo que no practicas, lo mismo se te ha olvidado lo que hay que hacer. ¿Necesitas que te refresque la memoria? –y Enrique ríe con ganas.

—¡Vete a la mierda! ¡Mira quién fue a hablar! Hace dos días más oxidado que el Titanic y ahora vas de sobrao...

—Ya, pero yo soy joven y los instintos y la juventud unidos hacen milagros –y otra vez las carcajadas.

—Anda, fantasmón, si no hablamos durante el fin de semana nos vemos el lunes.

—Por favor, no me llames si no es una cuestión de vida o muerte, porque voy a traer a Verónica a pasar dos días en el Parador de La Granja y no quiero que me desconcentres.

—Vale, no te molestaré, descuida, a ver si te vas a desorientar y luego no estamos a la altura.

—¡Que te den...!

Después del almuerzo pasaré por un centro comercial de Vitoria con la intención de comprar unos regalos para Jon y Edurne, y corresponder en alguna medida a su amabilidad de estos días. También quisiera hacerle un regalo a Arantxa pero no se me ocurre el qué. Bueno, ya pensaré algo o le pediré opinión a Isabel, más experta en la materia.

Con mucho tacto, intento explicarle a Paco que Isabel se sentirá cortada si vamos a buscarla juntos y luego tenemos que regresar los tres en el mismo coche, por lo que, pensándolo bien, lo mejor será que él vaya detrás en el mío y yo utilice el alquilado. Lo entiende a la primera. Me gusta Paco, es un tío legal y hay que reconocer que su trabajo no tiene nada de envidiable. Disfruta con la lectura y el dibujo y aprovecha las horas muertas de las esperas, que son muchas, para realizar estas actividades. Precisamente como en todos los aeropuertos, en el de Vitoria hay una tienda de prensa y libros bastante bien surtida, así que elijo una novela negra con la que espero me perdone por el descuido de esta mañana.

Según los paneles informativos, el avión procedente de Murcia está ya en tierra. Estoy impaciente por ver a Isabel cruzar las puertas automáticas de la sala de llegadas. ¡Ahí está! Aunque cuenta con una belleza madura y serena, en su cara asoman las huellas del sufrimiento y la infelicidad. Mi madre siempre dice que una mujer que es feliz no necesita cremas ni maquillajes, tenga la edad que tenga. Cuando la abrazo, noto su cuerpo en tensión y, como adivino su ansiedad por tener noticias sobre Carlos de primera mano, me adelanto y voy al grano directamente.

—Hola, querida, ¿cómo estás? Carlos está evolucionando bien. El médico dice que, aunque es pronto para aventurar diagnósticos optimistas, la infección va cediendo y confía en que superará esta nueva crisis.

—¡Gracias a Dios! Estoy deseando verle y comprobar por mí misma lo que me decís tanto Gladis como tú.

—Lo entiendo y creo que lo mejor es que vayamos directamente a la residencia para que estés con él un rato y hables con Granados –afirmo mientras coloco el equipaje de Isabel en el maletero del coche.

—¡Anda! ¿Cómo es que has venido en este coche y no en el tuyo...? Pero... Jaime, ¿no es ese de ahí? ¡Hay un hombre dentro!

—Tranquila, cielo, todo tiene una explicación. Te lo cuento por el camino.

Isabel no deja de mirar al coche y al individuo que lo ocupa. Tanto es así que Paco se siente en la obligación de saludarla con la mano y ella le responde, como si se conocieran.

—¿Quién es...? Dime qué pasa.

Arranco y Paco hace lo mismo, siguiéndonos a escasa distancia. Isabel no le quita ojo por el espejo retrovisor. Sin detenerme en detalles, le cuento lo que pasó en El Gudari, las pedradas contra mi terraza y los destrozos del bar y, como consecuencia de estos incidentes, la presencia de Paco para ocuparse de mi seguridad. Le digo que fui yo el que le pidió expresamente a Gladis que no se lo contara para evitarle una preocupación añadida, teniendo en cuenta la gravedad de Carlos en estos momentos. Isabel se muestra horrorizada y se lleva las manos a la boca en un gesto de verdadera impresión, pero yo la tranquilizo diciéndole que ha sido un incidente aislado y que tanto Jon como yo pensamos que los autores son una panda de fanfarrones que no traspasarán los límites.

Pasamos por la habitación de Carlos. Isabel deja allí su maleta, cuelga su ropa, organiza el armario, ordena y distribuye la mesilla de noche y las demás piezas del mobiliario. Yo permanezco callado y la dejo hacer, pero está muy nerviosa y considero que lo mejor es que me vaya y la deje sola un rato. La esperaré media hora. Si para entonces no ha regresado, me iré al hostal y, si me necesita, ya sabe dónde encontrarme. Isabel asiente pero no dice nada y sus ojos enrojecidos y brillantes están a punto de desbordarse; yo creo que lo mejor es que llore cuanto quiera sin espectadores. Finalmente Isabel no aparece; yo, según lo acordado, me reúno con Paco y los dos nos vamos al hostal en mi coche. Le propongo dar un paseo con Octavia y charlar un poco.

—Paco, ¿tienes novia?

—La tuve, pero con mi trabajo no es fácil mantener una relación estable. Es complicado y las mujeres no entienden esta vida nómada y arriesgada que llevamos los agentes de seguridad. Claro que no es reprochable, porque hay que comprender que así no hay quien haga una vida de casado y padre de familia. La mayoría de los compañeros que conozco están divorciados, andan dando tumbos de una relación a otra y ven a sus hijos poco y mal.

—Bueno, no creas que sois los únicos. Actualmente las circunstancias laborales y sociales no ayudan mucho a las relaciones de pareja. En unos casos, porque el machismo recalcitrante pretende seguir imponiéndose, incluso por la fuerza, para anular la voluntad de las mujeres, que tienen todo el derecho a decidir sobre todos los aspectos de su vida. En otros, porque si esa libertad se lleva al extremo se diluyen el compromiso y la fidelidad, se resiente el proyecto de vida en común y cada uno acaba funcionando por libre, la pareja se distancia y termina en divorcio, con el consiguiente sentimiento de frustración que todo ello conlleva. Es difícil conseguir el punto exacto en que el equilibrio es perfecto y la relación marcha a plena satisfacción para ambas partes. No vale sólo con el amor, tiene que haber además altas dosis de libertad, comprensión, responsabilidad y madurez emocional.

—¡Joder! Pues así visto, ya lo creo que es difícil. Lo que me sorprende es que haya todavía un tanto por ciento significativo de éxitos.

—Bueno, quizás mi análisis resulte demasiado catastrofista. Como tú dices, hay quien lo consigue. Por cierto, imagino que estarás al cabo de la calle de ver muchas cosas, y que no tengo obligación alguna de darte explicaciones, pero como yo soy un tío chapado a la antigua, te adelanto que Isabel, la esposa del señor Portillo, y yo tenemos una relación especial, digamos que va un poco más allá de lo que se consideraría una buena amistad, ¿comprendes?

—A la primera, Jaime. Soy una tumba y puedes tener la seguridad de que ni bajo tortura revelaré nada de lo que oiga o vea y, por supuesto, hace mucho tiempo que aprendí a no juzgar a nadie.

—Gracias, Paco. Veo que nos entendemos perfectamente.

Me tomaré una copa en el salón y veré un rato la televisión. Después, me pasaré por El Gudari para comprobar si finalmente han recuperado la normalidad y agradecerles de nuevo, con los obsequios que les he comprado, la cena de la noche anterior. Sólo llevo aquí un rato cuando aparece Isabel, con las huellas evidentes de la llantina que se ha pegado. Me levanto y me abraza con fuerza mientras me pide perdón. Yo también la abrazo, la beso y la abrazo más fuerte, en la seguridad de que estamos solos. Para que se anime y se distraiga la propongo acompañarme a El Gudari y ella acepta de buen grado. Paco nos sigue a tal distancia y con tanta discreción que se hace casi invisible.

Edurne y Jon me reciben con los brazos abiertos y desenvuelven los paquetes con tanto nerviosismo como niños en el día de los Reyes Magos. Están encantados y en seguida preparan comida y bebida para no faltar a la costumbre de este país en el que todo se celebra a base de llenar el estómago. La taberna ha recuperado ya su aspecto habitual y los clientes charlan y juegan sus partidas como siempre. Isabel, mucho más animada, participa en la conversación y ríe con las cosas que cuenta Jon y que Edurne niega o corrige sistemáticamente. En fin, cada cosa parece haber vuelto a su lugar y nada más falta que Carlos enfile con decisión el camino de la recuperación.

Cenamos con Arantxa, que está encantada de ver de nuevo a Isabel, y le explica las numerosas plegarias y rogatorias que en los últimos días ha ofrecido por la salud de su marido. Como la noche está templada y serena, y a mí me apetece fumar, daremos un buen paseo antes de dormir. Cogidos de la mano, caminamos por las breves e irregulares callejas de Letona que en seguida abandonan el núcleo de población propiamente dicho. El empedrado casi siempre está húmedo a estas horas y la desvaída luz de las farolas hace que el pueblo muestre un aspecto fantasmal, sobre todo si uno repara en la silueta de las montañas que nos rodean, ahora mucho más oscuras que el cielo, que aún conserva un cierto tono añil.

La conversación comienza por derroteros intrascendentes, indicativo de que Isabel quiere decirme algo y no sabe por dónde empezar. Le digo que vaya al grano y me cuente lo que le ronda por la cabeza, porque si no lo hace le quemará por dentro y no la dejará descansar.

—Tienes razón. Necesito explicarte la historia de Matías. Tal vez hablar de ello me ayude a hacer desaparecer de una vez por todas los fantasmas de ese pasado que ya es historia, pero cuya página no acabo de cerrar.

—Venga, adelante, soy todo oídos. Si te vas a sentir mejor...

—A Matías lo conocí en una fiesta acompañando a Carlos, una especie de recepción que la Armada ofreció en Cartagena con motivo de la botadura de un barco militar, una fragata o algo así. Él iba a ser el capitán que dirigiría la nueva embarcación, cuya primera misión consistiría en la vigilancia y protección de los pesqueros europeos que faenaban frente a las costas de Somalia y que constantemente eran secuestrados y extorsionados por los piratas.

—Un gran responsabilidad, sin duda...

—Era un perfecto caballero, considerablemente mayor que yo, viudo y con dos hijos mayores. Desde el primer momento me atrajeron su aspecto físico, sus exquisitos modales y su conversación inteligente. Por entonces Carlos ya había padecido algún que otro episodio relacionado con su enfermedad, pero aún no conocíamos el diagnóstico ni el alcance del problema. Durante la fiesta me dedicó toda su atención y yo, que vivía en un infierno conyugal, mi autoestima estaba por los suelos y me sentía estúpida y desgraciada, pues me dejé querer.

—Lógico.

—Marchó a Somalia y me llamaba una o dos veces por semana. Me decía que le había causado una tremenda impresión, que estaba obsesionado conmigo y no pensaba en otra cosa cada minuto del día y de la noche. Yo también empecé a pensar en él como mi tabla de salvación cada vez que Carlos y yo discutíamos, cada vez que me humillaba y me castigaba con crueldad. Contaba las semanas y los días para que Matías regresara. Y regresó. Y nuestra relación se hizo cada vez más sólida. Él era un hombre libre pero no me angustiaba con prisas y exigencias. Conocía mi situación en casa y su táctica fue ir ganándose mi cariño y mi respeto, justo lo que mi marido había perdido de mí. Nos veíamos en el piso que la Armada había puesto a su disposición, pero nuestros encuentros eran secretos y nuestra relación clandestina, aunque cada día más fuerte y sincera. Los síntomas y las deficiencias en la salud de Carlos eran ya evidentes, pero yo estaba decidida a dejarle y a intentar iniciar una nueva vida con mis hijas, al lado de Matías.

—Hasta que llegó el diagnóstico.

—Exacto. Todo se frustró cuando una tarde su primo Manuel nos explicó la gravedad del problema y el rumbo que tomarían las cosas a partir de ese momento. Carlos no tenía a nadie más que a mí y aunque lloré, me resistí y me precipité hasta el borde de la desesperación, desde el primer momento supe que no le abandonaría.

—¿Y qué fue de Matías?

—Durante un tiempo nos seguimos viendo, pero la amargura y la desilusión hicieron que yo cambiara, los contactos se espaciaron, poco a poco nos fuimos distanciando y él decidió aceptar un destino lejano, bajo bandera de la OTAN para poner tierra de por medio y acabar con la relación. Sé que le causé un profundo dolor, pero no podía hacer otra cosa. Finalmente, Carlos se enteró de la historia. Más bien se la conté yo con la intención de hacerle ver a lo que había renunciado por su causa y advertirle de que, si no cesaba en su actitud prepotente y humillante, le abandonaría sin remordimientos. Evidentemente no le amaba, pero estaba dispuesta a permanecer a su lado dadas las circunstancias, por nuestras hijas y por mi propia conciencia.

Yo, que he permanecido prácticamente en silencio, quiero demostrarle mi comprensión y solidaridad con su decisión y, naturalmente, mi agradecimiento por su franqueza al compartir conmigo esta historia tan íntima y penosa para ella. Es curioso, pero ahora que conozco los detalles ya no siento celos. Es como si a la vez que Isabel mitigara su dolor hablando de ello, a mí también se me hubiera atenuado un cierto resquemor y la sombra negra y amenazadora de la desconfianza me hubiera abandonado como en un exorcismo.

—Eres una mujer fantástica. Hemos de ayudarnos y animarnos mutuamente en estos momentos delicados para los dos. El futuro es incierto para ti desde hace tiempo, pero también lo es para mí ahora. Voy a cumplir cuarenta y ocho años y hace sólo un mes pensaba que mi vida, para bien o para mal, discurriría por este camino de monotonía personal y profesional que inicié hace tiempo y, sin embargo, en unos pocos días todo ha cambiado radicalmente.

—En mí también se ha producido un cambio y me temo que vendrán otros más, dada la situación de Carlos. Te pido paciencia, Jaime, porque a pesar de que ahora te tengo a ti para apoyarme, estoy confusa y tan cansada que a veces me siento como una anciana.

—Tranquila, ya verás como todo va a salir bien. Quiero que te acuestes pronto y procures descansar. Mañana será otro día incierto, pero lo afrontaremos juntos –y le hago un guiño de complicidad.

—Escucha, Jaime, quiero hacerte una confidencia antes de separarnos.

—¿Otra? No me lo cuentes todo hoy. Si no, no nos quedará nada para mañana.

—En serio. ¿Recuerdas que el otro día cuando hablamos te anuncié una sorpresa para el fin de semana?

—Sí... y, ¿sabes una cosa? Que creo saber a lo que te referías o quiero yo imaginar que he adivinado de lo que se trataba. Escúchame y no digas nada. Lo entiendo. Seguro que yo lo deseo más que tú y llevo toda la semana esperando que llegue esta noche, que fueran verdad todas mis fantasías y se hiciera realidad mi sueño, pero cuando te he visto me he dado cuenta de que no es posible, no es el momento, hay algo que nos separa...

—Y yo te diré lo que es. Es Carlos en su lecho de muerte. No puedo hacerlo con su última imagen en mi cabeza. Me sentiría sucia, vil y miserable. Es como aprovecharme de su estado para pasar la noche contigo. Pero, por favor, tenlo claro: nada deseo más.

—No te preocupes, lo entiendo. Las cosas llegarán cuando tengan que llegar. Las necesidades de la carne ya no son tan perentorias como en la juventud y quiero que nuestra primera vez sea tan maravillosa como lo he imaginado en estos días. Si no es así, prefiero esperar.

—Dios mío, Jaime, creo que te quiero...

—Anda, dame un beso ahora, que luego ya no podremos, y acuéstate que tienes una cara de preocupación y agotamiento que parece que se te vaya a caer a pedazos.

—Debo estar horrorosa después del viaje, los lloros y el vino de la cena.

—Con un buen descanso y algún que otro mejunje de esos que utilizáis las mujeres, se obrará el milagro. Ahora ven aquí...

Yo también he bebido un poco y me dejo llevar por la noche, el entorno y el deseo que me provoca una bella mujer que, además, me corresponde y me hace estremecer cuando pega su cuerpo al mío y es tan fuerte la atracción que tengo que hacer un verdadero esfuerzo para separarme de ella. Isabel descarga en mí esa responsabilidad porque dice que yo soy más sensato y racional. ¡Eso es lo que se cree!

Como si de una aparición se tratara, Paco abandona la penumbra y se me acerca sigiloso, si bien no me doy cuenta de su presencia hasta que se encuentra a un palmo. Parece que se hubiera entrenado con las Fuerzas de Operaciones Especiales que salen en las películas americanas. Había olvidado que estaría vigilando agazapado en la oscuridad, como las lechuzas. Lógicamente no me siento cómodo ante la falta de intimidad, pero él no tiene la culpa. Le comento que iré a San Felipe sobre las once y media y que el resto del día lo planificaré en función de la evolución de Carlos.

Tras un descanso reparador, las neuronas recargadas y las articulaciones recompuestas, no hay nada como un poco de ejercicio, una ducha y un buen desayuno, en este orden. Repaso una vez más la entrevista de ayer y redacto unas cuantas líneas que servirán de enlace con los acontecimientos de la última semana. Aunque es inevitable la sucesión cronológica en el tiempo, tampoco quiero que, una vez terminado, el libro parezca el diario de a bordo del Juan Sebastián Elcano.

Isabel ya está esperando en la antesala de la UCI y como no hay nadie más y la actividad en esta zona del centro es mínima, el silencio sobrecoge un poco, por lo que inconscientemente bajamos la voz.

—¿Qué tal te encuentras hoy? –le digo escrutando su cara y buscando la respuesta visual.

—Mucho mejor. He dormido como si no lo hubiera hecho en años, por eso debe ser que hoy me siento más optimista y más fuerte para afrontar posibles malas noticias.

—Esperemos que no sea así. Verás, tú entras primero y yo espero hasta que me indiques cómo van las cosas, porque también me gustaría ver a Carlos, si no te parece mal.

—¡Pues claro que no! Si has sido precisamente tú el que has permanecido a su lado durante los últimos días.

Llaman por megafonía a los familiares de Carlos y a los de Bernardo Alcántara. Pero allí no hay nadie más que Isabel y yo. ¡Ahora caigo...! Bernardo es el señor con el que estuve en la playa. Debe de estar tocado también. Mientras Isabel visita a Carlos, yo iré a ver al anciano. Si está sedado no se enterará, pero si está lúcido seguro que agradecerá la visita.

Bernardo está despierto y cuando me ve comienza a llorar. La enfermera trata de calmarle y le explico que sólo quiero interesarme por él, porque le conozco de verle por allí, pero no soy pariente suyo. El hombre me llama Andrés y se cree que soy su hijo y que he venido para llevarle conmigo. De nuevo me asalta la duda de si seguirle la corriente o intentar sacarle de su error. Me da tanta lástima que decido seguir siendo Andrés y pienso en la posibilidad de que algún día tenga que pasar por esto con mi propio padre.

Después de un rato de contestar a sus preguntas con respuestas ambiguas y simular no recordar algunos temas, para hacer que el hombre se explique, caigo en la cuenta de que su hijo está muerto y piensa que él también se va a morir. Por eso estoy aquí, para acompañarle... pero al Más Allá. ¡Qué horror! Ahora sí que no sé qué hacer. Dadas las circunstancias, la enfermera introduce un calmante en la vía y en seguida remite la excitación. Me explica que la esposa y el hijo de Bernardo murieron en un accidente de tráfico y que, desde entonces, el hombre ha perdido el juicio. De todas formas está en la UCI también por neumonía, así que podré volver a visitarle.

Instantes despues estoy en la cabecera de la cama de Carlos. Sus ojos son sinceros, se alegra de verme, y yo aprieto su mano para infundirle ánimo. No es consciente del tiempo que lleva allí y dice que le duele todo el cuerpo, pero se encuentra bien y moderadamente optimista. Tanto Isabel como yo le hablamos de la conveniencia de que se cure completamente ya que, de otra manera, podría recaer y entonces todos los esfuerzos y sacrificios habrían sido en vano. Granados comprueba los valores que figuran en su informe confirmando la evolución positiva y espera que el domingo, a más tardar el lunes, pueda dejar la UCI y continuar el tratamiento y la recuperación en su habitación. En un momento en que Isabel conversa con la enfermera, Carlos me ruega encarecidamente que la proteja, que la cuide y que no me separe de ella porque me necesita.

—Jaime, tengo que pedirte este gran favor. No dejes de estar pendiente, lleva demasiado tiempo cargando sola con esto y necesita un amigo en quien apoyarse y confiar. Ese eres tú, Jaime. La veo mal... Yo creo que está a punto de derrumbarse si no hay alguien cerca que la ayude. Por favor, prométeme que lo harás.

—Claro, Carlos. Isabel es una mujer fantástica y no puedo negarme, ni por ella ni por ti. Quédate tranquilo, sabes que los dos podéis contar conmigo. Adiós, amigo.

Isabel está vestida de manera informal y como hace un día radiante le propongo preparar unos bocadillos en el hostal y comer en el campo. Pero antes tenemos que pasar por el taller y recoger la bicicleta. ¡Alucinante! Ha quedado increíble. Según salimos de la plaza damos un rodeo para evitar las calles por donde transita el escaso tráfico. En un momento dado y con una sonrisa un tanto perversa, le doy la orden.

—¡Señora! Monte, por favor...

—¡Estás de guasa! Pero, ¿no te he dicho que no sé montar en bicicleta?

—Hasta hoy...

—No, no, no...

—Vamos, no te hagas de rogar. Sube, siéntate y apoya los pies en los pedales. Mira al frente y aprieta el freno si ves que te lanzas. Yo te sostendré... ¡Venga, no seas tonta...! Ya verás qué fácil. Confía en mí.

—Esto es una locura. ¡Cómo nos vea alguien! ¡Qué vergüenza...!

—Pero si por aquí no pasa nadie... ¡Vamos!

Isabel poco a poco va perdiendo el miedo y la rigidez va cediendo. Ya la tengo casi convencida, así que empujo un poco y ¡allá va! Lo malo es que ahora no sabe parar, porque cuando frena se escora hacia la izquierda. Corro para ayudarla, con el tiempo justo de amortiguar la caída, pero los dos acabamos en el suelo, enredados, magullados y riendo como críos.

—¿A que no lo he hecho tan mal para ser la primera vez? Déjame que vuelva a intentarlo. Seguro que ahora lo hago mejor.

—Así que te ha gustado, ¿eh? Te lo dije...

Aún no es capaz de mantener el equilibrio y cualquier piedra o bache del camino la hace tambalearse, pero Isabel es decidida y muy, muy terca. Lo conseguirá en cuanto practique un poco más.

Arantxa nos explica la forma de llegar a una colina cercana, desde donde dice contemplarse una preciosa vista del valle. Sólo hay que salir del pueblo en dirección norte y seguir un riachuelo que corre en paralelo a un sendero que asciende directo al montículo. Si no fuera por su embarazo, me llevaría a Octavia con nosotros en la seguridad de que le encantaría triscar por el monte. Provista la mochila con todo lo necesario, iniciamos la marcha y caminamos durante una hora aproximadamente, parando cada vez que el paisaje merece ser contemplado o algo nos llama la atención. El sol aprieta a esta hora y sólo corre una ligera brisa, por lo que sobran los jerseys e Isabel se protege la cara y los hombros con crema solar.

Afortunadamente he logrado convencer a Paco de que se olvidara de nosotros una vez abandonáramos el pueblo, con la promesa de avisarle por teléfono en cuanto iniciemos el descenso.

¡Qué rato tan agradable! Hablamos de mil cosas, de mi familia y de mi infancia, tan distinta de la de Isabel, de todo lo que nos gusta, de cine, de libros, de música, sólo de nosotros y de nuestras cosas. En estos momentos no existe nada ni nadie más que los dos en una verde colina, bajo un cielo azul intenso, escuchando el arroyo y los insectos, tendidos, tras el almuerzo, muy juntos sobre la hierba, charlando, riendo y besándonos constantemente. No me canso de mirarla tras las gafas de sol, apoyado sobre el codo mientras ella juega con los rizos de mi pelo, ahora revuelto. Me gustaría detener el tiempo, no para siempre, pero sí parar el reloj y disfrutar de esta paz sencilla y básica un poco más. No cabe duda de que la percepción del tiempo es la relatividad por excelencia: su realidad es inmutable, pero en ocasiones tan corto cuando es largo y tan largo otras en las que su brevedad es más que evidente. Hoy se nos escapa muy deprisa, hemos de poner punto final al sueño de esta siesta de preverano y volver a la realidad. Nos despedimos de tan bello lugar, sellando con un largo y apasionado beso la promesa mutua de no olvidarlo. En cualquier caso, le propongo a Isabel que cenemos en Vitoria en un restaurante elegante y romántico para compensar el agro-almuerzo de hoy.

¡Qué guapa está! Lleva un traje marrón y una blusa naranja, con unos altos zapatos de ante que alargan sus piernas y su figura. El pelo recogido y unos pendientes centelleantes que se mueven rítmicamente según camina. Se le ha pegado el sol en la cara y sus ojos, luminosos y maquillados, tienen ahora un color aún más penetrante. Isabel también alaba mi aspecto, la camisa a rayas y la americana de pana beige que, según ella, aportan a mi imagen un toque progre y juvenil. Hasta me he puesto un poco de gomina en el pelo, sugerencia de Paco, que me ha regalado el bote.

Elegimos un pequeño restaurante italiano, muy céntrico, con manteles de cuadros y velitas en las mesas, que recuerda a los del Trastevere romano. Suenan, una tras otra, canciones de sobra conocidas por tres o cuatro generaciones consecutivas y que ya son clásicos de la música italiana e internacional. La velada termina con un paseo por las calles más céntricas de la ciudad en plena ebullición de sábado por la noche.

Es hora de regresar. Mientras hacemos el trayecto en el coche, vuelven de nuevo los fantasmas del tiempo que se nos escapa y del domingo que sigue inexorablemente a este sábado que está a punto de concluir. De nuevo se instala la melancolía en el rostro de Isabel y aunque hago verdaderos esfuerzos para animarla con mis bromas y chascarrillos, no lo consigo porque tampoco yo estoy muy acertado. A mí también me está afectando todo esto más de lo que imaginaba y nuestra inminente separación me resulta igualmente insoportable. Con la tristeza compartida y el convencimiento de ambos de que no hay nada que decir, porque sobran las palabras, lo mejor es despedirnos hasta el día siguiente teniendo en cuenta que yo regresaré también mañana a mi casa, después de este paréntesis, cuyo parecido a lo que puedan ser unas vacaciones tradicionales es pura coincidencia, aunque esté obligado a fingir lo contrario de cara a la galería, lo cual ya me agota de antemano.

Duermo aceptablemente y aprovecho para desayunar con Iker y charlar con el muchacho, según le prometí a su madre que, con diplomacia, nos deja solos.

—¿Qué tal te ha ido la semana, colega?

—Bien, señor, ya sabe, estudiando y eso, que ya está a punto de acabar el curso y estoy deseando que lleguen las vacaciones –dice Iker animoso.

—Supongo que tu madre te habrá contado lo que pasó el otro día con unos elementos que apedrearon mi habitación y el bar de tus primos. La pobre Octavia fue la que salió peor parada.

—Sí, lo sé. Me hubiera gustado estar aquí y...

—¿Qué hubieras hecho? ¿Hacerles frente?

—Pues no lo sé... Pero estoy cansado de ver cómo la gente vive atemoriza-da, cómo cuatro pistoleros juegan con la vida de las personas que se ganan el pan honradamente y que, encima, dicen hacerlo por amor a esta tierra y a sus compatriotas. ¿Usted sabe cómo murió mi padre?

—Sí. Lo sé...

—Pues mi padre sí que murió por defender a los vascos, cumpliendo con su deber de limpiar a Euskadi del cáncer del terrorismo.

—Estoy totalmente de acuerdo. Pero, ¿no crees que hay muchas formas de combatir esta lacra? Y no digo que el trabajo policial no sea importante, porque es imprescindible, pero hay muchas maneras de trabajar por la paz, no sólo desde la *Ertzaintza*...

—¿Y quién le ha dicho a usted que yo tenga intención de ser policía como mi padre? Mi madre, seguro, que está obsesionada con el tema.

—Es que tu madre piensa que deberías ir a la universidad, estudiar y elegir una profesión, precisamente sin los condicionantes y la presión que suponen las circunstancias que rodearon la muerte de tu padre. Que puedas decidir li-bremente lo que quieres hacer con tu vida y que no ingreses en la policía por-que te sientas obligado por algún tipo de fantasma que tengas en la cabeza o porque contemples la necesidad de alguna clase de represalia. Y, ¿sabes qué te digo Iker? Que yo estoy de acuerdo con ella. Yo no soy quién para convencerte de nada, lo único que quiero es abrirte los ojos y ayudarte a comprender que eres el dueño de tu vida y que debes tomar las decisiones sobre tu destino sin cláusulas ni deberes que nadie te imponga, ni siquiera tú mismo. Si después de todo ello tienes claro que quieres ser policía, pues adelante...

—Usted se equivoca y mi madre también. Aún no tengo las cosas del todo claras, pero creo que lo que quiero es estudiar leyes y ser juez y formar parte, si puedo, de la mismísima Audiencia Nacional, donde se juzgan los delitos de terrorismo, ¿no es así?

—Así es y me parece bien, siempre y cuando no sean deseos de venganza lo que te mueva en tus objetivos, porque entonces no serás un buen juez y, lo que es peor, no encontrarás satisfacción en tu profesión ni paz en tu vida y en tu alma. Además, existe la posibilidad de que cuando llegues a ser Magistrado, si finalmente lo consigues, el terrorismo sea historia porque puede producirse, mientras tanto, una negociación que acabe con el problema.

—Lo sé. Bueno, o tal vez no...

—Mira, Iker, eres muy joven y estás hecho un lío, pero todo esto es normal. Todos hemos pasado por lo mismo y no debes angustiarte por no saber qué hacer y, sobre todo, por el miedo a no acertar en tus decisiones o en decepcionar a los demás. No te precipites. Verás, vamos a hacer una cosa: tú hablas conmigo y me cuentas lo que piensas cuando te asalten las dudas o no sepas qué camino tomar. Siempre que quieras, responderé a tu SOS cuando me necesites, ¿estamos? Pero tienes que prometerme que hablarás con tu madre y la tranquilizarás. Eres su hijo y está muy preocupada por tu futuro y por lo que te pueda pasar, teniendo en cuenta que ya perdió a tu padre.

—OK, señor. Prometido.

—Y llámame Jaime, porque somos amigos, ¿no?

El muchacho, que es un armario, sonríe con franqueza, como el que acaba de ver una luz en su oscuro camino y chocamos las manos como colegas.

—¡Ah! Y cuida bien de Octavia cuando yo me marche. Te llamaré para que me informes de cómo va. ¡Anda! Ve con los amigos, si es que te están esperando.

Corre como alma que lleva el diablo y yo levanto el pulgar como gesto positivo, cuando paso por delante de la recepción, donde Arantxa atiende a otros clientes.

Preparo la maleta y otra vez con Paco a San Felipe. Junto a Isabel visito de nuevo a Carlos y al anciano, ambos mucho más recuperados. El doctor Granados dice que Carlos volverá el lunes a su habitación, si no hay complicaciones, lo que lleva a Isabel a decidir quedarse en Letona, después de haber hablado con su madre para que se ocupe de la farmacia y de sus nietas un día más. En esta ocasión, entonces, seré yo el que se marche, así que ahora me alegro de que Paco me acompañe, porque de esta manera no será tan amarga la despedida ni tan duro el camino de regreso.

Arantxa, que ha preparado ya mi factura, también tiene cara de circunstancias y ni qué decir de la deprimida Octavia, que no se despega de mis tobillos.

—Don Jaime, ¿cuándo volverá? ¡Le voy a echar tanto de menos! –dice Arantxa entre suspiros.

—Pues no sé exactamente, pero espero que sea pronto. Yo sí que voy a echar de menos sus guisos y su compañía. Aquí me siento como en casa.

—Así puede considerarla y, antes de venir, me llama para que le tenga preparada la "*suite* Barbadillo" –y los dos reímos a cuenta de su ocurrencia.

—Venga, mujer, no sea tímida y deme un abrazo.

Y sale de detrás del mostrador, mientras sus mejillas enrojecen ligeramente.

—Ya verá como estoy de vuelta antes de lo que imagina.

—Buen viaje, don Jaime y dígale a doña Isabel que me acompañe a cenar esta noche, porque, con su marido en la UCI, se encontrará muy sola y yo también, ya que Iker marchará para Bilbao esta tarde y a última hora ya no quedan clientes.

—Se lo diré ahora mismo, que voy a despedirme de ella. Estará encantada, seguro. Adiós, Octavia, y no me olvides... Yo no lo haré.

Sólo por un minuto y como un favor especial, me dejan ver de nuevo a Carlos.

—Prométeme que te cuidarás mucho. Llamaré a Gladis todos los días para comprobar tu estado y estoy convencido de que nos veremos muy pronto –y aprieto su mano por enésima vez para que el contacto dure un poco más.

Ahora sí que llegó la hora de la despedida. Isabel me está esperando y juntos bajamos en el ascensor hasta la capilla, porque es el único sitio donde no hay nadie, ahora que terminó la misa del domingo. ¡Quién me iba a decir a mí que visitaría iglesias y capillas con tanta frecuencia!

Entramos, cierro la puerta y la abrazo con tal vehemencia que estoy seguro de que le hago daño, aunque no se queje. Las lágrimas brotan de sus ojos sin contención y yo no sé qué decir, porque se me parte el alma, pero se supone que el fuerte soy yo y tengo que ayudarla.

—Escucha, cariño, esto es sólo una miniseparación...

—No lo sabemos, Jaime...

—Te lo prometo. Pase lo que pase, estaremos juntos de nuevo muy pronto. Isabel, tienes que ser fuerte para que yo también lo sea. Imagina lo que me cuesta marchar dejándote así, sola y hundida. Mira, tenemos que cumplir con una tarea que ambos nos hemos impuesto y este compromiso ha de prevalecer por encima de todo. Dicen que la felicidad no consiste en la ausencia de dificultades y problemas, sino que es el resultado de haberlos superado adecuadamente. Ten la seguridad de que juntos lo vamos a conseguir.

—Vale, tienes razón y perdona mis momentos de debilidad.

—Perdonada. Por cierto, ¿cenarás con Arantxa esta noche? Estás invitada y te vendría bien su compañía. Es una mujer increíble. Y vete pensando en la canción que me cantarás luego antes de dormir.

—De acuerdo. Por favor, prométeme que pensarás en mí.

—Cada minuto...

—Conduce con cuidado.

—Adiós, querida mía... hasta pronto.

Me obligo a interrumpir la fuerza magnética que nos mantiene unidos y salgo con precipitación de la capilla y del centro sin mirar atrás.

Paco está esperando fuera, de charla con una muchacha que me resulta familiar... ¿Dónde la he visto antes? ¡Ya caigo! Es la chica que ayuda a Arantxa en el hostal los fines de semana. Siempre está trajinando por allí, pero es tan tímida que no hemos pasado de los "buenos días". ¡Vaya con Paquito!

Equipaje instalado, cinturones abrochados, nos vamos ya... Pero daré un rodeo y pasaré por la calle de El Gudari para despedirme igualmente. Sin bajar del coche, hago sonar el claxon y Edurne y Jon salen a la puerta. Tengo que reconocer que me emocionan la cordialidad y el cariño con los que todos me tratan. Inicio el viaje con este recuerdo tan grato y entrañable, que seguro me acompañará como un bálsamo durante los días siguientes y los próximos avatares que el destino me depare.

22

Señor, haz de mí un instrumento para la paz.
Que allí donde haya odio, yo lleve el amor.
Allí donde haya ofensa, yo lleve el perdón.
Allí donde haya discordia, yo lleve la unión.
Allí donde haya duda, yo lleve la fe.
Allí donde haya error, yo lleve la verdad.
Allí donde haya desesperación, yo lleve la esperanza.
Allí donde haya tinieblas, yo lleve la luz.
Allí donde haya tristeza, yo lleve la alegría.
San Francisco de Asís (1182-1226) (santo católico italiano)

¡Dios mío! ¡Mi casa, mi perro! Me parezco al famoso extraterrestre de la inmortal película de Spielberg. Parece que hubiera estado fuera durante años y sólo han sido unos pocos días.

Ante la incertidumbre en lo que al alojamiento de Paco se refiere y teniendo en cuenta lo avanzado de la hora, tengo claro que lo mejor es que se quede conmigo en casa. De otro modo, mañana a las siete tendrá que estar aquí de nuevo para acompañarme al periódico. Se le alegra la mirada con la propuesta, pero alucina al comprobar que mi casa no dispone de ningún sistema de seguridad. Nunca lo consideré necesario. Y como colofón a tanto despropósito, le informo que el coche habitualmente queda aparcado en la calle, porque el garaje está ocupado por los mil y un trastos que se acumulan en todas las casas y que siempre digo que voy a organizar, pero que nunca encuentro el momento, por lo que los buenos propósitos se posponen una y otra vez. Según Paco, hay que meter mano al tema sin posibilidad de excusa y como yo no tengo ningún conocimiento en lo que se refiere a alarmas, códigos, distribuciones, áreas de alta o baja vulnerabilidad o restricción, quedamos en que él se ocupará de todo. A mí sólo me quedará la tarea de limpiar y reubicar tanto cachivache, lo que prometo cumplir a lo largo de la semana. Tengo que reconocer que, si me pongo, seguro que termino en un par de horas, porque la mayoría de los enseres almacenados son inútiles e inservibles. Le propondré a la asistenta su colaboración, previa pingüe recompensa.

Aparece Ricardo, visiblemente más delgado, que me trae a Ramsés, visiblemente más gordo y unas chuletas que ha preparado su madre para las que no tengo palabras porque no hemos cenado y pensaba tirar de latas o precocinados. Le sugiero a Ricardo que se quede con nosotros y acepta de inmediato, porque confiesa que está loco por hablar con alguien que no sean sus padres o el espejo de su habitación, al que le cuenta cada día lo que su memoria retiene sobre proyectos, topografía, geometría descriptiva y demás materias arquitectónicas y urbanísticas. Le pregunto por Marta, lo que me hace sentir como un villano. ¡Su propio padre interrogando a otro para saber de ella! Pero es verdad que últimamente no hemos hablado casi nada. Ricardo me confirma que Marta está desconcertada por mi comportamiento, pero absolutamente convencida de que hay una explicación verosímil que va más allá de la cantidad y complejidad del trabajo que ahora me ocupa y me absorbe por completo. La niña es muy lista y las palabras de Ricardo son la prueba de que sospecha que hay algo que desconoce, pero que mis prolongados silencios no se justifican sólo con el trabajo. ¡En fin! Mañana intentaré hablar largo y tendido con ella.

Ricardo se despide. Es tarde y hasta Ramsés ya se ha tumbado en su colchoneta. Facilito a Paco todo lo necesario para pasar la noche y le ayudo a instalarse, en la seguridad de que se quedará aquí los próximos días, dadas las reformas que tiene previsto realizar en la casa.

Directo a mi habitación para llamar a Isabel, antes de que se haga más tarde.

—¿Qué tal está la farmacéutica más guapa de España?

—Pues muy bien. A ver si adivinas dónde y con quién estoy.

—Déjame que piense... ¿No estarás en mi *suite*, metida en mi cama y gozando de la compañía de mi mejor amiga?

—Correcto. No ha habido manera de que Arantxa me dejara marchar a San Felipe. Se ha empeñado en que era una tontería que durmiera sola, en esas habitaciones que huelen a vejez y enfermedad, a medicinas y a desinfectante. Así que aquí me tienes, usurpando tu lecho y tus pasiones ocultas.

—Pues me alegro por la parte que te toca. Arantxa es una mujer excepcional y creo que todos debemos aprender de ella, de su entereza y su generosidad.

—Ya lo creo. Hemos mantenido una conversación de mujer a mujer, con más beneficios terapéuticos que el mejor de los psiquiatras. Como imaginarás, con la vida que llevo, me he ido distanciando de las amigas y hace años que no tengo contacto asiduo con ninguna. Dicen que cuando se cierra una puerta se abre una ventana, así que ya va siendo hora de que encuentre en mi camino, aunque sólo sea un agujero para respirar.

—A partir de ahora todo va a cambiar, ya lo verás.

—Eso espero. Y para empezar con los agradecimientos, la primera muestra: te voy a deleitar con un maravilloso poema de Miguel Bosé que a mí me parece su mejor canción y, por supuesto, hago mía cada palabra. Se titula "Te amaré". ¡Escucha con atención!

Cierro los ojos para concentrarme en escuchar esta hermosa loa al amor maduro, que mezcla locura y equilibrio, rebeldía y serenidad, con la trascendencia del sentimiento y el realismo que impone la probabilidad de una separación forzosa que sobreviene por el final de la vida, que raramente se presenta en pareja. ¡Bellísimo! Es como un himno. Ensalza la idea de que, si hay que elegir, es mucho más satisfactorio amar que ser amado. Que la vida te conceda la oportunidad de experimentar ese sentimiento en toda su nobleza es un privilegio; si, además, eres correspondido, pues ya la cosa pasa a ser casi mística.

—Bueno... Pues cuida bien de mis posesiones y, por favor, mañana me llamas en cuanto llegues a Murcia y me cuentas qué tal has dejado a Carlos.

—Vale. Y ahora duerme bien, que estarás cansado del viaje y mañana te espera un difícil día de acoplamiento.

—Ya lo creo. Un beso. Te amaré, ra, ra, ra...

Y cuelgo con esa musiquilla que se me ha quedado en la cabeza, pero ni un solo verso. Pienso que, como poeta, me moriría de hambre...

Son las siete y parece que hará un día espléndido, de esos casi perfectos: cielo despejado, sol brillante y temperatura idónea para nuestro cuerpo, que no experimenta ni frío ni calor. Paco ya está listo. En cuanto me deje en el periódico, volverá a casa para poner en marcha la "operación búnker".

Al entrar saludo a Verónica, que ya ocupa su puesto con evidente soltura y dominio de la tarea que le ha sido encomendada. Con esa sonrisa de anuncio que utilizan las recepcionistas y sus bellísimos ojos que acompañan a sus palabras, me dice que se alegra mucho de verme y espera que mis vacaciones hayan sido satisfactorias. El jefe, que también se alegra de verme, dice que tenemos que hablar con calma en cuanto haya tomado de nuevo las riendas del trabajo. Bien, sólo me resta el reencuentro con Enrique, que ya se acerca hacia mí con las extremidades superiores en posición de abrazar.

—¡Qué ganas tenía de verte, mariquita! A pesar de lo pesadísimo que puedes llegar a ser, se te echa de menos –le digo mientras le palmeo la espalda sonoramente.

—Si es que no hay nada mejor que alejarse de las cosas y de las personas para valorarlas en su justa medida. Bueno, escucha, ahora tengo que salir a hacer unas entrevistas porque estoy trabajando en un reportaje sobre el tema de la contaminación acústica en las poblaciones aledañas al aeropuerto y no sé a qué hora volveré. No creo que sea antes de almorzar, así que te propongo que tomemos algo a última hora y charlemos con tranquilidad.

—OK camarada, hoy mandas tú...

Y mientras Enrique se aleja, tengo la sensación de que profesionalmente está más hecho, como si en estos pocos días en que no le he seguido de cerca hubiera dado un paso de gigante. ¡Me alegro mucho por él! Dadas las circunstancias, invito al jefe a almorzar para cambiar impresiones y hacer agenda a corto plazo. Así le podré exponer la necesidad de ausentarme cuando las circunstancias lo requieran, casi sin previo aviso y en la seguridad de que este comportamiento responde a una coyuntura de la máxima importancia.

Mi mesa está llena de recados y llamadas y colapsada la bandeja de entrada del correo electrónico, así que empiezo a eliminar lo superfluo, contestando rápido y resolviendo pronto. Efectivamente, en poco más de una hora he liquidado el noventa por ciento de los temas. Entra un mensaje de Isabel en el móvil, deseándome una feliz *reentré* y confirmando la salida de Carlos de la UCI.

He de leer bastantes artículos y editoriales relacionados con los temas de los que tengo que ocuparme en primer término, pero mi experiencia personal me dice que también tengo que aprovechar mis momentos de inspiración para lanzarme a escribir. Siempre me dio buen resultado seguir mis impulsos porque es cuando mejor expreso mis argumentos, siendo mayor la coincidencia con la línea de pensamiento de los lectores, que así me lo hacen saber a través de sus cartas y de los mensajes que envían a la redacción. A veces es mejor olvidarse de la ortodoxia en cierta medida y decir lo que sale de las tripas, convirtiéndonos en muchas ocasiones en voceros de una parte importante de la ciudadanía. Creo que mi trabajo es más exitoso y, desde luego, más satisfactorio para mí, cuando la gente me dice: "Señor Barbadillo, eso es exactamente lo que yo tengo en la cabeza, pero no sé expresarlo con palabras". Este tipo de afirmaciones son muy gratificantes para un profesional de la comunicación, porque significa que se ha alcanzado el objetivo, que es comunicar, recibiendo así el comprobante de haberlo conseguido.

Me tomo un paréntesis para sacar de la máquina un sándwich de jamón y queso, ambos productos con tan pálido color que de antemano me aseguran su insipidez. Aprovecharé para llamar a Marta, a ver si tengo suerte y puedo hablar con ella. Tras sonar varias veces sin descolgar, soy yo quien interrumpe la comunicación, que intentaré más tarde. No hace falta, Marta responde a mi llamada perdida.

—Perdona, hija. Lo mismo te he pillado en mal momento.

—No. Es que estoy en la biblioteca y, al ver que eras tú, he salido para hablar. Papá, ¿estás bien? Me tienes preocupada, ¿sabes? Ayer no me llamaste y fue Ricardo quien me confirmó que habías regresado a casa sin novedad y me dijo que había cenado contigo y con un tipo que es como un guardaespaldas, que te va a instalar una alarma en casa y te va a acompañar a todas partes. ¿Me quieres decir, por favor, de qué va todo esto? –su tono no es de enfado sino de desconcierto y tristeza–. Nunca habías actuado así, papá, siempre me has contado las cosas y has estado pendiente de las mías hasta la pura pesadez.

—Tienes razón, cariño, pero todo esto tiene una explicación, lo que pasa es que no es una cuestión para hablarla por teléfono. Lo que sí quiero, ante todo, es que me perdones y que confíes en mí.

—No, si yo confiar, confío. Por eso no me he puesto machacona y prefiero que me cuentes las cosas, cuando creas que me las debes contar. Siempre te he pedido margen y yo quiero hacer lo mismo contigo.

—Gracias, nena, por tu comprensión y tu paciencia. Prometo darte amplia información y contestar a todas tus preguntas, pero cuando estemos juntos, ¿te parece?

—Claro. Pero, ¿no podrías adelantarme algo? Y lo del trabajo que estás haciendo en Vitoria no sirve. Estoy segura de que hay algo más, porque el trabajo nunca se ha interpuesto entre nosotros y aunque estuvieras hasta arriba de historias y problemas, siempre has sacado tiempo para hablar conmigo. Escucha, voy a ir al grano y déjate de cuentos que ya soy mayorcita. Papá, ¿se trata de una mujer? –Marta dispara la pregunta directa esperando una respuesta clara y concreta.

—Bueno, es que es un poco complicado, verás...

—Papá, ¿sí o no?

—Pero, ¡mira que eres lista, señorita Barbadillo! Si, cariño, hay alguien que ha irrumpido de repente en mi vida y ha puesto patas arriba mi triste y aburrida existencia. Hasta mi relación contigo se ha visto afectada, pero no es culpa suya, sino mía. En honor a la verdad, te diré que el trabajo también tiene parte de responsabilidad en todo esto. Te aseguro que lo que estoy haciendo es muy importante.

—Bien, papá, si yo me alegro mucho por ti, pero tenía miedo de que no contármelo fuera síntoma de algo inconfesable, temía que te hubieras metido en un lío con una persona poco recomendable. Comprende que estuviera preocupada.

—Claro que lo comprendo, preciosa, y esa preocupación significa que te importan mis problemas y eso me gusta. No es una relación inconfesable, pero sí te diré que está casada en este momento y no sé lo que va a pasar en el futuro.

—¿Qué dices? ¿Está casada y no tiene intención de dejar a su marido? ¿De qué me estás hablando? ¿Quién es esa mujer? Papá...

—Marta ¡cálmate! No va a dejar a su marido porque no puede, está muy enfermo y seguramente morirá pronto, pero ella no le quiere, aunque ha decidido permanecer a su lado hasta el final. Nos conocimos y nos enamoramos. Las cosas son así y contra los sentimientos no se puede luchar, tú deberías saberlo. De todas formas, esto requiere una larga conversación que ahora no nos es posible mantener. Cambio de tercio: ¿cómo van tus exámenes, trabajos y demás pruebas que deberás superar en los próximos días para ser una gran abogada y una futura doctora en leyes?

—Bien, papá, la semana que viene sólo tengo un examen y está controlado, pero a la siguiente me enfrento al oral del que te hablé. Este es el que más me preocupa y me asusta, la verdad.

—Lo entiendo. Es tu prueba de fuego y está dentro de lo normal que te impresione, pero estoy seguro de que lo harás de lujo. Bueno, nenita, ¿entonces, me has perdonado?

—Claro. Pero prométeme que tendrás cuidado y que cuando nos veamos hablarás conmigo como adultos que somos los dos. ¡Ah! Y lo del guardaespaldas también me lo explicarás.

—Te lo contaré todo. Además, me importa mucho tu opinión. ¡Cómo no me va a importar! Eres mi hija y además mucho más lista que yo.

—¡Vaya! ¡Por fin lo reconoces! Cuídate y llámame más a menudo... Pero tampoco te pases.

—Cuídate tú también... Y para compensar, te voy a contar un cotilleo, pero no se te ocurra irte de la lengua: el cantamañanas de Enrique, por fin, tiene novia. Además es guapísima y una chica muy preparada. Vamos, que le ha tocado la lotería.

—Pues cuánto me alegro. Estoy deseando conocerla. En cuanto termine el curso me planto en Madrid, a ver si os controlo un poquito a los dos. Bueno, adiós papá, que tengo una clase en diez minutos.

—Adiós, hija, te llamo pronto y buena suerte.

El café se ha quedado helado y, respecto al sándwich, cualquier parecido con los ingredientes de los que habla la etiqueta es pura coincidencia. Inevitablemente vienen a mi mente los desayunos de Arantxa.

Un número oculto aparece en la pantalla del móvil cuando suena y, nada más descolgar, identifico la voz de Manu. Se me acelera el pulso.

—¿Qué tal Jaime? Trabajando, supongo.

—Hola, Manu. Sí, estoy en el periódico —afirmo mientras abandono mi sitio y me dirijo en busca de intimidad, no sé muy bien hacia dónde. Me decido por abrir la puerta que comunica con la escalera de incendios porque el cuarto de baño parece el metro en hora punta—. Escucha, después de vuestra marcha Carlos empeoró y se le declaró una neumonía que le ha tenido tres días en la UCI. Por lo que sé, está fuera de peligro y regresa hoy a su habitación, aunque deberá seguir en tratamiento y recuperarse bien. Ha sido serio, Manu.

—Lo sé. Intenté hablar con él y al no conseguirlo, mi secretaria llamó al centro para interesarse y le informaron de su estado. Te llamo para adelantarte la noticia porque quería que lo supieras por mí mismo: hay respuesta positiva a la propuesta. El anuncio de la tregua se hará efectivo mañana y hemos pensado en la posibilidad del jueves como fecha de la primera reunión. Espero que Carlos esté en condiciones para entonces. ¿Y en cuanto a ti...?

—Yo estoy a vuestra disposición, sin más. Hoy almorzaré con el jefe para advertirle de mis futuras ausencias, imprevisibles por otra parte y apelaré a su confianza en mí, ante la imposibilidad de darle muchas explicaciones.

—Por ese lado, no te preocupes. Ya está avisado —dice Manu con toda naturalidad, dejándome a mí pasmado.

—¿Qué? ¡No me digas que has hablado con él!

—Sí y no te preocupes. No sabe de qué va, pero si recibes una llamada personal del Secretario de Estado de Seguridad, no se piden cuentas. Simplemente se hace lo que te dicen que hagas y punto pelota.

—Joder. ¡Qué resolutivo eres!

—Amigo, tengo que serlo por imperativo legal. Bueno, al grano, si te parece viajamos juntos el jueves y te explico por el camino quiénes serán los personajes que participarán en el proceso. Como imaginarás, me gustaría regresar en el día para informar antes del Consejo de Ministros del viernes, pero deja abierta la opción, por si la cosa se alargara y tuviéramos que hacer noche en Vitoria. La primera impresión es importante cuando nos vemos las caras. Ya te daré detalles, pero lo que sí te adelanto es que, además de los viejos conocidos, se nos agregan otros dos huesos duros de roer. Quizás procediera plantear la posibilidad de añadir a nuestro lado algún elemento nuevo y sería bueno aprovechar la ocasión para mojar en el tema al principal partido de la oposición. De esta manera, aseguraríamos la implicación de un espectro más amplio, cosa siempre muy conveniente, que además serviría para dejar sin efecto las voces críticas con la negociación por parte de un sector conservador que todos conocemos.

—Si, los que aprovechan siempre el río revuelto para sacar ganancias a base de descalificar el proceso de paz, porque fracasa, como hasta ahora, pero, ¿qué pasaría si tuviera éxito?

—Ahí le has dado, Jaime. Bueno. De momento, nos vemos el jueves.

—Vale, Manu. Hasta el jueves.

Respiro aliviado por el asunto del jefe. Tengo que reconocer que me preocupaba un poco, teniendo en cuenta que es un hombre inteligente y perspicaz con el que no colaría cualquier cuento. También me reconforta que, finalmente, se vislumbre una nueva oportunidad para la paz que siempre comienza con una tregua, muy de agradecer en lo que al cese de la violencia se refiere, aunque sea temporal. Al igual que Carlos, tengo el presentimiento de que esta vez la cosa va a funcionar.

Marta también se encuentra más tranquila. Ha sido mala suerte que mis especiales circunstancias hayan coincidido con su primer curso universitario y viviendo fuera de casa por primera vez. Menos mal que está Ricardo para apoyarla y su madre que, en honor a la verdad, tengo que reconocer que su dedicación siempre ha sido infinita. En cualquier caso, confío en su madurez y fortaleza.

Hora de comer. Almorzamos en un pequeño y cercano restaurante castellano, cumpliendo la promesa hecha a Paco de no alejarme de los alrededores del edificio. Desde el principio el jefe manifiesta una cierta incomodidad debido a la nueva situación. Es como si ya no me viera como antes, insiste en que sea yo el invitado, que cuente con él para lo que necesite, cheque en blanco para las faltas y ausencias que precise y, sólo con pedírselo, me liberará de las tareas y competencias que yo considere oportunas. A la legua se percibe que está impresionado y hasta me hace la pelota, pero también me conoce de sobra y sabe que yo nunca haría dejación del trabajo ni de mis responsabilidades si el motivo no fuera justificado. Y ahora le consta que lo es. Me siento mucho mejor porque, aunque no diga la verdad absoluta, tampoco tengo que estar mintiendo continuamente e inventando historias, en la seguridad de que nadie se las cree. En fin, parece que las cosas se van centrando.

No dejo de pensar en Marta y en la preocupación que le he causado. Tal vez debería pensar en algo para resarcirla. ¿Qué tal un fin de semana romántico con Ricardo, a gastos pagados en alguna playa? Quizá Madeira les gustaría... No les diré nada hasta que terminen. Será una sorpresa.

Son ya las seis y tengo la sensación de que los días pasan volando y me faltan horas para trabajar, reflexionar y planificar. Ahora me acuerdo de cuando me sobraba el tiempo. Seguiré leyendo y tomando notas hasta que regrese Enrique. Tampoco debe faltar mucho ya para que Isabel aterrice en Murcia. Estoy impaciente por saber de ella.

A la vez que suena el teléfono, veo a Enrique entrar por la puerta acompañado de Verónica. Hacen una pareja espléndida, la verdad. Levanto la mano mientras hablo para que me esperen, dándoles a entender que me demoraré menos de un minuto.

Hay un pub irlandés en la acera de enfrente donde sirven una excelente cerveza y allí nos sentamos, en unos sofás que están junto al ventanal, desde donde seguro veré llegar a Paco. Enrique, que puede ser muy prudente cuando quiere, se ha dado cuenta de su presencia pero no dice una sola palabra ni plantea ninguna pregunta hasta que Verónica se marcha, con el pretexto de estar agotada de la jornada. Yo creo que los dos tenían preparada la estrategia de antemano para dejarnos solos y que Enrique y yo podamos hablar con toda franqueza.

Por fin y como era de esperar, Enrique pregunta extrañado por mi nuevo "chófer" y le explico que también forma parte de la historia que le voy a contar. Misma versión que al jefe, porque el proceso de paz va a comenzar y a Enrique le van a extrañar igualmente mis continuas ausencias. O sea, que vuelvo a la carga con la historia de mi participación en un tema político de gran importancia que me llevará al País Vasco para tomar parte en reuniones y entrevistas, sobre las cuales voy a escribir una especie de crónica que en el futuro se convertirá en un texto que contará una parte muy especial de la historia de España más reciente.

Le explico que es una tarea difícil y muy delicada, porque su naturaleza, en sí misma, puede herir la sensibilidad de muchas personas. Aunque le advierto de antemano que no contestaré preguntas, estoy seguro de que mañana a estas horas y en cuanto se haga público el comunicado que inicia la tregua, concluirá rápidamente de qué asunto se trata. Ni siquiera... Enrique ya lo intuye.

—¿Sabe el jefe todo esto?

—Sí. Lo sabe por mí y por una llamada del Ministerio del Interior que ha recibido esta misma mañana.

—Y este tinglado, claro está, tiene que ver con Portillo y con tus viajecitos a Vitoria –concluye Enrique– y yo, como un *frikie* tragándome tus cuentos sobre normativa parlamentaria de la rancia Transición. No si a mí esto me daba mala espina. Ahora lo entiendo todo...

—Comprenderás que no pudiera darte muchas explicaciones y ahora tampoco, pero lo que sí es cierto es que en cuanto el tema eche a andar, no podré fingir por mucho tiempo, sobre todo con los más allegados –y le pongo la mano en el hombro en señal de cercanía.

—Entonces, el tipo que viene a buscarte en el coche es un escolta, claro...

—Sí.

—No me vas a decir que corres algún peligro –pregunta Enrique asustado al escuchar sus propias palabras.

—No lo creo, pero se puede decir que casi me lo han impuesto, como prevención –evito contar el episodio de la noche de la taberna.

—Ya... y el paralítico metido también en el ajo. ¿No me dijiste que tenía un pie en el otro barrio?

—Parece que se ha recuperado. De todas maneras y a pesar de ser una pieza clave del tablero, la partida continuará con o sin él. Bueno ¡Ya está bien! He dicho que no contestaré más preguntas. Enrique, confía en mí. Esto es serio y no puedo desvelarte nada más.

—Vale, vale... De acuerdo.

Y Enrique de un trago se bebe la media cerveza que le quedaba. Pedimos otra. Como parece estar en trance, me veo en la obligación de hacerle reaccionar, en un intento por desviar su atención. Pero sigue absorto...

—Bien... muy bien, colega. Perdona, es que me has dejado sin palabras –y Enrique me mira de una manera extraña, como nunca lo había hecho.

—Lo entiendo. Te aseguro que hace cuatro días yo tampoco me lo creía.

—Jaime, ¿puedo preguntarte sólo una cosa más? Por favor –ahora su voz es suplicante–. ¿Los has visto?

—¿A quiénes?

—A ellos... a los terroristas –y baja la voz casi en un susurro.

—Aún no. He participado nada más que en dos reuniones con representantes de la izquierda abertzale. Y ahora sí que vamos a tener que cambiar de tema, hermano.

—Vale... Pues ahora hablaremos del otro tema. Y este que yo sepa no está clasificado. Así que desembucha. ¿Qué pasa con la mujer del paralítico? ¿En qué punto estamos?

—Bueno, pues yo creo que estamos a mitad de camino. Los planteamientos parecen firmes por ambas partes, pero Isabel tiene muy claro que permanecerá junto a Carlos hasta el final. Su salud cada día es más precaria y, aunque nadie puede saber lo que pasará, las estadísticas hablan de un ochenta por ciento de muertes antes de los cinco años y Carlos ya lleva enfermo seis.

—Yo la entiendo –dice Enrique en un arranque de comprensión–. ¿Cómo vas a abandonar al padre de tus hijos en esas condiciones, aunque le aborrezcas? No hay conciencia que lo resista.

—Eso es exactamente lo que dice ella. En cualquier caso, ahora no es el momento de tomar decisiones, nuestra relación acaba de empezar, ella está en Murcia y yo aquí, y el trabajo que debo llevar a cabo a partir de ahora requiere toda mi atención y todas mis energías. Pero lo que sí puedo decirte es que me siento vivo por primera vez desde hace mucho tiempo, y que los planteamientos de futuro los haré cuando el futuro sea presente.

—Y... entonces Portillo, además de paralítico, está a por uvas, ¿no? –vuelve Enrique a la carga.

—Yo no lo creo. Pienso que sus sospechas son mayores cada día, pero fíjate que tengo la sensación de que es algo consentido, que cuento con sus bendiciones. Ayer, sin ir más lejos, me pidió que apoyara a Isabel, que no la dejara sola con esta carga tan pesada. Yo creo que está resignado a su destino y, aunque a su manera, ama a su mujer y es consciente del sufrimiento, la renuncia y el sacrificio que está haciendo por él.

—No, si el tío va camino de ser cojonudo. O sea que si te arrepientes de todos los pecados y maldades justo antes de diñarla, se te perdonan, se borra todo y te quedas tan etéreo como los angelitos. Aunque hayas sido un hijo de puta toda tu vida, recibes la absolución y como nuevo. ¡Qué fuerte! Pero, ¿quién se puede creer esos cuentos?

—Mira, esto es una cuestión de conciencia personal. Es verdad que hay veces en que la gente, cuando llega el final, hace balance de su vida y se da cuenta de los errores cometidos, lo cual no quiere decir en absoluto que neutralice sus maldades. ¡Nunca se te ha ocurrido pensar en gente malvada de verdad, de esa que justifica sus horrores por el bien de la humanidad y cuenta con un discurso envolvente que arrastra a las masas? Véanse Hitler, Pinochet... o Torquemada. ¿No has pensado nunca que tal vez han nacido con una carga genética destructiva, con un cromosoma depredador o algo así y que no pueden, aunque quieran, cambiar de conducta?

—Claro. Son maníacos peligrosos. Asesinos de la peor calaña, pero no se les considera locos o enfermos mentales como "Jack el Destripador" o el "Violador del Ensanche".

—Me parece que nos estamos yendo por las ramas. En fin, sólo quería que supieras que a partir de ahora apareceré y desapareceré como Houdini, que cuento con tu comprensión y tu apoyo moral y que...

—Y que estás enamorado hasta las trancas, Jaimito... no hay más que verte –sentencia Enrique–. Ahora en serio. Quiero que sepas que admiro lo que estás haciendo. Ya sabes que soy un pacifista convencido y sólo contemplo el diálogo como fórmula para solucionar los conflictos. Cuenta conmigo para lo que quieras.

—Gracias. No esperaba menos de ti –y brindamos con nuestras cervezas por mi éxito, que será el de todos.

La verdad es que tengo ganas de llegar a casa. Durante el trayecto, Paco me explica que los de la empresa de seguridad ya han realizado un estudio sobre el terreno de las características de la vivienda y alrededores para diseñar despué la logística necesaria. Conclusión: en dos días la instalación se habrá completado y yo dispondré de uno de los sistemas de protección más efectivos del mercado en este momento, lo cual, tengo que reconocer, no me causa especial satisfacción, aunque debo mostrar un poco de entusiasmo dadas las molestias que mi compañero se está tomando. Le adelanto a Paco que el jueves salimos para Vitoria con la caravana de Manu.

Cena y paseo con el perro y con Paco, que se manifiesta como un excelente conversador. Es un hombre solitario, consecuencia de su trabajo, su familia vive en Cuenca y no les visita demasiado porque dice que no es fácil hacer planes cuando no sabes tan siquiera dónde dormirás cada noche. Con otros dos compañeros tiene un piso alquilado en Madrid, pero sólo lo utiliza como cuartel general porque dice que eso es lo menos parecido a un hogar que uno puede imaginar. Aprovecho para preguntarle por su amiga, la empleada de Arantxa, anticipándole que no tiene que hablarme de sus asuntos personales si no lo desea.

—Mira, Jaime. A ti te contaría mi vida entera. No te haces ni idea de lo que supone trabajar con una persona que se coloca a tu nivel, que te habla de sus cosas, que te pide opinión y que te acoge en su casa como si fueras su amigo. Que no te trata como su criado, ni siquiera como a un empleado. A mí no me había pasado nunca. Los compañeros me comentaban que existe gente así, pero yo nunca había visto ningún ejemplar. Ahora sí, ahora puedo dar fe de ello.

—Anda, Paco, no exageres y dime qué hay de la señorita en cuestión –le digo para que termine con las adulaciones.

—Pues es que en este trabajo es bastante normal relacionarse con el servicio y con los empleados de los establecimientos. Siempre estás plantado en los pasillos o en las cocinas, donde desayunas o te ofrecen un café. La señora Arantxa me dijo que cualquier cosa que necesitara, que hablara con Leire, que ella me atendería en todo lo que precisara. Y entre que me hacen falta toallas o me puedes conseguir otro cenicero, pues empezamos a charlar y ya sabes lo que pasa. No sé si me explico...

—A la perfección...

—No sé, pero algo hay porque nos caímos bien desde la primera vez que nos vimos. Y no vayas a creer que es una fregona. Trabaja en el hostal los fines de semana para pagarse los estudios de Turismo en Bilbao, que acaba al año que viene. Creo que es pariente de la señora Arantxa por parte del marido de su hermana. Ya sabes, con los que vive Iker durante la semana.

—Bueno, Paco... Pues me alegro por ti.

Los días siguientes discurren según lo previsto. El esperado anuncio de la nueva tregua indefinida se produce a través de un comunicado con las mismas características que en ocasiones anteriores. En este caso son un hombre y una mujer los encargados de su lectura pública, apareciendo con las capuchas, las banderas y los emblemas ya conocidos y, aunque el contenido es contundente, exigente, y su imagen firme y dura, algunas frases, según aprecian los analistas políticos, parecen querer dulcificar los mensajes y suavizar posturas de inmovilismo ancestral.

Resumiendo, la banda "asume compromisos firmes con un escenario de ausencia de violencia si desaparecen los ataques contra *Euskal Herría*". Critican al Gobierno y le acusan de "no haber actuado anteriormente con madurez ante los gestos de ETA", al tiempo que reivindican "la territorialidad y el derecho a decidir como las llaves del proceso". Para terminar, la banda advierte que sus decisiones y respuestas serán acordes a las actitudes del Gobierno, al que culpan de "poner obstáculos sin cesar a la negociación y actuar sin tregua contra la izquierda abertzale" y reiteran su voluntad de "llevar el proceso hasta el final, negociando, desde el abandono de las armas, una paz justa y duradera con el Estado español".

Paco ha terminado con la instalación del sistema de seguridad, que me explicará con detalle cuando regresemos y, tras el alto el fuego, no necesito decirle nada al jefe. Él mismo me pregunta qué día tengo previsto viajar.

Todo parece estar bajo control e Isabel me anuncia su intención de pasar el fin de semana en Vitoria con las niñas y con su madre. No puede dilatar más el asunto porque la salud de Carlos es más frágil cada día y no quiere privarle por más tiempo de la compañía de sus hijas. Además, le prometió a Laura en su cumpleaños que la llevaría y así lo hará, teniendo en cuenta que Carlos ha superado la grave crisis de los días pasados. Yo lo entiendo perfectamente y ante la perspectiva que se avecina, me propongo aprovechar para hacer una visita a Marta el fin de semana, puesto que no sé el cariz que tomarán las cosas y si pasará tiempo hasta que pueda volver a Barcelona. Mi hija se muestra contenta con la idea y con la posibilidad de contar con mi ayuda y mi consejo para preparar el tan temido examen oral.

Tanto Isabel como yo, aunque algo tristes por no vernos durante tiempo incierto, nos consolamos mutuamente ante la oportunidad de disfrutar ambos de nuestras hijas y prometemos llevar con buen ánimo la separación, a la que no es posible por el momento poner fecha límite. Me gustaría encontrar las palabras que corroborasen este argumento, porque a veces el corazón no ve con tanta claridad los pensamientos que el cerebro le transmite. Dos órganos tan ligados en sus funciones y tan dispares en lo que se refiere a la percepción de las mismas realidades. Ante la impotencia de no saber qué decir, me resisto a no decir nada y opto por el camino más fácil, o tal vez el más difícil.

—Isabel...

—¿Qué?

—Te quiero.

—Es la primera vez que me lo dices.

—Lo sé.

—Yo a ti también.

—Adiós, mi amor.

—Hasta pronto...

23

Sólo hay una cosa más grande que el amor a la libertad, el odio a quien te la quita.
Ernesto "Che" Guevara (político, escritor, periodista y médico argentino-cubano)

A las ocho en punto, nos encontramos junto a la entrada principal del Ministerio del Interior, según las instrucciones que nos han sido transmitidas. Un cuarto de hora después, aparece Manu con un maletín repleto de documentos y una pequeña bolsa de viaje, que el conductor guarda en el maletero del coche. Paco traslada igualmente nuestras cosas, puesto que yo viajaré con Manu y él en el vehículo de escolta con los demás compañeros. En total, nos movilizamos siete hombres y, por lo que intuyo, salvo que surja algún contratiempo, pararemos una única vez a mitad de camino.

Mientras nos alejamos del centro de Madrid, que a esta hora temprana es un caos circulatorio, Manu mantiene varias conversaciones sobre asuntos relacionados con el Ministerio y, finalmente, habla con Andoni para confirmarle que ya estamos en camino y que le volveremos a llamar cuando queden pocos kilómetros para llegar a Vitoria. Tras recoger a Carlos nos desplazaremos al punto acordado, que yo desconozco. Como el enfermo aún convalece y su debilidad es manifiesta, Andoni se ha ocupado del alquiler de un monovolumen adaptado para discapacitados donde le trasladaremos sin tener que abandonar en ningún momento la silla de ruedas.

Recorridos ya unos cuantos kilómetros, Manu extrae una carpeta de su maletín donde guarda los sumarios de los que, en principio, serán los representantes de la banda terrorista en la mesa de negociación. El diálogo, como en anteriores ocasiones, será a tres bandas, es decir: la delegación gubernamental integrada por Manu, Andoni y Carlos; los representantes de la izquierda abertzale ya conocidos, Azcárraga y Lertxundi; y cuatro miembros de la banda, dos hombres y una mujer, que están en activo y un cuarto que actualmente cumple condena y representa al colectivo de presos, habiéndose gestionado los oportunos permisos para abandonar el penal, cada vez que se requiera su presencia en los sucesivos encuentros. Y yo, claro está, que se me sitúa simbólicamente en terreno neutral.

—Bien –dice Manu– ahí tienes a los implicados –y me extiende unas cuantas páginas donde se recogen las fichas policiales con las trayectorias de los personajes.

El primero, Julen Abasolo, alias "Fetiche", de 28 años, vizcaíno de Barakaldo, se le considera como el responsable actual del Comando Vizcaya, incluido en la lista de los más buscados, con una amplia trayectoria de *kale borroka* antes de integrarse en ETA. Ha sido detenido en dos ocasiones, la primera cuando perdió varios dedos de una mano al explotarle un artefacto casero, mientras preparaba una *ekintza* o acción terrorista, y la segunda como consecuencia de un ataque al cuartel de la Guardia Civil de Galdákano. La *Ertzaintza* le considera participante en numerosos actos de violencia callejera, durante casi diez años, así como responsable de la colocación de un artefacto en Getxo, donde se encontró una capucha con su ADN. Junto a Chapartegui, forman el tándem más activo de la banda terrorista desde la ruptura del alto el fuego permanente.

El segundo, Eneko Chapartegui, alias "Largo", de 31 años, natural de Eibar. Se le considera actualmente el jefe de dos o tres *taldes* o comandos con capacidad operativa para cometer atentados en cualquier momento. Su trabajo es planificar y ordenar desde la sombra, ya que se trata de un hombre de elevada estatura, mide más de dos metros y, por lo tanto, de fácil localización. Sus apariciones públicas son muy escasas. Ha sido detenido y puesto en libertad en dos ocasiones por violencia callejera, y la policía francesa estuvo a punto de cazarle una tercera, tras la desarticulación de su comando, en el transcurso de una "operación jaula" de la que logró escapar. Chapartegui ha pasado por la cárcel de Alcalá-Meco en una ocasión, acusado de colocar un artefacto en los juzgados de Durango. Se le considera el más radical y partidario del tiro en la nuca.

Begoña Zubiría, alias "Negra", natural de Beasaín, nacida hace 32 años, fue concejal en el ayuntamiento de su localidad antes de su ingreso en la banda y se la relaciona sentimentalmente con varios de sus capos. Adiestrada a conciencia en materia de explosivos, ha sido la encargada de la colocación de un buen número de artefactos, desde empresas inmobiliarias en San Sebastián, pasando por intereses turísticos en la costa mediterránea. Está acusada de numerosos delitos, entre otros participar activamente en el atentado de la T4 de Barajas. Una vez se supo localizada e identificada decidió huir a Francia, donde se supone tiene su cuartel general.

Por último, Iñaki Larrañaga, alias "Ruso", nació en Bergara (Guipúzcoa) hace 38 años. Su perfil es uno de los más sangrientos de la organización durante su etapa activa, siendo el ideólogo de auténticos intentos de masacre, uno de ellos en el transcurso de una carrera ciclista, afortunadamente neutralizado a tiempo por las Fuerzas de la Seguridad del Estado. También se le relaciona con la colocación de bombas lapa en los bajos de coches y patrullas de la policía y de la Guardia Civil, y con la planificación de varios secuestros, entre ellos el de un conocido juez de la Audiencia Nacional. Actualmente cumple condena en Martutene. Ha formado parte de varios comandos y ha sido la cabeza del Nafarroa durante mucho tiempo. Tras su detención, sus planteamientos cambiaron radicalmente y se le considera un activista que ha evolucionado hacia la moderación y lidera el grupo de presos partidarios de la negociación, que son la mayoría.

Terminado el repaso de las fichas, Manu subraya la complejidad del diálogo con Abasolo y Chapartegui, representantes del ala más dura de la banda, aunque es un paso positivo su aceptación del alto el fuego y de la convocatoria de negociación. Zubiría y Larrañaga ya son conocidos de la anterior ronda de conversaciones y su predisposición al diálogo y la flexibilidad en las posturas augura un entendimiento sin demasiadas dificultades. Al fin y al cabo no se trata más que de una visión pragmática del problema, al haberse demostrado la ineficacia de la lucha armada como método para conseguir los fines que se persiguen. Concluyendo, Manu se muestra confiado ante la expectativa más que posible de doblegar a los radicales.

El viaje discurre sin incidentes y, una vez en Vitoria, Andoni se une al grupo con el coche especial ya dispuesto. Carlos ya está esperándonos en el vestíbulo de la residencia cuando llegamos a Letona. Por su aspecto, nadie diría que acaba de superar una aguda crisis respiratoria. Tan sólo lo delatan una palidez más acusada de lo normal y una manifiesta pérdida de peso, que acentúa la desproporción entre el torso y el resto del cuerpo, visiblemente lacio y atrofiado. Le tiendo la mano en cuanto estoy frente a él con el fin de estrechársela como siempre pero él no responde. Clava sus ojos en los míos sin articular palabra. ¡Dios mío! Ya no puede mover los brazos. Tengo que reaccionar rápidamente, con el fin de restar importancia a la situación y suavizar el impacto que me causa la nueva revelación. ¡Qué se puede decir cuando no se puede decir nada!

—Joder, Carlos, ¿qué ha pasado?

—Pues ya ves, lo que tenía que pasar. ¿Qué pensabas? ¿Que me iba a quedar así a perpetuidad? Esto no perdona, compañero, y está claro que me queda poco, o eso espero, porque no soportaré una situación de tetraplejia mucho tiempo. Antes me quito de en medio.

—Bueno, mantengamos la calma. ¿Qué dice el doctor Granados?

—¡Qué quieres que diga...! Es un proceso vaticinado, por cuyas etapas hay que pasar si no te mueres antes. ¿No has visto a Stephen Hawking? Pues es un caso de excepción a la norma porque su evolución se ha estancado y desde hace años está totalmente inmovilizado. Ni siquiera puede comunicarse sin su sintetizador de voz tras quedar mudo a consecuencia de una traqueotomía, pero no se muere. No permitiré que eso me pase a mí... lo juro. En fin, lo que siento es el disgusto que Isabel y las niñas se van a llevar cuando lleguen mañana. Escucha Jaime, ¿te quedarás el fin de semana?

—No, la verdad es que pensaba ir a Barcelona y ver a Marta, además de ayudarla con un examen complicado al que se presenta la semana que viene, pero... si me necesitas, puedo cambiar los planes.

—No, no, en absoluto. Tal y como pinta el próximo futuro, haces bien en aprovechar para visitar a tu hija. Está claro que no sabemos con qué tiempo contaremos a partir de hoy. Entonces, ¿me harás un nuevo favor?

—No tienes ni que preguntarlo –le digo mientras la silla entra en los carriles de la rampa y se eleva para penetrar en el coche.

—Una vez más, te pido que prepares a Isabel ante este nuevo revés. Por favor, adelántale el tema. Tiene que mostrar fortaleza ante las niñas y ante mi suegra, que creo también vendrá.

—Cuenta con ello, Carlos. Esta noche la llamaré, pase lo que pase –me pregunto si encontraré una forma apropiada de transmitir semejante noticia.

Ya estamos los cuatro instalados en el vehículo y nos despedimos de la escolta, que no nos seguirá a partir de aquí.

Salimos de Letona e iniciamos la ascensión que separa los barrancos de Amaritu y Bitor, donde se encuentran las ruinas de una ermita en honor al santo que lleva su nombre. Enseguida llegamos a un cruce donde tomamos la bifurcación de la izquierda que continúa, también en ascenso, el cauce de un arroyo. Los caminos, aunque estrechos, son de tierra firme y aceptablemente regular, pero el coche traquetea un poco, sobre todo cuando las curvas son más ceñidas. Me preocupa que la inestabilidad pueda hacer el viaje demasiado incómodo para Carlos, pero él me tranquiliza diciendo que ya no siente apenas nada. Andoni maneja el vehículo con gran destreza y nos explica que está acostumbrado a internarse en los bosques por este tipo de caminos. Tiene un todoterreno y conoce varias fincas que visita a menudo para disfrutar de la naturaleza y de su afición preferida: la pesca.

Coronamos un pequeño montículo con una vetusta cruz de hierro clavada en la cúspide, que señala un vértice geodésico, desde donde se disfruta de una buena panorámica del barranco por el que hemos ascendido, con la ermita al fondo. El camino ancho acaba aquí y, unos doscientos metros más adelante, una puerta metálica abre paso a otro más estrecho para después atravesar una alambrada que delimita claramente una propiedad particular. El sendero está embarrado y las ruedas del vehículo giran con cierta dificultad. Al mirar a nuestro alrededor se aprecia la belleza natural de cualquier rincón de esta finca boscosa, donde hayas y alcornoques se elevan majestuosos a izquierda y derecha del camino, y cuya frondosidad reduce tanto la luz natural que Andoni enciende los faros del coche, advirtiéndome que ya casi hemos llegado. De repente, a un lado del camino unos cuantos caballos y vacas nos reciben indiferentes mientras se encaminan hacia el pasto y, un poco más adelante, un enorme jabalí con su cría huyen despavoridos a nuestro paso. A lo lejos, según me informa Andoni, las campanas de la iglesia de Aperregui están dando las cinco. Carlos, que también ha estado aquí antes, me cuenta que este emplazamiento se conoce como el Caserío de Armikelo, que significa "El Verdadero", y será en este lugar emblemático donde se celebrarán las reuniones.

Ya estamos delante de la casa propiamente dicha y, en total, habremos invertido una media hora en llegar desde Letona. La edificación es magnífica y el lugar bellísimo, como todos los collados de la zona, en plena naturaleza y apartado de cualquier atisbo de civilización. A la izquierda de la vivienda, junto a un pozo de piedra tradicional, están aparcados una furgoneta blanca y un Land Rover gris absolutamente nuevo.

El edificio es un caserío vasco tradicional, es decir, una vivienda aislada en el campo cuya propiedad corresponde a una familia que se dedica a la explotación agrícola y ganadera. En este caso, según explica Carlos, Armikelo pertenece ancestralmente a la familia Larrañaga, aunque hace tiempo que sus miembros se dispersaron abandonando el lugar como consecuencia de la presión policial a la que estaban sometidos por el activismo de los cuatro hijos.

El clima y el régimen de lluvias frecuentes hacen que la edificación, de planta rectangular, se cobije bajo una amplia cubierta a dos aguas con poca pendiente, puesto que las nevadas son escasas, considerándose, en cambio, funcionalmente imprescindibles los grandes aleros en los tejados. A la vivienda se accede por un porche de gran profundidad, guarnecido con arcos de piedra y pilares de madera. Concebido para guardar los aperos de labranza, en él suele discurrir gran parte de la vida cotidiana. Dos escalones dan acceso a esta zona semicubierta que soporta la planta superior del edificio, donde tradicionalmente se sitúan los dormitorios. El aspecto de la construcción es muy sólido, a base de piedra y madera y una enorme puerta en arco de medio punto se abre por la mitad para dar salida a un hombre y a una mujer, a los que reconozco por las fotografías que Manu me enseñó por la mañana. Detrás de ellos, Azcárraga y Lertxundi portan entre ambos una plancha metálica que colocan sobre los peldaños y que servirá para que la silla de Carlos salve el desnivel. Los saludos son fríos y rápidos y directamente pasamos al interior, en la seguridad de que todos queremos empezar cuanto antes.

Nada más atravesar el dintel nos encontramos en la cocina, pieza principal de la casa. Alrededor del hogar se disponen bancos de respaldo alto con un tablero abatible a modo de mesa. Adosados a la pared y haciendo esquina, hay dos grandes aparadores provistos de vajillas, cuberterías, utensilios de cocina y todo tipo de servicios de mesa donde no falta detalle. Si se dirige la mirada al fondo, a través del arco de mampostería que comunica con la segunda estancia se aprecia una especie de corredor que nos separa de un tercer compartimento, destinado a los establos. El fuego está encendido, por lo que la temperatura interior es agradable y evita el ambiente húmedo que caracteriza a estos caserones, aunque sea verano.

Andoni me presenta y Abasolo y Chapartegui hacen lo propio, puesto que somos los que nos incorporamos por primera vez a la negociación. Tomamos asiento en los bancos que se disponen de frente y a ambos lados del hogar, lo cual se adapta perfectamente a los tres grupos que intervendremos en el asunto y, como siempre, yo busco un lugar adecuado, psicológicamente imparcial y discreto, propio del papel pasivo que desempeño. Lo mejor será situarme en diagonal y en un plano por detrás del resto. El primero en hablar es Manu, que se erige en portavoz indiscutible de su grupo.

—Para empezar, es evidente la razón por la que estamos aquí y el objetivo que todos los presentes perseguimos. Dicho esto y teniendo en cuenta que hay una voluntad de entendimiento, que se traduce por vuestra parte en la declaración de alto el fuego y abandono de las armas y, por la nuestra, en haber llegado hasta aquí sin protección ni escolta, y os aseguro que nadie conoce nuestro paradero, vamos a intentar llegar a un acuerdo lo más ventajoso posible para los implicados y para la sociedad vasca y española en definitiva, sobre los puntos clave en los que basaremos la negociación, que deberemos definir a continuación. Antes de empezar, me gustaría delimitar los parámetros en los que situaremos las reuniones, es decir, pactaremos primero las formas, antes de pasar al fondo. Por nuestra parte, aceptamos este lugar como cuartel general del proceso y en cada sesión se establecerá la fecha de la siguiente, teniendo en cuenta que todos los presentes, salvo causa de fuerza mayor, aparcaremos nuestras ocupaciones habituales dando prioridad a la negociación. Todas las consultas que deban hacerse se anunciarán con anticipación, puesto que se da por sentado que los que estamos aquí tenemos el respaldo de nuestros representados para negociar y decidir. Si, finalmente, los presentes no somos capaces de llegar a un acuerdo, nos comprometemos a buscar la intermediación y el arbitraje de terceros antes de dar por fracasado definitivamente el nuevo intento. Este primer encuentro, a mi juicio, establecerá las reglas del juego y debe ser por parte de todos una declaración de intenciones. Fijaremos el calendario y nos comprometeremos a elaborar en la próxima reunión una hoja de ruta con los puntos básicos de la negociación, que trataremos por riguroso turno, es decir, no se abrirá el debate de un nuevo punto hasta que no dispongamos de acuerdo en el anterior. Por mi parte, he terminado. Ahora me gustaría escuchar cuanto tengáis que decir.

Es Abasolo el que habla en esta ocasión:

—Estamos de acuerdo en que nuestra presencia aquí responde a una voluntad de negociar, pero no es una rendición incondicional. Eso que quede muy claro desde el principio. No vamos a claudicar y a tirar por la alcantarilla décadas de lucha por nada, no nos iremos de aquí con los bolsillos vacíos. Díselo a tu presidente. Si quiere paz que negocie, pero si quiere guerra la tendrá.

—En guerra llevamos años "Fetiche", más de los que tú tienes –dice Andoni con cierta prepotencia.

—Hoy las batallas se libran en los despachos –apunta Azcárraga–, así que vayamos con los tiempos y terminemos con esto de una vez, porque a todos nos interesa.

—Sobre todo a vosotros –habla Begoña– que ahora no sois nada, no representáis a nadie, no podéis ni siquiera reuniros, como no sea debajo de un puente, porque os han quitado hasta los locales.

—Mira "Negra", en eso tienes razón –ahora es Lertxundi el que interviene– solo que vosotros no tenéis que preocuparos por el acomodo porque directamente pasáis a ser presidiarios.

—Si os parece os voy a ilustrar con algunos datos que se recogen en un informe elaborado a fecha de ayer –explica Manu mientras busca en su maletín y saca una carpeta con las tapas blancas y el título en letras rojas que avisa de la confidencialidad de los documentos que contiene–. La Audiencia Nacional celebra en estos momentos exactamente la mitad de juicios que en el mismo periodo del año pasado, lo que se atribuye, según fuentes judiciales, a "la debilidad por la que atraviesa la banda". La cifra de presos en cárceles españolas alcanza hoy la cota más alta, seiscientos veintiocho, de los cuales doscientos uno son preventivos. Según los datos de los que dispone el Ministerio del Interior y que igualmente demuestran la precariedad de ETA, Eneko Chapartegui debía haber sido juzgado, junto a otros dieciocho procesados hace un mes, por actos de *kale borroka*, pero no se presentó al juicio. ¿Por qué? Dínoslo tú, "Largo". Mejor te lo diré yo, porque, en menos de un año la organización ha sido descabezada varias veces, así que, sin tiempo para nada, el primero que pasa por allí asume la dirección sin periodo de carencia ni entrenamiento previo. En fin, el círculo se estrecha, estáis al límite, las presiones internas son tremendas y no digamos desde el colectivo de presos. ¿Tengo o no tengo razón, "Ruso"?

—Como bien dices, si estamos aquí es por algo, así que lo que tenemos que hacer es tomar decisiones efectivas y dejar de marear la perdiz –contesta Larrañaga por alusiones.

—Exacto. El lema es: "Se puede discutir todo, pero sin imposiciones" –dice Andoni–. Vuestro problema es que no habéis entendido la filosofía del negocio y es la siguiente: la solución pasa porque interioricéis que el terrorismo no tiene futuro, como lo hizo el IRA en su día. Aquí no se le pide a nadie que deje de ser nacionalista, ni independentista, sólo se le exige que no mate por ello.

—Y vosotros tampoco os habéis enterado –contesta Abasolo– de que hay una premisa irrenunciable, y es: "No deslegitimar lo que ha sido nuestro objetivo durante cincuenta años".

—Pero, ¿cómo podéis hablar de objetivos de hace cinco décadas, cuando en cincuenta años a este país no lo conoce ni la madre que lo parió? –ahora es Carlos el que interviene–. ¡Pero vosotros estáis en el mundo o es que os parieron dentro de un zulo y no habéis ni asomado la cabeza?

—Yo sólo os digo que hay planteamientos insoslayables y esos son los derechos nacionales de *Euskal Herría*, el respeto a lo que decidan soberanamente los vascos y la superación de la división territorial –responde Chapartegui.

—Pero, ¿de qué división territorial hablas, "Largo"? ¡De la que a vosotros os interesa o de la que decidan los navarros o los vascofranceses? ¿O es que en ambos casos vais a imponer los criterios también a punta de pistola? –otra vez es Andoni el que arremete.

—Bueno, concretemos, por favor –dice Carlos visiblemente cansado.

—Propongo –comienza Manu lo que parece será el epílogo de la reunión– la redacción por vuestra parte de un documento base que contenga los puntos esenciales de la negociación y, nosotros por la nuestra, haremos lo mismo. Deben ser epígrafes redactados de forma general, que se articularán posteriormente y cuya deliberación se abordará divididos en sus partes, teniendo en cuenta, como hemos dicho antes, que no cambiaremos de epígrafe hasta que el anterior esté agotado, es decir, ninguno será moneda de cambio respecto de otro. Vosotros dos ya sabéis de lo que hablo –y señala a Zubiría y Larrañaga.

—Plantead lo que vayáis a pedir con lógica y sentido común –dice Andoni.

—No sé de qué hablas, señor importante, ¿o es que nos estás llamando estúpidos o analfabetos? Mi gente confía en mí porque saben que no les defraudaré –salta Chapartegui como un resorte.

—Los alemanes también confiaron en Hitler... –apostilla Andoni.

—Necesito beber agua –dice Carlos utilizando una estrategia para desviar la atención.

Yo me levanto inmediatamente y Abasolo me señala la nevera. Cojo una botella y sirvo en un vaso para dar de beber a Carlos, que ya no es capaz de hacer casi nada con autonomía. Se me ocurre que traeré unas pajillas la próxima vez.

—Bien, queda por dilucidar la fecha del próximo encuentro, si en lo que respecta a lo expuesto hasta aquí no hay objeciones –añade Manu.

—Dentro de una semana. Nosotros necesitamos tiempo para llevar a cabo nuestro debate interno –apunta Chapartegui.

—Sí y me temo que eso será misión imposible –ironiza Andoni nuevamente.

—Si hubiera contraorden, quiero saberlo inmediatamente, ¿entendido? No pienso tolerar que nos hagáis perder el tiempo y mucho menos a Carlos, que no está para desperdiciar energías. Si todo está bien, nos vemos aquí el jueves próximo, a la misma hora. Si nadie quiere añadir nada más, doy por terminada la reunión –concluye Manu.

Se hace un breve silencio, antes de que todos se levanten de sus asientos y Larrañaga se acerca a Carlos discretamente.

—Lo siento, tío, estás bastante peor que la última vez que nos vimos –y al hablar parece sincero.

—Pero no te equivoques, aún no ha llegado mi hora –contesta Carlos sin que se le descomponga el gesto.

Ya ha oscurecido, por lo que el camino de vuelta lo hacemos más despacio. Manu advierte a la escolta de que estamos bajando, indicándoles que se preparen para el regreso en cuanto dejemos a Carlos en San Felipe. Por mi parte, llamo a Gladis para que igualmente tenga todo dispuesto ante la inminente llegada del enfermo, que está agotado y necesita rápidamente descansar y comer algo.

—La verdad es que siento dejarte, pero debo irme. Hablaré con Isabel de camino –le confieso mientras accedemos al recinto.

—Gracias, Jaime. Yo también intentaré llamarla a última hora, asegurándome así de que ya lo sabe.

—Adiós –y le abrazo como se abraza a un muñeco inerte, incapaz de ninguna reacción.

—Adiós y buen viaje.

Todos tenemos cara de cansados menos Manu, que luce un rostro fresco y lozano, como si llegara directamente de un Spa. Siempre me he preguntado cuál es el secreto que mantiene a los políticos inalterables, aunque sus jornadas de trabajo tengan dieciséis horas, participen en cumbres internacionales y reuniones de alto nivel, donde hay que mantener un elevado grado de concentración y rapidez de respuesta; en países que están a tomar viento fresco del nuestro, con el consiguiente *jet lag* y no han acabado de aterrizar cuando se someten a larguísimas sesiones parlamentarias, pronuncian discursos o intervienen en controvertidos debates donde son interpelados sin piedad. Y en el colmo de la filigrana, son capaces de saludar con fluidez a un sinfín de personas que pretenden que recuerden que un día coincidieron en tal o cual sitio o que le entregaron un escrito sobre no sé qué tema relacionado con un familiar o con un colectivo de afectados por algún desmán municipal. ¡Increíble! Pues no sólo salen airosos, sino que cautivan al respetable con sus actuaciones, su ingenio y su sentido del humor. Deben pertenecer a una raza aparte.

Hacemos la parada en el mismo sitio que a la ida y el hombre que nos atendió esta mañana, que aún continúa su jornada laboral detrás del mostrador, se sorprende al vernos de nuevo. En su cara se refleja el esfuerzo mental que realiza para deducir qué clase de gente somos. Siete hombres juntos y dos veces en el mismo día llama mucho la atención.

Le pido a Manu que me disculpe, pero le prometí a Carlos que hablaría con su mujer y aprovecharé la parada para hacerlo. Si no, luego será muy tarde. Salgo fuera y respiro hondo antes de marcar. Isabel, que se retrasa un poco en contestar, cuando lo hace manifiesta sorpresa ya que pensaba que no hablaríamos hasta el día siguiente, teniendo en cuenta las horas de viaje que invertiríamos en el regreso, si es que volvíamos a Madrid en el día o, si finalmente nos quedábamos en Vitoria, como consecuencia de terminar bien entrada la noche, razón por la cual tampoco era probable que nos comunicáramos.

—Es verdad... Pero he de contarte algo y me gustaría que estuvieras tranquila, así que si hay alguien contigo o las niñas andan por ahí revoloteando, te sugiero que te aísles y me prestes atención.

—Jaime, me estás asustando... Es Carlos, ¿verdad?

—Escucha, no me gusta nada tener que ser yo quien te diga esto, pero Carlos así me lo ha pedido y, por otra parte, pienso que es mejor que te lo explique yo, y actuar como dique de contención que pare el primer golpe.

—Por favor, Jaime, dime qué pasa...

—Verás. Carlos ha empeorado desde el fin de semana, su movilidad ha disminuido y tiene dificultad para manejar los brazos...

—¿Está tetrapléjico?

—Sí... Pero no conocemos el diagnóstico médico o si con algún tipo de fisioterapia o rehabilitación sería posible recuperar algo el tono muscular y la capacidad de reacción.

—Déjate de paños calientes, Jaime. Sé perfectamente cuál es el desarrollo, he leído hasta la saciedad sobre el tema, durante años he estado en contacto con una asociación de afectados y este es un nuevo peldaño en el camino hacia el final. Tú sabes que tengo razón y Carlos conoce igualmente su destino. Dime cómo está él, cómo le has visto.

—Pues la verdad es que parecía sereno pero no resignado, deprimido pero no desesperado, aunque lógicamente no hemos podido hablar mucho, dadas las circunstancias. Yo creo que está más preocupado por ti y por sus hijas que por él mismo, por eso le prometí que hablaría contigo para que te fueras haciendo a la idea y preparases a las niñas ante el impacto que van a recibir.

—¡Dios mío! ¡Es horrible! Y no se puede hacer nada. Estoy segura de que está pasándolo fatal, pero no lo va a confesar, porque igual de duro que ha sido conmigo y con cuantos le rodearon en su vida, será consigo mismo hasta el final.

—Además, piensa que debido al trabajo que tiene entre manos ahora más que nunca ha de hacer alarde de toda su firmeza y férrea voluntad, y es por ahí por donde hay que insistirle para que siga luchando.

—Tienes razón. Hablaré con Laura y Sol mañana durante el viaje, no quiero preocuparlas esta noche y que no puedan dormir.

—Tú tampoco podrás dormir, así que toma algún somnífero de esos que tienes en la farmacia y si necesitaras hablar, no dudes en llamarme, sea la hora que sea. Tendré el móvil abierto toda la noche.

—De acuerdo, gracias, Jaime y perdona, ni siquiera te he preguntado cómo ha ido todo...

—Bien, bien, lo demás parece estar encarrilado. Siento mucho no estar a tu lado en estos momentos. Aunque en la distancia, no dudes que lo estoy. Confío en ti y en tu fortaleza. Ahora es el momento de sacar partido de tanta amargura y sufrimiento.

—Sabíamos que esto podía pasar, pero sinceramente tenía la esperanza de que, con un poco de suerte, nos saltaríamos alguna etapa y un buen día Carlos se dormiría para no volverse a despertar. Tal vez todavía pueda ser así. ¿Cuándo saldrás para Barcelona?

—Pues, en principio tengo intención de pasar mañana el día trabajando en el periódico y salir el sábado a primerísima hora. En cualquier caso, te llamaré constantemente. Quiero que sientas que no estás sola, que puedes contar conmigo en todo momento y que te voy a echar mucho de menos, mi amor.

—Las cosas no pasan por casualidad y, desde luego, el destino te ha puesto en mi camino providencialmente. ¡Imagínate que haría yo sin ti en estos momentos!

—Pues aquí estoy, pero debes buscar refugio también en tus padres y en tus hijas. Serán un gran consuelo a partir de ahora.

—Gracias, de verdad. ¿Cuánto os queda para llegar a casa?

—Como dos horas y media o algo más. A partir de aquí el viaje se hace rápido y sin apenas tráfico. Por cierto, boticaria, ¿te he dicho ya que te quiero?

—Hoy no.

—Pues te quiero cuando estoy contigo, pero cuando no estoy te quiero más.

—Aunque me quieras menos, yo prefiero estar contigo.

—Tengo que colgar. Los demás ya salen de la cafetería. No lo olvides, si me necesitas, me llamas.

Ya en casa, no soy capaz ni de encender la televisión y Paco tampoco está para charlas. Ricardo me ha dejado una nota en la que dice que tenemos que vernos sin falta porque tiene que darme algo para Marta.

Todo en orden y a la cama. Reconozco que tengo una facilidad para dormir envidiable, incluso en los momentos de mayor preocupación, angustia o tristeza. En caso extremo, algún somnífero ligero y ya no estoy en este mundo. Así que cuando creo oír una música lejana y una especie de zumbido que repiquetea en la madera de la mesita, no soy capaz ni de abrir los ojos, palpo a tientas y tiro el teléfono al suelo, que se calla inmediatamente. ¡Joder, me lo he cargado! Con el estruendo, Paco se ha despertado y me grita desde su habitación.

—Jaime, ¿estás bien?

—Sí, sí, lo siento... es que he tirado el teléfono.

¡Mierda! Todo el mundo despierto, hasta Ramsés ha subido la escalera y ha decidido dormir junto a mi cama. ¡Por Dios! Pero si son las cuatro y cuarto. Entonces mi mente empieza por fin a trabajar: ¡Isabel! Efectivamente, su número encabeza la lista de llamadas perdidas. Marco inmediatamente ¡Menos mal que funciona! Nada más contestar, rompe a llorar y a pedirme perdón por despertarme a estas horas.

—Cariño. ¡Por favor, cálmate! Bueno... mejor, ¡desahógate! Escucha, dime qué ha pasado. Has hablado con Carlos, ¡claro!

—Verás... Hace mucho tiempo, cuando todo esto empezó, hablamos muy seriamente de lo que haríamos si llegaba este momento. Quiero decir, si su muerte no era tan rápida, la evolución se presentaba como lo está haciendo y, finalmente, entraba en una etapa en la que su dependencia fuera total y, como consecuencia, su vida perdiera toda dignidad.

Su voz se entrecorta a cada momento por los sollozos y yo comprendo su desesperación, porque adivino lo que me va a decir.

—Bueno, pues eso, que él me ha dicho que ha llegado el momento, que no quiere seguir viviendo así y que una vez en este punto de no retorno, quiere que hable con el médico para... ya sabes, mitigar su sufrimiento y poner fin a una vida que ya no lo es en realidad.

—Yo lo entiendo. ¡Qué quieres que te diga! Eso de que mientras hay vida hay esperanza es una gilipollez para consolar a los tontos. Escucha, mi amor, me parece que lo primero que debes hacer es hablar con Granados y cumplir tu parte del acuerdo. Es muy importante su opinión en este sentido, tal vez haya alguna posibilidad de frenar el proceso o de paliar los síntomas o... bueno... no sé... se trata de agotar todas las posibilidades –le digo a Isabel intentando transmitirle un atisbo de esperanza.

—Sí, eso haré. Hablaré con el médico. Él conoce el caso y conoce a Carlos y estoy segura de que, en algún momento, habrán hablado de esto. ¿Entiendes por qué tengo que llevarle a las niñas este fin de semana? Tal vez sea su despedida –Isabel rompe a llorar de nuevo.

—¡Tranquila! Tú sabías que había muchas posibilidades de que esto pasara y vas a hacer lo correcto, lo has hecho hasta aquí y ahora también lo harás. Además, no te dejaré sola ni un momento. ¡Te lo prometo!

—Gracias. No he pegado el ojo, me estalla la cabeza y necesitaba compartir contigo esta angustia que me está ahogando.

—Y has hecho muy bien. Venga, ¿estás más tranquila? Pues suénate la nariz, lávate la cara y prepárate para recibir el beso más bonito y con más cariño que te han dado jamás.

Ramsés, que ha escuchado las palabras beso y bonito, se incorpora con sus orejas muy tiesas y mueve el rabo de izquierda a derecha sin parar. Estoy convencido de que cree que él es el destinatario de la demostración de cariño. Le comento a Isabel la escena y ríe con timidez.

Cuarta Parte

LOS VERDUGOS

Es sabido que la táctica de los terroristas consiste en despersonalizar a sus vícti-
mas para facilitar así el crimen y evitar cualquier tipo de mala conciencia res-
pecto de los asesinatos cometidos. Pero para ser capaz de despersonalizar a un ser
humano, hace falta haber perdido previamente la humanidad.

Rosa Díez (política española)
Diario El Mundo 25/08/2007

"Vuestro dolor nos causa risa". Esta declaración de un miembro de la banda terrorista ETA, que estalla en nuestra mente con más fuerza que cualquiera de sus bombas, bien podría calificarse, dentro de su catecismo, como el lema del "terrorista perfecto". Psiquiatras de gran prestigio, especializados en el estudio de estos asesinos, como el doctor Alonso Fernández, parecen estar de acuerdo en algunos de sus rasgos definitorios comunes, así como en las razones que determinan que el fenómeno del terrorismo germine en unas sociedades y no en otras.

La mayoría de los estudios acerca del terrorismo son de antes de ayer y se relacionan abiertamente con una finalidad política. El terrorismo es una estrategia, una forma de ejercer la violencia, cuyos efectos sociales resultan mucho más devastadores, en términos tácticos, que los daños físicos que ocasionan las propias acciones terroristas, por muy graves que estas puedan llegar a ser.

Aunque el número de víctimas directas sea mínimo, el verdadero blanco de cualquier ataque terrorista es el conjunto de la población, a la que las víctimas directas pertenecen y representan. El terrorista no tiene tanto interés en eliminar a determinadas personas como en sembrar un miedo cerval en la sociedad, con el fin de dinamitar el equilibrio de poderes establecido que le conduzca a conseguir sus objetivos.

A la hora de intentar explicar el terrorismo precisando sus causas o antecedentes, conviene huir de simplificaciones y descartar algunas explicaciones absurdas. La hipótesis más descabellada y carente de todo fundamento es la del estereotipo de criminal patológico, que fue defendido en su momento por parte de algunos expertos para explicar las conductas terroristas. Desterrada la tesis y siguiendo las premisas empíricas de los magníficos estudios de Fernando Reinares, es preciso comenzar por analizar factores de índole sociológica y estructural, presentes en el contexto de todo fenómeno terrorista. A nadie se le escapa que los episodios de terrorismo se dan en sociedades caracterizadas por condiciones altamente conflictivas, desigualdades o injusticias sociales extremas, ausencia de libertades políticas o problemas de identidad territorial, como es el caso del País Vasco y su terrorismo de sustrato nacionalista.

Por otra parte, es preciso reconocer que el terrorismo siempre implica una ideología, entendiendo por ello cualquier sistema de creencias y valores compartidos por un grupo social. Pero, ¿cuál es la razón subyacente para que los terroristas se aferren con tanta fuerza a una ideología que les obliga a llevar una vida tan poco cómoda, que les aísla del resto del mundo y que les hace incurrir en tantos peligros? Para encontrar una explicación satisfactoria, hay que buscar las claves en la propia organización como sistema que satisface determinadas necesidades fundamentales para la vida de sus miembros.

Los terroristas funcionan a partir de una sintonía única basada en el narcisismo de su pensamiento, que se materializa en un fanatismo violento. Es decir, están convencidos de que su credo es la verdad absoluta y combaten implacablemente a todo el que no piensa como ellos. A este narcisismo se llega por dos vías; bien desde la infancia, en el seno de familias radicales e imbuidos sus miembros de una educación dogmática y extremista, bien por contagio. En este caso, hablamos de individuos con una personalidad voluble e indefinida, inseguros y manejables que, acogidos en el seno de una organización de corte dictatorial, solucionan sus problemas de identidad. Ya no tienen que pensar ni tomar decisiones. A partir de ahí, todo se lo dan hecho. El sentimiento gregario y la sumisión al grupo suponen uno de los pilares principales sobre los que se asienta una organización fanática.

Toda estructura tiende a perpetuarse a sí misma y las bandas terroristas no son una excepción. Los procesos de reclutamiento o renovación de sus miembros, la actividad de los líderes, los lazos de amistad que se crean entre los terroristas, las estrategias predatorias que se planifican para obtener dinero y armas, los contactos con otras organizaciones terroristas, etc., todos estos factores colaboran con la supervivencia de la organización en sí misma y, por lo tanto, con la continuidad del fenómeno terrorista.

El terrorismo busca producir efectos psicológicos en el terreno del que considera su enemigo. Con esta táctica consigue quebrantar el equilibrio psicológico individual, desmoralizar a la colectividad y producir un estado de pánico y angustia generalizado. Un acto de terrorismo no pertenece a un escenario bélico, es más bien un episodio de violencia-espectáculo que favorece comportamientos sensacionalistas y demostraciones dramáticas, siendo más eficaz cuanto más se vive, se ve, se filma, se comenta, se divulga y se amplifica. De esta forma la estrategia terrorista cumple su verdadero objetivo, que es llegar a la opinión pública con toda su carga efectista. Por lo tanto, la publicidad y la propaganda se convierten en los mecanismos más rentables para un terrorista. Si los medios de comunicación no difundieran estos hechos terribles, el sujeto terrorista no sería nadie. La tragedia debe convertirse en un acontecimiento y, por este motivo, no suelen pasar muchos días sin que los activistas se atribuyan el ataque o la explosión para que no haya duda posible sobre su autoría.

El terrorista sueña despierto en muchos aspectos. Su sistema psicológico se llena de elementos que únicamente están en su imaginación y, como sus acciones se convierten en espectáculo, su conciencia se desdobla. Es actor y espectador a la vez. Por todo ello se podría afirmar que, a pesar de las desviaciones propias de su deficiente adaptación individual, los terroristas tienen clara conciencia de sus actos y se manifiestan resueltos a causar el mal.

Otro de los aspectos más llamativos del fenómeno terrorista que surge en una sociedad ancestralmente matriarcal como la vasca, es la pertenencia a la banda de militantes extremadamente jóvenes, varones y solteros. La propia organización nació a partir de un grupo juvenil *EKIN* y esa constante se ha mantenido hasta nuestros días. Si bien los comandos están compuestos por hombres maduros, la esencia de ETA y del electorado *abertzale* sigue siendo extremadamente joven. Históricamente las mujeres apenas han estado presentes en ETA y las que ingresaron en la banda lo hicieron a petición expresa de sus novios o hermanos. "Yoyes", asesinada después por sus ex compañeros, fue la única mujer que llegó a formar parte del Comité Ejecutivo de ETA.

Muchos especialistas coinciden en que el terrorismo ha de captar a sus adeptos a edad temprana, como si se tratara de un adoctrinamiento, más allá de variables como hogares desestructurados o ambientes carentes de afectividad o de medios materiales de subsistencia. Atrás quedaron los tiempos en los que los dirigentes etarras disponían de una amplia variedad de candidatos para incorporar a la banda. De ahí que delimitaran la edad, rechazando a los quinceañeros. Ahora se acepta lo que haya disponible, siendo la adolescencia la carne principal del cañón, teniendo en cuenta la psicología propia de la edad, propensa a la rebeldía y el aventurerismo. De estas características se benefician los dirigentes de la organización, que inculcan con facilidad a sus afiliados premisas y planteamientos radicales.

A través de numerosas entrevistas realizadas a miembros de ETA durante los interrogatorios que siguieron a su detención, se deduce la existencia de un común denominador: el odio a lo español. Esa aversión es básica y fundamental para cometer atentados y justificar las acciones en defensa propia ante el invasor. Esta concepción equivocada de la realidad deriva en pérdida de cuota de libertad personal y raciocinio, cuestiones que convierten al individuo en manejable, transformándole finalmente en una marioneta.

Es igualmente llamativo comprobar como generalizado otro rasgo que se incorpora al perfil psicológico de los miembros de ETA. A su desmedida capacidad de causar dolor a través de la violencia más perversa, se contrapone su absoluta indisposición para soportarlo. El miedo parece ser uno de los rasgos de la personalidad claramente definidos entre los militantes de ETA. Agentes de policía confirman una y otra vez que los etarras lloran y se desmoronan cuando se saben atrapados. Recordemos que algunos se han orinado encima al verse irremediablemente detenidos y puestos a disposición de la justicia, a la que saben se enfrentarán sin remisión con graves delitos a sus espaldas. Como resultado de esta incapacidad para asumir las consecuencias que se derivan de sus actos, veintidós miembros de la banda terrorista se han suicidado, bien en el transcurso de su detención, bien en las cárceles mientras cumplían sus condenas. Especialmente llamativos son los casos de Mikel Arrastia, que se lanzó al vacío desde un tercer piso en Rentería cuando se supo acorralado por la Guardia Civil. Miguel Ángel Uriagereka que se estranguló con el cinturón de seguridad del coche de la policía americana que lo trasladaba a San Francisco para cumplir el trámite de su extradición. Juan Goikoetxea, que se disparó en la sien cuando la Guardia Civil estaba a punto de capturarle en Navarra. Más de una docena de activistas han aparecido ahorcados en sus celdas, mientras cumplían sus condenas, en algunos casos de más de treinta años. El último de los autoejecutados es Igor Miguel Angulo Iturrate, de treinta y dos años, miembro del comando Nafarroa, que acabó con su vida el 27 de febrero de 2006 en el penal de Cuenca, ahorcándose con un cordón de sus botas atado a la reja de la ventana de su celda. Además de estos, treinta y seis miembros de ETA han muerto mientras manipulaban artefactos explosivos, con los que pretendían atentar o cuando los transportaban en sus vehículos. Llama la atención la extremada juventud de muchos de ellos.

Otros han pretendido escapar de sus destinos y se cuentan por decenas los intentos de fuga frustrados, si bien debemos hablar de algunos éxitos, aunque en cantidad inapreciable, desde el año 1969, en el que Izko de la Iglesia y Gregorio López Isasuegui liberaron a Arantxa Arruti, esposa del segundo, arrebatando a los funcionarios de prisiones uniformes y pistolas. En 1985, Iñaki Picabea y Joseba Sarrionaindía, condenados a más de treinta años de prisión, se fugaron del penal donostiarra de Martutene, escondidos en el interior de sendos bafles, aprovechando la actuación musical de varios cantautores vascos en el centro penitenciario. En 1976 veintinueve presos, de los que veinticuatro pertenecían a ETA, huyeron de la cárcel de Segovia construyendo un túnel que les llevó a la red de colectores de la ciudad. Aunque posteriormente la mayoría fueron detenidos, algunos lograron escapar y llegar a Francia. En 2002, el etarra Ismael

Berasategui Escudero se fugó de la prisión parisina de La Santé al ser reemplazado por su hermano José Antonio, aprovechando una de las entrevistas a las que regularmente tienen derecho los reclusos. La evasión fue revelada cinco días después por el propio hermano del fugado. En 2000, el ex dirigente Félix Alberto López de Lacalle "Mobutu" se fugó de un hotel de la localidad francesa de Aubusson en el que estaba confinado a la espera de ser extraditado a España. Mobutu protagonizó la fuga más espectacular de la historia de la banda, descolgándose por la fachada con sábanas anudadas y escapando a continuación en un coche que le aguardaba.

Independientemente de las grandes líneas conclusivas que podemos inferir a partir del análisis del comportamiento terrorista y el perfil psicológico común de todos sus elementos lo cierto es que, en la actualidad, se calcula que un total de 184 miembros de ETA se encuentran huidos en distintos países de Europa, África y América, de los cuales 141 tienen orden de busca y captura dictada por la Audiencia Nacional. Esto significa que el 70% de los etarras huidos serían detenidos y juzgados en el momento en que se tuviera constancia de que pisan suelo español.

A partir de un riguroso y exhaustivo estudio realizado por la Asociación Dignidad y Justicia sobre la responsabilidad que se les atribuye a los miembros de ETA repartidos por el mundo, es posible deducir que existen 43 etarras sobre los que no pesa orden de busca y captura de los 75 que podrían ser acusados de nuevos delitos de pertenencia a organización terrorista, denuncia que por sí misma evitaría la impunidad de sus crímenes. No obstante, y como cabría esperar, la organización terrorista ya ha informado a todos y cada uno de los 43 aludidos de la inexistencia de requisitorias contra ellos. De hecho, según fuentes cercanas a la banda, ETA habría cursado instrucciones a un nutrido grupo de sus huidos para que regresen a España, casi todos procedentes de países iberoamericanos. Hay que destacar que de los 75 miembros de ETA objeto de esta investigación, se tiene constancia de que 21 etarras componen la nueva estructura logística de ETA en Francia; de los 48 que desarrollan sus actividades en el país galo, otros 20 forman parte del aparato de acogida y formación de Venezuela; de los 47 que viven en la República Bolivariana, 6 en Cuba, 4 en México, 4 en Cabo Verde, 3 en Uruguay, 1 en Togo y 1 en Santo Tomé. Del cómputo restante se desconoce su ubicación, pero son susceptibles de ser acusados de pertenecer a ETA y evitar así la prescripción de otros delitos que, aun siendo más graves, quedarían legalmente impunes.

Pero detengámonos un poco más para explicar todo este complejo entramado judicial en torno a los huidos de ETA, teniendo en cuenta que el final de la banda terrorista abre expectativas de regreso a todos los que actualmente se encuentran lejos del País Vasco. Soportando la amenazadora espada de Damocles de una eventual exculpación de los etarras huidos, con la ley en la mano, es de importancia capital investigar concienzudamente qué miembros de ETA u otras organizaciones declaradas terroristas, tales como SEGI, Gestoras Pro-Amnistía, *ASKATASUNA, EKIN, XAKI*, etc., teniendo o no causa judicial pendiente, desempeñan una función dentro de la organización o tienen una responsabilidad distinta de la que tenían años atrás, cuando fueron fichados.

De los 75 mencionados, investigaciones pormenorizadas llevadas a cabo por especialistas de la Policía Nacional, la Guardia Civil y la *Ertzaintza* durante años, ponen de manifiesto que todos ellos podrían ser acusados de pertenecer a ETA, ya que el total ostenta nuevas responsabilidades en el seno de la banda.

La investigación realizada por la Asociación Dignidad y Justicia tiene por objeto evitar la impunidad de los 75, a través de la presentación de las oportunas denuncias ante la Audiencia Nacional. En un segundo nivel de análisis, podríamos incluso agrupar a los huidos en tres categorías. En primer lugar, sujetos cuyas funciones y responsabilidades dentro de la organización habrían evolucionado desde su huída, no habiendo constancia de este extremo en la Audiencia Nacional. En segundo lugar, sujetos ubicados en países extranjeros que, perteneciendo al Colectivo de Refugiados de ETA, desarrollan funciones de acogida y/o asesoramiento, abastecimiento, financiación logística, captación, información, etc. Es una realidad que la banda, a través de sus responsables en los diferentes países del mundo, ha tejido una red de escape y ayuda para aquellos terroristas que huían de España o Francia a determinados destinos en países donde tuvieran respaldo gubernamental, como es el caso de Venezuela. La mayoría de los que conforman este grupo fueron deportados en los años ochenta por los gobiernos de Felipe González, mediante acuerdos con sus homólogos de África y Sudamérica. Y en tercer lugar sujetos, situándoles dentro o fuera de las fronteras españolas, considerados por las Fuerzas y Cuerpos de la Seguridad del Estado como los "terroristas más buscados", cuyos datos son públicos a través de Internet o de las páginas web de Policía Nacional y Guardia Civil.

Dentro del primer grupo y fundamentándonos en doctrina y jurisprudencia como establece la Sentencia número 73/2007, de la Sala de lo Penal de la Audiencia Nacional, "[...] para el cumplimiento de sus objetivos ETA se sirve de grupos armados que conforman su estructura militar con el cometido específico de practicar la lucha armada. Dichos grupos realizan su actividad en conjunción como vasos comunicantes con otras estructuras de la misma organización criminal, ligadas por una relación de sumisión de sus militantes a aquellos [...]". Dentro de la estructura, las funciones y responsabilidades asumidas por sus miembros son de muy diversa naturaleza, pudiendo evolucionar dentro de la propia organización, lo cual ha permitido en ocasiones dividir la militancia de un miembro en diferentes etapas en función de la asunción de un mayor grado de compromiso con la organización terrorista, tal y como estableció la Sentencia 1/2012, de 4 de enero, que condenó a Zigor Ruiz Jaso por un delito de integración en organización terrorista, al pertenecer a un "talde de reserva" de ETA durante 2006, cuando ya, por Sentencia de 11 de noviembre de 2009, se le había condenado por el mismo delito como consecuencia de su militancia en SEGI.

Respecto del segundo grupo y según las informaciones reflejadas en el periódico Gara de 10 de junio de 2012, el autodenominado "Colectivo de refugiados políticos" celebró el día anterior un acto en Azkaine (Francia) en el que reiteró públicamente "su voluntad de participar en el proceso y de que sus integrantes retornen a sus lugares de origen con todos sus derechos".

Es evidente que ETA, con el cese definitivo de su actividad armada ha pretendido, entre otros objetivos, el acercamiento de sus presos al País Vasco y el retorno al territorio de los prófugos de la justicia con delitos prescritos, evitando así su persecución judicial. Sin embargo, la Audiencia Nacional ha dictado ya sentencias en las que se habla de un auténtico aparato internacional de ETA, cuya pretensión ha sido evitar la persecución de la justicia española al amparo de autoridades gubernamentales que siempre han simpatizado con la organización terrorista. No podemos soslayar el caso de Venezuela, donde reside una comunidad de 47 etarras que continúan formándose, tomando decisiones y acogiendo a los huidos de España o Francia, como ocurrió en 2011 con Ignacio de Juana Chaos o Antonio Troitiño.

Recapitulando y volviendo a los orígenes del problema, el nacionalismo vasco considera que hay un conflicto de raíz que consiste en no reconocer los derechos políticos del pueblo vasco, perfectamente diferenciado, cuyo territorio se haya injustamente ocupado por el Estado español y también por el francés, al que se le niega el derecho de autodeterminación que le convertiría en Estado independiente. Pero, ¿es esta una realidad objetiva e históricamente demostrable, o es más bien una pretensión discutible, sostenida sólo por una parte de la población vasca? ¿No podría ser que hablásemos no de un verdadero conflicto, sino de "su conflicto", porque muchos vascos viven perfectamente integrados en España? Si nos atenemos al lenguaje de las urnas, se hace patente que la mitad de los ciudadanos vascos y la mayoría de los navarros no tienen dificultad para compaginar su identidad vasca o navarra con su ciudadanía española. Tal vez el victimismo se presenta como una forma de identificar el terrorismo y acaba convirtiéndose en una verdadera técnica psicológica para hacer moralmente tolerables los crímenes de ETA.

No parece coherente afirmar que, en la España de hoy, los vascos sufran discriminaciones jurídicas que justifiquen una insurrección armada y, mucho menos, asesinatos indiscriminados y alevosos como los que perpetra ETA. Pero la derrota policial de la banda terrorista no es suficiente en ningún caso, en la medida en que una supuesta desarticulación de la estructura militar sería siempre temporal, mientras no se eliminasen a un tiempo las circunstancias políticas y sociales que constituyen el germen del conflicto y, en consecuencia, el motor del apoyo ciudadano que recibe el nacionalismo radical. Por lo tanto, ante problemas políticos, soluciones políticas, sin olvidar que el objetivo final perseguido no es otro que la paz.

En tiempos en los que la tolerancia y el respeto se han convertido en virtudes especialmente apreciadas por la mayoría de las sociedades desarrolladas, el terrorismo debería suponer el paradigma del rechazo social y cultural. A fin de cuentas, ¿no es el terrorismo la exaltación de la intolerancia?

24

El que suscribe declara por este medio y tras profunda reflexión,
que mi última voluntad respecto de los bienes que puedo legar tras mi muerte
es la siguiente: "[...] por último, la quinta parte
a quien haya laborado más y mejor en la obra de la fraternidad de los pueblos,
a favor de la supresión o reducción de los ejércitos permanentes
y en pro de la formación y propagación de Congresos por la Paz".
Alfred Bernhard Nobel, testamento (inventor y químico sueco)
París, 27 de noviembre de 1895

Tras un viernes de frenética actividad laboral me preparo para iniciar, junto a Paco, el viaje a Barcelona y pasar el fin de semana con Marta. Al reducido equipaje incorporo el encargo de Ricardo, que consiste en un tubo de cartón de esos que utilizan los arquitectos para transportar planos y proyectos sin peligro de deterioro. Por fuera, atado con una cinta blanca, hay un sobre que supongo contiene una explicación de lo que hay dentro. Como es lógico, ni se me ha pasado por la cabeza interrogar a Ricardo por la naturaleza de lo que, a primera vista, parece un regalo. Miento... sí que se me ha pasado por la cabeza, pero me he reprimido esperando que él me lo contara. No ha sido así, por lo que sigo sin despejar la incógnita.

Me estoy acostumbrando a la compañía, así que voy a echar de menos a Paco si decide instalarse de nuevo en su piso, aunque no parece tener mucha prisa y yo, por supuesto, no le presiono en absoluto. De todas formas, me ha dicho que se oyen rumores que apuntan a una eventual supresión de un buen número de servicios de seguridad, que actualmente corren a cargo del Estado, debido precisamente a la tregua indefinida. Por el contrario, la escolta de Manu dice que en otras ocasiones, teniendo en cuenta la naturaleza de su prestación, ellos han permanecido ejerciendo las mismas funciones, lo que le hace confiar en que, por el momento, seguirá conmigo. Durante el viaje me transmite su convencimiento, en cualquier caso, de no querer dedicarse a la seguridad por mucho tiempo y menos teniendo en cuenta que el colectivo entrará en crisis si el problema del terrorismo se soluciona en España definitivamente. Por ello ha decidido matricularse en la universidad a distancia y aprovechar las interminables horas muertas que caracterizan este trabajo para estudiar alguna carrera que no le sea demasiado complicada. Le animo y le ofrezco mi ayuda si puedo serle de alguna utilidad. De todas formas le adelanto que los próximos días serán distendidos y habrá tiempo para pasear por las Ramblas y cenar en algún restaurante del puerto, según acostumbramos a hacer Marta y yo cuando voy a visitarla.

Salimos de Barcelona y tomamos la nacional que nos llevará a Cerdanyola del Vallés. Marta vive en la Villa Universitaria del Campus de Bellaterra, que está a unos veinte kilómetros del núcleo urbano. He quedado en recogerla para almorzar y después nos dirigiremos al hotel Gaudí, donde suelo alojarme cuando vengo a verla. Está esperando en un banco a la entrada, vestida de negro, en un logradísimo contraste con su pelo rojizo y brillante. En cuanto nos ve coge su mochila y se acerca al coche, del que sale Paco para presentarse y abrirle la puerta trasera. Según las normas, viajará detrás, lo que le produce un verdadero fastidio, que expresa con una mueca de desprecio. Hace un día espléndido, así que decididamente comeremos en una terraza próxima al Parque Güell.

Marta no deja de hacerme gestos y señas ante la presencia de Paco que, como norma básica de hospitalidad y buena educación, compartirá la mesa con nosotros. Él, que es muy listo, se percata de la incomodidad de Marta al ver limitada su intimidad, así que intenta ganársela haciéndonos fotografías y hablándole de Ricardo, lo que le asegura el éxito.

Después de un exquisito y típico almuerzo catalán, remataré con un puro antes de encerrarnos en el hotel y desperdiciar una magnífica tarde en esta ciudad elegante y cosmopolita, donde la oferta artística y cultural es inmejorable, pero los deberes académicos nos obligan a aplazar su disfrute hasta mejor ocasión.

Ya en la habitación, le entrego a Marta el encargo de Ricardo y me adelanta que no lo abrirá hasta que no esté de vuelta en el colegio. ¡Otra vez me quedo con un palmo de narices! En fin, no sé a qué viene tanto secreto pero mi obligación es morderme la lengua, respetar la confidencialidad y esperar a que un alma caritativa me quiera contar de qué va tanto misterio. Es hora de comenzar a preparar el examen de marras. Por puro desconocimiento, no estoy en disposición de juzgar los contenidos, aunque sí puedo incidir en otros elementos que son importantes en lo que a la oratoria se refiere. El eterno profesor Juan Antonio Vallejo-Nájera decía que "los grandes oradores están obsoletos, porque en la apresurada vida que llevamos, casi nadie tiene tiempo de escucharlos. Hay que buscar la oratoria eficaz: cautivar y convencer, lo demás son músicas celestiales...". Basándonos en esta máxima, complementada con algunos consejos relacionados con la autoconfianza y la naturalidad, intento hacer ver a Marta que, sin duda, posee una imagen cautivadora y, que si ha estudiado suficientemente, el éxito llegará solo. Marta acepta y agradece todos mis consejos porque realmente se encuentra perdida ante estas experiencias que suponen, sin duda, un salto en el vacío, entre la doctrina y los planteamientos educativos del colegio y la metodología universitaria.

—Bien. Hemos terminado por hoy. Mañana seguiremos profundizando así que, si la señorita no desea nada más, puede comenzar el interrogatorio. Cuanto antes acabemos con esto y aclaremos lo que te ronda por la cabeza, mejor. Venga, dispara.

—A ver. Cautivando y convenciendo, como dices tú. ¿Quién es la mujer que te tiene trastornado?

—No me tiene trastornado. Es que me he enamorado. Cariño, tú sabes que desde que tu madre y yo nos separamos, la vida no me ha sido fácil. Me quedé solo y deprimido cuando os fuisteis y si tú no hubieras existido, ten la seguridad de que hubiera vuelto a Argentina. Me costó mucho rehacer mi vida y, a nivel personal, puedo asegurarte que nadie ha ocupado el lugar de tu madre en estos seis años. He salido con algunas compañeras y conocidas, cuya relación no ha pasado de dos o tres citas.

—Lo sé, papá. Y eso tampoco me hace feliz.

—Bien. Pero resulta que Isabel es diferente y lo intuí desde el primer momento. Pero, como te he dicho, hoy por hoy, no es una mujer libre... Te explico. El hombre al que fui a ver a Vitoria y que conocía desde los tiempos de Murcia, recién llegado de Buenos Aires, me ha propuesto que participe en una especie de misión encomendada por el Gobierno que, por su naturaleza e importancia, no me está permitido desvelar. Al principio yo me quedé muy impresionado, tanto por la delicadeza del trabajo en sí como por el hecho de que este hombre, que dormía en el baúl de mis recuerdos, me eligiera a mí después de tantos años. Una vez conocidos los términos y aclarados los porqués, acepté el encargo sin dudarlo. Está muy enfermo, tanto que su muerte parece inminente y, precisamente por eso, se encuentra recluido en Vitoria, en un centro especializado en enfermedades como la suya. Lógicamente su familia, sobre todo su esposa, le visitan con frecuencia. Así fue como conocí a Isabel. Desde el primer momento surgió entre nosotros una relación que se consolida cada día. Ya sé lo que estás pensando y estás equivocada respecto de tus conclusiones, sin conocer toda la historia.

—Es que no me negarás que es muy sospechoso que se enamore de ti precisamente cuando se va a quedar viuda.

—Ni por un momento imagines que Isabel está buscando un hombre de sustitución. Su marido no ha sido precisamente un modelo durante los años que estuvieron juntos. Es más, ella estuvo a punto de dejarle cuando se puso enfermo. Finalmente comprendió que no era capaz de abandonarle en esa situación porque los remordimientos la atormentarían para siempre y tal vez sus hijas se lo recriminarían en el futuro.

—¿Tiene hijas?

—Sí, dos, pequeñas, de quince y doce.

—Y, ¿cómo es, papá?

—Es una mujer extraordinaria. Posee una belleza natural, madura y serena propia de su edad. ¿Sabes? Hay mujeres que son más hermosas en la madurez que en su juventud. Lamentablemente sus ojos delatan amargura y sufrimiento, pero estoy seguro de que es una persona básicamente alegre y que el tiempo contrarrestará la infelicidad que ha sido su vida, con una conciencia tranquila y una buena dosis de comprensión y cariño.

—¿A qué se dedica?

—Es farmacéutica. Sus padres, que también lo eran, tenían una farmacia en el centro de Murcia y ahora es ella la que se ocupa del negocio. No tiene hermanos ni más familia y ya sabes que los amigos de verdad escasean cuando hay problemas y situaciones difíciles.

—O sea que ha encontrado en ti su salvavidas.

—No debes ser tan simplista en tus juicios. Es verdad que mi aparición en escena ha sido providencial, pero te aseguro que no ha habido premeditación. Isabel cuenta con sus padres, sus hijas, un trabajo estable y, cuando Carlos muera, estoy seguro de que retomará las riendas de su vida, como las toma uno cuando está cerca de los cincuenta. Tú no lo entiendes porque eres muy joven, pero hay un momento en la vida en que tienes la sensación de que ya está todo el pescado vendido, como se dice en España. No es que uno quiera morirse ni nada parecido, pero ciertamente el futuro se contempla mirando al pasado. Piensa en mí, Marta. Tengo perfecto derecho a aprovechar esta segunda oportunidad porque es muy posible que no se me presente otra. En el terreno profesional, mi vida está más que consolidada y la nueva vía que se abre ante mí es un reto por el que mis colegas matarían, no lo dudes.

—Ya, papá, pero tengo miedo de que te hagan daño otra vez.

—Gracias, cariño, por querer protegerme, pero hay un proverbio que dice que el que lucha corre el riesgo de perder, pero el que no lucha ya ha perdido. Hay que arriesgarse porque si no esta vida de monótona rutina no tendría sentido. Además, cielo, creo que quiero a Isabel de verdad y no me avergüenza decírtelo, aunque seas mi hija.

—Claro que no, papá. Amar no puede ser algo de lo que uno tenga que avergonzarse. Es el sentimiento más noble y profundo del que es capaz un ser humano.

—Además, el amor ha sido y es el motor del mundo. Grandes batallas se han librado por amor y las más bellas obras de que dispone la humanidad han sido creadas por hombres y mujeres enamorados.

—Cautivada y convencida. ¡Adelante! ¡Ánimo! Y cuenta conmigo sin condiciones, tanto si sale bien como si sale mal. ¿Sabes una cosa? Estoy segura de que ella es especial, pero no sabe la suerte que tiene de que la quiera un hombre como tú.

—¡Anda! No seas pelota... Bueno, entonces, ¿lista para salir a cenar? Tantas leyes y preceptos me han abierto el apetito. Avisaré a Paco para que se prepare. No seas demasiado dura con él, es un gran tipo y sólo cumple con su deber.

—Tienes razón. Lo siento. Prometo que esta noche seré la perfecta anfitriona.

Nos encaminamos hacia el puerto olímpico para cenar en alguno de los establecimientos que se extienden a lo largo de los muelles. Mientras recorremos las calles poseídas por el bullicio propio del sábado por la noche y con este ambiente templado y húmedo a la vez, pienso en esta ciudad que fascinó a propios y extraños, que fue escaparate de España en el mundo, organizando unos impecables Juegos Olímpicos en un momento en el que este país necesitaba demostrar al resto del planeta que el flamenco y los toros habían pasado a la historia como señas de identidad; cumplió su cometido de forma irreprochable y junto con Sevilla y la Expo hicieron que, para siempre, hubiera un antes y un después de tan magnos acontecimientos.

Marta ha cumplido su palabra mostrándose agradable con Paco, ocurrente y desinhibida durante toda la velada. Un pequeño paseo antes de llevarla al colegio y de nuevo a la tranquilidad de la habitación. Necesito un rato para echar un vistazo a la prensa porque siento que estoy totalmente desinformado y, ahora más que nunca, debo estar al corriente de los acontecimientos.

Espero poder hablar con Isabel con un poco de calma, puesto que lo hemos intentado un par de veces a lo largo del día y no ha sido posible. Es ella la que aprovecha para conversar mientras regresa del hostal de Arantxa, donde ha dejado ya instaladas a su madre y a las niñas. Pasará la noche en la residencia, como siempre, y me confiesa que cada vez le cuesta más recluirse en esa habitación y compartir la noche con Carlos, al que hay que cambiar de postura cada pocas horas para evitar las escaras, administrarle alguno de los fármacos en mitad de la noche o cambiarle de ropa debido a alguna circunstancia accidental. Todo eso se traduce en las dos noches del fin de semana en vela y regresar a Murcia agotada y deprimida.

—Lo comprendo, cariño, y me gustaría poder hacer algo. Escucha, ¿sabes que hoy le he hablado de ti a Marta?

—Y yo a mi madre.

—¿Y qué te ha dicho?

—Ella lo único que quiere es que yo sea feliz. Sabe de sobra que soy muy desgraciada.

—Es lógico.

—Y Marta, ¿qué piensa de todo esto? Debe de estar alucinada con la desenfrenada actividad que llevas últimamente.

—Al principio se ha mostrado recelosa y a la defensiva, pero luego se ha ablandado con mis explicaciones y, como tú dices, lo que quiere es lo mejor para mí. Sabe que tampoco lo he tenido fácil.

—Me alegro por ti porque es mucho mejor sentirse comprendido y apoyado que cargar con una desaprobación.

—Por supuesto. Bueno, ahora cuéntame, ¿cómo está Carlos y qué opina el médico de su estado?

—No hay nada nuevo que no supiéramos ya, la verdad. Poco se puede hacer en su opinión y lo más peligroso es la actitud psicológica del paciente en un estado tan límite como el de Carlos. Aconseja la ayuda profesional de un especialista, a lo que él se niega de momento, pero yo espero acabar convenciéndole basándome en la necesidad de mantener el equilibrio mental y la fortaleza moral necesarias para afrontar el trabajo, que ahora mismo es lo más importante.

—Me parece el único enfoque posible y si alguien puede conseguirlo, esa eres tú. ¿Qué tal se han tomado las niñas el empeoramiento de su padre?

—Pues yo ya se lo había explicado durante el viaje y, la verdad, yo creo que ellas no son muy conscientes de la gravedad de su estado. Aunque no puede moverse, Carlos es un encantador de serpientes, siempre lo ha sido y hay que reconocer que es capaz de hacer una interpretación magistral para que los demás se olviden de su precaria salud y de su abatido estado de ánimo. Han disfrutado mucho con él esta tarde, han charlado y bromeado sin parar y eso es bueno para todos.

—Por supuesto. Te echo de menos. Barcelona está preciosa y me gustaría que estuvieras aquí conmigo para descubrir juntos sus maravillosos rincones.

—Tal vez algún día.

—Naturalmente. Tú y yo tenemos que escribir mucha historia juntos, no lo dudes.

—Por cierto –pregunto–, ¿cómo están Arantxa y la familia Izaguirre? Me acuerdo mucho de ellos.

—Y ellos de ti. Arantxa no para de nombrarte. Que si don Jaime por aquí, que si don Jaime por allá, si estuviera aquí don Jaime... No sé si tendría que ponerme celosa.

—Pues te advierto que a los hombres se nos conquista por el estómago y alguna que otra cosilla más y... Arantxa cocina de muerte.

—Como en las habilidades culinarias me temo que no podré rivalizar, me tendrás que dar una oportunidad en las otras cosillas.

—Estoy deseando una demostración...

—Será mejor que nos despidamos. Ya estoy en San Felipe. Mañana te llamo antes de salir para Murcia.

—De acuerdo. Un beso y hasta mañana.

El día amanece brumoso, con la típica neblina que llega a tierra desde mar adentro pero según avanzan las horas va dejando paso a un sol espléndido y, como es domingo, muchos barceloneses y visitantes se disponen a disfrutar de un día de playa en familia o de un buen paseo por la orilla. Marta, que ya está pensando en conducir y tiene previsto matricularse en una autoescuela cuando termine el curso, me convence para que salgamos de la ciudad, camino de la Barceloneta y practicar un poco en algún paraje tranquilo o en las calles desiertas de alguna urbanización. A mí en principio no me gusta mucho la idea pero, como es una zalamera, me convence con argumentos basados en su preferencia por que sea yo el que la acompañe en sus primeros pasos... En fin, ¡qué puedo decir! Que me lleva al huerto y a la urbanización perfecta, según ella, para hacer prácticas sin peligro. Además, ¡qué padre no ha hecho lo mismo con sus hijos! A Paco, mucho más joven y amante del riesgo y la aventura le divierte la idea, así que entre los dos me meten en el coche, por lo que desisto de oponer la más mínima resistencia. Tengo que reconocer que hacía mucho, pero mucho tiempo que no me reía tanto, aunque si el coche hablara no me lo perdonaría nunca.

—Bueno, ¡ya está bien por hoy, par de payasos! Vámonos a dar un paseo y a tomar algo, porque del miedo que he pasado tengo la boca seca.

Acabamos descalzos los tres, caminando por la arena, jugando y salpicándonos agua y espuma en la orilla y tomando en un chiringuito la típica paella que sabe a gloria aunque no esté muy bien hecha.

Siempre me cuesta separarme de mi hija, pero esta vez especialmente porque ahora sí que no sé cuándo la volveré a ver. Espero que sea pronto. Isabel parece angustiada y me temo que aún será peor cuando se encuentre en casa esta noche, lejos de Vitoria, pero también lejos de mí. No sé cuál es la mejor forma de ayudarla cuando nos separan tantos kilómetros. ¡Es fácil! La respuesta está en la propia pregunta. ¡Iré a verla! Será una sorpresa.

Consulto el mapa de carreteras, que ya me anuncia que el paseíto será de quinientos noventa kilómetros. Paco, con cara de resignación y condescendencia a partes iguales, y como tiene tan buen conformar, para que no me sienta culpable dice que no hay mal que por bien no venga porque sin esperarlo va a visitar Murcia por primera vez.

Cuando entramos en la ciudad son más de las tres, por lo que lo más urgente es encontrar habitación. Elegimos un hotel estratégicamente situado junto a la plaza de la Catedral y muy cerca de la calle Isidoro de la Cierva, donde se ubica la farmacia Valcárcel. Comeremos y descansaremos un rato mientras se acerca la hora en la que Isabel abre de nuevo por la tarde.

Paco no sabe cómo entrarme, pero apunta la posibilidad de que reservemos sólo una habitación, teniendo en cuenta la más que probable circunstancia de que yo no duerma aquí esta noche. Tiene razón aunque yo no quiera admitirlo, porque la posibilidad existe. Es más, en esta ocasión voy a poner todo de mi parte para que así sea. Creo que somos lo suficientemente mayorcitos para dejarnos de platonismos, el tiempo pasa volando y las ocasiones que desperdiciemos no se repetirán. ¡A ver si ahora nos vamos a pasar con tanta castidad y tanta pureza! Paco se lo está pasando en grande a mi costa y cuando nos despedimos me aconseja que me deje llevar por los cantos de sirena, porque no quiere verme por aquí hasta mañana.

Ahí está la farmacia. Me asomaré a ver si localizo a Isabel, así podré elegir el momento adecuado para entrar, cuando no esté ocupada atendiendo a algún cliente. Ya la veo. Lleva la típica bata blanca y las gafas puestas mientras parece comprobar las existencias de una estantería con unas páginas en la mano. Parece un momento bastante oportuno, porque sólo hay dos personas dentro a las que despacha una empleada, así que abro la puerta y me parapeto agachado detrás de un expositor de papillas, potitos y alimentos infantiles. Saldré por el otro lado y me aproximaré, sin que pueda verme. Estoy tan cerca que puedo oler su pelo.

—Perdone, ¿es usted la farmacéutica? –digo esperando su reacción.

—Sí, ¿qué deseaba? –contesta con voz nerviosa, tras unos segundos de sorpresa.

—Pues, verá, precisaría una fórmula magistral contra el mal de amores.

—Pues lo siento, pero desconozco los ingredientes y las proporciones, pero me han hablado de un remedio casero que tal vez funcione –se quita las gafas y, por fin, se da la vuelta, quedando nuestros rostros a escasos centímetros–. ¿Sería tan amable de acompañarme...? Susana, estaré en la rebotica con el nuevo representante de los laboratorios Lynus.

Nada más atravesarla, Isabel echa el pestillo a la puerta.

—¿Se puede saber que haces tú aquí? –me dice muy bajito.

—Calla, no hables, por favor –y la beso y la abrazo con fuerza–. Necesitaba verte. ¡Te he echado tanto de menos!

—¡Oh Dios mío! Jaime, no puedo creer que estés aquí –y tira de mí hacia el fondo de la habitación mientras se quita la bata apresuradamente sin dejar de abrazarme.

Sin querer, nos apoyamos en unos anaqueles donde reposan ordenadas por colores y tamaños un montón de cajitas. La mayoría acaba en el suelo, aunque afortunadamente nada se rompe porque contienen gasas, tiritas y esparadrapos. A pesar del estropicio, ninguno de los dos está dispuesto a poner freno a la pasión. No sé cuánto tiempo estuvimos allí sin separarnos, sin atrevernos a salir, por miedo a que la magia del encuentro se desvaneciera, en mi caso después de esperarlo todo el día y en el suyo precisamente por lo inesperado. Finalmente, aunque con desgana, recogemos los artículos desparramados por la habitación.

—Oye, ¿a todos los representantes de laboratorios te los traes a la rebotica?

—Mmm... Depende... Hay que hacer muchos sacrificios por el negocio, señor Barbadillo. Ahora, en serio, dime que piensas quedarte.

—Bueno, he llegado hace un par de horas. Paco está conmigo, claro, pero le he convencido para que me dejara venir solo.

Salimos a la calle mientras continuamos hablando.

—Escúchame bien. Sabes mi dirección –y señala con el dedo hacia abajo–. Mi casa está a dos manzanas de aquí. Dame tiempo hasta las ocho para que avise a mi madre y se lleve a las niñas a dormir. Cenaremos solos, sin prisas y sin que nadie nos moleste.

—¿Sólo cenar? Yo esperaba algo más después de seiscientos kilómetros.

—Eres incorregible. Hay que conceder margen a la improvisación, deja que las cosas fluyan solas... –y me empuja con ternura para que la deje actuar –. Adiós, mi amor, te espero a las ocho.

¿Qué hago? Regresaré al hotel, hablaré con Marta y le diré dónde estoy, y a Enrique, que luego se queja de que no le tengo informado. Marta, sorprendida pero contenta y Enrique, aliviada su preocupación ante mi inesperada ausencia, me augura, entre risotadas, el final de mi celibato. Aprovecho para encargar por teléfono un gran ramo de rosas blancas que expresamente deben llevar a la dirección que les facilito antes de las ocho. La señorita que me atiende y que, sin duda, me ha reconocido, me asegura que el encargo se hará siguiendo escrupulosamente mis instrucciones... "como en las anteriores ocasiones". Ya en la habitación me afeito de nuevo y cambio mi atuendo por algo más formal, dudando entre la camisa azul y la beige como más adecuada para el resto del conjunto. ¡No puedo creerlo! Parezco un crío, yo nunca he hecho tantas bobadas o si las hice en algún momento debe de hacer mucho tiempo porque no me acuerdo en absoluto.

Faltan diez minutos. No quiero llegar tarde pero tampoco demasiado pronto, así que iré dando un paseo tranquilamente, disfrutando de estas calles y plazas que tantos recuerdos guardan para mí. Pulso el portero automático y la puerta se abre sin que nadie conteste. Isabel me está esperando fuera. Mi cabeza es un torbellino y si no cierro pronto la boca se me caerá la baba. Es otra mujer completamente distinta de la que yo conozco. Elegante, sofisticada, seductora... Se ha puesto un vestido negro con tirantes y un escote muy sugerente. Cuidadosamente maquillada, el pelo suelto con unos rizos muy estudiados y unas sandalias negras de charol con un altísimo tacón, completan un conjunto realmente espectacular.

—Jaime, cariño, reacciona por Dios, no te quedes como un pasmarote.

—Pero como no me voy a quedar. Estás maravillosa. Me da miedo tocarte por si te esfumas.

—Anda, pasa tonto, y muchas gracias por las rosas, son perfectas.

—Tú eres perfecta.

—¿Sabes cuánto tiempo hace que no me vestía ni me arreglaba así...? Ya lo había olvidado.

—Pues me alegro, si soy yo la causa de la transformación.

—Pasa al salón mientras echo un vistazo al horno, a ver si se nos va a chamuscar la cena.

La casa tiene una pinta fantástica, elegante y sobria pero con un toque de modernidad. El amplio salón está repleto de fotografías, sobre todo de Carlos en los momentos más importantes de su carrera política. Hay también otras de familia en acontecimientos y celebraciones y un gran retrato al óleo de Isabel, que ocupa un lugar preferente sobre el sofá principal. La mesa está dispuesta en la terraza, cuyas ventanas correderas permiten disfrutarla también durante el invierno. Es un rincón realmente romántico, precioso, con velas encendidas y las rosas blancas que Isabel ha colocado sobre una mesa auxiliar perfuman el ambiente. Como fondo suena una preciosa balada de Elvis Presley, que dice *"[...] love me tender, love me sweet [...]"*.

Ayudo a Isabel a preparar dos Martinis blancos que tomaremos como aperitivo, mientras disfrutamos desde el mirador de esta vista nocturna en la que sobresale la catedral iluminada por encima de los tejados, y ambos acordamos dedicarnos la noche en exclusiva, sin hablar de Carlos ni de trabajo ni de cualquier otro problema que nos cause intranquilidad o tristeza. Los dos nos merecemos este paréntesis después de lo pasado y antes de lo que el destino nos pueda deparar. Isabel ha preparado una cena exquisita. Cuando llegamos al postre hemos compartido ya confidencias de todo tipo, anécdotas y recuerdos, además de una botella de Sauvignon blanco. La música no deja de sonar y una tras otra se suceden románticas y maravillosas canciones que han conseguido la inmortalidad a través de su incuestionable calidad. En fin, una velada difícilmente superable...

Isabel insiste en descorchar una botella de *champagne* para brindar por esta noche inolvidable. The Righteous Brothers cantan ahora su Unchained Melody, convertida en una de las canciones más bellas del mundo cuyo romanticismo sin límites sirvió como fondo a una de las escenas de amor más delicadas de la historia del cine en la película Ghost. La noche es cálida y entre el Dom Pérignon y la canción que sigue sonando *"[...] Oh, my love, my darling, I've hungered for your touch [...]"*, ya no puedo aguantar más. Absolutamente fascinado, miro a Isabel a los ojos y tomo su mano.

—Por favor, baila conmigo.

—¿Sabes cuánto tiempo hace que no bailo?

—Seguro que no más que yo.

Damos vueltas estrechamente enlazados, muy juntos, mientras seguimos escuchando los versos *"[...] I need your love, I need your love, God speed your love to me [...]"*. Aspiro su inconfundible perfume y beso su cuello, mi corazón se acelera y ella se aprieta aún más contra mí. En este momento noto cada curva de su cuerpo y mi anatomía reacciona al instinto rápidamente. Isabel tatarea en mi oído... Sin darnos cuenta o con premeditación hemos ido caminando y ya estamos fuera del salón. Creo que avanzamos hacia el dormitorio. Yo me dejo llevar y la canción está a punto de acabar cuando llegamos junto a la cama. Cierro los ojos y empiezo a bajar la cremallera del vestido, mis manos tiemblan y rezo para que no se atasque. Mis oraciones son escuchadas y se desliza suavemente hasta el final. Descubierta la espalda de Isabel, beso su hombro al tiempo que ella deja caer el vestido al suelo. Ahora son The Platters y su Only you los que ponen la banda sonora y yo descubro el cuerpo de Isabel. No hay nada más sexy que una mujer en ropa interior. Me empiezo a desnudar y ella me indica con un gesto que la deje hacer. Un mando en la pared regula la intensidad de la luz, que se hace más tenue y escuchando *"[...] Only you, and you alone, can fill my heart with love for only you [...]"* seguimos el ritual con calma, disfrutando de cada instante, hasta que nuestros cuerpos están listos para unirse en uno sólo con la pasión carnal que se deriva de un amor verdadero. Lo demás pertenece al secreto de mi sumario y a la privacidad que debe presidir los momentos más íntimos entre un hombre y una mujer.

Me despierto algo resacoso y cuando abro los ojos, no sin dificultad, lo primero que veo es a Isabel, parcialmente tapada y abrazada a la almohada con fuerza. No puedo resistir la tentación y levanto suavemente la sábana para contemplarla. Me incorporo sobre el codo y me acerco mucho para oír su respiración.

Sin querer, pienso en voz alta.

—¡Eres una obra de arte!

Isabel se despierta o ya lo estaba y se hacía la dormida.

—Deja de mirarme y de decirme esas cosas o no respondo de mis actos.

—¿Me estás amenazando? –mientras hablo acaricio su espalda con un dedo.

—Puede que te secuestre y no te deje marchar.

—Es fácil. Si quieres retenerme, ya sabes lo que tienes que hacer.

—De momento, lo que voy a hacer es preparar la ducha y el desayuno. ¿Quieres ducharte conmigo? –y se abalanza sobre mí en actitud insinuante.

—¿Cómo se puede decir a eso que no?

No hay nada más erótico que dos amantes compartiendo la ducha y haciendo el amor bajo el agua caliente, entre la espuma y el aroma del champú. Devoro el desayuno mientras Isabel me mira lánguidamente envuelta en su albornoz y con el pelo mojado. Los dos sabemos que esto se acaba y que inevitablemente la realidad acecha detrás de la puerta, pero las horas que hemos pasado juntos han sido un regalo impagable.

—Isabel, tengo que irme pero nos veremos de nuevo en pocos días.

—Lo sé y no quiero que te vayas sin darte las gracias por haber venido. Significa mucho para mí. Te has convertido en lo único que me mantiene a flote.

—No digas eso. Tienes a tus hijas...

—En estos momentos, aunque mis hijas son lo más querido para mí, no sirven para superar una vida sin afecto y un fracaso como mujer. Tú sabes bien que la paternidad es una faceta muy importante para cualquiera, pero no la única.

—Es verdad. También para mí Marta es lo primero, pero al encontrarte he recuperado la parte que, como hombre, había perdido. Parece que volviera a estar completo.

—Vete ya o te prometo que cerraré la puerta y me tragaré la llave.

—Sí, será lo mejor. Isabel, mi amor, has cambiado mi vida y no voy a olvidar esta noche, por lo menos, por lo menos... en tres o cuatro días –le digo con humor para paliar el trance de la separación.

—Querido, estás jugando con fuego –y enrosca sus brazos alrededor de mi cuello, dejando deliberadamente que el albornoz se abra.

De nuevo, caricias, besos y una despedida que sabe a auténtico martirio. Ya en la escalera le digo, a toda prisa, que estaré en Vitoria el jueves y que esta vez espero quedarme todo el fin de semana. Prometo, además, llamarla en cuanto llegue a Madrid.

Entro en el hotel como una moto y Paco me recibe con una amplia sonrisa y todo preparado para salir. Liquido la cuenta y enfilamos el camino que nos llevará de nuevo a casa.

—Jaime, si te sirve de algo, te diré que se te ve feliz.

—Paquito... tal y como me ves, así me siento.

2 5

[...] puede que nos quiten la vida, pero jamás nos quitarán la libertad.
William Wallace, Padre de Escocia (1270-1305) (soldado escocés)

Nunca antes me había sentido tan eufórico, con tantas ganas de trabajar, de escribir, hasta de hacer reformas en casa. No me he preocupado de cuestiones domésticas en años, pero creo que voy a aprovechar este verano y el asesoramiento de Marta mientras esté aquí, para pintar y renovar parte del mobiliario, las cortinas... creo que también la televisión, que parece de los tiempos de "Cuéntame".

Desde mi visita a Murcia vivo como suspendido en una nube y la cosa debe ser de dominio público, porque todos los que me rodean parecen haber notado el cambio: que si estás más alegre, que si no sé qué te pasa hoy que estás tan hablador, y ya, como colofón, según Verónica, estoy hasta más guapo. En cualquier caso el optimismo aumenta la hiperactividad, así que en dos días me pongo al corriente de los temas pendientes y redacto un certero editorial sobre "Los efectos negativos de las políticas excesivamente descentralizadoras", por el que me felicita la dirección del periódico a la vez que recibo numerosos mensajes de apoyo por parte de los lectores.

El jueves llega en un abrir y cerrar de ojos. Viajamos de nuevo a Vitoria el mismo grupo y en las mismas condiciones que la semana anterior. El estado de Carlos continúa siendo estacionario y yo me hago el firme propósito a partir de ahora de colaborar en todo lo que pueda para aliviar su sufrimiento y hacerle más llevadera esta última etapa de su larga y penosa enfermedad. ¡Se lo debo! A fin de cuentas, él es el responsable de que yo participe en esta trascendental aventura política, además de que, si no fuera por su causa, yo nunca hubiera conocido a Isabel, que hoy por hoy puede convertirse en la persona que aporte estabilidad y bienestar a mi solitaria vida.

El cielo está encapotado y amenaza lluvia inminente, por lo que decidimos almorzar en ruta y recoger a Carlos lo antes posible con el fin de evitar el aguacero durante la subida al caserío. Si comienza a diluviar los senderos del último tramo se pondrán impracticables. Durante el viaje, Manu me ha puesto al día del guión que recoge la postura del gobierno y que, salvo matices, es prácticamente igual al utilizado en la ronda anterior. No sé si se tratará de una percepción personal, pero tengo la impresión de que hoy las cosas parecen más relajadas y los ánimos están más templados, lo que tal vez se deba a la perspectiva de que, finalmente, va a dar comienzo la negociación.

Abasolo y Chapartegui son los escollos a salvar, ya que Zubiría y Larrañaga están, en estos momentos, más cerca de la izquierda *abertzale* que de los planteamientos de la banda. Así que se contraponen la dificultad de conseguir acuerdos rápidos por la discrepancia de criterios, con la ventaja de que su bloque esté roto, porque ya se sabe que dividiendo es más fácil la victoria. Manu, que conoce muy bien hasta dónde se puede tirar de la cuerda, empieza la sesión sembrando la discordia.

—Bueno, vamos al grano porque tal vez necesitéis debatir de forma interna los puntos que hemos preparado y nosotros, por nuestra parte, debemos conocer vuestras propuestas con el fin de adoptar posiciones al respecto. De todas formas, supongo que Zubiría y Larrañaga os habrán puesto al corriente de lo acontecido en la ronda anterior y hasta dónde llegaron los acuerdos, por lo que considero lo más sensato ratificar lo ya concertado y no perder más tiempo en cuestiones agotadas.

—Nosotros no lo vemos así –dice Abasolo–. Los procesos son independientes y no podemos suscribir cuestiones en cuyo debate no hemos participado. Como representantes de un número significativo de miembros de la organización, exigimos que la negociación empiece desde el principio.

Andoni interviene casi antes de que su interlocutor termine de hablar.

—Dime una cosa "Fetiche", ¿tú tienes intención de respetar democráticamente la mayoría... tan siquiera tienes intención de decir que sí a algo o... estás aquí para desbaratar el proceso y joder la marrana todo lo que puedas? Aclárame esto, por favor, porque tal vez, desde ya, estamos perdiendo el tiempo.

—¿Y los demás no tenéis nada que decir? –interviene Manu de nuevo–. Como veréis, vosotros sois seis y nosotros sólo tres, así que todo son concesiones. ¿Qué cojones queréis más?

Ahora es Carlos el que habla en tono conciliador.

—Bueno, calma por favor y empecemos con buen pie si no queremos fracasar de nuevo. Propongo, en primer lugar, una declaración de intenciones individual que dé comienzo el diálogo sobre unas bases claras y sólidas y con el compromiso de respeto a lo razonable por parte de todos.

—Bien –dice Azcárraga– lo mejor es que todo el mundo explique su posición y expectativas en relación con el proceso.

—Estoy de acuerdo –se pronuncia ahora Larrañaga–. Que nadie se escude en el otro y el que discrepe que lo diga abiertamente. Luego no vengamos con que es que no se escuchó mi opinión o no me disteis ocasión de explicarme...

—Uno por uno expondremos nuestra postura para pasar a presentar las propuestas –declara Manu–. Si os parece, comenzaré yo como voz oficial del gobierno. Estoy aquí única y exclusivamente para alcanzar un objetivo: la paz, y os aseguro que voy a trabajar hasta la extenuación para conseguirlo. España necesita pasar página de una vez por todas y que el terrorismo no quepa nunca más en el discurrir de la vida democrática de nuestro país.

Ahora es Andoni el que interviene.

—Soy vasco y mi familia lo es desde generaciones, pero también soy español y me siento integrado en un país europeo y moderno y así quiero que siga siendo. Sólo el terrorismo nos distingue del resto de los países de nuestro entorno y nos iguala a los del Tercer Mundo o al fundamentalismo integrista, cuando la Historia, con mayúsculas, ha demostrado en miles de ocasiones que este camino es erróneo para conseguir los fines que se persiguen. Ninguno de los que estáis aquí ama a Euskadi más que yo y no quiero que los que nos siguen hereden esta lacra y esta locura como nosotros respecto de los que nos precedieron. Aquí estoy para dar fe de ello.

Carlos se dispone a disertar.

—Creo firmemente en el diálogo como la única fórmula para la resolución de conflictos. En este caso, una parte ínfima de la ciudadanía pretende imponer su voluntad y sus planteamientos utilizando la coacción y la violencia. Como consecuencia los demás ciudadanos viven amenazados, amedrentados, son víctimas de atentados o secuestros por discrepar o, simplemente, por defender opciones distintas. Está claro que esta situación, además de injusta, no consigue alcanzar los fines que persigue, por lo tanto no puede dilatarse por más tiempo. Yo, por mi parte, me comprometo a no abandonar esta mesa y a trabajar desde el diálogo para alcanzar los objetivos mientras se mantengan las condiciones de paz, dure lo que dure el proceso. Esta es mi única condición y este es mi compromiso, teniendo en cuenta el crítico estado de salud en el que me encuentro y que todos conocéis.

Respiro aliviado al escuchar las palabras de Carlos, cuyo significado trasciende el terreno político, declarando abiertamente su propósito de seguir luchando a nivel personal mientras la vida no le abandone.

Es el turno de Azcárraga.

—Nosotros lo tenemos claro. Nunca hemos utilizado la violencia, aunque es verdad que tampoco la hemos condenado y eso nos ha llevado a la actual situación, en la que hemos perdido la representatividad política y no podemos hacer oír nuestra voz en las instituciones. El único camino que nos queda para recuperar nuestras atribuciones y nuestra razón de existir es participar en esta mesa y alcanzar un acuerdo.

—Efectivamente –añade Lertxundi– suscribo lo dicho por Kepa y como adivino lo que todos estáis pensando en este momento, tengo que decir que somos conscientes del papel al que hemos sido relegados. Unos creéis que el extremismo y la connivencia con la banda armada han sido las causas que nos han llevado hasta aquí y los otros pensáis que si hemos llegado a este punto es por blandos e insolidarios con los principios independentistas que fundamentan nuestra ideología. Equivocados o no, nuestra intención es contribuir a este proceso y encontrar una salida al callejón en el que estamos metidos.

El momento de escuchar a los terroristas ha llegado y me sorprende el discurso moderado y hasta conciliador de Larrañaga.

—Es de sobra conocida la disidencia del colectivo de presos, incluidos históricos ex dirigentes, respecto de la orientación de la dirección actual de la banda. Esta fractura abierta es el principal talón de Aquiles que tiene ETA, porque el malestar en las cárceles es creciente...

Abasolo intenta interrumpir la intervención de Larrañaga, pero Carlos se lo impide radicalmente.

—Tú ya tendrás tu momento de gloria. Ahora, escucha, reflexiona e ilústrate, porque a veces se aprende escuchando a los demás, cosa que vosotros hacéis poco. Continúa "Ruso".

—Hay una doble causa para esta disidencia y es la ausencia de esperanza que ETA da a sus presos y el trato que la banda dispensa a algunos privilegiados, a los que tolera que se acojan a beneficios penitenciarios, cosa que no permite a la mayoría. La prueba está en el malestar que se respiraba en el acto celebrado recientemente en Mugerre, organizado por familiares de presos, en el que se hizo patente la discrepancia con la actual dirección. En dicho acto, algunas voces de mucho peso aseguraron que lo que allí se veía era sólo "la punta del iceberg" de una protesta general del colectivo de presos. Estoy aquí para representar a todos los compañeros que, como yo, se muestran claramente partidarios de una solución final negociada.

Zubiría toma la palabra casi a continuación.

—Es cierto lo que dice "Ruso". Yo estuve en Mugerre y ratifico lo expuesto. La división está presente en todos los ámbitos y los que estamos en Francia cada día tenemos más difícil el acceso a la dirección. La incomunicación se acentúa, no se nos consulta, sólo recibimos órdenes y, de continuar así, estamos abocados al desastre, además de que si acabamos todos entre rejas la lucha habrá sido inútil y el proyecto de la banda un completo fracaso. La tregua anterior nunca tenía que haberse roto, hemos perdido un tiempo precioso y un número importante de compañeros detenidos ahora estarían libres. Si estoy aquí es porque creo que, llegados a este punto, sacaremos mayores ventajas negociando; así lo considera también un sector importante de la organización y vosotros lo sabéis –termina dirigiéndose en concreto a los otros etarras.

La cara de Abasolo explica por sí sola lo que siente. Se aprecia claramente que no imaginaba unas posturas tan firmes y enfrentadas a la suya por parte de sus correligionarios. Durante unos segundos parece sopesar las consecuencias de lo que va a decir y adopta una postura acusadamente beligerante.

—¿Me queréis decir qué es lo que está pasando aquí? ¿Es que me he perdido algo? Hace unas horas vuestro discurso no era tan almibarado –se dirige a Zubiría y Larrañaga–. Tengo la sensación de que hay quien juega a dos bandas y eso no me gusta. Que yo sepa hemos venido a negociar y no a poner el trasero. Lo que todos perseguimos son unas condiciones que nos permitan superar el carácter violento del conflicto y eso sólo se puede conseguir abordando con valentía sus causas políticas y, por consiguiente, acometer la cuestión de fondo: el reconocimiento de la nación vasca, teniendo como fundamento el derecho a la autodeterminación... Y, que yo sepa, teníamos muy claro que ese derecho es, por definición, irrenunciable.

Azcárraga le interrumpe.

—Eso lo discutiremos después. De lo que se trata es de comprometernos, aquí y ahora, a negociar para acabar con esta situación sin pistolas de por medio.

—¿Sabes lo que te digo, hijo de puta? –vuelve a intervenir Abasolo con exaltación creciente– que vosotros sois los primeros que nos habéis jodido. Siempre con vuestras medias tintas y lamiendo el culo a unos u otros según os conviene. Mucho discurso soberanista pero estáis sometidos al poder de Madrid. ¡Menudo atajo de cobardes! Siempre nadando y guardando la ropa, mientras los demás vivimos en la clandestinidad y nos jugamos el pellejo todos los días.

Premeditadamente, nadie responde al desafío con el fin de que afloren las divergencias y los reproches como prueba irrefutable de la fractura de la banda.

—Déjate de rabietas infantiles –interviene Lertxundi– y no eches la culpa a los demás de vuestros propios errores. Sin nuestro apoyo y protección, hace mucho tiempo que estaríais borrados del mapa y si no fuerais de gatillo fácil este tema estaría ya superado.

—¡Escucha, tú, gilipollas! Te recuerdo que nosotros no participamos en la negociación anterior, los que la cagasteis fuisteis vosotros.

Abasolo se levanta de la mesa y tira involuntariamente la silla, organizando un gran estrépito. Va siendo hora de que alguien intervenga y es Carlos quien lo hace.

—Por favor "Fetiche", siéntate e intentemos reconducir la cuestión, dado el cariz que están tomando las cosas. Si los que discrepáis sois vosotros, me temo que lo que procede, en primer lugar, es que aunéis criterios. Cierto es que el atentado que acabó con la tregua nos cogió a todos desprevenidos. Pensábamos en "el alto el fuego permanente" como un viaje sin retorno hacia el final de la violencia, pero hubo quien se encargó de matar las esperanzas haciendo un flaco favor a *Euskal Herría* y a todos los que estamos aquí. Espero que en esta ocasión el proceso discurra por otro cauce porque, sinceramente, no creo que haya una tercera oportunidad.

El único que falta por definirse es Chapartegui.

—De acuerdo. Creo que lo mejor es comenzar con la negociación pura y dura cuanto antes. Pero no olvidéis los políticos que si existe la violencia como forma de expresión es porque España no nos ha dejado desde hace años otra salida. Los distintos gobiernos han ido cerrando todas las vías legales. En 2002 se aprobó expresamente la Ley de Partidos para poner a la izquierda *abertzale* fuera de la circulación. ¿Qué camino le queda entonces al pueblo vasco para llevar a cabo el proyecto político independentista? Ninguno, y cualquier persona que lo defienda es criminalizada. Además, cuando la organización anunció el alto el fuego permanente con el objetivo de construir un nuevo marco para desarrollar un proceso de reformas pactado, los meses pasaban sin que los contactos se materializaran. Casi un año transcurrió hasta que la banda se decidió a atentar como un aviso al gobierno y, desde luego, sin la intención de causar víctimas. Se trataba sólo de un toque de atención para presionar y que Madrid asumiera sus compromisos y desbloqueara el proceso, por entonces empantanado *sine die*.

—Bueno, pues ya estamos sentados y creo que lo más sensato es considerar lo pasado como pasado y, como no se puede cambiar, aprender de la experiencia para hacerlo mejor en el futuro –dice Manu como punto final de la primera parte–. Ahora lo que procede es intercambiar los temas objeto de la negociación y fijar las normas que presidirán ésta. Es obvio que para hacer negocios ha de haber al menos dos lados y tener una lista de cosas que ofrecer, canjeables por otras que desea el lado opuesto. Después de fijar los objetivos debemos confeccionar un calendario y una lista detallada de qué cosas se van a negociar y cuáles serán los elementos de canje, además de estudiar opciones alternativas y preparar un plan de acuerdos y convenios que serán ratificados al final.

—Bien –añade Andoni– procedamos a intercambiar los documentos base, cuyo contenido versará sobre el desarme, la situación de los condenados, la reinserción de los etarras y el regreso de los *abertzales* a la arena política. Propongo que se lean en voz alta y se distribuyan copias después. ¿Por qué no empezáis vosotros?

—De acuerdo –dice Chapartegui que leerá el primero–. ETA y *abertzales* solicitan:

» 1. La integración de nuevo en la legalidad de los partidos ahora excluidos y un mayor control por parte del Gobierno sobre el Poder Judicial.

» 2. La aprobación de medidas que faciliten la reinserción social y laboral de quienes abandonen definitivamente las armas.

» 3. El traslado de todos los presos de ETA a la cárcel más próxima a su domicilio o al de sus familias y la concesión de cuantos beneficios penitenciarios sean aplicables, así como el pase inmediato al régimen abierto de los presos sin delitos de sangre.

» 4. La celebración de un referéndum sobre autodeterminación de Euskadi en tres años como máximo.

» 5. La incorporación de la Comunidad Foral de Navarra a *Euskal Herría*, mediante referéndum popular, así como apoyo explícito del Gobierno a esta iniciativa.

—Bien –dice Carlos haciendo de moderador– si has terminado, por favor Manu procede.

—El Estado por su parte requiere:

» 1. La entrega de todas las armas, explosivos y demás material susceptible de ser utilizado en actos terroristas.

» 2. Que se facilite la labor de la justicia mediante la autoidentificación y entrega voluntaria de cuantos hayan pertenecido a la banda, de forma que se puedan concluir todas las causas judiciales pendientes de resolver.

» 3. La entrega de todos los recursos monetarios, casas, vehículos, terrenos y demás propiedades que la banda posea como tal y que se destinarán a cubrir las responsabilidades civiles derivadas de las actividades terroristas.

» 4. El arrepentimiento público y la solicitud del perdón por el dolor causado a las víctimas y sus familias, y la renuncia expresa a la violencia ahora y en el futuro.

» Es todo.

Cuando Manu concluye, el silencio se puede cortar y todos somos conscientes de que las cartas están sobre la mesa y se ha dado el pistoletazo de salida.

—Creo que lo que procede –dice Carlos interrumpiendo los pensamientos de los presentes– es la reflexión por parte de todos con el fin de iniciar el debate a partir de posiciones definidas. Propongo que nos separemos ahora y volvamos a reunirnos mañana a la misma hora para mantener un primer contacto.

Todos de acuerdo, se disuelve la reunión hasta el día siguiente.

Mientras bajamos recibo un mensaje de Marta que dice: "Éxito total. Cautivado el profesor, aprobado seguro. Gracias papá. Besos". Les hago un comentario a los demás sobre el tema, con el fin de aflojar la tensión que flota por encima de nuestras cabezas. Manu aprovecha mi estela para comentar que su hijo más pequeño, que sólo tiene cinco años, lee ya con una rapidez y una corrección asombrosas y, según su profesora, demuestra grandes dotes de observación y comprensión poco corrientes a su edad. Andoni le da una sonora palmada en la espalda a la vez que exclama que de casta le viene al galgo.

Ya hemos llegado y Arantxa me recibe como si de un pariente querido se tratara.

—Pero, don Jaime, ¡qué alegría! –exclama–. Sabía que andaba usted por aquí por Paco, que vino a almorzar con unos compañeros y me dijo que lo más probable es que durmieran hoy aquí.

—La verdad es que no la he llamado porque no sabía con seguridad cómo se iban a desarrollar las cosas. Ya sabe que a veces hasta el último momento no se pueden hacer planes.

—No hay problema porque las habitaciones están disponibles. Tenga también la llave del cuartito, por si quiere utilizar la caja. Entonces, ¿se quedarán todo el fin de semana? –me dice Arantxa con la esperanza de que la respuesta sea afirmativa.

—Sí, sí, por supuesto. Hasta el domingo, al menos, seré su huésped.

—¡Qué bien! Se le echa de menos, don Jaime y no digamos doña Isabel. ¡Lo que se acordaba de usted la semana pasada! Estuvieron aquí también sus hijas y su señora madre, que se la ve muy triste por la desgracia que le ha pasado a su hija... y a su yerno, claro. Pero, ¡qué tonta! Usted ya sabrá todo esto...

—Si... Bueno, hablé con Isabel para que me contara como había encontrado a Carlos. Ya le diría que yo marché a Barcelona a ver a mi hija.

—Claro, claro. Si es de entender. Los hijos tiran más que nada... ¡qué me va usted a decir!

—Mire, Arantxa, voy a acompañar a Carlos un rato y luego volveré, pero no hace falta que me espere para la cena, con que me deje preparado un sándwich o cualquier otra cosa estará bien.

—Ya sabe que me acuesto tarde, así que es posible que nos veamos otra vez.

—Me encantará, pero no quiero que se moleste por mí.

Por el pasillo se acerca, lo más deprisa que puede, mi queridísima Octavia, cuya barriga casi roza el suelo cuando camina. Me empuja con el morro para expresar su alegría al encontrarnos de nuevo y busca mis caricias, mientras Arantxa se lamenta porque desde que ocurrió el accidente ya no quiere dormir sola y no hay quien la saque de la casa. ¡Pobrecilla! Seguro que además presiente el parto de forma inminente y busca la seguridad que le proporciona la cercanía de las personas. En los próximos días dormirá conmigo.

Carlos ya ha cenado y está metido en la cama, algo incorporado y con los brazos estirados a ambos lados del cuerpo. Tiene los ojos cerrados y le han colocado los auriculares para que escuche su música al volumen que a él le gusta sin molestar a los demás residentes, por lo que no percibe mi llegada. Con el fin de no sobresaltarle toco su mano, su brazo, su hombro, nada... ninguna respuesta y en un arranque de ternura y de compasión que no sé controlar, acaricio su cabeza, su mejilla y él abre los ojos y me mira con agradecimiento. Hasta sonríe levemente y se diría que en este momento se siente en paz.

—¿Has escuchado alguna vez a María Callas cantando "Un bel di vedremo" de Madama Butterfly?

—Creo que no.

—Pues no debes perdértelo. Imagínate la escena. Estamos en Nagasaki a principios del siglo XX. Un oficial de la Marina norteamericana tiene una aventura con una muchacha japonesa y es obligado a casarse con ella, en un matrimonio que según la costumbre nipona es para toda la vida. Él regresa a Estados Unidos prometiendo volver, pero no lo hace y ella sola cría al hijo que ha nacido de su amor. Aconsejada por el cónsul americano decide casarse con el príncipe que la pretende y, cuando está a punto de hacerlo, aparece el americano con su legítima esposa para llevarse al niño y educarlo en América. Ella, rota por el dolor, se suicida por el ritual japonés y, moribunda, le escucha a él en la lejanía llamarla Butterfly. Ahora ponte los cascos y deja que la música te cale hasta sentir el sufrimiento y la angustia de esa mujer desesperada que ya no quiere seguir viviendo.

Hago lo que me dice y me abstraigo de cuanto me rodea.

—¡Joder! Es muy impresionante, Carlos... Tengo los pelos de punta... –le digo nada más escuchar la última nota–. Bueno, dime cómo estás tú, qué sientes, qué piensas, si te duele algo, si puedo hacer algo para ayudarte...

—Vale, vale, no te aceleres. Responderé a tus preguntas pero tienes que prometer que esta conversación se mantendrá entre tú y yo. Ni el médico, ni Isabel, ni el mismísimo cura, nadie absolutamente debe conocer lo que te voy a decir. Lo tengo muy claro: en cuanto el proceso esté avanzado y no haya posibilidad de dar marcha atrás en el camino hacia la paz definitiva y, si todavía sigo vivo, terminaré con esta existencia indigna que en sí misma es mucho peor que la muerte.

—Pero, Carlos, tú dijiste en la reunión...

—Te aconsejo que no pierdas tiempo y energías en intentar convencerme de lo contrario porque no lo conseguirás. Es una decisión firme y, conociéndote, me consta que entiendes perfectamente los motivos. No sirven argumentos éticos ni religiosos que contrarresten el horror de una vida así. Además, en el hipotético caso de que Dios existiera, ya ha decidido sobre mi vida, justo es que yo decida sobre mi muerte. ¿Egoísta? Puede... Pero no sólo estoy pensando en mí, que también. Estoy pensando en mi familia, en mis hijas, que no quiero que sigan viéndome así, en Isabel y en ti...

—Yo...

—Por favor, Jaime, no digas nada. Estoy inválido pero no soy tonto. Sé que entre Isabel y tú hay algo más que amistad y, ahora que presiento cercano el final, voy a decirte una cosa. Desde el primer día que os vi juntos supe que sería así. Cuando pensé en ti para escribir la crónica sobre el proceso de paz, no tuve conciencia de que contigo mataría dos pájaros de un tiro y resolvería, a la vez, los dos problemas que más me preocupan: la negociación con ETA y el futuro de mi mujer después de mi muerte. Muy pronto me iré de este mundo y quiero hacerlo tranquilo.

—Mira, Carlos, no te voy a engañar porque además no lo mereces. Las cosas entre nosotros han evolucionado de una manera imprevista. Isabel es una mujer extraordinaria, bella e inteligente y cualquier hombre en su sano juicio se enamoraría de ella, pero me puede el respeto que siento por ti, aunque nada de esto es comparable con el firme compromiso que ella se ha impuesto respecto a tu situación, a pesar de que vuestro matrimonio no haya sido un camino de rosas.

—Lo sé, pero de nada sirve el arrepentimiento. El daño está hecho y los remordimientos no borrarán el sufrimiento causado, ni restañarán heridas, ni harán que recupere el cariño de mi esposa, ni el afecto de los que fueron mis amigos y colegas, ni desaparecerán, por ello, los daños colaterales de mis actuaciones. No te engañes, muchos han sido mis pecados y la única penitencia es esta maldita enfermedad que me ha condenado a la marginación y a la impotencia, pero de la que nadie es responsable. Muchos han tenido motivos más que suficientes para vengarse y no lo han hecho, por eso la vida se ha encargado de hacer justicia.

—O tal vez te han perdonado. Nadie conoce lo que el destino nos tiene reservado. Además, todo pasa y todo queda y lo nuestro, lo de todos, es pasar.

—Pero pasar haciendo caminos, no arrasando y destruyendo los que hacen los demás. Por eso mi oportunidad de construir, de hacer algo positivo, es la negociación, además de constituirme en la causa de que Isabel y tú, finalmente, acabéis juntos. No es mi intención adularte pero me gustas como candidato para hacerte cargo de mi familia. Eres todo lo que yo no he sido, Jaime, un hombre honrado, legal, con sentido de la ética y la decencia, además de un padre ejemplar y un gran profesional del periodismo... así que, con toda seguridad, también serás un buen marido. En fin, como ves, tengo las cosas muy claras, definidas y asumidas. Sólo te pido que cuides bien de Isabel, que la ames como yo no he sabido. Creo que ha sido desgraciada casi desde que me conoció y era muy joven, así que merece la oportunidad de empezar una nueva vida de amor y bienestar y conocer otra cosa que no sea la infelicidad.

—Yo... Carlos, no sé qué decir. Te confieso que pienso en Isabel como mi posible pareja en el futuro, porque yo también quiero tener a alguien a mi lado que me ame y se preocupe por mí. También he pasado malos momentos y llevo solo demasiado tiempo.

—Pues ya lo sabes. Tienes mi bendición. ¡Jamás pensé que diría algo así! Y te repito que esta conversación no traspasará estas paredes.

—Sólo espero que continúes luchando por lo menos hasta que finalice el proceso y seguir contando contigo y aprendiendo de ti. ¿Sabes? Yo también quiero pedirte algo.

—Si está en mi mano...

—Sí que lo está. Prométeme que cuando llegue el momento, si llega, me lo harás saber.

—Solamente si me aseguras que no intentarás convencerme de lo contrario.

—Cuenta con ello. Respetaré tu decisión y además no pienso preguntarte cómo lo harás, prefiero no saberlo.

—De acuerdo. Es un pacto entre caballeros y así se cumplirá. Escucha, Jaime, estoy cansado y, si no te importa, me gustaría dormir porque mañana también tendremos un día ajetreado. Habrá tiempo de hablar durante el fin de semana, pero si quieres un adelanto mi impresión sobre el proceso sigue siendo buena.

—Pues me alegra saberlo y ya me marcho para dejarte descansar –cojo su mano y la levanto para que pueda ver lo que hago –. Eres un buen hombre, aunque hayas cometido muchos errores. Gracias por confiar en mí y espero que lo sigas haciendo.

—Adiós, Jaime, ve tranquilo...

Mientras camino hacia la salida voy pensando en cuanto Carlos me ha dicho y no sé cómo voy a ser capaz de ocultar la verdad sin que se me note. Me siento como el sacerdote que ha de guardar un secreto de confesión que le quema por dentro, pero debo mantener la confidencialidad y no revelar las intenciones de Carlos ni sus planes de futuro. ¡Menudo peso! Últimamente mi vida está llena de conocimientos y certezas que los demás deben ignorar y eso me crea una sensación de desasosiego que no me gusta.

Gladis aguarda para comentarme su preocupación por la evolución de Carlos.

—El doctor le ha suprimido parte de la medicación porque ya no le funciona y ha reducido la fisioterapia a la meramente respiratoria, puesto que los ejercicios que antes mantenían su tono muscular ahora sólo producen fatiga y sobreesfuerzo a su corazón, cada vez más debilitado. Creo, Jaime, que estamos entrando en la etapa final y me gustaría equivocarme, pero presiento que pronto sufrirá un infarto o una parada cardíaca.

—¡Dios mío! ¿Qué podemos hacer? Imagínese que le ocurre cuando está conmigo en alguna reunión.

—Por eso le estoy advirtiendo. Debe hablar con el doctor Granados cuanto antes y pedirle instrucciones.

—Tiene razón, Gladis. Gracias por prevenirme. Además, yo nunca me he ocupado de un enfermo y no tengo ni idea de lo que debo hacer en una situación de emergencia. Mañana vendré temprano y hablaré con el médico. Buenas noches y gracias de nuevo.

Mientras caminamos, Jon llama para que vayamos directamente a El Gudari, donde nos esperan todos para cenar. Otra vez reunidos alrededor de una mesa repleta de manjares, el ambiente distendido y familiar me ayudará a sobrellevar tanto secreto y tanta preocupación. La reunión se alarga y reconozco que, aunque estoy literalmente muerto, no me seduce nada el aislamiento de mi habitación. En estos últimos días echo mucho de menos a Isabel cuando llega la noche y en el momento de acostarme es cuando tomo verdadera conciencia de mi soledad.

En fin, en cualquier caso, es hora de irnos y de afrontar nuestros fantasmas, cada uno los suyos.

26

[...] De camino a aquí me dio por pensar en Alfred Nóbel, ¡qué hombre más increíble! Espera un segundo, ¿no es el tipo que inventó la dinamita? Aunque es chocante, la gente que conoce el coste real de la guerra es la que más lucha por la paz.
Bono (cantante de la banda de rock irlandesa U2)
Discurso de aceptación del premio "Hombre de Paz"
concedido por los Premiados con el Nóbel de la Paz (París, diciembre de 2008)

La mañana comienza con un sirimiri incómodo que, además, hace que la temperatura descienda, por lo que desde luego no podré llevar a Carlos a la iglesia si no es en coche.

Me presento en San Felipe temprano con el fin de ver al doctor Granados que, según me indican, está en la UCI. Subo a la última planta y, mientras espero en la antesala, percibo una actividad fuera de lo habitual, incluso se oyen voces procedentes del interior en un tono impropio del lugar en el que nos encontramos. De repente, un ir y venir de batas blancas y uniformes verdes hacen presagiar que lo que pasa no es bueno. La enfermera con la que hablé la última vez que estuve aquí me reconoce y me insta a entrar.

—Por favor, señor, venga conmigo, deprisa... Tal vez lleguemos a tiempo.

—¿A tiempo de qué?

—Bernardo Alcántara se está muriendo, su corazón se ha parado en dos ocasiones desde ayer y, si usted no tuviera inconveniente, podría suplantar a su hijo una vez más para que este pobre hombre se vaya en paz, porque en su delirio no deja de llamar a su familia.

—¿Usted cree que es una buena idea? De acuerdo, iré –digo con resignación.

En cuanto estoy dentro, el médico regula la sedación para que el anciano esté más lúcido y pueda verme. Aprieto su mano y me acerco a su oído: "Papá, estoy aquí". Él asiente con la cabeza y vuelve a la inconsciencia. Después de un rato sin respuesta, pregunto a la enfermera si puedo hacer algo más por él y ella me responde que ya he hecho bastante y que sólo queda esperar.

Apenado, me derrumbo en uno de los sofás de la sala mientras contemplo las montañas verdes y húmedas, cuya silueta se adivina entre los desafiantes nubarrones. Tras unos minutos aparece el médico que me confirma la gravedad del estado de Carlos, debido sobre todo al alto riesgo de parada cardíaca, que en estos momentos es la mayor amenaza.

—Mire, señor Barbadillo, aunque sé de antemano que se negará, mi deber es aconsejarle que no saque a Carlos del centro porque aquí podemos hacernos cargo de la situación en todo momento si se produce un síncope cardíaco, pero si se encuentra fuera y transcurre demasiado tiempo hasta que pueda ser atendido, tal vez el desenlace sea fatal.

—Lo sé pero, como usted dice, él no va a atender a sus razones y, créame, está preparado para afrontar el riesgo. Yo permaneceré con él en todo momento, así que le agradeceré que me dé instrucciones precisas sobre lo que debo hacer en caso de que ocurra lo peor.

—Lo primero, tumbarle en el suelo, intentar que respire pausadamente, ponerle debajo de la lengua las pastillas que llevará siempre con usted y practicar el masaje cardíaco que cualquiera de las enfermeras le explicará cómo hacer. Nunca le administre agua en esos momentos, tápelo con una manta y tráigalo lo más rápidamente posible. Dígame sólo una cosa. Desconozco adónde van ustedes pero me gustaría saber si está sometido a una situación de tensión, de preocupación o de responsabilidad, porque en ese caso le diré que las posibilidades de sufrir un episodio coronario aumentan al doscientos por cien. ¿Están ustedes dispuestos a asumir ese riesgo?

—No lo dude. Si algo mantiene vivo a Carlos Hernández Portillo es lo que hace fuera de aquí y, si no puede llevarlo a cabo, morirá igualmente y tal vez antes.

—Bien. Si usted se hace responsable, yo no tengo nada que decir. Sólo esperar que lo que tenga que ocurrir no sea irremediable.

—Gracias, doctor. Puedo asegurarle que cuidaré de él lo mejor posible.

Llegamos a la iglesia, donde Manu nos espera en el salón parroquial mientras habla por teléfono con tal vehemencia que se escucha desde fuera.

—... Te lo digo por última vez, Kepa, lo que tengamos que discutir lo discutiremos después. Ahora lo que quiero es que me contestes a lo que te pregunto y la respuesta es bien fácil: sí o no. No voy a jugar a este juego, que sé muy bien cómo funciona y después me dejáis con el culo al aire. Ya, ya... pero tú ya sabías dónde te metías y no me digas que eres tan ingenuo como para no pensar que os apretarían las tuercas. Te las vas a tener que arreglar sin mí, así que no me toques más los huevos. Tenéis de plazo hasta las cinco y esas son las condiciones previas que no admiten discusión. Adiós.

Y cuelga. Callados todos, le miramos esperando una explicación.

—Perdonad, pero es que son la hostia. No te puedes descuidar ni un minuto. Buenos días a todos. Carlos, ¿cómo te encuentras hoy?

—Bien, bien. Venga, dispara que nos tienes en vilo.

—Pues que no se ponen de acuerdo, como ya imaginábamos. Estos lo único que quieren es volver a tener un papel en la película y *Euskal Herría* les importa una mierda. Los presos porque están hasta los cojones de no ver clara su situación... ¡Qué queréis que os diga! Cuando estás en el trullo en lo único que piensas es en salir y la independencia, el euskera y la madre que parió a Sabino Arana te los pasas por el arco de triunfo. El problema no es Navarra, ni los veinticinco referéndums que haya que hacer, ni entregar las pistolas y los fajos de billetes, el problema está en la autoentrega de todos los que ahora campan a sus anchas y saben que se les va a juzgar por un montón de delitos, cuya autoría va a ser relativamente fácil de demostrar en cuanto se empiece a tirar de la manta.

—¿Y a que sé lo que proponen? Una amnistía a la irlandesa –dice Andoni–. ¡Qué hijos de puta!

—Este va a ser el único punto negro que puede dar al traste con todo –añade Carlos–. Al final siempre es lo mismo. ¡Sálvese quien pueda!

—¿Pero habrá alguna forma de resolverlo? –pregunto ante tanta perspectiva negativa.

—Me temo que habrá que buscar una solución intermedia porque las características de Irlanda difieren de las nuestras. En fin, veremos esta tarde y hablaré con el ministro y con el presidente, que ya están sobre aviso de que esto podía pasar.

—Entonces, si es el único problema, la cosa no va mal –digo con toda ingenuidad.

—No te equivoques, Jaime –dice Andoni–. Hablamos del mayor escollo, pero el resto será una carrera de obstáculos, de tiras y aflojas, de encuentros y desencuentros, todo ello digno de un estudio sociológico en toda regla. Ahora en serio, se trata de negociaciones complicadas donde hay mucho en juego, pero te aseguro que esta vez y viendo los previos, creo que lo mejor es no andarse con paños calientes. Posturas precisas para llegar a acuerdos rápidos y bien definidos.

—En cualquier caso, los problemas no son irresolubles y mientras la paz esté garantizada, la puerta continúa abierta –yo sigo en mi línea de optimismo.

—Por supuesto, pero la alternativa a la propuesta, así planteada, no es factible. Imagínate la reacción de la oposición, de las víctimas, de los medios de comunicación y de la opinión pública en general. Se nos echarían encima. Hay que arbitrar una posible solución de consenso y sondear su viabilidad entre los distintos colectivos –dice Manu–. ¿Tú qué opinas, Andoni?

—Me parece bien. Tú te ocupas desde Madrid de la línea oficial y yo me ocupo de indagar con las víctimas y entre los parlamentarios vascos.

—Jaime, ¿cómo ves tú el tema de los medios? ¿Podrías lanzar la caña entre los colegas y ver cuántos pican?

—Por supuesto. Pero estoy en condiciones de adelantarte las primeras conclusiones, teniendo en cuenta que los grupos de comunicación se mueven por dinero, el que paga manda y se dice lo que el amo quiere oír. Habría que conseguir que los menos contaminados iniciaran una campaña en favor de la propuesta que se arbitre, con profesionales de calado que, además de escribir en prensa, participen en tertulias y debates explicando machaconamente las ventajas que proporcionaría esta línea de actuación.

—Bien –continúa Manu–. Carlos, tu análisis.

—Pues que, además de vuestras consideraciones, habría que involucrar al Poder Judicial en la tarea, cuyo papel es clave a la hora de interpretar las disposiciones legales y dictar sentencias y, como bien sabemos todos, hablamos de un colectivo anclado en sus planteamientos, salvo excepciones. Resumiendo, hay que implicar en esta tarea a todos los poderes fácticos. Hasta la Iglesia debería intervenir desde los púlpitos en favor de la paz.

—De acuerdo, entonces. Escucharemos lo que tengan que decir y a partir de ahí iniciaremos los sondeos con el fin de elaborar nuestra contraoferta. Es seguro que el presidente pedirá consejo a su homólogo británico, cuya opinión merece sin duda ser tomada en consideración.

—Si no hay nada más, propongo terminar aquí para que Carlos descanse antes de la siguiente excursión –dice Manu para zanjar la reunión.

Saco el móvil y marco precipitadamente porque estoy deseando hablar con Isabel.

—¡Hola, cariño! ¿Cómo estás? ¿Qué estás haciendo?

—Pues terminando de preparar mi eterna maleta de los fines de semana.

—¿Y te vas a traer el vestido espectacular de la otra noche y que todavía no he podido olvidar?

—Eso. Muy apropiado. De todas formas, no quiero que lo olvides. Yo no he dejado de pensar ni un minuto en lo que pasó y creo que lo recordaré por mucho tiempo.

—No creo que pienses en ello más que yo porque ahora odio acostarme solo.

—Pues espero que no busques compañía alternativa que no sean tus inseparables perros. Dentro de un rato estaremos juntos otra vez. ¿Vendrás al aeropuerto?

—De eso quería hablarte. Cuando llegues, Carlos y yo no estaremos aquí, así que lo mejor es que te relajes y, si te apetece, puedes esperar en el hostal. Sabes que a Arantxa le encanta charlar contigo.

—Vaya, yo esperaba una escena de película en la terminal.

—Pues no va a poder ser pero prometo compensarte.

—Ve pensando cómo porque no me voy a conformar con cualquier cosa.

—Está bien, puedes hacer conmigo lo que quieras, soy tu humilde esclavo, pero ahora tengo que dejarte porque me están esperando.

—Vale, sólo dime cómo está Carlos.

—Estacionario. Pero de ánimo yo le veo mejor.

—Mientras os espero aprovecharé para hablar con el médico. Gladis me ha dicho que ha habido cambios en el tratamiento.

—Bueno... Si, ya te explicará Granados con más detalle, pero le preocupa su corazón.

—Me lo temía. Entramos en la siguiente fase y ahora puede producirse una parada cardíaca en cualquier momento. Jaime, estoy asustada... Creo que esto va muy rápido.

—Bueno. No nos pongamos en lo peor, aún no ha pasado nada. Ya verás como encuentras a Carlos con buen aspecto. Anoche estuvimos charlando un buen rato y escuchando sus óperas favoritas.

—Él confía mucho en ti.

—Preciosa, de verdad que no puedo seguir hablando, pero tengo unas ganas de verte que no me caben dentro.

—Y yo. Un beso, mi amor. Hasta luego.

El almuerzo discurre sin apenas conversación. Está claro que Manu y Andoni están dando vueltas a las posibles exigencias de la banda y a la forma de responder a ellas, porque el tema es delicado y habrá que hacerles bajar el listón. Salimos de nuevo hacia la montaña. Como siempre, ellos llegan antes y Manu piensa que han trasladado aquí su cuartel general. También los preliminares son cada vez más cortos.

—De verdad que no podéis pensar que vais a salir indemnes de todo esto –Manu niega una y otra vez–. No es posible borrar de un plumazo cuanto ha ocurrido durante tantos años. No es posible que los presos por delitos de terrorismo sean tratados como presos políticos. No es posible legalizar a ETA.

—Pero si hubiera un principio de acuerdo en este sentido, estoy seguro de que se sucederían las concesiones en favor de la paz y el éxito de la negociación estaría asegurado –ahora es Azcárraga el que habla.

—Escuchad bien, todos –dice Andoni–. Vosotros queréis una paz a la irlandesa, pero el conflicto en Irlanda tuvo siempre un carácter colonial. En el País Vasco hablamos de un problema en la configuración del propio Estado, pero nunca de conquista o invasión. Si lo que pretendéis es que ahora se justifique el empleo de la violencia como legítima defensa ante una agresión externa, no sabéis lo que decís. ¿O es que pretendéis reducir la negociación a este punto?

Ahora es Carlos el que interviene.

—Desde luego, vuestra petición no es de recibo. Sin ningún género de duda, sois los responsables de la ruptura de la tregua anterior y del fracaso del proceso de paz, pero ahora no basta con la declaración del deseo de reanudarlo, debéis ofrecer garantías complementarias para restablecer la confianza y la credibilidad perdidas. ¿Y qué hacéis vosotros? Exigir, exigir y exigir. En política nada es inevitable y todos los procesos son reversibles si se adoptan las estrategias apropiadas. Lo primero que debéis hacer es aceptar el hecho de que ETA no representa a esa mayoría de ciudadanos vascos que se reconocen en las ideas de autodeterminación y soberanía. De sobra sabéis que representáis, en el mejor de los casos, a un veinticinco por ciento del electorado vasco que se identifica con la izquierda *abertzale* y no podéis pretender que el pacto con una banda terrorista se firme en los mismos términos que un acuerdo entre naciones soberanas.

—Vamos a ver, concretando. Entonces, ¿qué hay del resto? –continúa Manu incrédulo ante el rumbo que han tomado los acontecimientos.

—Hay mucho que discutir –dice Abasolo– pero mi gente quiere tener claro esta cuestión antes de continuar.

—Pues este tema es mucho tema y delicado de cojones, que requiere un análisis pormenorizado y la consulta a otras y variadas instancias con el fin de sopesar las consecuencias, y eso lleva su tiempo. Ya te adelanto que ni te imagines que os vais a ir de rositas –sentencia Andoni.

—Bueno, ¿y por qué no empezamos el debate de las otras cuestiones mientras clarificamos el tema de la amnistía que, yo estoy con Andoni, en cualquier caso nunca será contemplado como tal? Y vosotros, los "convidados de piedra"... Yo quiero oír todas las versiones –termina Carlos mientras recorre con la mirada a los presentes.

—Supondrás cuál es mi opinión –empieza Larrañaga– teniendo en cuenta que represento al colectivo de presos.

—Como imaginarás, lo hemos discutido previamente –añade Chapartegui– y en caso de abandono definitivo de la violencia, la amnistía nos beneficia a todos. No me vais a hacer creer que el presidente del Gobierno es tan ingenuo como para pensar que vamos a entregar armas y propiedades por las buenas.

—No, no, por las buenas, no... A cambio del regreso político de los *abertzales*, de un referéndum con plazo fijo y de medidas de reinserción social y laboral. ¿Te parece poco? –detalla Andoni.

Llegados a este punto, no parece que sea posible avanzar por el momento y Carlos parece fatigado, por lo que debo dividir mi atención entre sus reacciones y el debate propiamente dicho, así que agradezco la interrupción de Manu poniendo punto final al encuentro hasta que tengamos nuevos elementos de juicio elaborados a partir de las diferentes consultas que todos, cada uno en su parcela, llevaremos a cabo en los próximos días.

Todo el mundo parece conforme, pero antes de terminar Abasolo se dirige a mí con bastante rudeza.

—Y, tú, chupatintas, ¿se puede saber qué es lo que escribes? Porque supongo que nosotros también podremos supervisar las actas de las reuniones, no sea que algún día nos encontremos con alguna sorpresa.

—Por supuesto, pero lo primero que tendrás que hacer, te guste o no, es confiar en mí porque, ¿quién te dice que hoy te enseño una cosa y mañana publico otra? ¿Tú sabes lo que es la presunción de inocencia o la presunción de lo que sea?

—¿Pero de qué vas? ¿Te imaginas que estás hablando con un tarugo? Estudié Derecho, ¿te enteras? Aunque no terminé, porque *Euskal Herría* me necesitaba.

—Bueno, pues mira por donde, cuando todo esto acabe y *Euskal Herría* pueda prescindir de ti, tendrás tiempo de terminar la carrera...

—Incluso desde la cárcel –añade Carlos–, que sabes que eso acorta mucho la condena...

—Y a ti, ¿quién te ha dado vela en este entierro, tullido de mierda?

Ante tal provocación y sin ser muy consciente de ello, me planto delante del terrorista, interponiéndome entre él y Carlos.

—¿No hay nada por lo que tú tengas respeto? –la tensión me recorre el cuerpo como una descarga eléctrica.

Los demás se han percatado del enfrentamiento y se acercan también, siendo Andoni, más fácil de calentar, el que se lanza a tumba abierta.

—Eres un cobarde. Si no tienes la más mínima consideración por la vida, estaría bueno que mañana, amnistiado o rehabilitado, ejercieras como abogado... o como juez... Dime, ¿qué se siente cuando te cargas a alguien de un tiro o cuando le haces volar por los aires en mil pedazos? Estáis enfermos, sois como los psicópatas que asesinan en serie, sólo que vosotros os habéis buscado una excusa, pero deberíais estar recluidos en un psiquiátrico con tratamiento de electroshock. ¡Anda! ¿Y qué vas a hacer ahora sin tu pistola?

—¡Basta ya, por favor! –grita Carlos tan alterado que parece querer levantarse de la silla.

—Perdona, Carlos –dice Abasolo retrocediendo con cierta humildad–. No era mi intención ofenderte, pero es que estoy muy presionado.

—Te aseguro que no me ofendes... Concretamente tú no puedes, pero os pido a todos que os controléis.

Según salimos, me llevo a Abasolo a un lado y le explico la actual situación de Carlos y el peligro que corre de sufrir un infarto.

—Si le vuelves a insultar o a alterar de la manera que lo has hecho hoy y le pasa algo por tu culpa, te las verás conmigo. Soy el tío más pacífico del mundo, pero ante las injusticias o el abuso de poder puedo ser un enemigo implacable... Y esto no tiene nada que ver con la banda, esto es entre tú y yo. ¿Estamos? –noto que algo arde dentro de mí, mezcla de ira e impotencia.

Ya en el coche se percibe un ambiente entre crispado y frustrante, mucho menos optimista que el día anterior. No es de extrañar, teniendo en cuenta, por una parte, los requerimientos de los terroristas que, además, se apoyan en el antecedente irlandés, por lo que podrían contar, en alguna medida, con la comprensión y el respaldo de ciertas instancias en Europa y, por la otra, la forma agria y belicosa en que ha terminado la reunión. Es muy importante que, a pesar del enfrentamiento lógico, se dé una cierta empatía entre los miembros de ambas partes. Como para muchas otras cosas en la vida, hay más propensión a tomar en consideración posturas distintas a las propias si las personas que las representan cuentan con nuestro respeto y ejercen sobre nosotros algún tipo de influjo positivo. De otra manera, la asertividad es difícil.

En San Felipe hay una actividad inusual, más coches de lo normal y al fondo del vestíbulo me parece ver a don Marcelo, el cura. ¡Ya caigo! Pregunto en la recepción y me confirman el fallecimiento de Bernardo Alcántara. De golpe, me siento triste. ¡Pobre hombre! Sin conocerle de nada, sentía aprecio por él y ya nunca olvidaré que un día fui el hijo de un desconocido al que proporcioné un poco de consuelo en los últimos momentos de su vida.

No sé dónde está Isabel, no contesta a mis llamadas y le pregunto a Gladis cuando viene a recoger a Carlos. Me dice que está en la capilla con otros residentes y familiares porque acaba de terminar la misa oficiada por don Marcelo. Aprovecho para ir a su encuentro y hablar a solas aunque sean unos pocos minutos. Efectivamente, ella también me ha visto y se separa del grupo con el que conversa, fundiéndonos en un abrazo con matiz fraternal para no dar pie a posibles especulaciones.

—Hola, Jaime. ¿Sabes que ha fallecido Bernardo Alcántara? ¿Dónde está Carlos?

—Sí. Le visité esta mañana y ya se preveía este final en cualquier momento. Lo lamento mucho. Carlos ha ido directamente a la habitación. Está muy cansado y lo mejor es acostarle cuanto antes. Estarás deseando verle. ¿Has hablado con Granados?

—Sí. Me ha puesto al día de su estado y de su evolución, que no pinta nada bien. Me ha dicho que él lo sabe y tú también y que te ha dado instrucciones precisas al respecto. ¿Crees que Carlos debería seguir con esto? Tal vez, entre los dos, podríamos convencerle de que lo dejara, ya ha hecho suficiente por Euskadi y nadie podría reprocharle su abandono cuando está en peligro su vida y cada día que pone sus fuerzas al límite puede ser el último.

—Sabes perfectamente que no va a dejarlo ahora y yo lo entiendo. Es su última oportunidad de hacer algo decente y es lo único que le mantiene vivo. Ayer hablamos bastante y es absolutamente consciente de que su trayectoria no ha sido un camino de bondad y rectitud. Sabe que ha hecho daño a mucha gente, incluida tú, pero ya no puede repararlo, así que sólo le queda hacer algo bueno y útil para compensar un balance negativo, ahora que el final está cerca... Y no me pidas más detalles porque le prometí que mantendría la confidencialidad de la conversación. De todas formas, ¿sabes lo que yo haría? Hablaría con él, eres su mujer, y si consideras que tu obligación es persuadirle de que deje todo esto y regrese a Murcia, pues hazlo. De antemano sabes que no servirá de nada, pero no te quedarás tranquila si no lo intentas.

—Tienes razón, Jaime. Hablaré con él esta misma noche, sin más tardar. Siempre me ayudas a tomar la decisión correcta y a ver las cosas sin dramatismo y con un sentido práctico. Eres como mi Pepito Grillo y también te quiero por eso.

—Y porque soy un tipo genial, buena gente y, sobre todo, guapo –le digo en broma para relajar la tensión.

—Mira, haré una cosa. Voy a subir y me quedaré con Carlos, hablaremos, cenaremos juntos y después te llamaré para dar un paseo.

—Hecho. Yo me voy al hostal y trabajaré un rato mientras te espero.

Arantxa me prepara una bandeja con la cena y yo mismo la transporto hasta mi habitación, escoltado por Octavia. Una ducha caliente reconforta y tonifica los músculos, me enfundo mi chilaba y tomo asiento en la butaca, dispuesto a ver la televisión mientras doy buena cuenta de la cena.

Llamo a Marta para saber cómo va todo y me explica que es su último fin de semana de clausura porque ya sólo le queda un examen, así que está pensando en ir a ver a su madre mientras espera las notas y Ricardo termina también. Como mujer es muy curiosa y está deseando preguntarme si está Isabel en Vitoria, pero no se decide y a mí me encanta hacerla sufrir un poco.

—Claro que estoy muy bien, cariño, y el trabajo, dices, pues también parece que se va encarrilando... No, ninguna otra novedad te puedo contar... Claro, sí... Mi inseparable Paco está conmigo. Bien... le daré tus recuerdos. ¿Nada más?

—Papá, por favor, sigues haciéndome rabiar como cuando era niña. Vale... si me lo cuentas, yo te desvelaré otro secreto.

—A ver... ¿Qué tienes tú que me pueda interesar a mí?

—El regalo de Ricardo.

—¿El que te llevé a Barcelona la semana pasada?

—Ése.

—Vale, trato hecho. Empieza tú.

—Lo que trajiste eran los planos de una casa, la casa que Ricardo construi- rá para nosotros. Es preciosa, papá.

—¿Quieres decir que Ricardo te ha propuesto algo sobre...?

—No me ha propuesto nada. Es una forma de decirme que entro en sus planes de futuro y que para él soy algo muy serio. Creo que me quiere de ver- dad, papá, y es una maravillosa forma de demostrarlo. El no tiene dinero para comprar joyas ni regalos. Lo único que sabe hacer son casas y eso es lo que construirá para mí... cuando llegue el momento, claro.

—Muy bonito, nena. ¿Estás contenta? Me alegro mucho. Y sí, yo también creo que Ricardo te quiere de verdad. Bueno, ahora me toca a mí... Sabes que estuve en Murcia. Evidentemente, fui para ver a Isabel. Fueron unas pocas ho- ras nada más, pero inolvidables. Hija, hace mucho tiempo que no me sentía tan bien, lo que pasa es que la situación es delicada. Yo ahora me debo al trabajo y, además, Isabel ha de cumplir con su compromiso y cuidar de Carlos, que cada día está peor.

—Me alegro de que te sientas feliz e ilusionado, papá. ¡Ya va siendo hora! ¿Y crees que la conoceré pronto? –dice Marta impaciente.

—Me gustaría, pero en estos momentos no es posible hacer planes. De to- das formas, con el verano y tus vacaciones por medio, seguro que habrá ocasión. Te gustará y tú a ella no digamos. Bueno, cariño, regreso a Madrid el domingo, así que llámame en cuanto hayas acabado el último examen y me cuentas tus planes y... para dejarte con la intriga, te diré que tengo una sorpresa para ti, pero tendrás que esperar hasta la próxima semana.

—¡Oh papá! Eres cruel.

—Ya verás como cuando lo sepas no dirás eso, sino que querrás hacerme un monumento. Mucha suerte, cariño, y esfuérzate hasta el final, porque tendrá su recompensa.

Enciendo el ordenador, me pongo a escribir y, mientras redacto y doy forma a mis notas, tomo conciencia de nuevo de la difícil papeleta con la que se enfrenta el Gobierno. No sé cómo se resolverá, pero estoy seguro de que la situación requiere un pacto tácito entre todas las fuerzas políticas y los poderes del Estado, con el fin de que los acuerdos que se suscriban como consecuencia de la negociación sean aceptados por todos. De esta forma, la opinión pública entenderá con más facilidad que el fin perseguido bien merece la justificación de los medios y, lo más importante, dar con la vía que garantice de manera inequívoca que la negociación cerrará definitivamente este capítulo de nuestra historia.

Estoy a punto de terminar cuando alguien golpea suavemente el ventanal del jardín. Descorro las cortinas y ahí está Isabel, cubierta por el paraguas porque ahora llueve con más intensidad.

—He venido por aquí para evitar que me vieran.

—Pasa, que te vas a empapar. ¿Cómo no me has llamado?

—Quería darte una sorpresa, la noche no está para pasear y ahora me alegro aún más porque de esta manera te he visto luciendo tus mejores galas. ¿Sabes que te pareces a Lawrence de Arabia?

—Anda, dame un beso para ayudarme a recordar, que se me está olvidando a qué saben... otro... otro más, por favor.... Mmm, vale, ya empiezo a recobrar la memoria. Siéntate.

Después del subidón, poco a poco el pulso y la respiración se sosiegan.

—¿Y Carlos?

—Le han administrado un somnífero y se ha quedado dormido como un leño –contesta Isabel mientras se arregla el pelo, algo húmedo–. Hemos conversado y tenías razón, no quiere ni oír hablar de abandonar la negociación y volver a casa. En fin, no me queda más que respetar su voluntad. Y, coincido contigo, yo también lo comprendo.

—Te lo dije. Sólo hay que ponerse en su pellejo. Yo tampoco tiraría la toalla después de llevar dos años aquí. Además, busca que sus hijas y tú os sintáis orgullosas de él como forma de compensación porque no tiene otra.

—Tengo la sensación de que sabe lo nuestro o, por lo menos, lo intuye. ¿A ti te ha dicho algo?

—No sé... Quizá lo sospeche. Es listo...

—Es que no ha parado de decirme que recurra a ti en todo momento, que busque tu apoyo cuando lo necesite, lo buena persona que eres, buen padre, buen amigo... En fin, que ya te ha hecho la propaganda con creces... y conociendo a Carlos, hay algo que no me cuadra.

—Querida, él sabe que está a punto de morir y teme dejarte sola. Yo creo que Carlos ha cambiado en sus actitudes y ahora es un hombre mucho más humilde y agradecido porque se da cuenta del verdadero sacrificio que haces por él.

—No sé... quizá tengas razón. Bueno, entonces dices que me has echado de menos –y se sienta sobre mis rodillas mientras me besuquea el cuello.

—No sabes cuánto... –la abrazo con fuerza y acaricio su pelo–. No he dejado de escuchar en mi cabeza esa romántica canción que bailamos juntos.

—Pues la volveremos a bailar... Creo recordar que un día me dijiste que debajo de la chilaba no hay que ponerse ropa... ¿Me equivoco?

Isabel palpa mi cuerpo para comprobarlo mientras me mira con malicia y, con facilidad, consigue que aparezcan de nuevo el deseo y la lujuria. Yo me dejo llevar y en menos de dos minutos ya no tengo chilaba, ni Isabel camisa y acabamos metidos en la cama jugando y riendo como dos adolescentes.

Después de compartir el paraíso es dura la separación, pero ambos estamos de acuerdo en que no podemos pasar la noche aquí porque en la residencia la echarán de menos y no debemos ser motivo de comentarios. Son las doce y, como la Cenicienta, Isabel ha de volver a su dura e irremediable realidad.

Al día siguiente me cuenta que cuando entró en la habitación, Carlos le deseó buenas noches y ella, sorprendida y absolutamente descolocada, no supo qué decir.

27

Durante toda mi vida me he dedicado a la lucha contra la dominación.
He buscado el ideal de una sociedad libre y democrática en la que todas las perso-
nas vivan juntas en armonía e igualdad de oportunidades.
Espero poder vivir para realizarlo pero, si es necesario,
es un ideal por el que estoy preparado para morir.
Nelson Mandela (abogado, político sudafricano y Premio Nobel de la Paz 1993)
Alegato ante la Corte Suprema que le condenó a cadena perpetua, 1964

El resto del fin de semana pasa rápidamente, entre largos paseos por el campo para disfrutar del aire libre, antes de regresar al deshumanizado ambiente de las grandes ciudades y al sometimiento a un horario de trabajo que nos esclaviza y nos convierte en la legión de los "sin tiempo". Isabel se ha convertido en una avezada ciclista y se presenta temprano por las mañanas para recoger la bici y perderse un rato sola por los senderos, mientras yo remoloneo en la cama hasta más tarde.

Carlos parece tranquilo como si su confesión respecto del conocimiento de nuestra relación le hubiera liberado de un gran peso y se muestra comprensivo con nuestras actitudes, e incluso anima a Isabel a salir y alejarse de la residencia, cuando ella se niega a dejarle al cuidado de Gladis.

Debido a su insistencia, hemos hecho una escapada a Vitoria el sábado por la noche para ver una película de estreno. Siempre he pensado que ir al cine implica un ritual que, en modo alguno, es comparable con ver la misma película en casa. Es el silencio y la oscuridad de la sala, la enorme pantalla y el sonido *dolby*, las palomitas y algún que otro arrumaco durante la proyección. De todos es sabido que las salas de cine siempre han sido santuarios del amor.

Nuestros vuelos salen con media hora de diferencia, así que nos vamos los tres al aeropuerto y Paco, que es pura discreción, se pierde entre la cafetería y las tiendas para que podamos despedirnos con la intimidad requerida. De nuevo estamos sin saber lo que pasará en los días siguientes pero le aseguro a Isabel que, en cualquier caso, estaré en Vitoria el próximo viernes. Sus hijas han terminado el colegio y, como cada verano desde que Carlos enfermó, marcharán a La Manga con sus abuelos para disfrutar de las vacaciones, aunque seguirán visitando a su padre con frecuencia.

El vuelo llega a Madrid sin retraso y en diez minutos nos plantamos en la sala de llegadas de Barajas, donde nos esperan Enrique y Verónica, a los que temo haber chafado la tarde. Para compensar las molestias les invito a cenar en casa, porque echo de menos las largas peroratas con Enrique, fruto casi siempre de la soledad común, y los interminables interrogatorios a los que me sometía mi querido amigo.

—¿Se lo decimos ya? –pregunta Enrique a Verónica, esperando su autorización.

—¿El qué...? –pregunto yo también.

—Después del verano, viviremos juntos. Está decidido. Y no cuestiones si es o no el momento, o si estamos o no seguros de lo que vamos a hacer.

—Yo nunca diría algo así. Un famoso tango de mi tierra dice que es un soplo la vida y debemos aferrarnos a ella con todas las fuerzas para no perder un solo tren. ¡No sabéis lo que me alegro! ¡Y lo contenta que se va a poner Marta! Ahora mismo vamos a celebrarlo con una botella de cava que todavía guardo en el frigorífico desde Navidad. ¡Dios mío, si estoy emocionado! ¡Por fin, te hemos colocado! Tu madre no se lo creerá...

—Lo que pasa es que tú también tienes motivos para celebrar –añade Enrique.

—Es verdad y brindaremos por ello también –reconozco abiertamente.

La reunión es tan entrañable que se hace corta y lo que me gustaría es poder compaginar mis amigos, mi hija y el amor que siento por Isabel, pero por el momento no es posible teniendo en cuenta las especiales circunstancias que concurren.

Advirtiéndole de la imposibilidad de facilitarle demasiados detalles sobre el asunto y la conveniencia de confiar en mí, le pido al jefe que contacte con los responsables de las redacciones de otros diarios y lleve a cabo una especie de sondeo de opinión respecto de algunas cuestiones que tienen que ver con un eventual final negociado de la violencia terrorista. Lo mismo haré con otros colegas que conozco bien y con los que me consta puedo tantear, dada su probada discreción y demostrada prudencia.

En un par de días dispongo de la información completa que transmito a Manu por teléfono y que confirma mi primera impresión sobre las ya conocidas reacciones de los distintos medios de comunicación. Él, por su parte, también me adelanta alguno de los resultados de las gestiones oficiales y yo sigo insistiendo en la necesidad de un gran Pacto de Estado para sacar esto adelante, porque la experiencia confirma que el problema del terrorismo es susceptible de convertirse en un arma de doble filo que puede aportar un clima de paz, unidad y estabilidad a la política nacional o puede ser, si se manipula de manera deliberada, objeto de desgaste político y de enfrentamiento social muy peligroso.

En mi opinión, el momento no puede ser más propicio. Desmantelada por la Guardia Civil, la banda ha perdido la red que había creado para trasladar a Francia a los etarras obligados a huir y, además, su financiación pasa por serias dificultades debido al descenso de las "contribuciones" de los extorsionados, tras la decisión de los jueces de la Audiencia Nacional de llamar a declarar a aquellos empresarios que, en la contabilidad intervenida a la organización terrorista, figuran como pagadores "voluntarios". A todo lo dicho hay que añadir, según la información confidencial de que disponemos, el fracaso en la "política exterior" de la organización, que se inició con el distanciamiento del Sinn Fein irlandés tras romper la tregua en junio de 2007. Lo mismo ocurrió con el Congreso Nacional Africano y los frustrados acercamientos a Cuba, Argelia y Nicaragua. Posteriormente también ha fracasado el intento de anudar relaciones con organizaciones palestinas, del Sáhara Occidental, Irak y Kurdistán y, más recientemente y como último reducto, los estrategas de ETA pensaban que los líderes indigenistas latinoamericanos podían llenar el vacío que ahora les rodea, pero los enviados *abertzales* a Bolivia, Ecuador y Paraguay no lograron siquiera ser recibidos por los tres presidentes suramericanos. Tampoco han cosechado ningún resultado positivo los intentos de incursión en Canadá, aprovechando la tensión nacionalista del conflicto de Quebec. El Gobierno, a través de sus embajadores, tiene este tema muy controlado en los cinco continentes. Resumiendo, sería un error desperdiciar el momento especialmente favorable por no poner toda la carne en el asador, cuando demostrado está que la ruptura de la última tregua ha debilitado a la banda como nunca.

Manu menciona también el interés manifestado por el presidente en mantener una reunión con el ministro del Interior y con los responsables del proceso, con el fin de disponer de datos de primera mano y transmitirnos instrucciones precisas. Por supuesto yo también asistiré y, aunque es una lástima que Carlos no pueda estar presente, el presidente respeta y valora tanto su trabajo y su sacrificio personal que ha pensado en su participación por videoconferencia. Está pendiente de concretarse fecha y hora del encuentro, pero es más que probable que tenga lugar el viernes en Moncloa después del Consejo de Ministros.

Todo el mundo está trabajando rápido con el fin de recopilar la información necesaria que permita presentar al presidente un informe lo más completo posible con el resultado de los contactos. Se añadirán también los datos recogidos por una conocida agencia española de investigación de mercados y opinión que ha realizado sondeos coyunturales sobre el grado de preocupación de los españoles con respecto al terrorismo y su actitud ante un posible final negociado del conflicto. Las encuestas están realizadas tanto en momentos de optimismo como de desánimo después de terribles atentados. Parece que ninguna variable quedará al azar y, con todos los elementos de juicio sobre la mesa, se trazará un plan que el presidente expondrá al líder de la oposición, solicitándole su implicación en el tema.

Una vez nos encontramos en Moncloa, aumenta mi sensación de que estamos metidos en un asunto de la máxima importancia, por lo que hay que ser extremadamente juiciosos a la hora de tomar decisiones. Nunca había participado en este tipo de reuniones y he quedado impresionado por la capacidad de escucha activa del presidente, por su agilidad de pensamiento conclusivo y, por supuesto, por la eficacia y la seguridad para manejar tan espinoso tema por parte de todos los presentes. Carlos se ha mostrado igualmente dinámico y participativo al otro lado de la pantalla. Cuando llega mi turno transmito al presidente información y deducciones y, alentado por Manu, le explico a grandes rasgos mi idea de un posible pacto que, aunque evidentemente no es el primero en su categoría, lo he trabajado mucho para solventar los problemas que otras veces han surgido y que han dado al traste con este instrumento, a mi juicio, indispensable. El presidente estudiará toda la documentación durante el fin de semana, hablará con la oposición e informará a S. M. el Rey, por este orden.

Terminamos con un almuerzo en el que el presidente conversa en especial con Andoni para conocer de primera mano la situación que, a pie de calle, viven los miembros del partido y los ciudadanos en Euskadi; y se interesa por mi trabajo, por mi origen argentino y por mi relación con Carlos, cuyos antecedentes desconocía. Marchamos con la sensación del deber cumplido a la espera de nuevas instrucciones, que nos serán transmitidas en cuanto sea posible. Finalmente, el presidente me agradece de forma especial la iniciativa que a título personal aporto y me pide que cuide de Carlos en esta amarga hora.

Tengo que reconocer que mi actitud respecto de la personalidad del presidente está claramente teñida por mi deformación profesional como analista político, pero si intento separar mi faceta periodística de la personal debo decir, en honor a la verdad, que me ha causado una excelente impresión, nada que ver con las frías ruedas de prensa en las que los políticos no permiten que se traspase la línea que determina el terreno estrictamente oficial y mucho menos por los profesionales de la información, que son capaces de inferir conclusiones de un tenor y del opuesto a partir de observaciones idénticas. Hay una cara sórdida y amarga en la vida de todo político que implica soledad e incomprensión, así como la convivencia casi permanente con una sombra de corrupta sospecha que contamina tanto las actuaciones como la ausencia de ellas. Hagas o no hagas, lo hagas blanco o negro, lo demuestres o sea indemostrable, siempre habrá una parte de la opinión pública que te criticará y te condenará.

Cojo el último vuelo a Vitoria porque he decidido que no me compensan los viajes en coche, las horas al volante, el tiempo y el cansancio que todo esto supone y que convierten el fin de semana en una paliza física que luego arrastro durante los dos o tres días siguientes.

Indudablemente, aunque tratamos de evadirnos del tema que nos preocupa repitiéndonos una y otra vez que de nada sirve darle vueltas, éste se convierte en un fin de semana de compás de espera y, teniendo en cuenta que en unos días celebraremos el cumpleaños de Carlos, Isabel y yo hacemos una visita a Andoni en Vitoria donde los compañeros del partido responsables de los sistemas informáticos nos proporcionarán un ordenador personal con todos los aditamentos necesarios para que un gran inválido pueda manejarlo por medio de un ratón facial. Parece de ciencia-ficción, pero con los ojos y la voz se pueden activar los sensores que permiten abrir y reenviar correos electrónicos, con alguna limitación, escuchar música, ver películas y hacer algunas búsquedas a través de Google. No cabe duda de que este prodigio de las nuevas tecnologías contribuirá a llenar las horas muertas de una vida casi vegetativa y en la que cada vez tienen cabida menos placeres.

De nuevo llega a término otro fin de semana en el que Isabel y yo procuramos aprovechar los pocos ratos de intimidad de que disponemos, disfrutar de la compañía de los Izaguirre, cuyo afecto siento calar más hondo cada día, de la naturaleza en estado puro y de las delicias gastronómicas de esta tierra que, sin duda, estaría tocada por la gracia divina si no fuera por el problema que arrastra.

Por fin Marta termina sus exámenes y, en un par de semanas, tras visitar a su madre, estará en Madrid para pasar conmigo una parte de las vacaciones y ultimar los preparativos de su viaje mochilero por Europa.

Enrique y Verónica me acompañan a la agencia de viajes y me ayudan a elegir un encantador hotel en Madeira, que supondrá unas minivacaciones en la isla portuguesa. Un regalo para mi querida hija tras su primer curso universitario y de agradecimiento hacia Ricardo por cuidar con cariño y esmero de ella y de mi perro. Estoy impaciente por ver la cara que ponen y por quitarme de encima al pelmazo de Enrique que pretende el mismo trato, alegando que siempre ha sido como un hijo para mí y que también me está dando muchas alegrías este curso. ¡Es increíble! No cambiará nunca... Ni yo quiero que cambie por nada del mundo.

El presidente del Gobierno nos convoca a una nueva reunión para proporcionarnos información e instrucciones. Aunque cansado, parece estar de muy buen humor y nos transmite el resultado de sus deliberaciones con el líder de la oposición y la confianza y el respaldo sin condiciones de S. M. el Rey a este nuevo intento de negociación. Como novedad, la incorporación al proceso de un miembro de la oposición, lo que el presidente califica como implicación y garantía tácita de pacto de no agresión sobre este asunto en el futuro y la búsqueda de un espacio para la movilización política y social, como elemento decisivo para deslegitimar a ETA.

El presidente advierte que el optimismo por el rumbo que van tomando las cosas no debe convertirse en euforia porque la reivindicación principal de la banda, la amnistía, tiene una contestación de más o menos el 50% de los sondeos realizados en los distintos sectores consultados, hasta en el seno de la Iglesia, que en España en general y en el País Vasco en particular puede tener una repercusión mediática. No cabe duda que los nuevos planteamientos precisarán una intensa campaña de mentalización a nivel nacional. Por otra parte y como refuerzo, la interpretación de la ley por parte del Poder Judicial gozará de un alto grado de benevolencia a partir de la firma del pacto, pero jamás supondrá el perdón por todo y para todos. Termina dando las órdenes oportunas para que se redacte el documento que permita iniciar el proceso puro y duro, para cuya tarea me pide expresa colaboración.

Manu se encargará de contactar con el hombre designado por la oposición para participar en el proceso, de todos conocido, por haber formado parte del Ejecutivo anterior. Se trata de Rafael Cárdenas González, quien fuera sucesivamente ministro de Defensa y de Interior y que, a pesar de las diferencias ideológicas, cuenta con el respeto y la buena opinión de los presentes.

Todos los resortes se han activado y, en estos momentos lo más importante, el apoyo al final negociado de la violencia terrorista, parece una realidad tangible y la tregua permanente garantiza la paz y la ausencia de atentados. El final de la pesadilla cada vez está más cerca. Nunca se ha llegado tan lejos y, como aconseja el presidente sin llegar a la euforia, el entusiasmo está más que justificado.

Es hora de tomarse un respiro y le sugiero a Isabel la posibilidad de pasar dos o tres días en Murcia después del fin de semana, en la seguridad de que en los próximos no ocurrirá nada, en el periódico todo está controlado y ella también puede dispersarse un poco, dado que hijas y padres están en la playa. Está tan contenta que de inmediato comienza con los preparativos y promete hacerme pasar unos días inolvidables. ¡De eso estoy seguro!

La tranquilidad de Letona y la naturaleza en todo su esplendor invitan a gozar del campo y del aire libre. Isabel y yo volvemos a la cascada, siempre solitaria, donde nos gusta permanecer un rato en silencio escuchando el sonido del agua y recordando la magia de nuestra primera visita a este lugar. Nos dejamos querer por Arantxa y su familia, cuyas atenciones y agasajos nunca les parecen suficientes. Yo creo que todos saben que Isabel y yo somos pareja, aunque en público nunca demostramos afecto, pero estoy seguro de que estas cosas, aunque invisibles, se intuyen.

Cuidamos de Carlos y yo, personalmente, procuro hacerle compañía, leerle el periódico y comentar con él artículos y noticias, porque soy consciente de que nuestras charlas son lo único que mantiene su interés por lo que le rodea, dadas las condiciones en las que vive. Isabel le cuenta cosas de Murcia, de las niñas, de los vecinos y clientes y cuando termina el fin de semana, sus ojos no pueden ocultar la tremenda desesperanza en la que se sumerge. Su deterioro es manifiesto en apenas dos meses, desde que le vi por primera vez. El próximo sábado celebraremos su cincuenta y cinco cumpleaños y no me cabe duda de que será el último.

Llegamos a Murcia a media tarde del domingo, cuando la ciudad se va quedando desierta después de un día cálido en el que los murcianos han aprovechado para visitar alguna de sus playas o han paseado en familia por las calles y plazas de la capital, donde las terrazas de los establecimientos permanecen funcionando hasta muy tarde. Dejamos a Paco instalado en el hotel e Isabel y yo nos dirigimos a su casa, donde cenaremos tranquilamente mientras planeamos las actividades de los próximos días. Efectivamente, estas pocas pero intensas jornadas se convierten en un inesperado paréntesis para disfrutar de un tiempo del que nunca disponemos y para constatar que estamos unidos por una relación de complicidad y cariño que empieza a dar muestras de auténtica solidez.

Ya en Madrid, recibo la convocatoria de una nueva reunión en el Ministerio del Interior, que debe ser preservada de fotógrafos y micrófonos. Un descuido o una filtración pondría en peligro un acuerdo y una futura negociación para nada consolidados y darían lugar a especulaciones muy perjudiciales en estos momentos en los que nos movemos aún en la cuerda floja.

Rafael Cárdenas es un castellano recio, nacido en Valladolid y emparentado por matrimonio con una familia de larga tradición y rancio pedigrí en el mundo de la judicatura, siendo el padre de una caterva de hijos como para formar un equipo de fútbol. Tiene unos cincuenta años pero aparenta más, por su pelo blanco y su sobrepeso, a la vez que tiene un aire campechano y afable. Es fumador de puros, lo cual siempre me facilita el acercamiento. Tiene fama de experto negociador y es de los que le gusta siempre hablar el último y dar un golpe de efecto cuando ya ha descubierto el juego de sus adversarios. Aunque sólo nos hemos visto en alguna ocasión circunstancial, sabe perfectamente quién soy, de dónde vengo y adónde voy.

La reunión se alarga más de lo previsto. A pesar de ello, Andoni y yo tomaremos, en cualquier caso, el último avión de hoy, porque su madre está delicada y no quiere ausentarse de Vitoria más de lo necesario.

Finalmente, el pacto queda redactado y se procede a su traslado a los potenciales firmantes. De nuevo, siguen días de espera que a Carlos se le hacen especialmente tortuosos y tengo la desagradable impresión de que sólo está dispuesto a alargar la situación mientras se encarrila esta última parte del proceso. De hecho insiste en que Isabel le lleve a las niñas pronto porque hace tiempo que no las ve, cosa que no es cierta en absoluto.

El sábado celebramos una pequeña fiesta en la residencia, con motivo del cumpleaños de Carlos. Asisten, además del personal, Paco y Leire, Arantxa y, como visita sorpresa, Andoni que no quiere dejar de felicitar a su compañero y amigo y hacerle llegar un mensaje personal del presidente del Gobierno en tan especial ocasión. Se suceden las llamadas de familiares y amigos, de sus hijas y suegros, de sus hermanos y parientes. La celebración se convierte en un emotivo homenaje y, en un momento dado, Carlos me confiesa que esto se parece mucho a una despedida en toda regla.

Agotado por el ajetreo, le dejamos descansar y los demás marchamos al hostal para tomar un último café y disfrutar de un rato más de charla. Pero el día y Octavia nos tenían reservada una última sorpresa. Con el parto en pleno proceso, Iker y el veterinario acompañan al animal en el trance, sin que las excusas del muchacho sirvan para tranquilizar a Arantxa, que le recrimina por no haberla avisado a tiempo. Ante la sorpresa de todos, nace el primer perrito entre los intensos jadeos de su madre. El veterinario se asegura de las buenas condiciones del recién nacido y todos estamos tan embelesados que no nos atrevemos a movernos de allí, mientras la operación se repite cinco veces y Octavia trae al mundo a tres machos y dos hembras que parecen clones de su madre. Una vez finalizado el alumbramiento, cae rendida en un profundo sueño. Ha llegado el momento de tomarnos ese café y celebrar como corresponde el inicio de la vida, que supone siempre una buena noticia.

Arantxa está encantada con el bolso y el paraguas que Isabel y yo le hemos regalado y no deja de abrazarnos y de darnos las gracias una y otra vez. Otro fin de semana que termina. Cada día me cuesta más separarme de mis amigos y de Isabel, y regresar a la soledad de mi casa, ahora que Paco me ha anunciado que en los próximos días recibirá nuevas instrucciones y, en función de las características del trabajo, buscará alojamiento.

28

Si pudiera explicar las vidas que quité,
si pudiera quemar las armas que usé,
no dudaría, no dudaría en volver a reír.
Si pudiera sembrar los campos que arrasé,
si pudiera devolver la paz que quité,
No dudaría, no dudaría en volver a reír.
Prometo ver la alegría, escarmentar de la experiencia
pero nunca, nunca más usar la violencia.
Antonio Flores (1961-1995) (compositor y cantante español)

Una vez redactado y consensuado, se procede a la firma del acuerdo en un acto que se celebra a puerta cerrada en el Congreso de los Diputados. La característica más significativa es el diagnóstico común que del terrorismo realizan todos los partidos, calificándolo como un problema de Estado y adjudicando al Gobierno de España la dirección de la lucha antiterrorista, aunque debe ser tarea de todos contribuir a su erradicación. El objetivo exige el compromiso de instituciones, administraciones, medios de comunicación y ciudadanía y se anima a toda la sociedad española a compartir los principios inspiradores del acuerdo y las directrices políticas que de él se deriven en el futuro. Al día siguiente, la prensa y los medios de todas las tendencias publican íntegro el documento y se hacen eco de este acontecimiento que puede suponer el principio del fin, convencidos de que hablamos del marco adecuado para conseguir erradicar la lacra del terrorismo.

Inmediatamente después, se convoca la mesa de negociación y se reanudan los contactos con la banda terrorista y su entorno en el caserío de Armikelo. El tiempo no se detiene y el calendario avanza inexorablemente con sus luces y sus sombras, sus presencias y sus ausencias. A lo largo del verano, Isabel divide su tiempo entre las visitas a Vitoria y, cuando Carlos y yo estamos ocupados con las reuniones, aprovecha para ir a La Manga para estar con la familia.

Paco, finalmente, se marchó y, aunque él no lo sabe, le pedí a Manu expresamente que le proporcionara un destino cerca de Vitoria, teniendo en cuenta su incipiente relación con Leire y la posibilidad, a partir de esta fórmula, de seguir en contacto, porque ese era mi sincero deseo. Antes de irse me dejó colgado en la pared de mi rincón favorito de la casa un retrato al óleo pintado por él a partir de una fotografía que nos tomó a Marta y a mí durante el fin de semana que estuvimos en Barcelona. Es un precioso detalle que le agradezco de todo corazón y que me hará recordar siempre esos días entrañables y, sobre todo, a él, que fue mi sombra por un tiempo, mezclando hábilmente discreción y apreciada compañía.

Marta y Ricardo, tras acabar los exámenes y conocer los resultados, viajaron a Madeira y volvieron encantados y felices. Cuando les entregué los billetes se quedaron perplejos, pensaban que se trataba de una broma y que, en cualquier caso, los pasajes eran para Isabel y para mí. Me costó convencerles de que la cosa iba en serio. Ahora soy el mejor padre del mundo y el mejor padre de la novia del mismo mundo, lo que suena a título de película.

Creo que en estos días andan por Praga y después visitarán Budapest y Bruselas. Hablamos cada tres o cuatro días, en la seguridad de que si necesitan o sucede algo se pondrán en contacto conmigo inmediatamente. Así se lo hice prometer a los dos, porque de otra manera y con vistas al futuro, les aseguré que no les facilitaría tanto las cosas. Cuando regresen, quiero que me ayuden a hacer algunas reformas en la casa, de tal manera que, sin darse cuenta, organicen las cosas a su gusto, porque tengo la impresión de que cuando todo esto termine me veré obligado a replantear mi vida. No tendría sentido que Isabel y yo siguiéramos separados por cuatrocientos kilómetros.

Carlos se esfuerza al límite para soportar el maratón negociador. Lo consigue a duras penas, hasta que un día las fuerzas le abandonan y su corazón sometido a una sobreexcitación continuada desencadena un shock cardíaco que me obliga a poner en práctica las instrucciones de reanimación recibidas. Tengo que reconocer que es la primera vez que experimento la sensación de que de mí o de mi buen hacer puede depender una vida humana, y este convencimiento es lo que me hace templar los nervios y actuar con responsabilidad y movimientos certeros.

Andoni conduce con rapidez y pericia el vehículo por estos caminos que creo ya conoce como la palma de su mano, mientras avisa a la residencia para que todo esté preparado cuando lleguemos. Entretanto, yo continúo sin descanso con el masaje cardíaco, al que Carlos no reacciona sino levemente. Su cara tiene el color de la cera y su pulso es muy débil. Le insuflo aire en los pulmones una y otra vez a través de la boca y cada vez que apoyo mis labios en los suyos parecen estar más fríos.

—Por el amor de Dios, Andoni, date prisa, que se nos va...

—Ya, ya... sólo faltan cinco minutos... ¡Joder, no puedo volar!

—Carlos, aguanta... ¡no te mueras ahora! –le estoy gritando.

Efectivamente, el doctor Granados se encuentra en la misma puerta, rodeado de enfermeras, residentes y curiosos y en cuanto abro el portón trasero se lanza al interior del coche, estetoscopio en mano.

—¡Deprisa! ¡Vamos! ¡Sáquenlo! ¿Cuánto tiempo hace que ha ocurrido?

—Aproximadamente veinte minutos, pero el conocimiento lo perdió estando ya de camino.

—¿Hizo usted todo lo que le dije?

Seguimos hablando mientras corremos escaleras arriba, a la vez que suben a Carlos en el ascensor ya monitorizado y con el oxígeno puesto.

—Sí, doctor... la pastilla, el masaje... –y no digo más, porque Granados ha desaparecido por la puerta, que se ha cerrado bruscamente tras él.

Andoni llega también exhausto y los dos nos miramos sin saber qué hacer. Nuestros móviles comienzan a sonar y es Manu, con nerviosismo patente, el que responde al otro lado. Como aquí no se puede hablar por teléfono, me alejo de la zona restringida y, mientras doy el parte, aprovecho para subir algo de beber porque estamos los dos casi deshidratados. En Armikelo se ha suspendido la reunión y Andoni subirá de nuevo para recoger a Manu y a Cárdenas en cuanto recobre el aliento. Yo me quedaré aquí por si se produce alguna noticia.

Transcurren cuatro largas horas y lamentablemente Granados opina que hay que esperar, porque teme otro infarto en un plazo indeterminado. Si Carlos sale de ésta habría que someterle a una intervención quirúrgica para sustituir algunas válvulas porque los daños son irreparables. Añade que, tras el trata-miento de choque, el paciente ha recuperado la consciencia y pregunta por mí. Me dispongo a entrar y a mantenerme firme en mi opinión de que lo más sensato es ponerse en manos de los médicos y acatar sus consejos y prescripcio-nes, pero cuando estoy frente a él veo a un hombre que ha tirado la toalla, sus ojos suplicantes me transmiten el deseo de terminar con este tormento, morir y descansar para siempre.

—Jaime, no pienso someterme a ninguna operación, soy consciente de que la situación es irreversible y, si supero este infarto, mi enfermedad me provoca-rá otro en breve; sé que no hay esperanza y que nunca saldré de aquí. Se acabó, Jaime, esto es el final.

—Carlos, por Dios, vamos a pensar...

—No hay nada que pensar. Estoy preparado para morir, para lo que no es-toy preparado es para seguir viviendo. Por favor, Jaime, piensa tú y ten caridad.

Creo que estoy mareado, siento náuseas y un enorme nudo en la garganta no me deja hablar. Asiento con la cabeza en un gesto de derrota y comprensión.

—Llamaré a Isabel para explicarle lo que sucede. Querrá venir inmediata-mente. ¿Quieres que le diga algo en concreto? –le pregunto abatido y sin argu-mentos.

—Confío en ti. Sé que sabrás hacerlo.

—De acuerdo. Luego volveré a verte.

—Y procura descansar, Jaime, estás hecho polvo y, como comprenderás, Isabel te va a necesitar fuerte y entero. Gracias, aunque tal vez deberías haber-me dejado morir.

—Tal vez. Pero no quiero cargar con eso sobre mi conciencia.

—Es verdad. Te hubiera hecho una putada que no mereces. Vete, por favor, no puedo más –y cierra los ojos.

En la residencia no se sirve alcohol y para hablar con Isabel necesito una copa, así que iré al hostal y la llamaré desde mi habitación.

Manu, Andoni y Cárdenas esperan noticias en la recepción. Los comentarios son unánimes: "Si yo fuera Carlos pensaría de la misma manera". Las reuniones se aplazan por el momento, con la comprensión y la anuencia de todos y se decide esperar pero, si en el plazo de tres días no hay novedad, continuaremos con el proceso.

Arantxa, que está en la cocina, presiente que algo malo ocurre en cuanto me ve llegar.

—Don Jaime, trae usted una cara que no me gusta en absoluto.

—Necesito una copa de algo fuerte, whisky o algo así.

—Claro, ahora mismo... Iker, date prisa, trae la botella que hay en el aparador del salón.

De repente vienen a mi mente las imágenes de lo que acabo de vivir y me doy cuenta de que mis coronarias también han sufrido lo suyo. Estoy agotado, me derrumbo en la silla, apoyo los codos en la mesa y me sujeto la cabeza con ambas manos sin poder contener el llanto, fruto del nerviosismo y la tristeza.

—Don Jaime, no se preocupe y llore cuanto necesite. Se sentirá mucho mejor –y Arantxa acaricia mi pelo con ternura mientras Iker me mira asombrado–. Es don Carlos, ¿verdad? Ha pasado lo que tenía que pasar...

Entre hipos y sollozos, le cuento a Arantxa lo sucedido y me tomo el whisky y otro más, antes de enfrentarme a la reacción de Isabel.

Ya en la habitación, me equivoco un par de veces al pulsar las teclas del teléfono, respiro hondo e intento parecer tranquilo.

—Isabel, cariño, escúchame bien...

—¿Qué pasa, Jaime? Le pasa algo a Carlos...

—Tranquila, nena... Si, efectivamente. Carlos ha sufrido un infarto cuando estábamos trabajando, pero lo ha superado. ¿Me has oído? Lo ha superado, incluso he hablado con él después.

—En cuanto prepare las cosas salgo para Vitoria...

—No digas locuras. No puedes hacer el viaje en coche, no llegarías hasta dentro de un montón de horas. Lo mejor es que cojas el primer avión que salga mañana.

—Pero no hay vuelo hasta la tarde...

—Bueno, pues haz una cosa. Ve a Madrid y enlazas allí, que hay más opciones.

—Jaime, ¿cómo está? Y no me mientas...

—No te mentiré. Está grave. Granados me ha dicho que si no se le opera para sustituirle las válvulas dañadas, no aguantará...

—Y él se niega... ¡claro! –deduce Isabel fácilmente.

—Exacto y yo lo entiendo. No quiere seguir viviendo así. Ponte en su lugar, cariño. ¿Quién lo querría?

—¿Te ha dicho lo que piensa hacer?

—No, pero me temo que nada. La operación, si la superase, sólo sería un trámite y vuelta a esperar el siguiente ataque. Además, él sabe que ya nunca saldrá de la UCI porque hay que tenerle monitorizado y vigilado en todo momento. Mira, mi amor, sé que es duro, pero creo que lo que debemos hacer es darle todo nuestro cariño y apoyo y dejarle decidir a él. Más tarde volveré a verle y te llamaré, de nuevo. Dime que estarás bien. ¿Qué harás con las niñas? Tal vez deberían venir a ver a su padre.

—Sí, desde luego. En cuanto le vea y hable con Granados decidiremos qué hacer. A lo mejor quiere que avise a su familia o todo lo contrario.

—De acuerdo. Escucha, Isabel... has sido una mujer fuerte y valiente frente a tu destino y ahora que llega el final debes serlo más que nunca, por tus hijas y por él. No nos podemos imaginar siquiera por un momento por lo que Carlos está pasando y, aunque haya sido un hombre difícil, incluso cruel y malvado a veces, nadie merece un final así.

—Desde luego que no. Voy a organizarlo todo, hablaré con mis hijas y con mis padres para ir preparando el terreno y voy a consultar los vuelos, a ver qué puedo hacer para llegar lo antes posible. Cariño, no quiero ni pensar por lo que habrás pasado tú también, teniendo que practicarle los primeros auxilios.

—Ni me lo recuerdes. Yo sí que he estado al borde del infarto. En mi vida me había visto en otra... pero todo ha salido bien, afortunadamente.

—Sabes, Jaime, Carlos ha tenido suerte finalmente... Has cambiado nuestra vida.

—Pues si a alguien le ha cambiado la vida conociéndoos a vosotros dos, ha sido a mí. Bueno, cielo, ¿estás bien, de verdad?

—Sí. Quizá la tranquilidad que siento sea la consecuencia de un final que se prevé cercano e inevitable.

—Es posible. No lo pienses más, luego te llamaré, pero si necesitas hablar aquí estaré. Adiós, querida.

Estoy seguro de que en cuanto cuelgue Isabel llorará y se desahogará, pero yo me siento extenuado, así que me acostaré un rato porque necesito desconectar y recuperar fuerzas.

Cuando regreso la situación no ha cambiado y el estado de Carlos se mantiene estable dentro de la gravedad. Busco a Gladis, que parece muy afectada.

—Lo esperaba desde hace tiempo, pero nunca acabas de hacerte a la idea hasta que ocurre. Se va a morir y no podemos hacer nada para evitarlo.

—¿Y no cree, Gladis, que dadas las circunstancias es lo mejor que podría pasar?

—Desde luego, desde el punto de vista racional, pero los sentimientos son otra cosa. El ha sido muy bueno conmigo, me ha ayudado en todo momento, así que justo es que yo haga algo por él.

—No sé a lo que se refiere, pero usted siempre le ha cuidado y le ha querido, ha sido su apoyo y su compañía en este tiempo tan duro, incluso ha compartido con él el mayor de sus secretos. Esa es la mejor prueba de su confianza y de la buena opinión que siempre ha tenido de usted.

—Lo sé y por eso estoy en deuda con él. He hablado con Isabel y ya me ha dicho que llegará mañana y que está tranquila, porque sabe que usted y yo estamos cerca. ¡Pobre mujer! También la vida la ha golpeado con fuerza.

—Es cierto, pero a veces creemos que somos los seres más desgraciados del planeta y sólo hay que mirar en torno nuestro para encontrar a quienes nos superan con creces... A usted se lo voy a decir, ¿verdad?

Mientras doy un paseo por los alrededores para despejarme, se me ocurre entrar en la iglesia por si Arantxa estuviera allí. Suele acudir a misa en días de diario, teniendo en cuenta que los fines de semana es cuando tiene más trabajo. Efectivamente, ocupa el primer banco junto a Edurne y otras señoras. No queda mucho para que acabe el oficio, así que aprovecharé para ver a don Marcelo y ponerle al tanto de la situación de Carlos. Tal vez estaría bien que le visitara. Aunque no seamos creyentes o practicantes, o ni siquiera nos planteemos la religión como un tema en el que debamos reparar, somos muchos los hombres y mujeres en cuya vida diaria Dios no está presente, ni forma parte de nuestros pensamientos, incluso renegamos de él y de su forma de actuar, cuando los noticiarios nos muestran las tragedias, el hambre y la miseria que oprime a los pueblos. Cuando las catástrofes naturales acaban con la vida de los más desfavorecidos, les arrebatan sus escasas propiedades y a sus seres queridos o cuando nos enseñan con toda su crudeza la verdad descarnada de las condiciones en las que vive la infancia en las tres cuartas partes del mundo. Entonces, cuando tanto horror y sufrimiento no encuentran explicación, nos preguntamos: ¿dónde está Dios?, ¿cómo es posible que permita todo esto? Pero la contradicción viene cuando somos nosotros los que pasamos por momentos difíciles o cuando las encrucijadas de la vida nos colocan en situaciones en las que saber qué hacer es difícil. Entonces recurrimos a su intermediación y le pedimos que nos ayude o nos ilumine para tomar la decisión correcta. Me incluyo en la estadística y aquí estoy en la iglesia de San Andrés, pidiéndole a Dios, por si acaso existe y me escucha, que le dé a Carlos una buena muerte y a los demás fortaleza y serenidad para afrontar el dolor de su pérdida.

Acompañado por las dos mujeres, me encamino hacia El Gudari. Me vendrá bien distraerme, según la opinión de todos. Creo que he ingerido hoy la dosis de alcohol correspondiente a todo el mes y no quiero pasarme. Mañana deberé estar fresco de mente y físicamente descansado porque intuyo será también un día de los que no se olvidan.

Octavia y sus pequeños, que crecen por días y son a cual más delicioso, acaparan toda mi atención en cuanto llego. Entre Iker y yo les hemos bautizado a todos. Se me enredan en los tobillos, quieren trepar por mis piernas, a veces se enganchan de los pantalones y acabo llevándoles colgados durante un rato.

En cuanto termine el periodo de amamantamiento ya están distribuidos, salvo el más pequeño de tamaño que se quedará con su madre y los Izaguirre y otro, con pinta de despistado y una mancha en mitad de la frente, que se lo llevará Isabel como regalo para sus hijas. Se volverán locas con el cachorro.

Hace rato que leo en la cama, con el fin de conciliar el sueño porque estoy desvelado, cuando llaman cuidadosamente a la puerta. Es Arantxa.

—Don Jaime, ¿está usted despierto? Le he traído una infusión de hierbas del valle que le ayudará a descansar y a levantarse mejor. Perdone, pero he visto la luz encendida por debajo de la puerta y como yo tampoco podía dormir...

—Espere un momento, Arantxa, que ya le abro –me levanto y me pongo la chilaba y las zapatillas.

—Don Jaime, ¡qué susto me ha dado con esa cosa que se ha puesto! ¡Virgen de Begoña!... si sólo le falta el turbante.

—¡Ande, pase! Deje la bandeja en la mesa y siéntese –y cierro de nuevo la puerta.

—Si quiere que le diga la verdad, siempre que he visto esa túnica tan rara al limpiar la habitación, creí que era de doña Isabel, pero la verdad es que me parecía muy grande para ella y, desde luego, muy poco seductora.

No puedo por menos que reírme con la ocurrencia.

—¡Venga, mujer! Deje de mirarme tanto y sirva el bebedizo ese que me ha traído. –Nada... sigue como hipnotizada.

—Pues verá, don Jaime, pensé que a lo mejor quería usted hablar y descargar su corazón de preocupaciones y tristezas. Hablar alivia mucho, eso hacemos en la asociación, nos contamos nuestras cosas y nuestras penas, y eso nos ayuda a sentirnos mejor. Yo, además, le confieso a don Marcelo mis peores pensamientos, que también los tengo, y eso aligera mi conciencia.

—No puedo creer que tenga malos pensamientos. Es usted una de las personas más equilibradas y generosas que conozco –le digo sirviendo el azúcar.

—Pues se equivoca. Muchas veces siento deseos de venganza y en ocasiones creo que me alegraría de la muerte de algunas personas y eso no es muy cristiano.

—Pero sí es humano.

—Es posible. Pero tampoco consuela, ni hace desaparecer el dolor ni la soledad. El odio no sirve para nada, don Jaime, por eso hay que librarse de él lo antes posible porque con el tiempo te destruye por dentro y anula tu voluntad de ser feliz. Yo creo que la felicidad no es un sentimiento, es una decisión. Si uno se empeña en ser feliz, lo será, independientemente del dinero y de las cosas materiales que posea o no y de las circunstancias que concurran en su vida.

—¡Qué razón tiene! Y, ¡cuánta sabiduría encierran sus palabras!

—Si quiere usted hablar conmigo, puede hacerlo. Si algo he aprendido en estos años es a escuchar y a no juzgar a nadie.

—Gracias, pero creo que lo que yo pueda contarle usted ya lo sabe, señora mía.

—Si se refiere a lo de usted con la señora Isabel, lo sé... Claro que lo sé. Hasta uno ciego y tonto se daría cuenta de cómo se miran ustedes. Pero no debe sentir vergüenza por eso. Las cosas pasan porque tienen que pasar. Ustedes tienen derecho a ser felices y hasta ahora no lo han sido. Los dos sufrieron la desdicha de unos matrimonios fracasados que dejaron una herida profunda y abierta y que, por fin, ahora está cerrando. Se han encontrado en un momento de la vida en el que ya no son unos niños, si me permite decírselo, y este tren ya no volverá a pasar. Don Carlos está condenado a morir y su recuerdo debe ser algo positivo en su relación, para usted como su amigo y para ella como el padre de sus hijas, pero su amor es puro y limpio y nadie tiene derecho a ensuciarlo.

—Es usted un ángel, Arantxa y le voy a decir una cosa... si no fuera por lo que es, le tiraría los tejos –le digo riendo, mientras ella se ruboriza.

—¡Ay, Señor! Pero qué cosas dice este hombre y encima yo aquí en su habitación a estas horas y... con ese camisón que lleva...

—Fíjese, si nos viera su prima Edurne.

—Bueno, don Jaime... En serio, calle a ver si nos va a oir alguien.

—Está bien. Marche a dormir, que su reputación no debe estar en entredicho ni la mía tampoco –y no puedo dejar de reír por dentro–. Hasta mañana y muchas gracias, de verdad Arantxa, es usted una gran mujer y todos los hombres de Letona y su comarca no saben lo que se pierden.

—Que sepa usted que yo también he tenido mis proposiciones, pero no he encontrado ningún hombre tan bueno y cariñoso como mi Joseba, que en paz descanse. Buenas noches, don Jaime, descanse usted también, que falta le va a hacer –y sale con la bandeja mientras yo cierro con cuidado la puerta.

—Buenas noches, amiga mía –digo en voz alta, pero para mí solo porque ella ya no me oye.

Cuando despierto, recuerdo vagamente que la pócima hizo su efecto. En menos que canta un gallo me quedé dormido como un leño y el sueño, en principio, ha sido reparador.

Necesito hacer un poco de ejercicio, así que hoy soy yo el que pedalea por los senderos. A la vuelta, hago escala en El Gudari para tomar un café. Según comentan los parroquianos, se ha convocado en las tres capitales vascas una manifestación por la paz, contra el terrorismo y en apoyo a las víctimas, que tendrá lugar el sábado por la tarde. Como lo habitual en estas convocatorias es que se produzcan enfrentamientos y disturbios por parte de grupos proetarras como protagonistas, será muy significativo en esta ocasión el grado de participación de estos colectivos. Lentos pero seguros, se van dando los pasos que proporcionen y garanticen el cauce por el que debe discurrir el proceso de paz.

Isabel llega a Letona hacia el mediodía. La veo bajar del coche con gesto grave y unas pronunciadas ojeras, prueba de un escaso y convulso sueño. Nos saludamos sin ceremonia y esperamos el ascensor en silencio. Una vez en la cabina y, como estamos solos, Isabel se abraza a mí buscando apoyo y está a punto de estallar, pero la obligo a recuperar el control.

—¡Eh! ¿Qué pasa, cariño? No puedes llorar ahora. Carlos se dará cuenta y lo que necesita es encontrar en nosotros la ayuda y la fuerza que a él le faltan. ¡Mírame, por favor! Carlos tiene asumido su destino y está tranquilo... Ya lo verás. Es un hombre increíble, en su situación transmite seguridad y entereza. Lo que haremos será escucharle, respetar su voluntad por encima de todo y hacerle comprender que, decida lo que decida, estaremos con él hasta el final.

—De acuerdo. Como siempre, tienes razón y espero estar a la altura —se alisa el pelo y respira hondo.

—Nos esperan días duros, pero tú has de ser un firme soporte en el que se apoye tu familia y sobre todo tus hijas, que están a punto de perder a su padre. Si quieres que sea sincero, si tu marido encuentra en ti consuelo y comprensión y te conviertes en su compañera y amiga en estos últimos momentos, sin reparar en lo que hizo o lo que fue, te sentirás mucho mejor, incluso aunque la razón que te mueva sea la caridad.

—He estado a su lado todos estos años de infelicidad y ahora que se acaba me siento perdida y vacía y no sé muy bien cómo actuar.

—No lo pienses y compórtate con generosidad y misericordia.

Nos abrazamos antes de entrar en la sala. Los dos juntos avanzamos hasta la cama donde Carlos parece dormido. Tiene los ojos cerrados y la boca entreabierta, sus labios están resecos y agrietados. Cables y electrodos salen de su cuerpo hasta un monitor que emite un pitido suave y cadencioso, a la vez que en la pantalla se dibujan en varias filas crestas puntiagudas en color verde fosforescente, a la vez que diversos líquidos alternativos se introducen en su cuerpo por otra vía.

Antes de que pueda oírnos, el médico quiere darnos el último parte, que indica que las constantes vitales permanecen estables pero por experiencia sabe que, entre las cuarenta y ocho y las setenta y dos horas siguientes hay muchas posibilidades de que se produzca un nuevo episodio cardíaco, cuyas consecuencias son difíciles de determinar. Debemos estar preparados para lo peor y Granados aconseja a Isabel que vaya pensando seriamente en poner a la familia sobre aviso de cuanto sucede y llevar a cabo los preparativos que estime oportunos. En breves momentos Carlos despertará y podremos conversar con él.

Efectivamente, despierta en seguida y nos encuentra a los dos a su lado, ávidos por escuchar cuanto tenga que decir.

—Hola, Carlos, ¿cómo te encuentras? —empiezo yo ante el mutismo de Isabel, que tarda en reaccionar.

—¡Hombre! Mi mujer y mi amigo juntos a la cabecera de mi cama... Esto no pinta bien.

—Jaime me ha contado lo que pasó y he venido inmediatamente... –por fin Isabel habla.

—Ya ves, querida, todo transcurre según lo previsto. No nos vamos a engañar, conocemos de sobra los capítulos de esta historia desde hace tiempo y los dos sabemos que en los próximos días mi corazón fallará de nuevo.

—Carlos, no siempre es así, tú sabes que a veces...

—Isabel, ahórrate el sermón. Sé que tu intención es la mejor, pero no soy estúpido. Escúchame bien porque no tengo tiempo ni fuerzas. Quiero ver a mis hijas por última vez. Tranquila, no se asustarán, las recibiré en mi habitación, sin cables, ni tubos, ni pantallas. De discutirlo con Granados me ocuparé yo. Habla con mis hermanos, con mis tíos y primos, al fin y al cabo son mi única familia. Mi testamento vital está en la habitación, en el cajón del armario que siempre está cerrado, así como otros documentos y el testamento que redacté después de ingresar aquí. No hay lugar para la donación de órganos, dado mi deterioro físico, por lo que sólo procede la incineración de mis restos mortales una vez se produzca el fallecimiento y os agradeceré a los dos que procedáis a esparcir mis cenizas en esta tierra en la que voy a morir y por la que tanto he luchado en los últimos años. Isabel, todo lo que tengo es tuyo y de las niñas, excepto una cantidad de dinero que he decidido dejarle a Gladis con el fin de que regrese a Colombia y disponga de medios suficientes para empezar una nueva vida, además de que me he comprometido a sufragar la educación de su hijo hasta que concluya estudios universitarios, si el niño así lo decidiera. Por favor, querida, te pido que te ocupes de que mi deseo sea respetado... Esa mujer merece eso y mucho más.

Carlos no para de hablar, se fatiga y le sobreviene un acceso de tos que le convulsiona todo el cuerpo. La enfermera le examina, revisa los indicadores y toma su pulso. Nosotros, que nos hemos retirado unos pasos para dejarla trabajar, nos miramos apenados y nos cogemos de la mano con fuerza. De nuevo estabilizado, continúa dando instrucciones con una lucidez fuera de lo común. Está claro que ha tenido mucho tiempo para pensar.

—Dime qué más quieres que haga o qué necesitas... –le digo nervioso.

—Yo ya no necesito nada. Sólo quiero irme de este mundo en paz, pedir perdón y ser perdonado.

—Don Marcelo me ha dicho que vendrá a verte. Ya sé lo que vas a decirme, no se trata de una confesión, sino que tal vez te haría bien una conversación con él –le sugiero como una posibilidad de consuelo para su conciencia.

—Tal vez... Lo pensaré... Ahora marchaos y dejadme descansar, pero quiero hablar con vosotros de nuevo mañana. Isabel, espero que puedas decirme en la próxima visita cuándo veré a las niñas para prepararme. Necesito despedirme de ellas.

—Ahora mismo llamaré a mis padres y organizaré el viaje. No te preocupes por nada, estarán aquí lo antes posible.

—De acuerdo, de acuerdo...

Isabel aún titubea pero Carlos ha cerrado los ojos de nuevo.

Gladis nos espera en la habitación y se ofrece para ayudar a Isabel a recoger o revisar los enseres de Carlos, puesto que es más que probable que ya no los utilice. Abrimos el famoso cajón donde efectivamente se encuentran las dos carpetas de las que nos habló.

—Cariño, a partir de este momento respetaré tus decisiones, pero supongo que no pensarás dormir aquí esta noche.

—No podría. Si me quedo aquí sola creo que la que se muere soy yo.

—Anda, coge las cosas y vamos al hostal.

—Sí, tengo que hacer bastantes llamadas y me gustaría revisar estos papeles.

—De acuerdo. Si quieres te ayudaré.

Mientras Isabel habla con sus padres, sus hijas y los parientes de Carlos, yo hago lo mismo con Manu, preocupado por los acontecimientos y Andoni, que se coloca inmediatamente a nuestra disposición por ser el más cercano. Finalmente devuelvo una llamada a un número sin identificar, pero reconozco la voz de mi interlocutor al instante. No es ni más ni menos que Julen Abasolo, que se interesa por el estado de Carlos.

—Me descolocas, macho... Hace cuatro días le llamabas tullido de mierda y ahora estás preocupado por si se muere. No entiendo cómo funciona vuestra cabeza, la verdad. Yo creía que para vosotros la vida humana no tenía el mismo valor que para el resto de los mortales, pero veo que tu pétreo corazón todavía es capaz de ablandarse.

—No seas gilipollas. Carlos ha demostrado ser un tío de puta madre y no quiero que palme. La muerte no es deseable, sólo si se justifica para conseguir el fin que se persigue.

—Mira, estoy machacado y no tengo ni la lucidez ni la frialdad necesarias para mantener una conversación contigo de esta naturaleza. Si quieres saberlo, ese tío de puta madre ha superado un infarto, pero su estado es muy grave y su corazón es muy posible que no aguante otro ataque, que se prevé en los próximos días. Si quieres que le transmita algún mensaje lo haré, te lo aseguro.

—No, pero te agradecería que me avisaras si se muere antes de que volvamos a vernos.

—Está bien, lo haré. Adiós.

Todavía estoy conmocionado por la llamada. Tampoco le daré más vueltas. La mente humana reacciona de la forma más insospechada y, desde luego, cada día estoy más convencido de que es muy difícil confeccionar arquetipos capaces de definir y agrupar comportamientos que permitan predecir conductas posteriores. Cada individuo es único e irrepetible, con su carga genética propia y sus taras derivadas de la influencia del ambiente en que ha transcurrido su vida. Difícil lo tienen psicólogos y psiquiatras.

Mientras, Isabel abre las carpetas y distribuye los papeles sobre la mesa, documentos oficiales, testamento, algunas fotografías personales, de los padres de Carlos, de su hermano el que murió siendo un niño y un sobre cerrado que parece contener una carta personal dirigida a ella y cuyas instrucciones especifican que no debe abrirse hasta después de su muerte. Isabel parece tentada por la curiosidad y hace ademán de descubrir el contenido sin esperar, pero después de unos segundos de duda, finalmente decide acatar las instrucciones.

—¡Está bien! Respetaré tu voluntad y te obedeceré hasta el final –habla en voz alta, pero para ella misma.

—Mañana nos espera un día duro y creo que lo mejor es que nos acostemos cuanto antes –Isabel parece agotada–. No te preocupes por el asunto de la habitación, Arantxa está al tanto de nuestra relación.

—Lo imaginaba. En ese caso...

Los dos permanecemos despiertos y en silencio durante un buen rato, tumbados muy juntos y colocados del mismo lado, en paralelo. Aunque Isabel respira acompasadamente, a veces la inspiración es más larga convirtiéndose en un profundo suspiro. No quiero interrumpir sus pensamientos y considero que, si quiere decirme algo lo hará, como así ocurre casi de inmediato.

—¿Sabes cuántas veces he deseado que se muriera? Todo el mundo que ambiciona algo quiere que se cumpla, pero ahora que llega el momento tengo la sensación de haber contribuido personalmente a su muerte y eso no hace que me sienta bien.

—No te atormentes, tú no has hecho nada de lo que debas arrepentirte, pero comprendo que la situación no te reporte ninguna satisfacción. Me sorprendería lo contrario.

—Lo único que siento es un gran vacío, Jaime, es como si estuviera hueca por dentro, ausencia total de sentimientos.

—Tómate tu tiempo... Están ahí y aflorarán, ya lo verás... Y cerrarás esta página de tu vida. No quiere esto decir que olvidarás a Carlos ni los años que pasaste junto a él, ni los muchos recuerdos que vuestra vida en común ha generado, simplemente te enfrentarás a ese capítulo de tu existencia sin traumas ni complejos, con serenidad y realismo.

—Ojalá tengas razón, Jaime...

—La tengo y yo te ayudaré a superar ese poso de amargura y frustración que ahora sientes. Conozco la sensación por experiencia. Amaba a Carmen con locura y sufrí tanto cuando me abandonó que sólo deseaba que fuera tan desgraciada como lo era yo. Hace mucho tiempo que vencí los rencores y los resentimientos, que sólo existen porque la persona que los alimenta sigue importándonos y ocupando nuestros pensamientos insistentemente. Desaparecen cuando los apartamos de nosotros con decisión.

—Sabes, Jaime, eres un buen hombre, un gran padre y un excelente amigo y pienso que no existe nadie mejor que tú para compartir mi vida y mi familia.

—Eso mismo opina Carlos...

—¿Cómo dices?

—Nada, nada, cariño, son cosas mías... Lo mejor será que intentemos dormir.

29

Sobre ETA lo único que puede decirse con sentido es que nuestra esperanza, la de todos los que queremos vivir en paz y en libertad, es que ellos pierdan la suya de obtener ventajas políticas con sus acciones. Hagamos que pierdan toda esperanza y recuperaremos la nuestra.
Felipe González Márquez (político español)

Isabel comienza el día muy alterada. Granados le administra un calmante y me entrega una cajita de las mismas pastillas con el fin de que me responsabilice de que las tome cada ocho horas. Según parece, durante la noche el corazón del enfermo ha sufrido algunas arritmias, por lo que permanecerá en estado de sedación hasta el momento del traslado a la habitación para recibir a sus hijas. El médico reitera su opinión contraria al inusual montaje e insiste en la necesidad de no alargar la entrevista más de una hora porque no quiere exponerle a un percance y, mucho menos, con las niñas presentes. Isabel se compromete a respetar ese margen, preocupada igualmente por el riesgo que todo esto supone. Por lo tanto, ante la imposibilidad de ver a Carlos, ella misma decide emplear el tiempo en revisar ropas, libros y enseres que el enfermo ha acumulado en estos dos años. Le propongo almorzar en el restaurante de Vitoria donde comimos juntos por primera vez e intentar terminar con un helado del kiosco del parque. Logro arrancarle una triste sonrisa y accede finalmente.

He decidido mantenerme al margen de las visitas familiares para que todos vivan estos momentos concentrados en su significado sin tener que prestarme atención. Bastante delicada es ya la situación como para añadir protocolos y complicaciones. Mañana estarán aquí Roberto y Juan, los hermanos de Carlos, así como Manuel, su primo médico y Gerardo y Catalina, los primos hortelanos, como él los llama. Yo me quedaré en Vitoria con Andoni e iré resolviendo según evolucionen los acontecimientos.

Isabel me explica por teléfono los términos en los que se ha desarrollado el encuentro entre Carlos y sus hijas. Aunque intenta mantener la serenidad, es difícil dadas las circunstancias. Las niñas han dado muestras de una madurez poco común a su edad y en ningún momento han perdido la compostura. Carlos les ha pedido que cuiden de su madre, que estudien y se conviertan en unas mujeres de bien para que su familia se sienta orgullosa de ellas. Ha insistido en que no le olviden, pero aceptando la posibilidad de que su madre pueda en el futuro tener otra pareja. Según dice Isabel, el momento más difícil ha tenido lugar cuando las niñas han abandonado la habitación, puesto que Carlos debía cumplir su promesa de regresar a la UCI transcurrido el tiempo pactado. Se ha venido abajo y no había consuelo para este hombre que acepta voluntariamente la muerte pero le causa tanto dolor la separación de sus seres queridos. Isabel no puede reprimir las lágrimas por más tiempo y no me extraña, imaginando la escena.

Aunque me descoloca un poco, ella desea que conozca a su familia y ha dado instrucciones a Arantxa para que prepare una cena en el hostal. No puedo negarme, teniendo en cuenta que todos saben de mi existencia. Únicamente me siento algo incómodo en los primeros momentos porque después la velada discurre con naturalidad y siento que conecto bien con todos. Las hijas de Isabel son unas preadolescentes encantadoras y, aunque están impresionadas por la situación de su padre, Iker y los perritos acaparan su atención y mitigan el efecto del mal trago que las pequeñas acaban de pasar. ¡Me recuerdan tanto a Marta no hace mucho tiempo! En cuanto a los padres de Isabel, está claro que conocen la amistad que nos une y se muestran agradables e interesados por mis actividades. Finalmente, me ofrezco a llevarles al aeropuerto en el caso de que su hija esté ocupada o tuviera que atender a otros familiares y me retiro a mi habitación, en la seguridad de que Isabel hará todo lo posible por pasar por allí en algún momento, tal vez cuando los demás duerman.

Como Arantxa es más lista que el hambre, la ha colocado en la habitación que ocupaba Paco, de tal manera que la comunicación es posible, sin eventuales testigos, a través de las terrazas. En cuanto entra se introduce en mi cama y se acurruca contra mí. Sé que no busca sexo, lo que necesita es cariño y protección y yo, que la adoro, sólo quiero que se sienta querida, protegida y acompañada en este duro trance.

—¿Cuánto quedará, Jaime? Esta espera es devastadora, sabiendo que lo que va a suceder es inevitable.

—Lo sé, mi amor... así que figúrate lo que estará pasando por la cabeza de Carlos, día tras día.

—No puedo ni imaginarlo. ¡Ojalá no despertara nunca más! Debo ir a mi habitación, no sea que las niñas me busquen por algún motivo y no me encuentren allí.

—Lo entiendo, cariño. Dame un beso, descansa y no olvides tomar tu pastilla.

El día siguiente es una locura, un ir y venir de gente del aeropuerto a la residencia y viceversa. Hasta el fisioterapeuta que atendía a Carlos en Murcia, un tal Felipe, ha llegado en coche esta mañana. El teléfono de Isabel no para de sonar puesto que la familia es muy conocida en la capital murciana de toda la vida y amigos, vecinos y clientes que se han enterado del estado crítico de Carlos llaman para interesarse. En un momento dado, Isabel se retira a un lugar más tranquilo y silencioso y me hace señas para que me acerque mientras habla.

—Sí, sí señor, parece que todo ha terminado. Tantos años de lucha... Ya, ya lo sé y le agradezco muchísimo su interés y su cercanía. No dude que le transmitiré sus palabras... Si, Jaime Barbadillo está con nosotros en todo momento. Ha sido una gran ayuda... Muchas gracias por su ofrecimiento, señor, toda la familia le estamos muy agradecidos. Adiós, señor presidente.

—No me lo digas, ya sé quién era.

—Sí, Jaime... El presidente quiere que le llames personalmente cuando se produzca el fallecimiento.

Carlos, algo más estabilizado, pide al doctor Granados que le permita despedirse de su familia. No hay nada más que pueda necesitar salvo ver a los suyos una última vez. El médico, que no puede negarse, accede a su solicitud y uno tras otro salen de aquella estancia tristes e impresionados por la dura y larga agonía del enfermo, pero también por su entereza y lucidez en estos últimos momentos. Entre ellos comentan anécdotas, recuerdos y sucesos vividos en otros tiempos con él como protagonista, y eso me hace descubrir nuevos matices que completan el perfil de este hombre que fue todo un personaje desde que era poco más que un niño.

De esta manera pasan dos días enteros, el enfermo continúa estacionario. Familiares y conocidos han regresado ya a sus casas y ocupaciones ante la imposibilidad de dilatar su estancia por más tiempo. En las últimas horas y solos otra vez, hemos visitado a Carlos que ha insistido en hablar con nosotros de nuevo.

—Escuchadme bien los dos. Es más que probable que sea esta la última vez que tengamos oportunidad de mantener una conversación coherente.

—Carlos, ¿cómo puedes saberlo?

—Calla Isabel y atiéndeme, por favor. Sé que tu vida a mi lado ha sido lo más parecido al infierno y, para colmo, has estado ligada a un lisiado sentenciado a muerte durante años. La vida me ha castigado duramente y, de rebote, te condenó a ti también... Pero de tan triste e injusto destino se puede sacar algo positivo y es que un hombre como Jaime te esperaba al final de este tétrico túnel y creo que la recompensa ha valido la pena.

—Carlos, ¿de qué estás hablando?

—Cariño, no te esfuerces en negar la evidencia... No te estoy recriminando por ello, entre otras cosas porque no tendría derecho y, de alguna manera, yo he contribuido a que esto sea así. Desde que os vi juntos por primera vez supe que lo vuestro podría funcionar. Sólo quiero pedirte que me recuerdes sin rencor, que intentes quedarte con las cosas buenas, que también las hubo y que inicies una nueva vida con el convencimiento de que haces lo que debes y que tienes todo el derecho del mundo a buscar tu bienestar. No tengo que pedirte que cuides de nuestras hijas porque eres una madre excelente.

—Carlos... Yo... Lo siento mucho. Siento todo lo que ha pasado... Yo te quería, pero me hiciste mucho daño y el amor fue desapareciendo sin remedio –Isabel está a punto de echarse a llorar.

—Lo sé. Por eso suplico tu perdón. Necesito morirme sabiendo que me has perdonado.

—Carlos, casi me vuelvo loca. No entendía por qué... –Isabel ya es un puro llanto.

—También lo sé. Por eso te pido clemencia. No podré descansar mientras no me perdones de verdad.

—Ya te he perdonado. Si no fuera así, no hubiera aguantado esta dura prueba, que también lo ha sido para mí, mucho peor que tus infidelidades, tus humillaciones y una convivencia inhumana que me destruía en nombre del amor.

—No te falta razón. Entre los documentos, hay una carta que Gladis me ayudó a escribir. Te pido que no la leas hasta que yo haya muerto. No quiero que hablemos de ello ni ver en tus ojos juicios o sentencias y, por supuesto, que pueda ser la causa de un cambio en tus sentimientos o en tus planes de futuro. Es el fruto de muchas horas dedicadas a repasar mi vida y las personas que formaron parte de ella. Tal vez arroje algo de luz y responda a tus preguntas. Sólo saca tus propias conclusiones y sigue adelante junto a Jaime, que te quiere de verdad y sólo piensa en tu felicidad.

—Por favor, Carlos, creo que estás hablando demasiado y si te fatigas o te alteras, Granados nos echará de aquí –y busco en el bolso de Isabel un nuevo paquete de clínex porque ya ha agotado los que tenía en el bolsillo.

—De acuerdo, Jaime. Cuídala mucho y ámala como yo no supe hacerlo. Estoy seguro de que te hará feliz... Te llevas una gran mujer.

—Soy consciente de ello y procuraré que ni un solo momento de su vida se arrepienta de estar conmigo –y miro a Isabel que llora y tiembla a la vez.

—Los dos tenéis mucho amor que dar –calla durante unos segundos–. Jaime, terminad lo que hemos empezado y llevad entre todos ese barco a buen puerto. Esta pesadilla tiene que acabar y estamos más cerca que nunca de conseguirlo.

—Tienes mi palabra y sé que hablo en nombre de todos de que pondremos nuestro empeño hasta el límite para sacar el tema adelante. Tu ejemplo nos dará fuerza.

—Carlos, el presidente del Gobierno llamó y me pidió que te transmitiera su agradecimiento y su respeto y se ofreció para cualquier cosa que pudiéramos necesitar. Me dijo que este país nunca podría pagar a mi marido su sacrificio personal y su esfuerzo por la paz –explica Isabel.

—Es un bonito detalle... –contesta Carlos ahora con los ojos cerrados.

—Pero este te va a gustar más; Abasolo me telefoneó ayer expresamente para interesarse por ti. Me pidió que le llamara si te pasaba algo.

—¡Qué hijo de puta! Lo mismo hasta reza una oración por mi alma...

—Me atrevería a decir que era sincero.

—¿Quién es Abasolo? –pregunta Isabel.

—Un terrorista.

—¡Santo Dios...!

Granados aparece en ese momento, dispuesto a no atender a razones de ninguna índole para dar por terminada la visita. Carlos está muy pálido, respira con gran dificultad y el médico asegura que el esfuerzo y las emociones son tremendamente perjudiciales, dado su estado crítico.

Isabel le besa en la frente y en la mejilla con afecto compasivo y yo aprieto su mano y le miro fijamente a los ojos que parecen decirme adiós y, por un instante, tengo la sensación de que es la última vez que le veré vivo.

—Tú sabías que él lo sabía, ¿verdad? –Isabel se sujeta de mi brazo porque le fallan las fuerzas.

—Sí.

—¿Y por qué no me lo dijiste?

—Porque él me lo pidió.

—¿Desde cuándo...?

—Aunque lo supo siempre, me lo confesó hace tan sólo unos días y me dio su bendición.

—¡Dios mío! A veces creo que estoy viviendo una película...

—Anda, tomemos algo en el hostal y vayámonos a la cama... yo tampoco puedo más.

—Te daré un masaje.

—Gracias, me vendrá de miedo.

Aún sigo en la cama cuando el teléfono me despierta. Es Manu que, después de pedirme novedades, me recuerda que no podemos parar, el plazo de tres días ha terminado y debemos volver al trabajo. El proceso se reanudará esta tarde, así que nos encontraremos a las cinco en Armikelo.

Isabel no está en la habitación, andará por ahí con la bici o habrá decidido marchar a San Felipe por si se hubiera producido algún cambio. Me ducho, me visto y voy a la cocina a desayunar y, allí está, planchando ropa, mientras Arantxa trastea entre ollas y sartenes.

—Don Jaime, no diga nada, ya le he dicho yo que esto es una locura, pero ha insistido en ayudarme –dice Arantxa intentado justificar la situación.

—No puedo estar todo el día sin hacer nada y dando vueltas a la cabeza... Me volveré loca. Tengo que ocupar el tiempo en algo –replica Isabel.

—Tiene razón. Déjela hacer, si es lo que quiere. Yo tengo que ir a Vitoria y después regresamos al trabajo.

—Lo imaginaba. Fui a ver a Carlos y continúa igual, así que ya me dirás qué voy a hacer si no tengo que hacer nada. Esta tarde acompañaré a don Marcelo a visitarle y Arantxa vendrá también. Luego me quedaré con Gladis para continuar recogiendo las cosas de Carlos. No te preocupes, yo le diré que habéis retomado las reuniones.

—Me parece bien. Si te apetece, cuando termines con eso, podemos dar un paseo. Mientras llamaré a Marta y a Enrique, que hace días que no hablo con ellos. Terminaré el café en la terraza.

—¡Hola, Marta! Cielo, te oigo mal. ¿Dónde estás?

—En Brujas, papá.

—Bueno, cuéntame cómo lo estáis pasando y qué te parece todo lo que estás viendo...

—¡Es impresionante! Europa es una combinación de cultura, historia y modernidad. Estoy pensando en solicitar una beca Erasmus para el próximo curso. ¿Tú qué opinas?

—En principio, me parece bien. Pero ya lo hablaremos con más calma y tendrás que contar también con tu madre... Bueno, ¿y cuándo tenéis previsto volver?

—Pues yo creo que dentro de una semana o diez días, como mucho. Aún queremos ir a Holanda y tocar un poquito los nórdicos. Ya veremos cómo vamos de pasta.

—Escucha. No quiero que andes justa de dinero. Hoy mismo te hago un ingreso en tu cuenta.

—Gracias, papi.

—No, no me des las gracias. Es sólo el anticipo de un trabajo que os voy a encargar a Ricardo y a ti.

—¡Ah, sí! Pues cuenta con nosotros. Pienso quedarme en Madrid hasta que tenga que hacer la matrícula para cuidar a Ramsés, que al pobre lo tenemos abandonado.

—Es verdad. Si pudiera, lo traía conmigo. Oye, ¿y qué tal con Ricardo?

—De maravilla. Esto debe ser parecido a una luna de miel anticipada.

—Sí, pero con mochila. Bueno, cariño, pues me alegro mucho.

—Y tú, papá, ¿cómo va todo?

—Yo estoy bien, pero esperamos la muerte de Carlos en cualquier momento. Su estado es crítico.

—¡Vaya! Y, ¿cómo está Isabel?

—Pues a ratos, hija. Encajándolo.

—Papá, llámame pronto y me cuentas, por favor. ¡Qué mal rollo! ¿Y el trabajo?

—Bien, bien... eso va bien.

—Pero si Carlos se muere, ya no tendrás que estar en Vitoria, ¿no?

—Bueno... creo que sí. Es que... verás, la cosa es algo más complicada, pero... ya lo hablaremos, ahora no es momento. Marta, por favor, cuidaos mucho, no vayáis a tener algún percance y si os ponéis enfermos, inmediatamente buscáis un médico, cueste lo que cueste...

—Tranquilo, que no va a pasar nada. Hablamos en unos días. Te quiero mucho, papá, adiós.

—Yo también te quiero, hija.

Cuelgo con la sensación de que es ahora cuando mi hija está cerca de mí. Siento que estamos más unidos que nunca, aunque pasemos poco tiempo juntos. Compartimos alegrías, preocupaciones, nos comprendemos y apoyamos y básicamente casi siempre estamos de acuerdo. Espero tener la oportunidad de disfrutar de su compañía un poco más, antes de que se haga demasiado mayor y tome su propio camino, comparta su vida con alguien y yo pase a un segundo plano, lo cual sería, por otra parte, lo más natural.

Llamo a Enrique, que está a punto de coger un avión que le llevará a Oslo y, desde allí, junto con Verónica, se embarcarán para recorrer los fiordos noruegos. Luna de miel igualmente anticipada. ¡A ver cuándo me toca a mí!

—¿Qué pasa colega?

—Pues ya lo ves... Echándote de menos. Nunca pensé que diría algo así...

—Es que nunca se aprecia lo que se tiene hasta que está lejos. Y tú, ¿cómo vas? Yo quiero llamar más, pero Vero me corta porque piensa que tanto el trabajo como tu situación personal son de máxima tensión y que no estás para conversaciones intrascendentes.

—Menos mal que tu novia, además de guapa, es lista. Tiene toda la sesera que a ti te falta. Bueno, es que me apetecía hablar contigo y desearos un viaje memorable.

—Me voy a poner de salmón y bacalao hasta las trancas.

—Pero, mira que eres animal... Tienes menos romanticismo que una lavativa... ¡No cambiarás nunca!

—Ya me conoces. Oye, por el periódico ni te preocupes, ya casi nadie se acuerda de ti y, además, el jefe, a todo el que pregunta, le dice que estás trabajando en un tema semioficial que te llevará unos meses.

—Y no miente...

—Bueno, ¡capullo! Ahora en serio, ¿cómo va el trío que te has montado con el paralítico y su señora?... ¡Perdón! ¡Perdón! Lo siento, me he pasado. Retiro lo del trío... –la voz de Enrique suena algo alejada del teléfono.

—Te aprovechas porque estás lejos. De otra manera, fijo que te habías llevado una hostia. Carlos está en estado crítico y esperamos que muera en cualquier momento.

—Vamos... que el murciano va a criar alcachofas en breve.

—Exacto... y no veas con qué dignidad aguanta el tipo. Pero lo mejor es que sabe lo nuestro y nos ha dado su bendición.

—¡Joder! Eso me lo tienes que contar con todo lujo de detalles. Y tú, ¿cómo te sientes?

—Pues, por un lado aliviado, pero por otro no me siento cómodo. De todas formas creo que esto está a punto de terminar.

—Pues mucho mejor, porque cuanto antes os liberéis del lastre, antes podréis hacer una vida normal... Vamos, digo yo que luego haréis una vida normal... o tampoco, porque mira que te lo montas raro, tío.

—Y yo que sé. Yo tendré que seguir a caballo entre Vitoria y Madrid e Isabel se irá a Murcia definitivamente... Aquí ya no tendrá nada que hacer. Bueno... no sé, me estás agobiando... sobre la marcha, macho.

—Vale, vale. Nosotros regresamos a finales de mes, pero si pasa algo y necesitas de mí, pues me llamas cuando quieras. ¿Sabes que hablé con Martita hace unos días? Me dijo que se alegraba mucho de mi "nuevo estado civil", que a la vuelta del viaje se quedaría en Madrid y que esperaba que nos viéramos pronto para conocer a Vero. Bueno, colega, pues lo dicho, un poquito de paciencia hasta que el paralítico estire la pata... Pero, ¿cómo va a estirar la pata un paralítico...? ¡Eso sí que sería un milagro!

—De verdad, que cada día eres más retorcido –le digo francamente espantado al escucharle.

—Lo mío es llamar al pan, pan y al vino, vino. Los elementos como yo también somos necesarios en el mundo y deberíamos estar protegidos como las especies en peligro de extinción.

—Pues, si por mí fuera, os haría desaparecer como a los dinosaurios. Bueno, lo dicho, disfrutad y haced muchas fotos, para que por lo menos conozca los fiordos noruegos desde el ordenador.

—Vale. Vero te manda un beso. A la vuelta empezaremos a buscar casa y espero que encontremos algo rapidito, porque ya no puedo esperar más y menos después de este idílico crucero. ¿Cómo piensas que voy a volver a casa con mi madre?

—Siempre os podéis instalar en la mía. Lo digo en serio, aunque sea como solución provisional.

—Gracias, eres un amigo. Siempre nos quedará Barbadillo's House y, por esto, Vero te manda otro beso. Jaime que nos vamos ya. Buena suerte.

Aunque estoy bien aquí con Isabel y el trabajo en este momento es lo más importante, a veces me siento solo y, siempre que hablo con mi gente, luego paso un tiempo desfondado y melancólico. Les echo de menos aunque, dadas las circunstancias, en Madrid estaría aún más solo. Isabel me saca de mis cavilaciones y, de repente, pienso que cuando todo esto pase también nosotros haremos un viaje.

—¡Qué cosas se te ocurren ahora...! ¿Qué adónde me gustaría ir? Pues no lo sé, la verdad. Siempre pensé que me iban más los sitios tranquilos, pero después de todo esto creo que me gustaría ir a algún lugar bullicioso donde la gente me transmita vida y energía... tal vez a Nueva York.

—¿Y qué tal Buenos Aires?

—Perfecto, de Nueva York a Buenos Aires.

Iniciamos la subida a Armikelo y Andoni y yo comentamos lo extraño que se hace el camino sin Carlos. Manu insiste en la necesidad de avanzar en la negociación. Son muchas las cuestiones que están pendientes de debatir, algunas de envergadura pero, salvo excepciones, vamos dominando el terreno en el que nos movemos todos y ya casi adivinamos cuál será la respuesta que recibiremos prácticamente antes de plantear la pregunta. Ahora las sesiones se alargan, puesto que el estado de salud de Carlos limitaba las discusiones en el tiempo teniendo en cuenta que, aunque realizaba un esfuerzo sobrehumano, las deficiencias de su sistema cardio–respiratorio le llevaban al borde del agotamiento pasadas tres o cuatro horas.

Los días siguen su curso y Carlos continúa en situación estacionaria. No hay mejoría pero el anunciado infarto tampoco se produce. Isabel no se atreve a marchar a Murcia en la seguridad de que en cuanto lo haga, deberá regresar, además de que no quiere ni pensar en que Carlos pueda morir solo después de haber estado tantos días junto a su cabecera.

Por fin llegan las fechas de las manifestaciones por la paz y contra el terrorismo que servirán para tomar el pulso a la sociedad vasca en relación con un final negociado de la violencia. La convocatoria es un éxito rotundo del que dan buena cuenta los medios de comunicación al día siguiente. Tan sólo algunos cócteles molotov lanzados contra casas del pueblo y oficinas bancarias en localidades de larga tradición extremista. En resumen, cuatro descerebrados que viven de la violencia como única forma de expresión ante su incapacidad para integrarse en un sistema social de convivencia. Lógicamente, el resultado de esta metafórica "consulta popular" ratifica la necesidad de dar una solución al problema vasco y carpetazo al terrorismo. Así lo entendemos la totalidad de los participantes en la mesa negociadora. Simple y llanamente, vamos por el buen camino.

En el transcurso de una de esas larguísimas sesiones y pasada ya una semana desde que Carlos sufriera el primer infarto, recibo la llamada de Isabel en la que me anuncia el segundo ataque, pero su fortaleza hace que su fallecimiento no se produzca inmediatamente, sino que la reanimación de nuevo surte efecto, aunque en esta ocasión el latido permanece muy débil y la tensión arterial es la mínima para aguantar la vida.

Inmediatamente suspendemos la reunión y, cuando llego, el enfermo ya es irrecuperable. Isabel está a su lado y es Gladis la que me hace señas para que la acompañe a la antesala, con una expresión de tensión y angustia en el rostro que me impresiona.

—¿Qué ocurre, Gladis? ¿Qué le pasa?

—Jaime, he sido yo. Él me lo pidió... No pude negarme.

—Explíquese, por Dios, ¿de qué está hablando?

—Necesito confesarlo, no puedo con esto yo sola –y aprieta sus manos tanto que los dedos se vuelven blancos por la falta de riego. Es como si pidiera perdón.

—Tranquilícese y hable en voz baja. Dígame, ¿qué ha pasado?

—El me pidió que, si la situación se alargaba, me ocupara de ponerle fin, que yo sabría cómo hacerlo y que no podía pedírselo a nadie más. Me hizo prometer que me apiadaría de él y de su familia, que igualmente sufrían lo indecible con esta larga agonía –poco a poco Gladis va recuperando la calma.

—Ahora entiendo lo que usted me decía no hace mucho sobre su deuda con él... Escúcheme, no diga nada a nadie, esta conversación nunca ha tenido lugar y, si en algún momento se produjera la más mínima sospecha, yo negaré todo conocimiento de estos hechos –la cojo por los hombros mientras ella me mira asustada–. Si quiere mi opinión, lo que usted ha hecho es una obra de caridad. Ahora compórtese como lo haría si a usted también le hubiera sorprendido la noticia.

Granados nos explica que Carlos dejará de respirar, en primer lugar, y poco después se parará su corazón. Está inconsciente y no sufrirá ni sentirá nada. Todo transcurre según lo previsto e Isabel y yo esperamos juntos el desenlace final. Una vez comprobado el fallecimiento se pone en marcha el protocolo que el centro tiene previsto y, en poco tiempo, los empleados de la funeraria acuden para hacerse cargo del cadáver. Isabel, que parece ahora más serena y resignada que nunca, se ocupa de trasladar la noticia a la familia y yo de su notificación al presidente del Gobierno y a los compañeros de negociación.

Tan sólo después de hablar con sus hijas, a las que intenta transmitir fuerza y consuelo, Isabel llora amargamente. Aunque tratan de convencernos de lo contrario, hemos decidido acompañar a Carlos en estas sus últimas horas a medio camino entre el mundo de los vivos, al que ya no pertenece, y el de los muertos a los que aún no se ha unido. Su cuerpo está aquí y su espíritu en otra parte.

Nos acompañan durante casi toda la noche Arantxa, Edurne y Jon, pendientes en todo momento de Isabel que, vestida de negro riguroso, parece que hubiera envejecido de golpe.

Está amaneciendo y, mientras terminamos el último café que queda en el termo, Isabel saca la carta de Carlos, que lleva en su bolso desde que la encontró.

—¿Te parece buen momento? –le pregunto.

—El mejor.

Despliega las hojas que tanto tiempo han permanecido dobladas y comienza a leer.

"Queridísima Isabel:

Cuando leas esta carta yo ya estaré muerto, por lo que considera estas reflexiones como una especie de confesión cuyo único objeto es poner en papel el personal balance de mi vida.

Desde niño siempre fui prepotente y egoísta, pero nunca tuve conciencia de que lo era. Supongo que ningún egoísta sabe que lo es. Consideraba que mi familia no estaba a la altura. Mi capacidad intelectual, la seguridad en mí mismo y tantas facultades y virtudes que yo creía poseer, me colocaban muy por encima de ellos. La pérdida temprana de mis padres no me produjo el dolor ni el desamparo que se supone debe sentir un niño de la edad en la que a mí me sucedió. Mis padres eran las personas que resolvían mis problemas, pero no sentía por ellos afecto verdadero; su vida era simple, su intelectualidad rudimentaria y era obvio que no teníamos nada en común. Perdí también a mi hermano pequeño, al que apenas me dio tiempo a conocer, y los mayores no pertenecían a mi mundo debido a la diferencia de edad y de actividades. Todo esto significa que mi familia suponía más una rémora que un apoyo. Siempre me las apañé solo.

Cuando marché a Madrid y conocí otro ambiente, otras gentes más interesantes, personas que consideraba como modelos a seguir, se convirtió en una necesidad desembarazarme de aquella pátina de provinciano que me obsesionaba y de mis raíces campesinas y burdas que tanto odiaba. Acabé la carrera y mi pasión por la política no era tal. Con el tiempo me di cuenta de que lo que yo ambicionaba era el poder, la sensación de ser alguien importante, manejar los hilos, descolgar un teléfono y saber que al otro lado temblarían al oír mi voz. Para nada me movía ningún tipo de amor a la patria ni afán de servicio público. Todo eso no son más que estupideces que se dicen y que sólo se las creen los tontos.

Tenía que regresar a Murcia y ser un reyezuelo porque en Madrid la competencia era brutal y mis cualidades y mi personalidad arrolladora se diluían entre gentes de indudable talento e igual o más carisma que yo. Me sería mucho más fácil hacer carrera entre los paletos y los campesinos, a los que manejaría a mi antojo. Y así fue durante un tiempo. Negocios sucios, sobornos y amenazas, eran mi modus vivendi habitual. Mis compañeros eran hombres sin experiencia ni carácter y cuyos principios y conciencias no les permitían llevar a cabo ciertas empresas que, por otra parte, no sólo eran buenas para mi bolsillo, sino también provechosas para el partido. Pero me faltaba algo. Me faltaba una esposa a mi lado que cumpliera con las expectativas que corresponden a la mujer que comparte la vida con un triunfador y apareciste tú en el momento justo y en la seguridad de que cumplías a la perfección todos los requisitos.

Imagino lo que te estás preguntando en este momento. No, no estaba enamorado de ti en el sentido literal del término. Es evidente. Tú eras otra pieza más en el ajedrez de mi vida que me ayudaría a ganar la partida y a conseguir mi meta: la Presidencia del Gobierno. ¡Cariño! Estuve a punto de conseguirlo, aunque ahora sé que antes te hubiera perdido.

Por todo esto entenderás el desagrado que tu comportamiento me provocaba en ocasiones, mi trato despótico y carente de sentimientos del que *fuiste objeto tantas veces, en cuanto te desviabas del camino que yo te había marcado. Quería a mi lado una mujer bella y sumisa que no me causara problemas y, cuando te rebelabas, la ira se apoderaba de mí pero, por otro lado, me ponía enfermo compartir mi existencia con una persona servil y carente de voluntad que soportaba mi arrogancia y mi maltrato por amor. Pensaba que eras pusilánime y por ello buscaba la compañía de otras mujeres que me ofrecían fórmulas alternativas, pero con las que evidentemente no tenía que convivir.*

Siempre acababa por conseguir lo que quería y mi vida discurría según el plan que yo mismo había trazado. Tenía claro que el fin justificaba los medios. Más de un empresario o constructor arruinado, algún que otro compañero en la cuneta del camino y tu infelicidad, de la que era responsable, pero con la que, en cualquier caso, continuabas viviendo a mi lado.

En esta hora en la que desnudo mi alma lo que sí quiero dejar claro es que, cuando nacieron mis hijas, me sentí el hombre más feliz del mundo y hasta aquel momento nunca había experimentado la emoción y la ternura en su estado más puro. Así lo pensé en aquellos momentos. No te quepa duda, ellas fueron lo único auténtico de mi vida y siempre las mantuve al margen de ambiciones y oscuros propósitos.

Según la sabiduría popular, a todo cerdo le llega su San Martín y la mano justiciera del destino puso fin a tantas artimañas y mentiras. Acabó con mis objetivos, mis esperanzas y ambiciones, pero también con mi prepotencia. De repente me convertí en un ser inútil, dependiente, una caricatura grotesca de mí mismo y la vida me colocó en un nivel más bajo aún que los simples y burdos a los que yo despreciaba.

Entonces fui consciente de mi error, me di cuenta de que muchas de mis víctimas estaban sentadas esperando para ver pasar mi cadáver y había llegado el momento. Yo y solamente yo era el blanco del escarmiento, de venganzas y humillaciones por parte de compañeros y amigos que me arrinconaron y olvidaron como a un trasto viejo, incluso se alegraron al librarse de mí. No los culpo, lo merecía, pero lo peor fue ver en tus ojos la decepción que suponía la imposibilidad de abandonarme en esas condiciones, de tener que seguir atada a mí cuando por fin empezabas a recuperar tu autoestima gracias a un hombre que te amaba como merecías. Sé que me odiaste por ello y entonces yo empecé a quererte con toda mi alma, sentía que había estado viviendo con el mejor ser humano que uno puede imaginar sin ser consciente de ello. Yo, que era infalible, no sabía cómo hacer para demostrarte que había cambiado, que te quería como nunca, que me parecías más bella y elegante que cualquiera de las mujeres que había conocido y con las que te había engañado. No era agradecimiento, era amor de verdad. Pero tú ya estabas muy lejos y me di por vencido cuando comprendí que no te recuperaría jamás.

Durante mucho tiempo sufrí por mí y por ti, por mi enfermedad, por la cadena que con ella te había puesto al cuello y encontré la salida cuando me ofrecieron trasladarme a Vitoria y participar en la misión oficial que suponía la oportunidad de darte un respiro alejándome de ti, además de expiar mis muchos y graves pecados. No lo dudé ni un minuto, por fin haría algo decente, me sacrificaría de verdad por mi país y por los ciudadanos que es, en definitiva, el objetivo de mi profesión, cuya dignidad contaminé con mi desmedida ambición y mi complejo de superioridad.

En este lugar he conocido la humildad, la solidaridad, la piedad y tantos y tan grandes valores que yo desconocía y que me han permitido experimentar la satisfacción que se siente cuando se ayuda a otro, infinitamente mayor que todos los éxitos que había cosechado en mi trayectoria de "ganador".

Aunque viviera cien años nunca podría pagar el afecto y el apoyo que aquí he recibido, sobre todo por parte de Gladis, una inmigrante que alivió mi calvario con su impagable compañía y dedicación, la amistad sincera de un hombre como Jaime que me devolvió bien por mal y que ha permanecido a mi lado como un hermano y tú, queridísima Isabel, que has sido la mejor esposa que un hombre puede tener y la mejor compañera hasta el último día para despedirme de este mundo.

Te amaré siempre y mi muerte te permitirá seguir el viaje y ser feliz. Sé siempre tú misma y contarás con el afecto y la admiración de los que te rodean. Olvida, perdona y sacúdete el polvo del camino recorrido hasta ahora, antes de iniciar el nuevo.

Te quiere.

Carlos. "

—Demasiado tarde –exclama Isabel con la voz rota.

Permanezco en silencio, esperando su reacción, pero ella no parece tener intención de hablar. Vuelve a doblar la carta y la guarda de nuevo en el bolso.

Nada más queda por hacer. La funeraria traslada los restos mortales al cementerio para su incineración. Sólo unos pocos asistimos al responso previo y, antes de que el féretro desaparezca de nuestra vista, Isabel deposita la carta sobre la tapa junto a las flores que adornan el ataúd. Está claro que no desea conservarla y yo, desde luego, no le pediré explicación alguna.

—Adiós para siempre, Carlos –es su despedida.

Tras unos breves instantes abandonamos la capilla y regresamos a Letona. Mientras Isabel descansa un rato me ocuparé de trasladar las cajas que contienen las pertenencias del fallecido y que regresarán a su casa.

Gladis conservará como recuerdo algunas fotografías y el equipo con el que Carlos escuchaba su querida música. Parece sumida en una profunda tristeza y asegura que le echará de menos. Está convencida, en cualquier caso, de que no tardará mucho en regresar a Colombia.

Por la tarde se celebra en San Andrés la misa funeral oficiada por don Marcelo y, en un determinado momento, hago señas a Andoni para que vuelva la cabeza hacia la puerta que comunica el templo con la sacristía. Ligeramente abierta, aprecio con claridad a Azcárraga y Lertxundi y detrás de ellos otras siluetas que no me es posible distinguir por la escasa luz del recinto en el que se encuentran.

Al día siguiente y con el ánimo abatido, Isabel está lista para regresar a casa. Nos despedimos en el aeropuerto con el convencimiento de que volverá transcurridos unos pocos días, después de visitar a sus hijas y a sus padres y poner orden en su negocio, bastante desatendido últimamente.

—Cariño, cuídate mucho y procura descansar cuanto puedas.

—¡Dios mío! Cuánto me cuesta ahora abandonar este lugar. No sólo por ti, también por Gladis, por Arantxa y por todas las personas con las que he pasado tantas horas y que se han convertido en verdaderos amigos.

—Lo sé. Pero ahora debes estar con tus hijas. Te necesitan.

—Y yo te necesito a ti, Jaime.

—Siempre estaré contigo.

—Gracias, mi amor. No quiero pensar en qué haremos a partir de ahora.

—No lo pienses. Todo se arreglará. Yo creo que en pocas sesiones terminaremos el grueso de la negociación y veremos cómo se plantea la siguiente fase. Seguro que dispondré de más tiempo y nos organizaremos bien. Confía en nuestra buena estrella.

—No puedo irme sin decirte cuánto te quiero.

—No dejes de decírmelo nunca.

Nos fundimos en un apretado abrazo y un beso interminable une nuestros labios hasta que la megafonía anuncia la inminente salida del vuelo con destino a Murcia. Me quedo clavado junto a la puerta de embarque y no soy capaz de echar a andar hasta que el avión despega y lo pierdo de vista entre las nubes.

Regreso al coche mientras me hago el firme propósito de no separarme de Isabel salvo lo imprescindible, aunque eso implique una transformación completa de mi vida. La quiero muchísimo y así se lo voy a hacer saber en cuanto aterrice. Un nuevo ramo de rosas blancas la estará esperando en casa, en la seguridad de que esta vez la historia tendrá para los dos un final feliz, que dará paso a una nueva etapa de proyectos y esperanzas.

Inicio el camino de sobra conocido y, mientras contemplo una vez más estas hermosas montañas, expreso en voz alta el deseo y la confianza de que el desenlace sea igualmente esperanzador y venturoso para los vascos y para todos los españoles.

EPÍLOGO 1

Pasó algún tiempo antes de que Isabel volviera a cantar. Hacia el final del verano, aprovechando que sus padres habían regresado a Murcia y las niñas se encontraban disfrutando de un campamento escolar, decidimos pasar una semana en la costa de Túnez. Un hotel magnífico a la orilla de un Mediterráneo azul intenso como el que pinta Serrat en su canción y unas aguas templadas por un sol resplandeciente y penetrante. Si unimos todo ello al exotismo y la fascinación de una puesta de sol en el desierto o la magia de compartir el té con una tribu de beduinos en un oasis de montaña, tendremos como resultado algo que se debe acercar mucho al paraíso.

Una mañana Isabel me despertó con los versos de Joaquín Sabina "[...] Y morirme contigo si te matas, y matarme contigo si te mueres...". No cabe duda de que es la expresión suprema del amor: desear morir juntos. Al escucharla cantar supe que poco a poco las aguas volvían a su cauce y el recuerdo de Carlos, que aún nos asaltaba con frecuencia, ya no causaba resentimiento ni dolor. Moriría por ella como dicen los versos y, cuando terminó, la amé como jamás había amado a nadie en toda mi vida.

Durante un año, más o menos, Isabel y yo continuamos con nuestras actividades y nuestro trabajo en Murcia y en Madrid, mientras yo deshojaba la margarita de mi futuro profesional que, desde luego, ya no pasaba por continuar en el periódico como analista político. Como miembro de la comisión creada para garantizar la transparencia del proceso y el cumplimiento de los acuerdos de paz, decidí que mi trabajo era lo suficientemente importante como para centrarme en él y, a partir de ahí, se me abrieron otros caminos en el mundo académico que me atraían especialmente. Comencé a colaborar con distintas cátedras universitarias, organizando e impartiendo cursos y seminarios, y esta actividad cada vez me ocupaba más tiempo, comprobando que la docencia me producía además una gran satisfacción. Acabé liderando una especie de movimiento intelectual por la paz que abogaba por la solución de conflictos desde el diálogo y la negociación, la tolerancia y el respeto, sumando voluntades y sellando alianzas. Sin olvidar mi faceta de periodista y escritor, los medios de comunicación se rifaban mis artículos, que se publicaban con gran difusión en todo el ámbito nacional. Finalmente, sin la necesidad de residir en un punto fijo, decidí abandonar Madrid y trasladarme a Murcia, aunque mantuve un pequeño y céntrico apartamento en el que encontrarme cómodo durante mis frecuentes viajes a la capital.

Isabel no quería continuar en su piso de siempre. Los recuerdos de su vida anterior con Carlos estaban presentes en cada rincón por lo que, aprovechando mi traslado definitivo, compramos una casa, nada ostentosa, pero espaciosa y moderna, junto a las playas de San Pedro del Pinatar, donde dispongo de un despacho y una salita para celebrar alguna que otra reunión de trabajo. Por entonces, Isabel también pasaba menos tiempo en la farmacia, lo que nos permitió hacer planes en común.

Nuestra nueva casa y nuestra nueva vida estaban llenas de ilusiones y proyectos. Ambos dejábamos atrás etapas de amargos recuerdos. Sol y Laura me lo pusieron muy fácil en todo momento y durante estos años hemos ido fabricando una estrecha relación que ha desembocado en auténtico cariño y yo siempre he procurado fomentar la memoria de su padre como un hombre excepcional que estaría orgulloso de sus hijas, como lo estoy yo. La mayor, Sol, estudió Medicina y hoy trabaja como especialista en ginecología y obstetricia en el prestigioso Instituto de Medicina Reproductiva de Valencia. Laura, que ha seguido los pasos de su madre, terminará Farmacia en un par de años y su empeño más inmediato es ampliar estudios en Londres.

Tal y como en su día lo planeamos, Isabel y yo realizamos ese viaje a Nueva York y Buenos Aires. Pasaron tres años más y mi familia necesitaba verme y yo verles a ellos. Guardo un maravilloso recuerdo de aquellos días entrañables y la última noche, antes de nuestro regreso a España, mientras cenábamos en un típico restaurante argentino donde se cantan desgarradores tangos y las parejas bailan esa danza pasional como pocas, le pedí a Isabel que se casara conmigo. La escena contó con todos los ingredientes clásicos, anillo incluido, y jamás olvidaré sus ojos humedecidos por la emoción cuando me dijo que sí. A la boda en el Ayuntamiento de Murcia asistió toda la familia, hasta mis padres vinieron desde Argentina, motivo doble de satisfacción puesto que se trataba de la primera vez que visitaban España.

Manu y Andoni también me acompañaron en estos momentos felices y la única pena que acongojaba mi alma era ver a mi querida hija Marta, rota aún por el dolor, tras la separación de Ricardo. Una vez terminadas sus carreras y tras cinco años de planes y proyectos en común, vivieron un tiempo juntos pero las cosas no marchaban bien. Nada más quedar embarazada, Marta descubrió la relación que Ricardo mantenía con otra mujer, una arquitecta del grupo inmobiliario en el que trabajaba. Él pensaba abandonar a mi hija, pero la inminente paternidad retrasó sus intenciones. Al enterarse, fue Marta la que le dejó y ahora, a mes y medio del nacimiento de mi nieto, está pasando una temporada con nosotros mientras determina lo que hará con su vida y su trabajo en Madrid, en la asesoría jurídica de un gran banco. No le será fácil salir adelante sola y con un hijo recién nacido; yo no quiero presionarla aunque, decida lo que decida, siempre estaré a su lado. Isabel le ha ofrecido una y mil veces que se quede con nosotros. ¡Estamos entusiasmados con la idea de ser abuelos!

¡Y qué decir de Enrique y Verónica! Seguimos en contacto permanente. Nunca podré prescindir de mi querido amigo. Finalmente, los dos trabajan como periodistas especializados en temas medioambientales. Además, Enrique imparte clases en la universidad y Vero asesora de manera independiente a varios ayuntamientos de la Comunidad de Madrid, para los que elabora informes sobre impacto medioambiental como consecuencia de obras públicas, infraestructuras, urbanizaciones e instalaciones deportivas o de ocio. Les va muy bien a los dos en el terreno profesional y a nivel personal es una de las parejas más felices y compenetradas que he conocido en mi vida. Finalmente compraron mi casa, donde viven desde entonces y tienen dos gemelos que son como Zipi y

Zape. ¡Por cierto, uno se llama Jaime! Aunque no compartimos todo el tiempo que nos gustaría, nos visitamos con frecuencia y se ha convertido en costumbre pasar juntos unos días al final de las vacaciones en casa de la familia de Isabel, en La Manga.

Pero a quien realmente echa de menos mi corazón y mi mente guarda de ella un recuerdo imborrable, es Arantxa. Falleció dos años después de la muerte de Carlos. Un cáncer de páncreas se la llevó en cuarenta y ocho días. Durante sus dos últimas semanas en el Hospital Txagorritxu de Vitoria, Isabel y yo no nos separamos de ella. Lejos de ser un deber, actuamos como si se tratara de un miembro de nuestra propia familia. Su pérdida ha sido uno de los golpes más duros que me ha dado la vida y la lloramos durante mucho tiempo. A veces, cuando pienso en ella, aún lloro.

Como madre, su principal preocupación se centraba en el futuro de su hijo, que ahora quedaba huérfano al amparo de sus tíos de Bilbao, con los que tanto había convivido, y de los primos Edurne y Jon. Antes de morir me hizo prometer que le seguiría de cerca como si de su tutor se tratase y eso es lo que he hecho desde entonces. Iker no llegó a ser Magistrado de la Audiencia Nacional, ni lo será nunca, pero terminó sus estudios universitarios, como quería su madre, y hoy es ingeniero enólogo con un futuro prometedor. Hablamos con frecuencia y yo sé que él siente un afecto especial por mí y, sobre todo, respeta mis opiniones que me reclama cuando necesita consejo o asesoramiento sobre algún asunto laboral o personal. Tiene novia y planes para poner en marcha una bodega propia. Anda buscando financiación para su proyecto, que a mí me parece interesante y, aunque soy una completa nulidad en el mundo de los negocios, tal vez me lance a participar en esta aventura empresarial, fundamentalmente para seguir ligado a Iker y a Euskadi por algo más que recuerdos y sentimientos.

Cada vez que tengo que ir a Vitoria por razones de trabajo, me quedo en Letona y me hospedo en La Casa Vasca. Una ola de melancolía me invade cuando atravieso el umbral de la puerta. Tantas imágenes e impresiones se agolpan en mi mente y se anudan en mi garganta, que se me hace difícil respirar. Isabel, que me conoce de sobra, me canta por teléfono para que recuerde con agrado aquellos días que, a pesar de todo, fueron felices. Mi querida y anciana Octavia, que aún vive, hace verdaderos esfuerzos, a pesar de su artrosis, por levantarse y recibirme con la misma devoción, y sigue durmiendo conmigo en la "*suite Barbadillo*" como si no hubieran pasado los años.

Antes de morir, Arantxa le cedió la explotación del hostal a Leire que, por entonces, ya había terminado su licenciatura en Turismo y conocía de sobra el negocio. Paco y Leire se casaron y visitarles de vez en cuando es otra de las razones por las que me gusta venir a esta tierra tan querida. No faltan las cenas en El Gudari y las charlas con Jon sobre los viejos tiempos en los que el terrorismo, el miedo y el odio estaban presentes en la vida de estos pueblos y que, poco a poco, el tiempo ha ido convirtiendo en olvido consciente y premeditado.

Uno de mis últimos viajes coincidió con el fallecimiento de don Marcelo. El pobre hombre sufrió un infarto fulminante y, dadas las circunstancias, Isabel consideró que sería adecuado acompañarme y asistir a su funeral. Así lo hicimos y yo, que hasta entonces nunca había querido presionarla, le sugerí con convicción que iba siendo hora de cumplir la voluntad de Carlos y dar a sus cenizas el tratamiento que él deseaba. Hasta entonces, sus restos habían quedado a la custodia temporal del cementerio.

De esta manera recorrimos los lugares donde Carlos había pasado los últimos años de su vida. Regresé al caserío de Armikelo, que hoy permanece cerrado, mientras se dilucida su futuro. Es parte de la herencia de los hermanos Larrañaga, en su día miembros de ETA, y que hoy todavía cumplen condena. Visitamos San Felipe y saludamos a los pocos conocidos que allí quedan, asistimos al funeral de don Marcelo en San Andrés y, sin decir palabra, nos encaminamos a la Cascada de los Desesperados, desde cuyo mirador derramamos las cenizas de Carlos al torrente del río con el fin de que recorriera, por última vez, esta tierra que tanto amó. Fue un momento muy emotivo y una vez terminada la "ceremonia" nos quedamos allí un buen rato, los dos solos, en silencio, escuchando el rumor del agua, abrazados y apoyados en el pretil, tal y como hicimos hace años.

Gladis nos escribe con frecuencia y nos remite fotos de su hijo, que ahora es un adolescente. Tenemos previsto hacerles una visita aprovechando un viaje que realizaré a Colombia, en los próximos meses, invitado por el gobierno colombiano para participar en unas jornadas internacionales sobre terrorismo que se celebrarán en Bogotá, y al que Isabel me acompañará para conocer al niño. Estoy seguro de que será otro encuentro teñido de emociones y sentimientos, de recuerdos y añoranzas de un tiempo pasado que, aunque no fue mejor, atesora la virtud de haber creado lazos poderosos y afectos profundos entre quienes tejieron los mimbres de una paz tan necesaria como duradera y los que, con su afecto y generosidad, nos ayudaron a conseguirlo.

EPÍLOGO 2

Han pasado más de diez años desde que culminó la negociación con la banda terrorista ETA. Cuanto se acordó quedó plasmado en un documento que contempló con valentía todas las espinosas cuestiones en las que se descompone un problema tan complejo. Durante meses se debatieron aspectos referentes a la recuperación de la legalidad por parte de los abertzales y las medidas de reinserción y beneficios penitenciarios de los presos. Estos aspectos no supusieron en ningún momento un problema insalvable, como tampoco los relacionados con la situación de Navarra ni con la consulta programada sobre la autodeterminación, cuyos plazos se fijaron con un máximo de diez años dependiendo su celebración, en cualquier caso, de las condiciones en que se encontraran otras fases de la negociación en el momento de la eventual convocatoria.

El capítulo que se refiere a la entrega de armamento y material bélico, así como de los recursos económicos y patrimoniales pertenecientes a la organización, se construyó igualmente sobre la base de la confianza dado que únicamente la banda conocía con exactitud la verdadera medida de su arsenal. Tomando como punto de referencia el modelo irlandés, se establecieron tres fases de desarme que se llevaron a cabo bajo la supervisión de una Comisión Internacional Independiente de Desarme, presidida por un general canadiense que se ocupó de la misma tarea durante el proceso de paz en Irlanda del Norte y que accedió a colaborar igualmente en el caso español.

A partir de aquí, las exigencias de arrepentimiento público y la solicitud del perdón por el dolor causado a las víctimas y sus familias, se tradujo en un comunicado completo de la dirección de ETA que incluía la orden a todos sus militantes del abandono de la lucha armada, así como la persecución de sus objetivos, la independencia de *Euskal Herría* por medios exclusivamente pacíficos y democráticos. En ese mismo comunicado se instaba a los miembros de la organización terrorista a no implicarse en otras actividades delictivas y a no deshacerse de sus armas, para cuya verificación y entrega recibirían órdenes posteriores.

La cuestión realmente espinosa y en la que se produjo una auténtica fractura en la opinión pública y en la mesa negociadora en sí misma, fue la correspondiente a la autoidentificación y entrega voluntaria de todos los miembros de la banda en libertad, tanto los imputados en delitos de sangre, atentados y secuestros, como los encargados de las labores de información y seguimiento, fabricación de explosivos, extorsión y trabajos administrativos. La red debía desmantelarse íntegramente y este capítulo fue el responsable del enfrentamiento más largo, duro y difícil.

La amnistía se planteaba como algo impensable y, a partir de esa premisa que se apartaba de forma tajante del "modelo Blair", todo lo demás parecía carecer de importancia. En lo que se refiere al conflicto irlandés, las cárceles británicas se vaciaron de presos del IRA en cuestión de dos años, bien por conmutación de las penas, bien por su inclusión en el régimen abierto bajo unas condiciones más que benevolentes. Pero en España esto no era posible. La propia esencia de un conflicto en el que una nación oprimida e invadida por otra se resiste y defiende de semejante e injusta agresión, nada tiene que ver con un problema de índole exclusivamente política como el nuestro. Ni siquiera después del proceso de paz, Irlanda del Norte ha conseguido niveles de autonomía como los que disfruta el País Vasco desde hace años. Además, hay que añadir la inevitable comparación con las demás comunidades autónomas españolas que, en las mismas e inferiores condiciones, sus ciudadanos no entienden las pretensiones de autodeterminación en que se afanan los vascos y mucho menos la utilización de la violencia indiscriminada como fórmula para conseguir sus propósitos. Por todo ello, muchas fueron las horas de debate para zanjar este asunto, que contó además con un plan especial para que el tratamiento policial y judicial contemplara la combinación de la misericordia, la condonación y el indulto parcial, con el cumplimiento del justo castigo que exigían la memoria de las víctimas y sus familias.

En este contexto, la década sin terrorismo ha discurrido en nuestro país con bastante coherencia, teniendo en cuenta que los brotes de violencia que han tenido lugar en estos años se han atribuido siempre a grupúsculos incontrolados fuera de cualquier organización y las condenas han sido unánimes e inmediatas por parte de todos los grupos políticos. Estas muestras siempre se han considerado como disturbios y alteraciones del orden y no como actividades terroristas propiamente dichas, debido a su escasa incidencia y a la coincidencia en su ejecución, bien con el desarrollo de los juicios, bien con la publicidad de sentencias condenatorias a conocidos activistas que han sido juzgados en el transcurso de los años.

Pero no todo ha sido un camino de rosas. También ha habido momentos de auténtica tensión en los que algunos temíamos por la supervivencia del pacto y las actuaciones políticas, judiciales y policiales se han llevado a cabo con pies de plomo durante todo el recorrido, para no encender la mecha de un posible rebrote de violencia. Uno de estos momentos cruciales fue la primera victoria de un partido no nacionalista en las elecciones autonómicas que se celebraron inmediatamente después del proceso y que acabaron con una hegemonía nacionalista perpetuada durante décadas. Los vascos, finalmente, comprendieron que el proceso dialogado había servido, además, para desmontar el mito de que sólo los nacionalistas poseían la llave del fin de ETA y, en un segundo plano, la culminación de la estrategia que se centraba en la deslegitimación social de la banda y de su lucha armada, a través de los medios de comunicación y del discurso del nuevo gobierno.

Andoni Iparraguirre fue proclamado *Lehendakari*, a lo que siguió un tímido intento de desestabilización proveniente de las filas radicales que le tildaron de "caudillo", colocando al nuevo gobierno como "objetivo prioritario" de la lucha del pueblo vasco contra quienes no representan a sus intereses. Como es obvio, Andoni y los demás miembros del ejecutivo vasco no repararon en las amenazas ni un minuto, legitimados y respaldados por la mayoría democrática de los ciudadanos, que demostraban así su deseo de un cambio de rumbo que permitiera el progreso económico y social de Euskadi después de tantos años de bloqueo.

Mi famoso libro vio la luz seis años después, bajo el título "Las Crónicas de Armikelo" y, sin duda, su publicación constituyó un gran éxito editorial, además de convertirse en texto de referencia para especialistas en técnicas de negociación y manual de obligada lectura para académicos y estudiosos del fenómeno del terrorismo internacional, sin duda una de las lacras de los tiempos que vivimos. Precisamente por mi papel activo en el proceso y como periodista versado en la materia, he formado parte de la Comisión de Seguimiento del Proceso y me estoy planteando la oportunidad de publicar una segunda parte de la historia que recoja lo que sucede después de la culminación de una negociación de este tipo, que no supone el punto final del proceso sino todo lo contrario, el inicio de un camino no exento de vicisitudes y dificultades que ha de ser el reflejo práctico de las teorías plasmadas en el papel.

Se acerca el momento en el que se debería materializar la convocatoria de un referéndum sobre la autodeterminación en Euskadi, cumplido el plazo que estableció el pacto. Según los sondeos, la mayoría de los ciudadanos se pronunciaría en contra del planteamiento y a favor de seguir formando parte de España, en el hipotético caso de que finalmente los vascos fueran llamados a las urnas. Dadas las expectativas, no parece haber gran interés por parte de nacionalistas y abertzales, teniendo en cuenta que un fracaso conllevaría un enorme retroceso para el propio nacionalismo, que se quedaría sin su principal reivindicación y no tendría sentido seguir reclamando un derecho que sus propios destinatarios no desean. Una vez más, se demuestra que la normalización política del País Vasco y su "derecho a decidir" nunca dependieron de la existencia de ETA, premisa en la que los radicales basaron sus años de victimismo. Igualmente, se hace patente la ineficacia del nacionalismo para gestionar un modelo de convivencia dentro de Euskadi y de Euskadi con el resto de España.

De todo lo expuesto hasta aquí, lo que podemos deducir sin temor a equivocarnos es que las cuestiones relativas a la nacionalidad son inevitablemente conflictivas. Según la teoría del profesor de Filosofía Francisco de Borja Santamaría, "las reclamaciones nacionalistas constituyen un tipo de reivindicación no sujeto a razón y justicia y, por tanto, no puede presentarse sino de modo conflictivo. Al tratarse de cuestiones que no admiten una solución conforme a lo que es justo, sólo pueden dirimirse bien por un acuerdo de voluntades, bien por la imposición de una voluntad sobre otra. Pero la negociación o la lucha entre voluntades enfrentadas, cuando el conflicto carece de solución racional, lleva dentro el gusano de la discordia". Por eso plantear debates sobre nacionalidades, apelando a derechos intrínsecos, no es otra cosa que retórica y una maniobra para esconder las verdaderas razones que se mueven en el terreno de los intereses y, por lo tanto, su manejo político correcto pasa por un proceso de negociación.

Me gustaría ser capaz de transmitir con estas reflexiones toda la experiencia acumulada como actor de reparto de esta representación, para no olvidar nunca que la razón y la palabra deben sonar con más fuerza que las pistolas y las bombas. Lo contrario es, además de diabólico, un camino que no lleva a ninguna parte.

El hombre debe ser sagrado para el hombre, como sagrada es su obligación de perseguir sin descanso la conquista de la tolerancia, que brilla tanto por su presencia como por su ausencia. Quien niega los principios básicos de la tolerancia está negando su propio derecho a ser tolerado.

Entre las páginas de "Las Crónicas de Armikelo" guardo la fotografía de Kepa Azcárraga con sus compañeros de penal, aquella de la que un día me hizo depositario a cambio de mi rotulador. Cada vez que la miro los recuerdos se amontonan y revivo sensaciones agridulces que, sin embargo, constituyen el bagaje más valioso que un hombre puede atesorar: la certeza irrefutable de que sólo el diálogo y la negociación conducirán a la solución de los conflictos que la humanidad tiene planteados. Quienes pretenden acallar sus propias dudas maniatando y aniquilando a los demás, desembocan en un fanatismo inaceptable y no deberían tener hueco en nuestra sociedad.

GRACIAS POR COMPRAR ESTA OBRA
y contribuir así al sustento de la cultura y el conocimiento.

Por ello tienes disponible, de forma totalmente gratuita, la
versión audiolibro del mismo. Grabada con las voces de la propia
autora Mª Ángeles López de Celis y del locutor Javier Belmar (La nave del misterio).

Envía tus datos personales: nombre completo, DNI, dirección
de correo electrónico y ciudad de residencia a:

armikelo@editorialodeon.com

Uno de nuestos comerciales se pondrá en contacto contigo
para gestionar la entrega del audiolibro. Que esperamos
disfrutes tanto como su versión en papel.

**EDITORIAL
ODEON**